新典社研究叢書
379

北村季吟の書と学問

宮川真弥 著

新典社刊行

序

日本古典文学の代表的な作品はと問われたら、『万葉集』・『古今和歌集』・『伊勢物語』・『源氏物語』・『枕草子』・『徒然草』などの名がたちどころに挙がるであろう。中学校や高等学校の教科書でもおなじみのこれらの作品を、我々が読んで楽しめるのは、さまざまな形でこれらの作品を守り伝えることに貢献した、幾多の人々のお陰にほかならない。

そうした作品の相伝史や受容史を考える時、大きな変革期と認められるのが、江戸時代の商業出版確立期であろう。それまで行われていた寺院系の出版では、基本的に漢字文献のみを対象としていたのが、活字印刷技術の伝来を契機として、片仮名や平仮名を用いた日本語作品も本格的に出版されるようになったのである。これにより、読者の数のみならず、その階層も一挙に広がったことはいうまでもない。いわば日本古典文学の大衆化が始まったのである。

最初に挙げた作品の内、『古今和歌集』のみは活字版が刊行されることはなかったが、それは古今伝授に象徴される、中世以来のこの作品の受容と学習のあり方の特殊性によると考えられる。その『古今和歌集』も、古活字版と総称される約半世紀間にわたる活字印刷の終わり近くに、初めて版木を用いた整版印刷によって刊行されている。それと足並を揃えるように、古活字版で刊行された古典作品にも、次々と整版本が加わるようになっていった。活字版と整版の大きな違いは製作部数の差にある。木製活字を使用していた活字版は、一回の組版でせいぜい百部程度しか作られなかったと考えられるのに対し、版木を用いる整版本は需要に応じて何度も増刷することができたのである。

こうして中世以前には限られた階層の専有物であった古典作品たちは、版本という形で幅広い階層へと解放されていったのである。しかしながら、江戸時代とは語法や語彙なども異なる古典作品を楽しむには、相応の知識が必要であり、その障壁は決して低いものではなかった。それは江戸時代以前も同じであったことは、これらの古典作品の多くに古くから注釈書が存在していることが証明している。商業出版はそうした注釈書をも活字版の対象とし、整版ではより多種類の注釈書が刊行されたのである。

商品としての版本は売れる必要がある。正統的な写本が有することの少ない、句点や濁点、振り仮名や振り漢字、注釈的書入れや挿絵なども加えて、版本は啓蒙的で親しみやすい存在へと変化していく。それだけでなく、版本購買層の要望に即した、新しい注釈書の登場も求められることとなった。

こうした時代の需要に合致した注釈書の代表的な作者が北村季吟である。その刊行された注釈書の主な対象作品を挙げると、『万葉集』・「八代集」・『百人一首』・『和漢朗詠集』・『伊勢物語』・『大和物語』・『源氏物語』・『土佐日記』・『枕草子』・『徒然草』といった具合になる。今日でも主要な古典となっている作品の多くが、彼によって注釈されている事実に驚かざるをえない。六十六歳となった元禄二年（一六八九）に、息子湖春とともに幕府に歌学方として召し抱えられたのも、こうした注釈書の刊行があってのことと納得できるのである。

古活字版刊行真っただ中の寛永元年（一六二四）に生を受け、家業である医業を受け継ぎながら、俳諧と和歌を学んで学識を深め、古典の注釈に邁進し、京五条の新玉津島社の神官を経て、ついには抜擢され幕臣として江戸に移住するに至り、宝永二年（一七〇五）に八十二歳で没した季吟は、商業出版の成長期に売れる注釈書を次々に刊行して、古典作品の大衆化に大きく貢献した、啓蒙の時代の寵児であった。

季吟の注釈は、先行諸注釈を手際よくまとめた穏当な内容と評されることが多いが、大衆に受け入れられやすいのはそういう手堅いものであり、奇矯さのない中道なものであったからこそ、幅広さをも評価されて、幕府の歌学方に選抜されたのであろう。本文全文に傍注と頭注を加える形式を採り、これだけあれば作品を理解できるという利便性を有した季吟の注釈は、版を重ねて販売され続けるものが多かった。特に『湖月抄』は、江戸時代を通じてもっとも普及した『源氏物語』の版本と言われ、折口信夫も大学の講義で用いたように、二十世紀前半まで流布本としての地位を保ったほどであった。

このように、日本古典文学の受容史を考える上で重要な人物であるだけに、季吟とその著作の研究が活発であった時代もあるが、近時の状況を確認してみると、その研究はほぼある個人によって推進されていることが判明する。その個人こそが他でもなく、本書の著者である宮川真弥氏である。

この小文の著者は、現在慶應義塾大学附属研究所斯道文庫に勤務しているが、最初の奉職先は、その頃は品川区にあった国文学研究資料館の研究情報部である。同館の整理閲覧部に、同じく助手として一年前から在職していたのが、『源氏物語』研究者の加藤洋介氏であった。専門の分野も時代も異なってはいたものの、同年生まれであることもあってすぐに親しくなり、研究者として常に意識する存在ともなった。時が経ちそれぞれ大学に転出し、自分の研究したいことをはっきりと意識できるようになった頃に、当時彼が在職していた大阪大学の集中講義に声を掛けてもらった。大阪特有の暑い最中の講義が宮川氏との最初の出会いであった。授業内で版木に話が及んだ日の翌日、参考のためにと所蔵する版木を持参してくれたことは、忘れられない思い出である。

その時から書物研究の若き同志と意識して今日に至っているのだが、その後にも縁があって、近世文学研究の一戸渉氏を受入研究者として、斯道文庫に学術振興会特別研究員（PD）としてやってきてくれた。三年間一緒に学べると喜んでいたところが、一年目にして、天理大学附属天理図書館に司書研究員として就職することが決定し、あっという間に旅立っていかれた。本書には収載されていないが、「覆刻版における版面拡縮現象の具体相――匡郭間距離比較による版種弁別法確立のために――」という、『斯道文庫論集』五十三号（二〇一九年二月）に寄稿された、デジタル時代に相応しい画期的な版本研究の方法に関する論文が、その一年間の貴重な足跡となっている。

北村季吟を研究するということは、上代から近世までの文学に通暁することを目指すことでもある。和歌も俳諧も物語も随筆も仮名日記に関する知識も必要となるのである。それを意識しつつ研鑽を積んでこられた宮川氏は、文字通り和本の宝庫である天理図書館で、幅広い専門知識を必要とする司書研究員として、未整理の古典籍の目録作成に勤しんでおられる。その作業は季吟の総体を理解するための知見を蓄積することにもつながっているのであり、これほど氏に相応しい職はないであろう。そしてなんといっても、天理図書館は季吟の資料を豊富に所蔵する氏にとっての桃源郷であるのである。

宮川氏が職場の仕事に慣れた頃に、季吟生誕四〇〇年という節目の年がやってきたのも、運命の巡り合わせであるのであろう。企画の段階から携わり、その経験と知識を総動員して解説を執筆した、「芭蕉の根源――北村季吟生誕四百年によせて――」展が、東京の天理ギャラリーにおいて二〇二四年五月十二日から六月九日まで開催された。また天理参考館においても十月二十三日から十二月二日までの開催が予定されている。季吟の弟子であった時期のある芭蕉の人気にも肖ったものながら、季吟を専門にしていなければ至ることのない、高い完成度を誇る催しであった。

その記念すべき年に、宮川氏が『北村季吟の書と学問』と題する論文集を纏められることは、極めて意義深く喜ばしいことである。その内容はほぼ季吟の『源氏物語』研究に特化したものとなっているが、その上澄みともいえる『湖月抄』を直接の対象としたものではなく、その背後に厚く堆積している季吟の研究の実態を、これまであまり注目されてこなかった写本資料などに着目して、筆跡の問題にも踏み込んで資料性を吟味しつつ、内容を丁寧に検討することから明らかにしたものである。『湖月抄』の理解を進めつつ、季吟の学問の本質を新たに浮かび上がらせることに成功した画期的な内容となっている。刊行された注釈書を基に判断されてきた従来の季吟の評価が、いかに表面的なものであったかが明らかになったのである。

「あとがき」が季吟生誕の日に記されていることが示すように、この論文集は季吟に奉げられたものであるが、新しい季吟像を描き出そうとするその思いは、確かに季吟に届き無事に嘉納されることであろう。そして季吟と共に、現在と未来の多くの人々に読まれることも疑いない。

この序文は本来宮川氏の指導教授であった加藤洋介氏が筆を執るべきものである。しかしながら、加藤氏は還暦にも至らずして二〇二〇年九月十二日に急逝された。宮川氏より執筆について相談いただいた際に、自分で良いのかとためらう気持ちは当然湧いたのだが、氏との縁を結んでくれたのが加藤氏であったことからも、畏友の代わりに書かせていただきたいと素直に思えたのである。

新出資料の発掘が進み、多くの資料がデジタルを含めて様々な形で公開され、人文学の研究環境は以前とは比較にならないくらいに良くなっている。当然研究も、以前のままの方法や考え方を墨守しているだけでは許されない状況に突入しているのである。北村季吟の研究もまたしかりである。新しい問題意識と、書誌学的な知識に最新のデジタル技術をも身に付けている宮川氏であるので、心配はないものの、季吟という存在はあまりにも巨大であり、氏の研究は本書によってようやく闘技場の門をくぐったというところであろう。第二、第三と順調に論文集が積み重ねられて、新たな季吟の評価が学界で定まっていくのを、加藤氏と共に見守りたいと願う次第である。

二〇二四年九月十二日

慶應義塾大学附属研究所斯道文庫教授　　佐々木　孝浩

目 次

第二章　『徒然草拾穂抄』と貞徳説

第三章　季吟奥書『源語秘訣』と如庵箕形宗乾

第四章　『源氏物語微意』と季吟の源氏学

第五章　『源氏物語打聞』と北村家の学問

凡　例

・本書は『北村季吟の書と学問』、論者は宮川真弥を指す。
・論者による補記は［　］にて示す。
・資料の引用に際しては、適宜、通行の文字に改める。
・写本からの引用においては、句読点・濁点を私に附し、原本にあるものは［濁点ママ］と補記する。ただし、書翰、日記、奥書など、および附章の翻刻においては、読点のみを用いる。和歌・誹諧においては、濁点を補わない。
・刊本からの引用においては、句読点・清濁は原本に従い、補わない。ただし、私に句点を読点に改めることがある。
・改行を」、改丁を』にて示し、適宜、丁付を（幾オ（ウ））』と記す。鉤括弧による引用においては、便宜のため、改行意識の明確な場合は」に代えて／にて改行を示すことがある。なお、原本以外からの引用の際、改行が明確でない場合は省略する。
・特に断らない限り、傍線は論者による。
・書誌において、刊写の別は刊本のみを記し、写本を省略する。また、資料の寸法は、縦×横の順に記す。

緒　言

我々の知る日本文学はそのほとんどが伝世品に拠る。作品の認知に書承、口承を経ねばならないのであれば、文学史はすなわち享受史の謂である。そこに立脚すれば、本書が主たる研究対象とする北村季吟の日本文学史上の価値は、『湖月鈔』や『春曙抄』の著者である点にこそ認められる。広く長く読まれ、日本古典文学作品の流布本の地位をすら得た、これらの刊本こそ、最も衆目に触れた季吟の著作に疑いないからである。

『源氏物語』のいわゆる「旧注」の末に『湖月鈔』を据えるのは、後世の国学者が目睹した資料の列挙としては正鵠を射る。ただし、そのことは、季吟の学問の本領や、その人を知るに適した素材であることを保証しない。かつて、季吟の注釈書はその享受層の広範性を指摘されながらも、「安易な諸注集成に止まっていて甚だ物足りない」(小高敏郎『松永貞徳の研究　續篇』至文堂、昭31・6)と、内容については先行する諸注釈書を要領よく集成しただけのものとされることがあった。近年、その集成の巧みさを評価する向きもあるものの、それも評価軸は同一線上にあるといえよう。

実際に季吟についてみれば、公刊物においては抑制的な態度をとっている一方で、写本としてまとめた秘説や家伝の説というべき伝授書においては自説の展開を行っているにもかかわらずである。たとえば、伝授書の『源氏物語微意』においては、雨夜の品定めでの左馬頭の本意を、光君を改心させ、葵上に心を向けさせようとしたものとする。その上で、

諸抄にはもてなしのをくれたるは女三宮にあたるといひ、うちあひてすぐれたらんといへるを薄雲女院にあたるとばかり註し給ひしは、此左馬頭が本意をよく見得たりとはみえ侍らず。若又、態、秘して抄のおもてにはしるさぬにもや侍けん。此微意を心得ずしては此品定めの精神なきがごとくなるべし。

と述べる。注目すべきは、先行する諸抄において言及がないのは、秘して記さないからかもしれないと認識していることである。当該の記述は刊本の『湖月鈔』には見られない。季吟の認識において、口授と書承ですら差異があり、いわんや公刊物においてをやである。事実、季吟は『八代集抄』の刊行において、古今伝受の相伝者として師説の公開を憚り、異なる師系の書で既に刊行されていた『古今栄雅抄』を以て、『古今和歌集』部を補ったのである。公刊が、畢生の大作を世に問うことを意味しない時代性を踏まえ、ここに自ずからなる峻別を見なければならない。

貞門の誹諧師、古典注釈家、幕府歌学方として足跡を残した季吟の研究には、如上の研究史上の欠落がある。この状況は季吟に対する啓蒙家としての印象によるものでもあり、かつは知られている一次資料の分析が乏しいという資料的制約による。そのため、本書では、接続が必ずしも容易でない重要資料の翻刻を附し、向後の利用に備えるとともに、読者との情報の非対称性が生じないように配慮する。

主要な季吟研究としては、石倉重継『北村季吟傳』（三松堂　松邑書店、明31・1）や、野村貴次『北村季吟の人と仕事』（新典社、昭52・11）、同『北村季吟古注釈集成解説　季吟本への道のり』（新典社、昭58・3）、榎坂浩尚『北村季吟論考』（新典社、平8・6）などが挙げられる。季吟研究を大きく進めた先学の蓄積に基づき、その後の学問や資料公開の進展を背景に、なお研究は推し進められなければならない。

これらの問題意識のもと、季吟の書写資料を中心に検討を重ねたのが本書である。これまで刊本のみが注目されがちであった季吟について、季吟自身が重視していた秘説を記した写本や、刊本前史としての写本を「書《ショ》《ふみ》」として検討の中心に据え、書誌学的分析を基盤としつつ、季吟の学問の実態や、伝記的事実の解明を行う。これらにより、近世前期学藝の具体と、季吟の学問の目的とを詳らかにしたい。

第一章　季吟の花押更改

はじめに

本章では北村季吟の代表的な花押二種につき、それぞれ使用時期が異なり、その切り替わりの時期が寛文八年（一六六八）四月二十三日（季吟四十五歳）から翌同九年三月三日の間にあることを指摘する。その上で、当該期間前後の季吟周辺の動静を検討し、花押更改の所以を探る。

季吟の花押としては図①の形状のものが最もよく知られていよう。石倉重繼『北村季吟傳』[1]にも、桧山義慎『花押譜』（文化十三年（一八一六）序刊）などにも同様の花押が収載されており、実際に季吟の書翰で多く目にするのもこの花押である。

一方、季吟の書翰に図②の花押が据えられることがある。この花押も少数ながら季吟自筆と認められる複数の書翰にあらわれ、季吟の用いた花押とみて誤らないようである。以下、行論の都合により、前者を花押乙、後者を花押甲と称する。なお、参考として、本章末に北村家各人の花押を掲出する。

図①　『誹諧之事』[2]大尾・花押乙

図②　「季吟点捨女発句」[3]・花押甲

一　各花押の使用時期

花押甲が据えられる資料を今試みに一覧すると以下の通りである。

1　新玉津嶋神社蔵「北村季吟書状」[4]（卯月廿三日付）
2　「北村季吟書状」[5]（十二月十九日付了意御坊宛）
3　「八月十五日付季吟書翰」[6]
4　柿衞文庫蔵「可政宛季吟消息」[7]（卯月一日付）
5　「季吟点捨女発句」[8]
6　西尾市岩瀬文庫蔵『季吟の巻』[9]
（参考）　新玉津嶋神社蔵『口訣』[10]　※転写本

これらの資料につき、以下、個別に検討を加える。

1　新玉津嶋神社蔵「北村季吟書状」（卯月廿三日付）

知恩院の花見」に」
1 桟門や雲にかけはし」花の時」

2 飛はなは風のかけたる」むま場哉」
　清水より京を」みて」
3 地主からは木の間の」花の都哉」
　紀州直政興」行に」
4 わか松や吹より」たてる砂の物」
　内田平吉新宅」興行に」
5 夏をむねとすべしる［濁点ママ］」宿や南むき」
　遠藤元重黒谷の」山荘にて興行」に」
6 谷や名のるあら」おも黒の郭公』

卯月十七日之貴札」拝見、御無事大」慶奉存候、拙子同」前罷居候、此度之」俳諧一入感吟不」浅奉存候、弥此」御心
ばへ二而御つとめ」可被成候、此比之愚句」御慰ニ書付進申候、」恐惶謹言、」
北村盧庵」
卯月廿三日　季吟（花押甲）」

宛名を欠く。「此比之愚句」として掲出される六句はいずれも『続連珠』（延宝四年〈一六七六〉刊）収載の句である。(11)『続連珠』では詳細な年次は判明しないため、他書を閲すると、1番句は『季吟廿会集』（延宝四年刊）に「寛文八年申三月十日／大坂住長祐興行智恩院花盛に／季吟／桟門や雲にかけはし花の時」と見える。(12) 5番句は『季吟宗匠誹諧』(13)に「寛文

八年四月廿九日／順也於新宅興行／季吟／夏をむねとすべ［濁点ママ］しる宿や南向」と見える。6番句は『季吟誹諧集』[14]に「寛文八年六月十二日於黒谷山荘興行／季吟／谷や名のるあらおも黒の郭公」と見える。年次が判明する句がいずれも寛文八年の発句であり、六句とも季が春夏に限られることから、「此比之愚句」として添えられた六句は総て寛文八年の句である蓋然性が高い。

したがって、書翰の年次推定については、書翰に「卯月廿三日」とあることと、5番句が「四月廿九日」、6番句が「六月十二日」の発句であることをどのように考えるかが問題となる。書翰の年次を「寛文八年六月十二日」の後の四月、すなわち寛文九年（一六六九）四月とみた場合、掲出句は最長で一年以上前の句となり、「此比之愚句」との文言と照応しないように思われる。ここは文意からみて、季吟自ら「誹諧会法」[15]に「兼日発句をこひて」と記すように、将来の興行に備えた兼日の発句を示したと捉える方が妥当だろう。以上により、当該書翰を寛文八年四月二十三日の書翰と推定する。

2　「北村季吟書状」（十二月十九日付了意御坊宛）

『北村季吟――俳諧・和歌・古典の師――』[16]の解説に、

貼り交ぜ屏風の中の一点、半七殿の話で三位公が患っておられることを知り看病をお願いした十二月十九日付の書状。半七は松並氏、三位公は西遊寺住職で、宛て名にある了意御坊を指すのであろう。西遊寺の記録では万治元年（一六五八）閏十二月十二日に亡くなった了俊を三位と記している。灸点図（了意宛）とも関係しようか。

とある。医師時代のものと考えられよう。

3 「八月十五日付季吟書翰」（図③）

貴札拝見、御句」感吟申候、重宝之」山叔二袋毎度」忝奉存候、当秋ハ」少々御光儀相給候、」貴面ニ而万事」可申上候、
其元」奥村久兵衛殿、先ハ」御上京候付、可然」御心得可被成被下候、」恐惶謹言、」
　八月十五日　季吟（花押甲）」
　　七夕之愚句」
1 西ふくやつまを」こひかせお七夕」
　うら盆」
2 いさめるや心の」駒のかけをとり」

宛名を欠く。寛文元年（一六六一）の『北村季吟日記』[17]七月六日条に、

六日　奥村退歩来ル、」夕かた、七夕のうた、発句しつ、」
　ひとゝせをまつにかゝれる」あま衣こよひや袖は」ほしあひのそら」
はいかい、河西牽牛夫と云る」心を、」
　西ふくや妻を恋風お七夕」
夕つかた、猪飼氏光中、」上村竹庵、霊瑞院殿」などにまいる、」

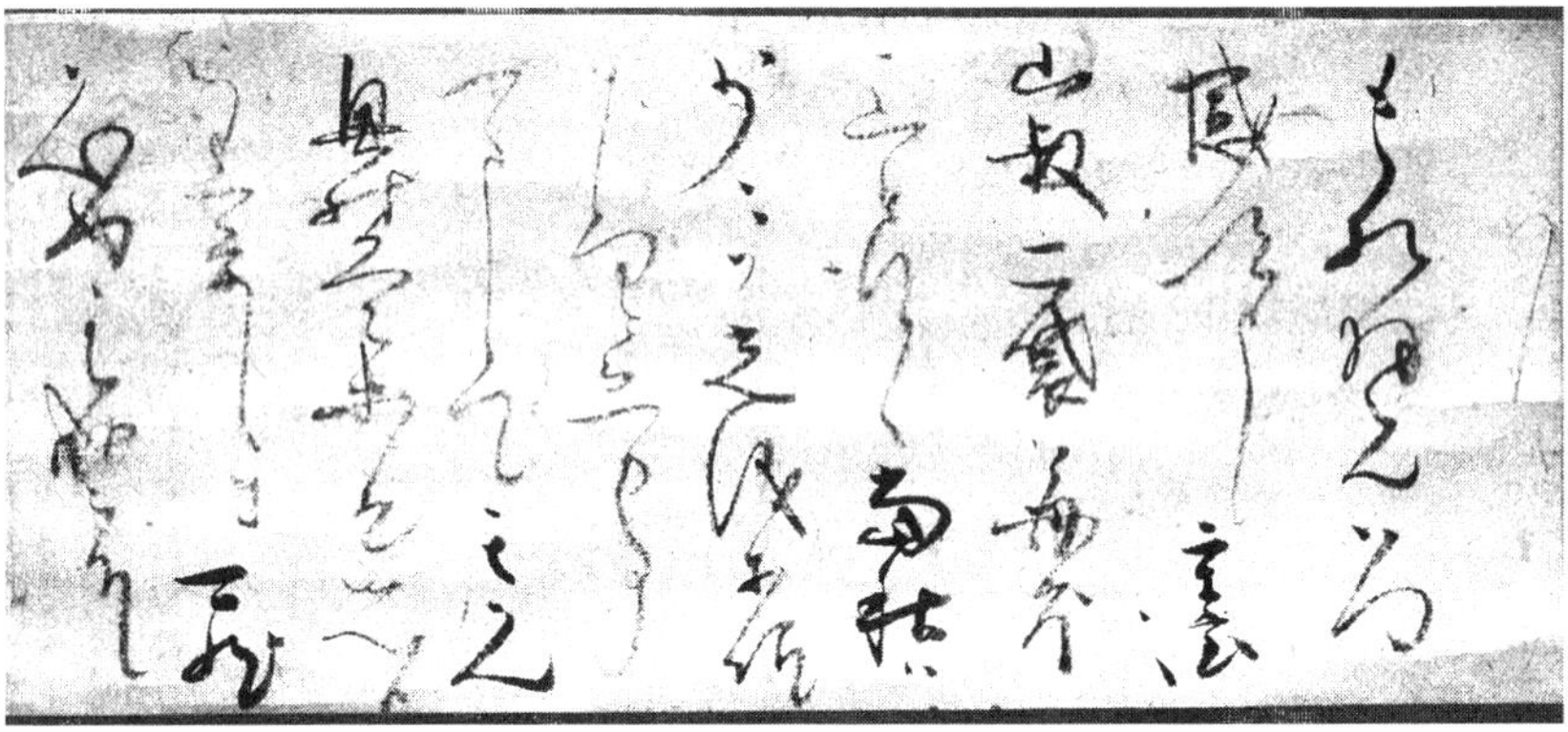

拡大図 右

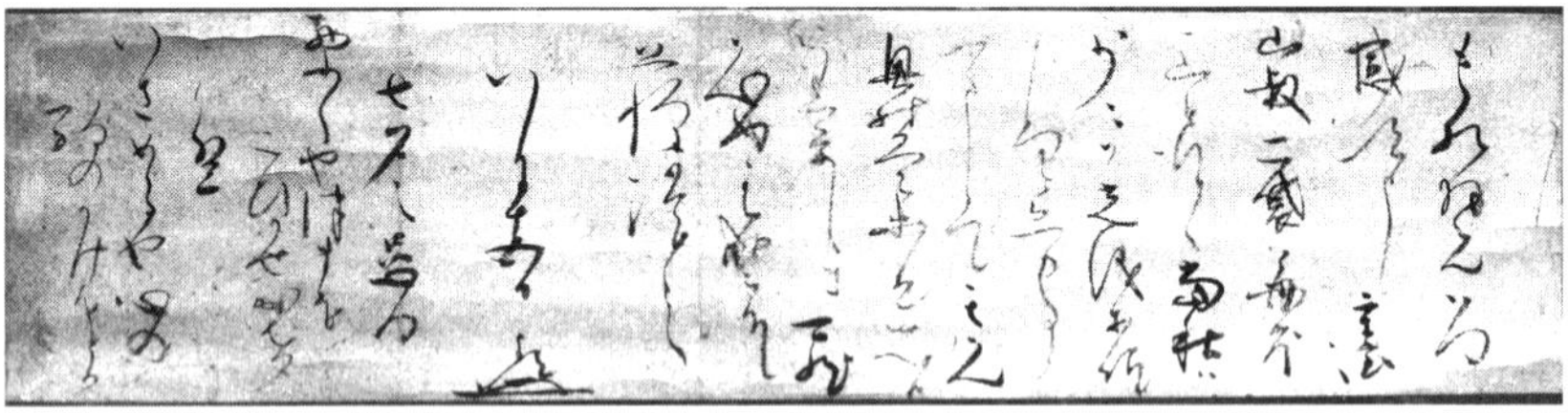

全体図

図③ 「八月十五日付季吟書翰」

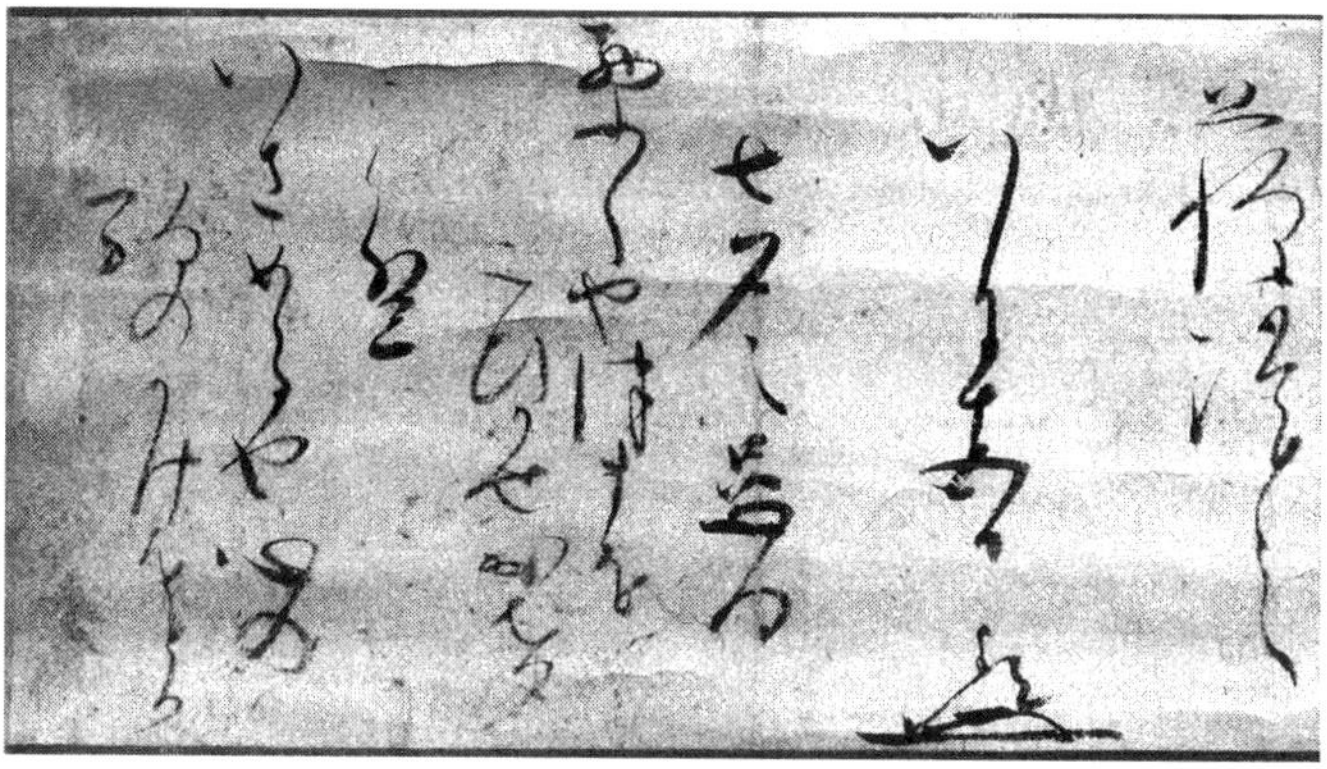

同右 拡大図 左

とあり、1番句が見える。同じく七月十三日条に、

十三日　終日家事をいと」なむ、夕つかた、北村義行もと」にゆく、庭の月いと面白し、」荒川、真桑など、風味珍」重なりし、平瀬利冬」にたんざく書てつか」はす、次手に盆の」句せし、かきてみせつ、」
いさめるや心の駒のかけ躍」

と2番句が見え、寛文元年の書翰と推定しうる。[18]

4　**柿衞文庫蔵「可政宛季吟消息」**[19]**（卯月一日付）**

卯月一日付で、「こなたかなたのたんざくの儀、心得申候、慶友・未得・玄札・立圃等のたんざくも大かたとゝのひ可申候」とあることにより、最も没年が早い未得が没する寛文九年七月十八日以前、すなわち寛文九年四月一日以前の書翰と推定される。本翰は情報量が少なく、年次の推定が困難であるため、参考までに記すと、可政は万治三年（一六六〇）刊『新続犬筑波集』（季吟撰）に入集しており、野田氏の推定によれば寛文九年に三十六歳である。

5　**「季吟点捨女発句」（図④）**

田捨女の発句に対し、師の季吟が評点を施したものである。[20]

1 〽水鏡みてや柳のまゆつくり《まゆかく》」川柳　ステ

2 花の錦はゝひろにうつす」湖哉」

「はたはりひろき錦とそ」みる」と紅葉をよみし湖の」うたを花にかへたる計也」

3 〽月に見るや一字千金雁の」もし」

4 月の駒をせきの清水のかけもかな」

月の駒といふ事、がてん」まいらず候、望月の駒、しなのゝ望月といふ」所の駒にて候」

5 〽無玉のをより所かはすの露」

6 あけをうはふ花の色こき」紫ほん哉」

7 うき雲のうへの月みや」名たいめん」

聞候」

8 つゝめとも色に出けり秋の山」

9 遠山の錦や秋のたから物」

10 〽目にはみて引《手》にひかれぬ」や月の弓」

11 行かたをしらぬは秋のか霧哉」

聞候」

12 はらつくは木の葉かいつれ」北時雨」

めづらしからず候」

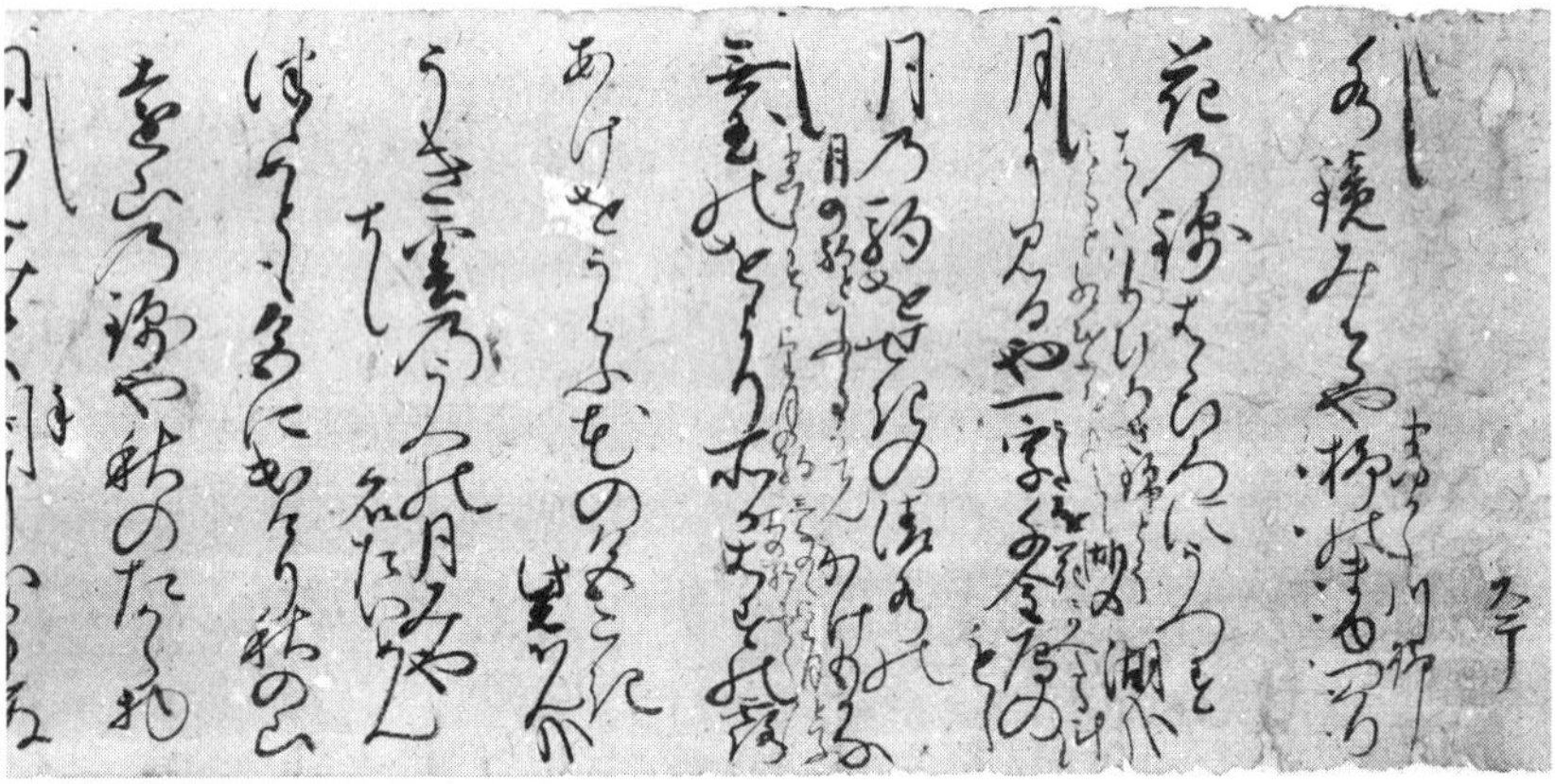

拡大図 右

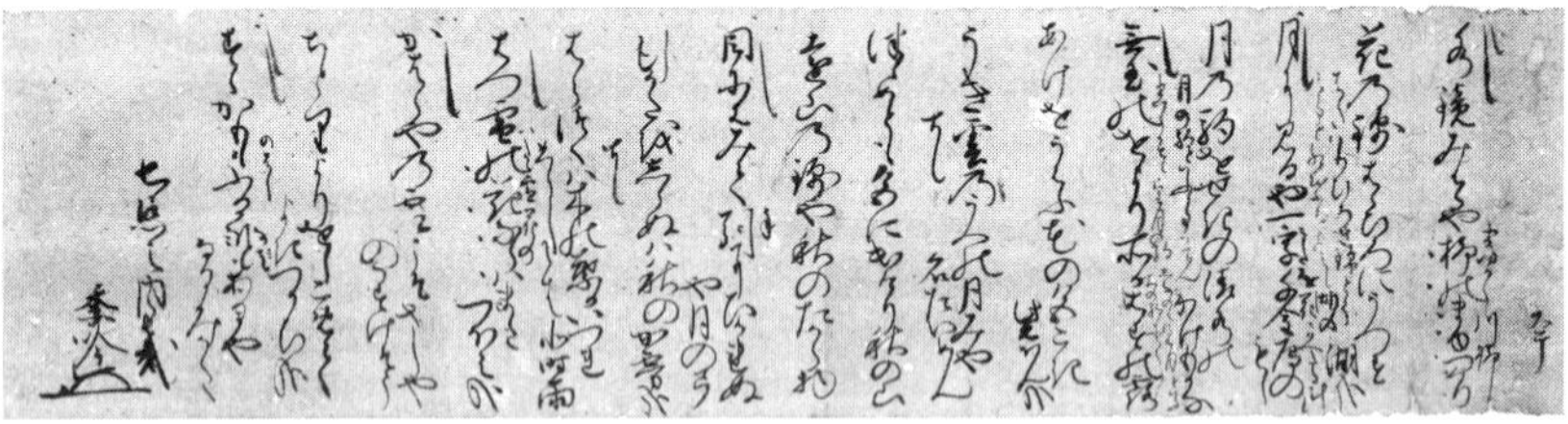

全体図

図④ 「季吟点捨女発句」

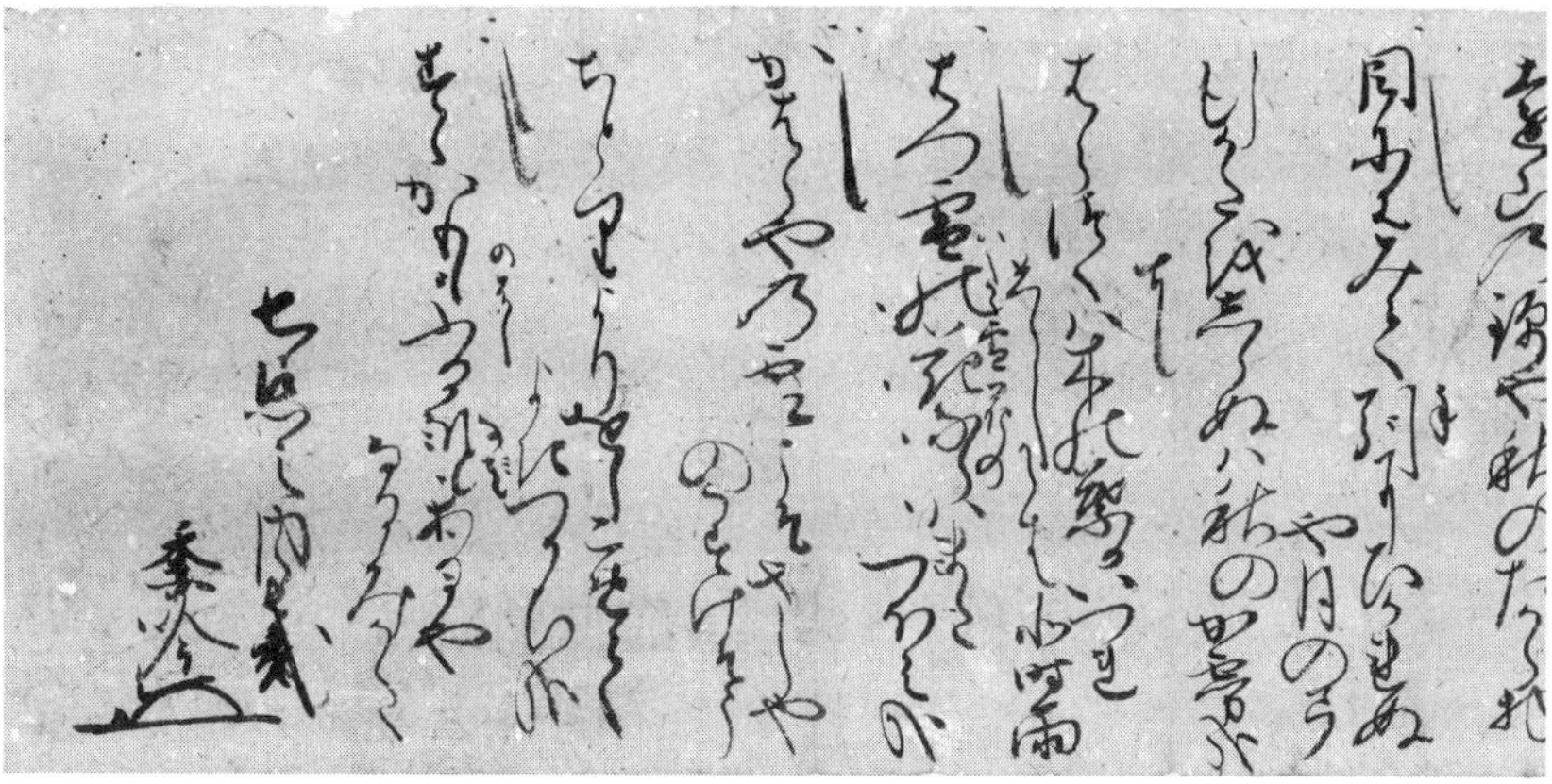

同右 拡大図 左

13 〽はつ雪の花ならはまた《はたゝ雪花の》」つほみ哉」
14 〽かはらやの霜こそやしや」のうすけそう」
15 ちとりよりをしこめて」よきつかひ哉」
16 〽〽すゝかももふる《のはし》ほと《なみミ》あるや」なるみかた」
七点之内長貳」
季吟（花押甲）」

（長点を〽〽、平点を〽で示した）

長点の附された1・16番句が『続連珠』（延宝四年刊）に入集する。[21] 捨女は『続山井』（寛文七年《一六六七》五月跋刊）にも入集しているため、当該書翰は『続山井』編纂終了時から『続連珠』成立時までの間のものである蓋然性が高い。

6　西尾市岩瀬文庫蔵『季吟の巻』

守株・一信による両吟百韻に季吟が評点を施したものである。守株は『続山井』によれば伊与松山の人で、『続山井』に発句2句、『続連珠』に発句1句、付句2句が入集している。しかしながら、長点句の「草の中にて見出す雉の巣　守株」も季吟の撰集に見えず、当該資料の成立年次は不明である。

（参考）　新玉津嶋神社蔵『口訣』

転写本である。いずれもおおむね項目の列記にとどまるものの「伊勢物語裏説」「伊勢物語七ヶ大事」「［引用者注：伊勢物語］最極秘」「百人一首五哥」を収め、奥に本文同筆で、

丙午
五月廿七日　　季吟（花押甲）」
桂葉老」
右伊勢物語・百人一首五哥」従老師大光院桂葉伝受此道法旨、努々不可漏脱者也」
享保四年
亥正月亥日　　同泉林
村井玉泉丈」

と記す。而笑堂練石の寛保四年（一七四四）の歳旦集（刊本）が紙背にあり、それ以降の転写本と知られる。季吟の自筆資料ではないが、花押甲が据えられ、丙午（寛文六年）（一六六六）の年紀を有するため、参考として示しておきたい。先述の通り、花押甲は据えられる資料も少なく、さほど著名でないと考えられるため、あえて花押甲を他資料から転記する蓋然性は相対的に低い。親本に花押甲が据えられていた可能性を想定すべきであろう。

これまで見てきたとおり、花押甲が据えられる資料のうち、年次の判明するものはいずれも寛文期以前に属し、そのうち1の寛文八年四月二十三日が最も遅い。年次に幅のある資料においても、1に遅れることが確実なものは見出せない。

このことは、花押乙の使用時期がこの日付を遡らなければ、時期による使い分けがあること、すなわちある時期を以て花押の更改が行われた蓋然性が高いことを示している。

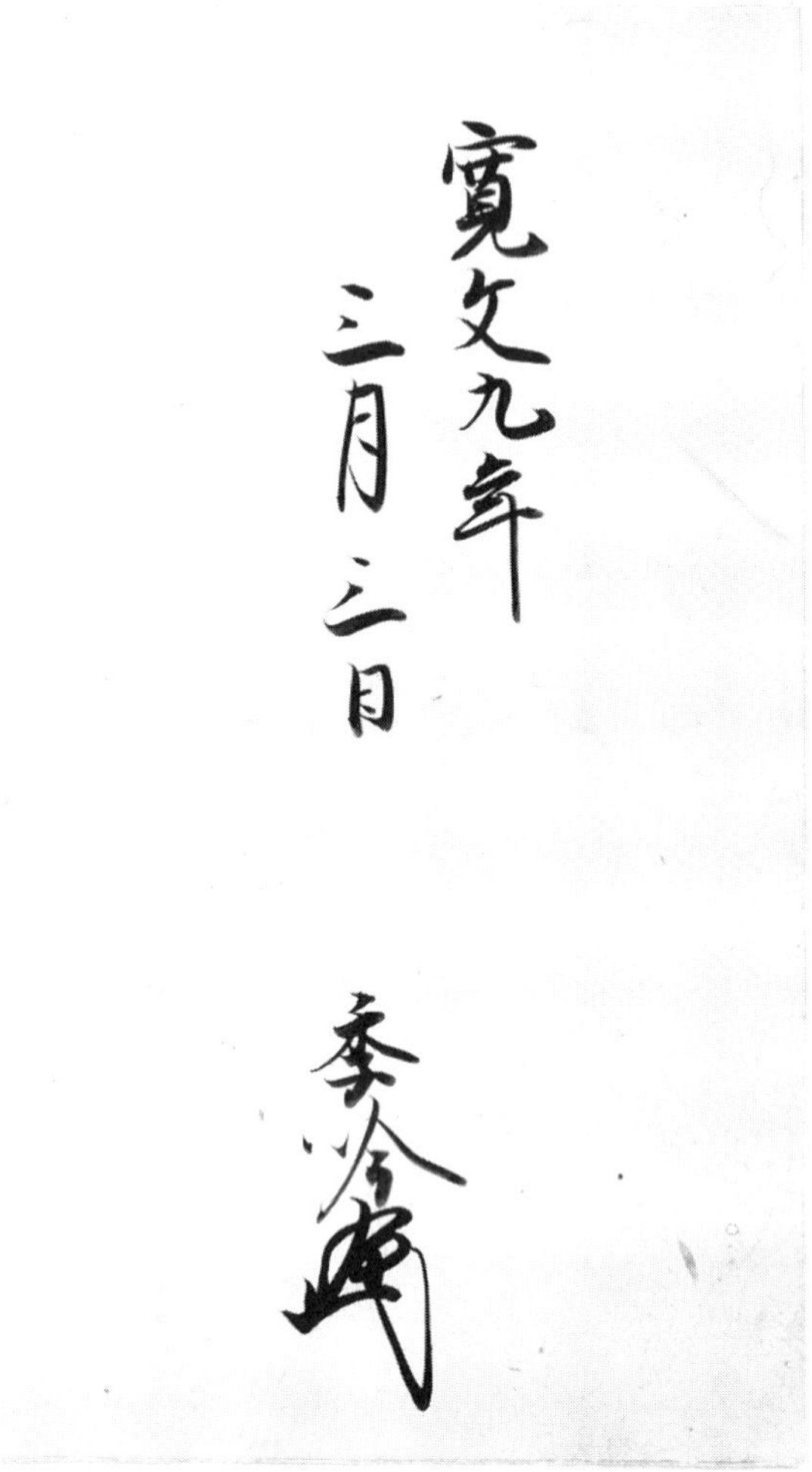

図⑤ 『百五十番誹諧発句合』奥書

花押乙が据えられる資料は数多いが、寛文八年四月二十三日を遡るものを論者は見出していない。[22] 花押乙が据えられ、年次が判明する資料のうち、最も早いのは寛文九年三月三日の奥書を有する『百五十番誹諧発句合』[23] である。奥書を図⑤に示す。本文同筆の筆跡は季吟自筆と認められ、花押は墨色からして後に附したものとは見なしがたい。花押の形状、特に右方のJ字形の筆画が図①に示したものとやや異なっているようにも見え、また同様の形状を他の資料に見出しがたいが、運筆は他の花押乙と相違なく、これはむしろ花押更改初期のいまだ形状の安定しない様を示しているとみることが出来るのではないか。当該奥書は、花押甲の最末期使用例1から数えて、わずか一年以内の年紀である。

すなわち、花押甲と花押乙は使用時期によって截然と分かたれ、その画期は寛文八年四月二十三日から寛文九年三月三日の間に求められるのである。以降、早くは図①『誹諧之事』（天理本『埋木』）や藤堂家本『埋木』[24] の奥書、遅くは季吟晩年の柳沢吉保への切紙（後述）など、諸資料に花押乙が用いられることとなる。

二　季吟の花押更改と湖春の独立

それではなぜ季吟は花押を変えたのだろうか。花押更改の理由を直接に示す資料は見出せないため、状況証拠からの推測とならざるを得ないが、いささかの検討を試みたい。

四十五、六歳の年にあたる当該期間の季吟に関わる出来事としては、寛文八年十一月二十六日に、間ノ町二条下ルの新宅に移ったことが挙げられる。[25] 改名や職位を得るなどの変化はなく、ほかに季吟自身の画期となる出来事は見出しがたいが、転居がすなわち花押更改の契機となるかというとやや心許ない。

そこで、この時期の季吟周辺の状況に目を転じると、むしろ季吟男の湖春にこそ大きな画期を見出すことが出来る。まずは、寛文六年から季吟歳旦に加わり、翌同七年の歳旦で従来の季重から湖春に改名したことがあげられる。ついで、季吟の命によって『続山井』の編集を担当したことが、同書の跋文に「寛文七年五月良辰、依家父之」命而妄部類之、以附増山井」之後者也、　湖春」と記される。寛文八年の転居の後、寛文九年閏十月二十四日には湖春が百韻を捌いている。(26)

ここで、先に花押乙が据えられる資料としてあげた『百五十番誹諧発句合』（寛文九年三月三日奥書）に目を転じたい。『百五十番誹諧発句合』は季吟判の誹諧合であり、冒頭の一番の判詞に「番々に其名をかくされたればいづれをいづ」れとも推量すべき由もなし」と隠名で行われたことが明示される。たとえば、百十四番（左方湖春、右方如貞、持）には、

> みぎはまさりき」こゆるを、『続山井』、大坂、如貞が句に一字もたがはず侍かし。」如貞は彼地の作者也。此人に」同作せん人はおそらくはすく」なかるべければ、若、此人の句にも』やありけん。されど、其作者」をしらぬかぎりは押て勝」とも申がたければ、しばらく」持にてさしおきぬ。」

とある。また、『百五十番誹諧発句合』草稿と見られる断簡(27)には作者の記名がなく、事実、判詞は隠名で附されたのであろう。そのなかで、湖春句に対する判詞には注目に値する記述がある。

十二番」

左　　北村湖春」

門口も歯くろめしてやかさりすみ」

右勝　井狩友静」

顔やあかくすりなしてうる若夷」

右、「かほやあかくすりなして」とは、『源氏物語』若紫の巻の詞』なるべし。左は判者のしる人の」句なり。十七歳(28)の黄口、いかで」紫式部の彤管にをよぶべき」ながら、心のやみにみゝさへまよひ候にや、作為におゐて」はいたくまくべくもきこえざ」れど、さすがに石山の大悲の」てらしみそなはすらん御心」もはづかしくて、しぶ〳〵まけ」とぞ定侍る。』

二十六番」
左持　湖春」
法華会や鶯の音も高尾山」
右　東竹
かゝる折に人はしるらんねはんさう』
左、高雄の法華会、やすらに」いひはて侍るにや。右は物がたり」の「むさしあふみ」、よくいひかけられ」侍し。「鶯のねもたかをやま」、又、」ひいきみゝもてちだへるにや、いたく」をとれる秀句とも見えねば、」持にこそ申うけ侍らめ。」

隠名との建前であるにもかかわらず、いずれも湖春句であることを前提に、「心のやみ《〔闇〕》にみゝ《〔耳〕》さへまよひ《〔迷〕》候」や「ひいきみゝ《〔贔屓耳〕》もてちだへ《〔手伝〕》る」としながら句を評価している。計十番で三勝六持一[29]負であることも併せ、ここから後継者を守り立てようとする季吟の意図を読み取ることは不自然ではあるまい。寛文六年歳旦からの一連の動きは、季吟誹諧圏の中心へと湖春を押し上げていこうとするものであったといって差し支えない。

榎坂浩尚氏は『続山井』の編集は、湖春の、宗匠としての独立を記念するためのもの[30]」とする立場をとるが、論者は『続山井』編集はあくまでも独立への一階梯とみて、寛文九年以前に湖春が捌いた巻が発見されるまでは、寛文九年を湖春独立期とみておきたい。その立場の相違はあるものの、榎坂氏が、

> 季吟は寛文十年以降――『和漢朗詠集註』の完成にも一年は要したと思われるから、厳密には寛文九年以降とすべきであろう――全く古典の注釈に専念していることがわかるであろう。この事は、逆に言えば、寛文七年の宗匠披露以来その俳壇的実務を徐々に分担させ、寛文十年前後にはやくもその代役を立派に果し得るような立場にあったからこそ出来たものであって、背後での湖春の相当な活躍がなければ、これらの注釈は不可能であったと言わねばならぬ。［中略］［引用者注：寛文十三年に］漸く成人した正立（十八歳）を加えた、一家中心的な歳旦を打ち出しているところを見ると、ちょうど五十歳になったのを転機に、湖春、正立らの「若い衆」を前面に打ち出し、自分はその後に控えて、俳壇ではいわば楽隠居的な境遇で、古典注釈に精励しようとの意志を読みとることが出来る。

以上の如く、寛文末年から延宝初年にかけての第一の時期は、季吟俳諧の実際活動の大半が、湖春に移行しようとした時期と考えてよいであろう[31]。

と述べるごとく、俳壇の実務を湖春に担わせ、季吟自身は古典注釈による門弟教育・獲得へと軸足を移していこうとする様が寛文後半期に見て取れるとの指摘を論者も支持するものである。

三　注釈様式の展開

それでは、当該期に注釈書の側から劃期は窺えるのであろうか。季吟の刊行した古典注釈書を一覧すれば以下のごとくである。

承応二年（一六五三）五月刊　『大和物語之抄』
寛文元年（一六六一）八月刊　『土左日記抄』
寛文七年（一六六七）十二月刊　『徒然草文段抄』
寛文十一年（一六七一）六月刊　『和漢朗詠集註』
延宝元年（一六七三）十一月跋刊　『湖月鈔』
延宝二年（一六七四）七月跋刊　『春曙抄』
天和元年（一六八一）十一月跋刊　『百人一首拾穂抄』
天和二年（一六八二）五月刊　『八代集抄』
貞享四年（一六八七）六月武田杏仙序刊　『万葉拾穂抄』

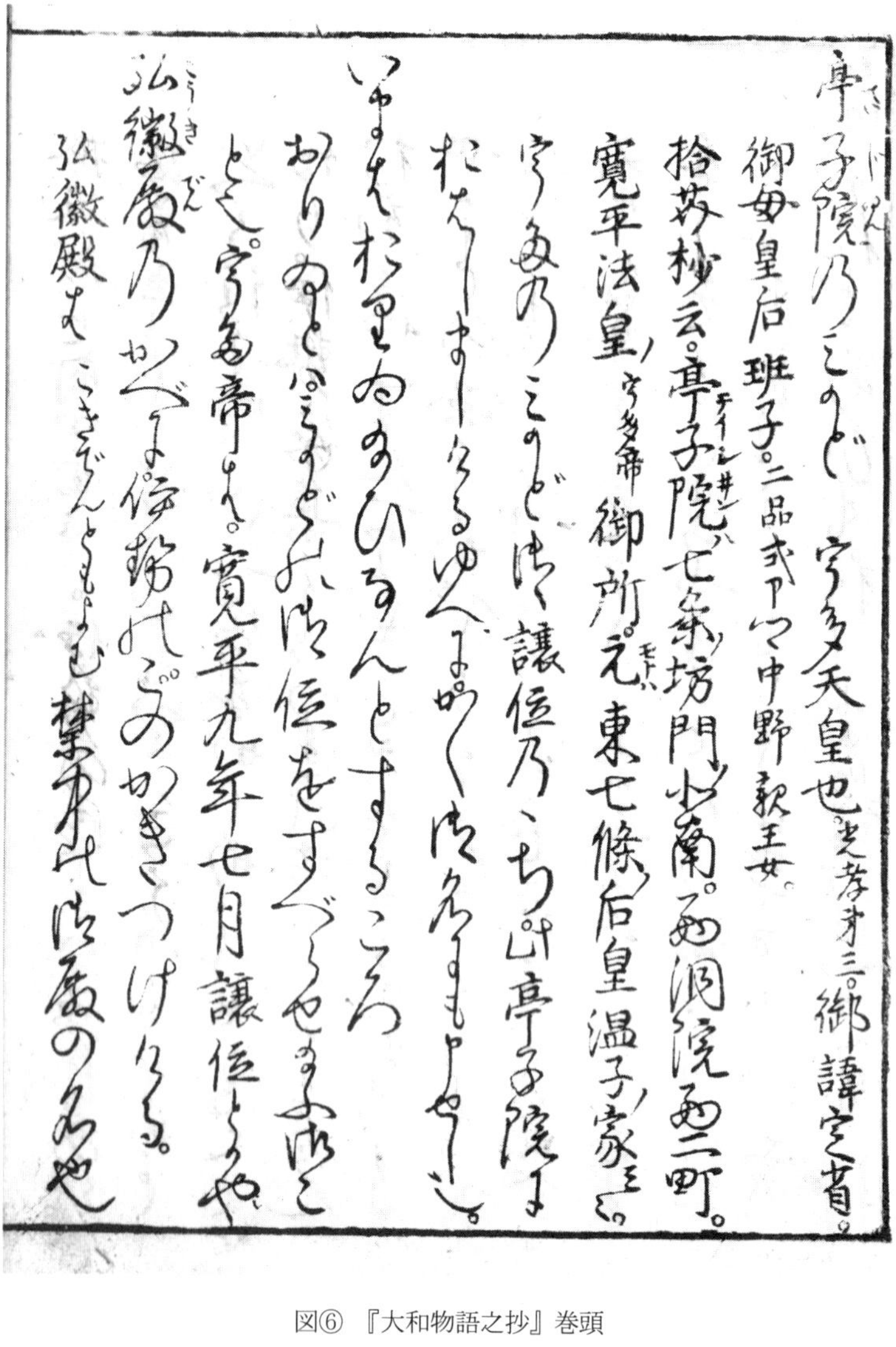

亭子院乃みかど　宇多天皇也。光孝第三。御諱定省。
御母皇后班子。二品式部卿仲野親王女。
拾芥抄云。亭子院ハ七条ノ坊門ノ北。西洞院ノ西二町。
寛平法皇ノ宇多帝御所ノ。元《モトハ》東七條ノ后皇温子ノ家云々。
宇多乃みかど譲位乃のち此亭子院に
おはしましけるゆへに院の名をもやがて申き。
いはまくはおほきみのおほんなとするところ
おりゐのみかどハ位をすべらせ給ふ御門
をいふ。宇多帝也。寛平九年七月譲位ありしや
弘徽殿《こうきでん》乃かべに伊勢が御のかきつけける。
弘徽殿ハ こうきでんともよむ 禁中の殿の名也

図⑥　『大和物語之抄』巻頭

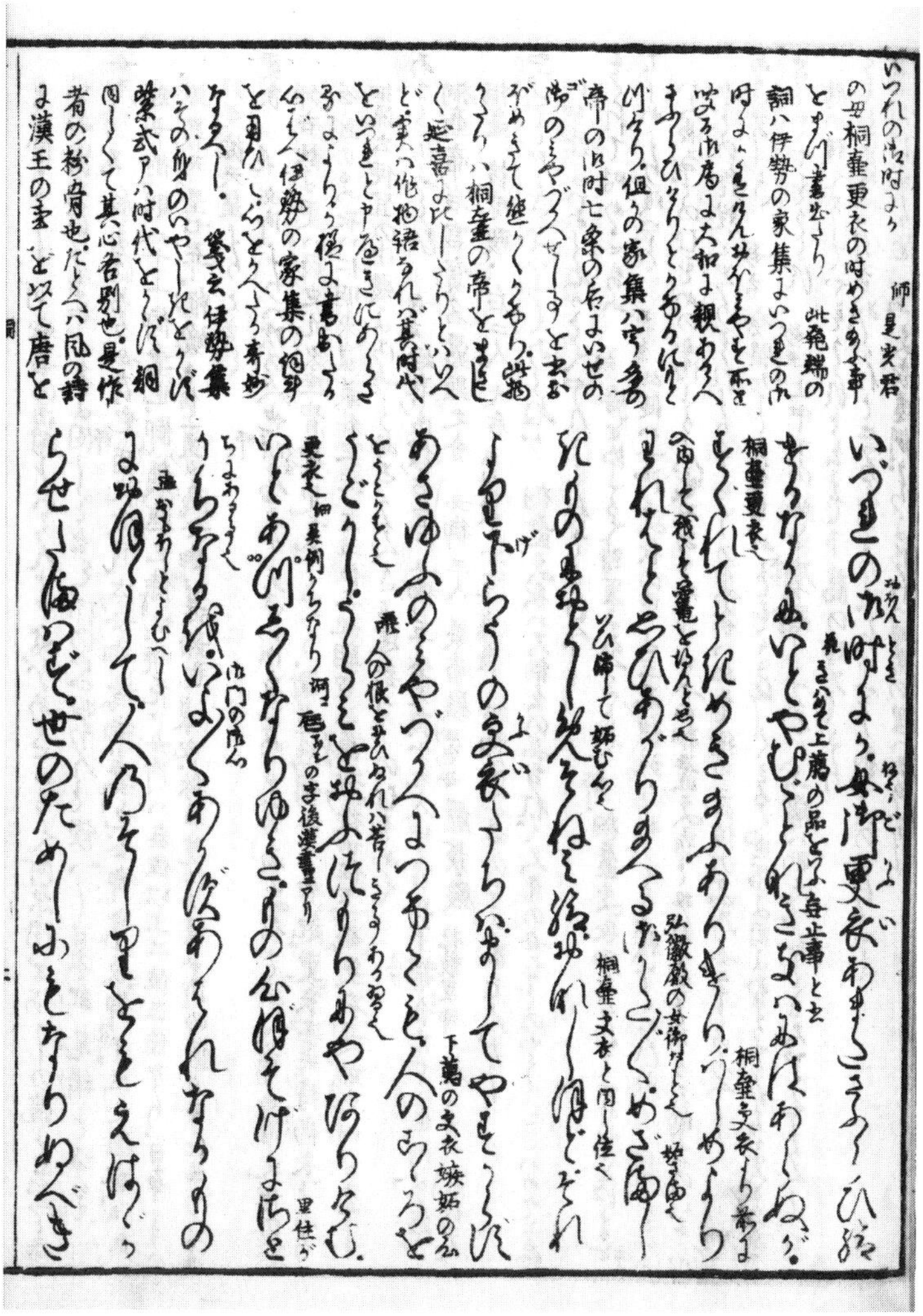

図⑦　『湖月鈔』桐壺巻巻頭

※寛文三年（一六六三）四月周令座跋刊　『伊勢物語拾穂抄』

『和漢朗詠集註』と『湖月鈔』との間を境に版面に大きな変化が生じる。『和漢朗詠集註』以前は図⑥[32]のごとく、見出本文の後に字下げして注文を記すのに対して、『湖月鈔』以後は図⑦[33]のごとく、本文に頭注・傍注を併記する形式をとり、原則として本文と注文を一面に収めようとする。なお、いずれも本文は全文を収める。

別記した『伊勢物語拾穂抄』は『湖月鈔』同様の形式をとる。『伊勢物語拾穂抄』は後印本に「延宝八庚申年中秋吉辰」の刊記があるものの、無刊記本が先立つとみえ、刊年が判然としない。野村氏は、版面の変化、延宝六年の『伊勢物語秘訣』等により、初印本の刊行時期を延宝六年（一六七八）から延宝八年（一六八〇）までの間と推測している。[34]ここでは、別の観点から刊行の先後を探るため、図⑧の書翰[35]を提示する。

先日之代之句とて、二、」三句は仕り候、」『続連珠』、いまだいつとも」しれ不申候、」哥書ども、御らん候哉らん、」いろ〳〵の古事、御書」つけ候、きとくに奉」存候、拙子の抄出之」物ども、「とさ日記」」は御らんと見え申候、」「やまと物がたりの抄」」「つれ〳〵草の文段抄」」「かなの列女伝」、又、」「をみなへし」など」いふ物、御らん候哉、」やがて「和漢朗詠の」抄」、可仕候、板行申候」はん、御らん候へ、其外」色々の物候へ共、板に」いたさず候へばかひ」なく候」

八月廿九日　」ん[36]

不驕軒[37]様」

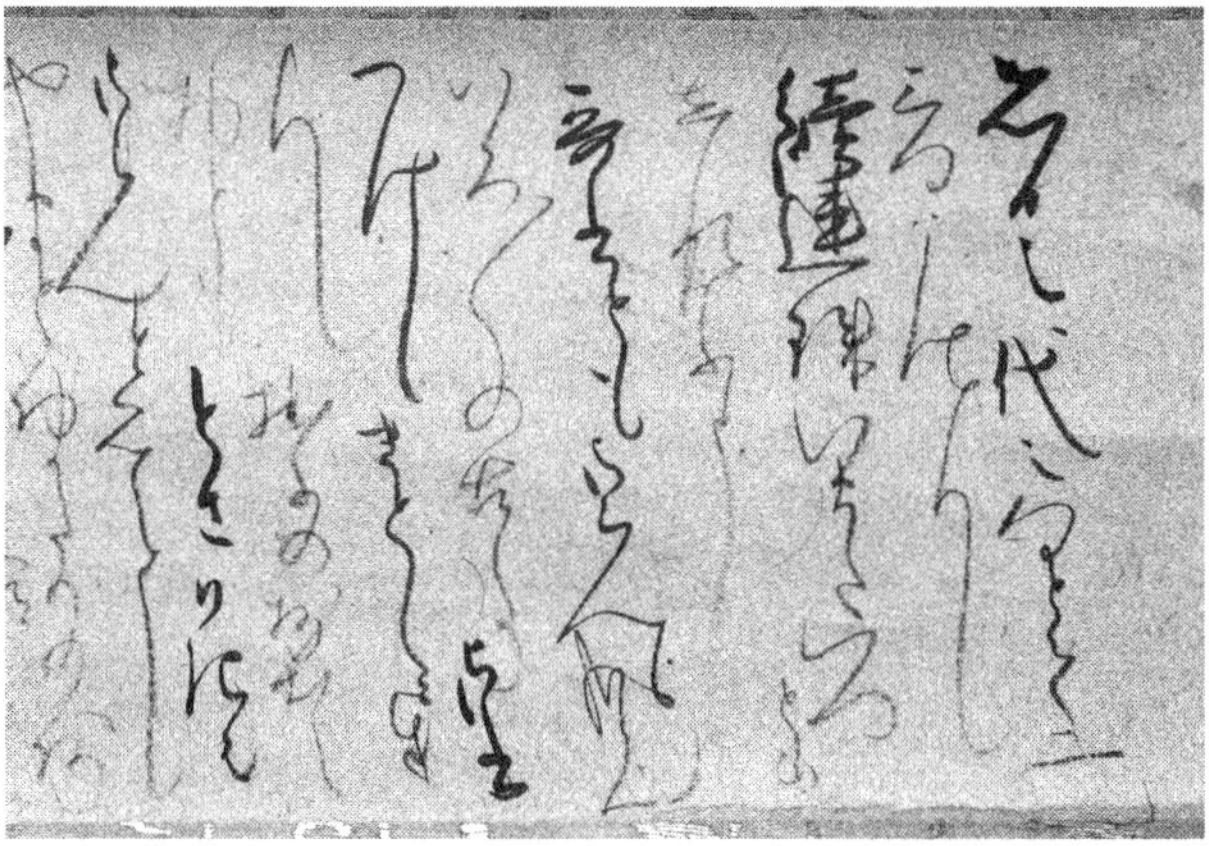

拡大図　右

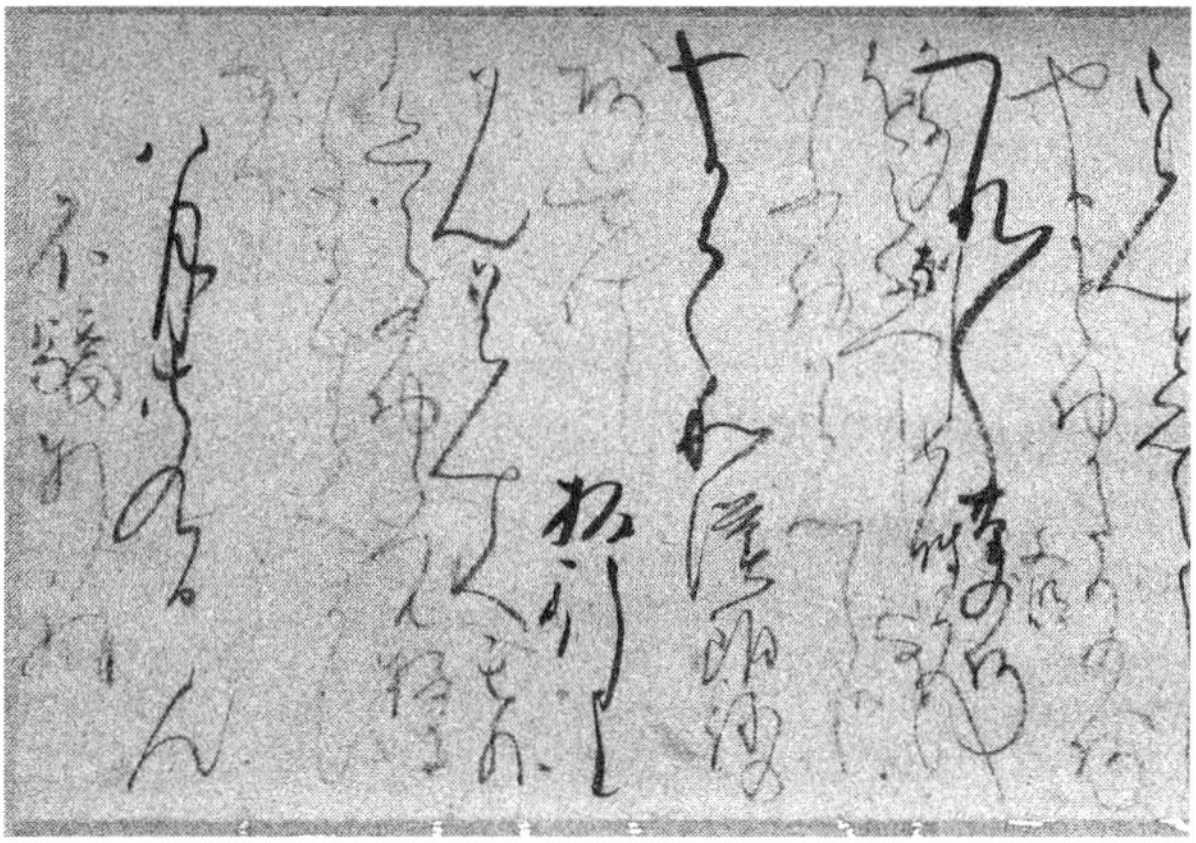

拡大図　左

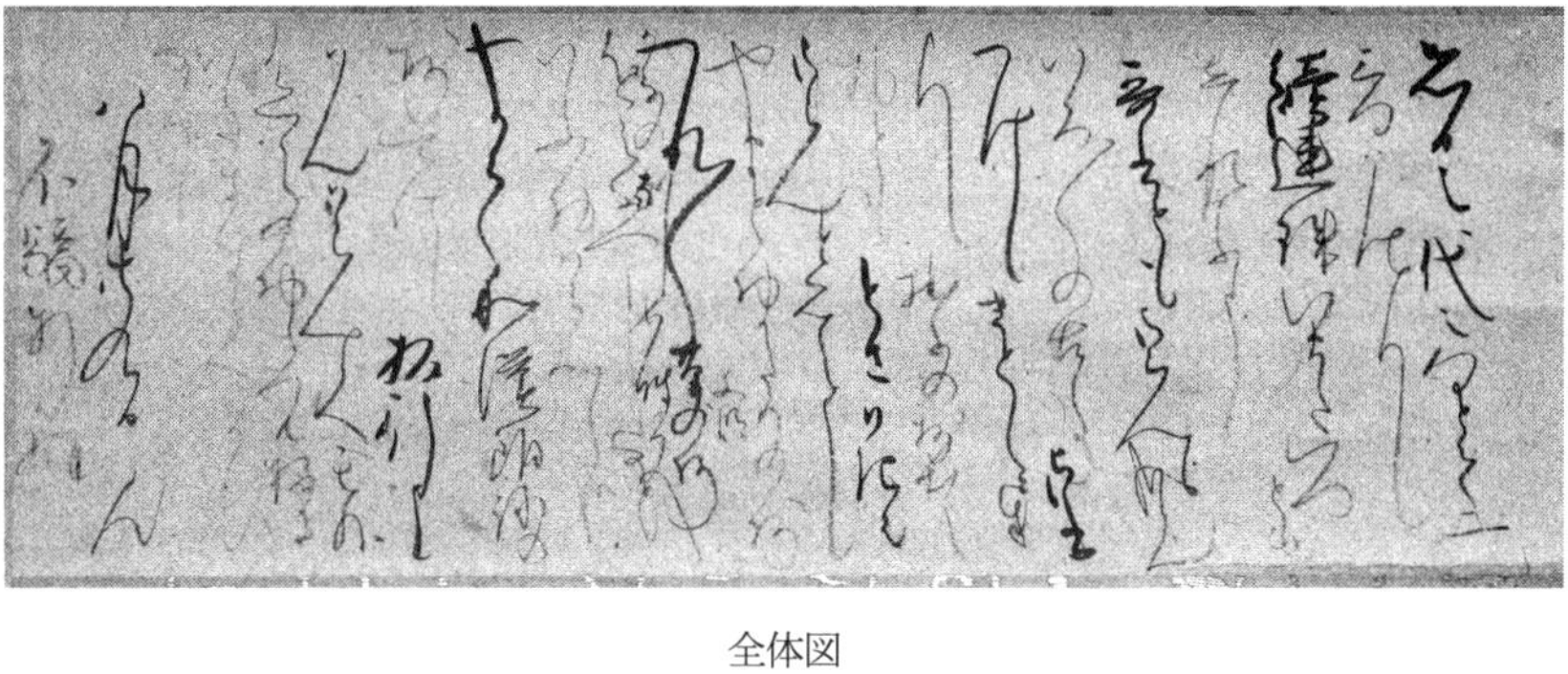

全体図

図⑧　「八月二十九日付不驕軒宛季吟書翰」

『続連珠』が刊行未定であることを述べ、「拙子の抄出之物」として『土左日記抄』『大和物語之抄』『徒然草文段抄』『仮名列女伝』『をみなへし（女郎花物語）』[38]を挙げ、『和漢朗詠集註』にやがて取りかかり、板行する意向のある旨を伝える。

このことと関連すると考えられる「十月九日付吉頼宛季吟書簡[39]」に「集之事、手前所用共さしつゞき、いまだとりかゝり不申、『和漢朗詠之抄』、やがて板行申候、是に取込居申候、入銀候て御覧可被成候、可為重宝候」とあり、同翰の尚々書に『朗詠之抄』、入銀被成候はゞ十三匁と承候、重はう申候書に候」とある。『和漢朗詠集註』自序の年紀が寛文十年（一六七〇）十二月、刊記が寛文十一年（一六七一）六月であることに従えば、同翰は寛文十年十月のものと推定される。同翰で季吟が『続連珠』（「集之事」）未刊の申し開きをしていることから推すに、吉頼、すなわち不驕軒からの来翰には『続連珠』刊行の催促が記されていたらしい。八月二十九日付で「いまだいつともしれ不申候」と述べた季吟に対して、わずか二ヶ月で再び催促をしたとは考えがたく、「八月二十九日付不驕軒宛季吟書翰」は同翰をしばし遡る寛文八年から翌同九年のものと考えて良いであろう。

ここで、「八月二十九日付不驕軒宛季吟書翰」では『和漢朗詠集註』以前に刊行されたものが網羅的に掲出されているにもかかわらず、『伊勢物語拾穂抄』の名が見えない点に着目したい。このほかにも、延宝五年（一六七七）刊『大長刀』の水雲子序には、季吟の著した刊本として、『大和物語之抄』『土左日記抄』『徒然草文段抄』『和漢朗詠集註』『湖月鈔』『春曙抄』を挙げるものの、『伊勢物語拾穂抄』の名が見えない[40]。これらを併せ考えるに、『伊勢物語拾穂抄』の刊行は『和漢朗詠集註』に遅れてのものと推定できる。これは『伊勢物語拾穂抄』が『湖月鈔』同様、頭注・傍注併記形式であること[41]と整合的であり、先に示した野村氏の検討とも矛盾しない。

『和漢朗詠集註』の執筆は、その序にも述べるごとく、『土左日記抄』『大和物語之抄』『をみなへし』の版元である中野小左衛門の需めによるものであった。漢詩への永済注が所与のものであったこの著述に、季吟自身で形式を選択する余地が大きかったとはやや考えがたい。また、作品の性質上、一首が短く、本文の寸断が通読を阻害しない。このような『和漢朗詠集註』を過渡として度外に置けば、寛文七年刊『徒然草文段抄』以前の伝統的な注釈書の様式から、『湖月鈔』のごとき古典本文を中心に据えた様式への移行がまさに寛文後半期に行われていたといえる。

俳壇の実務を湖春に担わせることはすなわち、季吟の担務において、注釈書や伝授書の執筆、各地の有力者との遣り取りの比重が重くなっていくことを意味する。事実、花押乙が据えられる書冊としては、先掲の『百五十番誹諧発句合』のほか、藤堂任口の需めによって任口の二百句を番えて判詞を加えた『百番誹諧発句合』[42]（延宝七年《一六七九》四月十八日奥書）や、泉末満への伝授書『誹諧之事』[43]（延宝二年二月十六日奥書）、宗房への伝授書である藤堂家本『埋木』（延宝二年三月十七日奥書）があり、一方で多くの書翰が挙げられる。

以上を統合するに、季吟の花押の更改は、湖春の独立に伴う、役割の変化[44]と連動して生じたものであったといえる。誹諧の実務から退こうとした季吟の思惑は、しかし、談林の伸長もあり、『一夜庵再興賛』[45]（貞享元年《一六八四》）に「予、いにしとし、六十の春より新玉津嶋のしまがくれに門さしこもりて、誹諧堂の月次などをも愚息湖春につとめしめ、其会席の交をも漸々たちて侍しに」と述べるごとく、実現に十数年の月日を要したのであった。

おわりに

本章では、季吟の花押が花押甲から花押乙へと切り替わる時期が寛文八年四月二十三日から翌同九年三月三日の間にあることを指摘し、花押の更改が湖春の独立に伴う季吟の役割や環境の変化と同時期に生じたものであることを述べた。

本章では主として花押の更改時期について述べたが、なお考究すべき点は多い。論中には花押乙の据えられる書冊をいくらか例示したが、書冊に季吟の花押が据えられるのはむしろ稀であって、印が捺されることの方が圧倒的に多い。象徴的なのは柳沢吉保への伝授書類『古今集并歌書品々御伝受之書』[46]であり、いずれも巻末に季吟自筆の相伝奥書と捺印が備わる。これは同時に相伝したと考えられる切紙『古今集并歌書品々御伝受御書付』[47]の一部に花押が据えられるのと好対照をなしている。後者は切紙という様式が花押の使用を要請したものと考えられるが、一方でなぜ書冊には花押を据えるのではなく、印を捺すこととしているのかは判然としない。代表的なものに限っても、岩瀬文庫蔵『万葉拾穂抄』[48](天和二年(一六八二)年)、新玉津嶋神社蔵『道のさかへ』[49](元禄五年(一六九二))、細川家北岡文庫蔵『源氏物語』[50](元禄七年(一六九四))、『徒然草拾穂抄』[51](元禄十七年(一七〇四))など、印の捺された多くの書冊があり[52]、巻子本も含むと数はさらに膨れ上がる。先に挙げた花押乙を据える書冊に誹諧の書が多いことは一見して明らかであるが、これが作品の性質によるものか、執筆時期によるものかは、資料の偏在のために詳らかでない。

花押を据える際の記名の様式や、宛所との関係性による署記のあり方にも検討の余地がある。花押について、同種の花押間での形状変化の有無はさらに精査されるべきである。また、本章では確実に季吟の花押と考えられる二種の花押を取り上げたが、季吟と署名する資料のうちには別種の花押[53]を据えるものもある。資料の真贋を含めて慎重な調査の必要があろう。所在が知られず、未見の書翰もある。まずは甲乙二種の花押更改時期を示し、なお究明を継続したい。

注

（1）三松堂　松邑書店、明31・1。

（2）天理図書館蔵。綿屋文庫、請求記号：わ四九―一二一。「誹諧之事」「誹諧会法」「追考」からなる。天理本『埋木』とも称される。『北村季吟集』（八木書店、平6・8、天理図書館綿屋文庫俳書集成3）に影印あり。

（3）架蔵。野洲市歴史民俗博物館寄託。掛幅。本紙寸法、一五・五糎×六一・〇糎。

（4）野洲市歴史民俗博物館寄託。掛幅。本紙寸法、一四・五糎×八二・八糎。滋賀県立琵琶湖文化館編『特別展　北村季吟』（昭53・5、近江先覚者シリーズ⑥）に「消息　卯月廿十日《［ママ］》」として、銅鐸博物館（野洲町立歴史民俗資料館）編『北村季吟――俳諧・和歌・古典の師――』（町制四十周年記念特別展図録、平7・10、28頁）に「北村季吟書状」として、野洲市歴史民俗博物館（銅鐸博物館）編『北村季吟――没後三〇〇年記念展――』（野洲市誕生記念企画展図録、平17・4、24頁）に「北村季吟書状」として、それぞれ掲出。

（5）注（4）『北村季吟――俳諧・和歌・古典の師――』（54頁）に「北村季吟書状」として掲出。野村貴次『北村季吟の人と仕事』（2版、新典社、昭61・9、新典社研究叢書1、517頁。初版、昭52・11）によると田口道夫氏蔵。

（6）架蔵。野洲市歴史民俗博物館寄託。掛幅。本紙寸法、一五・六糎×六五・一糎。なお、当翰の翻字について、岸本眞実氏、澤井廣次氏のご教示を得た。

（7）注（4）『特別展　北村季吟』に「消息　卯月一日　可政宛」として掲出。野田千平『太田巴静と美濃竹ヶ鼻の俳諧』（中日出版社、平17・11、8頁）に翻刻が備わる。

（8）注（3）に同。

（9）函番号：丑―一四。「西尾市岩瀬文庫　古典籍書誌データベース」に翻刻が備わる。同データベースは本章における同書への検討と同趣の備考を附す。

（10）野洲市歴史民俗博物館寄託。注（4）『北村季吟――没後三〇〇年記念展――』（15頁）に「口訣」として掲出。

（11）3番句は『花千句』（延宝三年《（一六七五）》八月成）の巻頭発句として著名である。

（12）河村瑛子氏のご教示による。天理図書館蔵『季吟宗匠誹諧』（請求記号：わ四四―四）には「寛文八年三月十六日／大坂長祐興行知恩院花盛に」とあり、中京大学図書館蔵『季吟興行之巻』(請求記号：貴五七）には「寛文八年申三月十日」とある。後者は長谷川端解説・冨田康之翻刻「翻刻『季吟興行之巻』」（島津忠夫監修『日本文学説林』和泉書院、昭61・9、研究叢書34、259～296頁）に翻刻が備わる。
(13) 注（12）参照。
(14) 天理図書館蔵。綿屋文庫、請求記号：わ四四―三。
(15) 注（2）に同。
(16) 注（4）参照。
(17) 新玉津嶋神社蔵『再昌院法印季吟翁日記』（野洲市歴史民俗博物館寄託）。天理図書館綿屋文庫編『季吟日記』（天理図書館、昭31・4、俳書叢刊第四期7。臨川書店、昭63復刻）、『北村季吟日記』（北村季吟大人遺著刊行会、昭38・11、北村季吟著作集第二集）に翻刻が備わる。
(18) また、2番句は『続山井』（寛文七年五月跋刊）秋之発句上に、「躍」題にて収載される。戸田浩氏のご教示を得た。なお、八月十五日前後の『北村季吟日記』には、十六日条に「十六日　発句、うたかきて、東御門跡、霊瑞院などの御かたへまいらせつ、猪飼氏へも渡辺重勝かきてやりつ」とある。
(19) 太田可政、号貞静軒、元禄二年（一六八九）没。野田千平『近世東海俳壇の研究』（新典社、平3・1、新典社研究叢書37、108～111頁）参照。
(20) 旧稿「季吟点捨女発句について」（『俳文学研究』71号、京都俳文学研究会、平31・3）。なお、当翰の翻字について、塩村耕氏のご教示を得た。
(21) その二句に、平点の附された3・5・10・13・14番句を加えた計七句が捨女『〔自筆句集〕』（田ステ女記念館蔵）に収載される。捨女を読む会編著『捨女句集』（和泉書院、平28・5）に翻刻が備わる。
(22) 九州大学附属図書館蔵『源語秘訣』（請求記号：五四五―ケ―三一）の奥には「寛永十九年十月中旬　拾穂」と記され、花押乙に類似した形状の花押が据えられるが、花押乙とは運筆が異なっている。本書第三章で指摘するごとく、該書は臨模本である。無窮会蔵『源語秘訣』（平沼文庫、整理番号：二一二六四）に花押が据えられず、「在判」ともないことから推すに、他書等から季吟の花押乙を転記した蓋然性が高いため、ここでの検討対象とはしない。

（23）天理図書館蔵。綿屋文庫、請求記号：わ四三―七。注（2）『北村季吟集』に影印あり。

（24）芭蕉翁記念館蔵。

（25）注（14）『季吟誹諧集』に「寛文八年霜月廿六日新宅にうつりて／竹格子かうして千世や冬籠り　季吟／酒えんをひらく窓の早梅　湖春」とある。住所は『京羽二重』（貞享二年《（一六八五）》刊）巻六による。

（26）以上の湖春に関わる事項については、榎坂浩尚「湖春研究」（『北村季吟論考』新典社、平8・6、新典社研究叢書98、70～99頁）に詳細な指摘が備わる。

（27）天理図書館蔵。綿屋文庫、請求記号：わ八四―六〇―二。

（28）湖春の生年を検討する上でも重要な記述である。前年の寛文八年に十七歳とすれば、承応元年生とする『先祖書』などとも符合する。

（29）内訳は、十二番負（右方友静）、二十六番持（右方東竹）、四十三番勝（右方元隣）、五十番持（右方守常）、六十二番持（右方浄治）、八十五番持（右方素玄）、九十六番勝（右方一安）、百十四番持（右方如貞）、百廿四番持（右方意朔）、百四十八番勝（右方初知）である。五十番にも「例のひいき目」とある。

（30）注（26）『北村季吟論考』74頁。

（31）注（26）『北村季吟論考』78～79頁。

（32）『大和物語抄　上（下）』（新典社、昭52・2～3、北村季吟古註釈集成5～6）に影印あり。掲出画像は架蔵本による。

（33）『源氏物語湖月鈔一（～十二）』（新典社、昭52・7～53・7、北村季吟古註釈集成7～17）に影印あり。掲出画像は架蔵本による。

（34）野村貴次『北村季吟古注釈集成解説　季吟本への道のり』（新典社、昭58・3、北村季吟古註釈集成別1）621～664頁。なお、他の書にも刊記と実際の刊年との差違についての議論が存するが、本論の論旨には影響を及ぼさない。

（35）架蔵。野洲市歴史民俗博物館寄託。掛幅。本紙寸法、一五・〇糎×四二・七糎。

（36）注（4）『北村季吟――没後三〇〇年記念展――』（40頁）に掲出の季吟文庫蔵「北村季吟書状（正月六日只計宛）」な

ど、季吟書翰に見える署名である。

（37）坂倉吉頼。注（7）『太田巴静と美濃竹ヶ鼻の俳諧』参照。

（38）本翰は刊本『女郎花物語』の編者を季吟とする推定を裏付けるものである。

（39）永井一彰氏蔵「北村季吟ほか貼り交ぜ屏風」のうち。大垣市・大垣市教育委員会編『芭蕉と美濃の蕉門俳人たち～交遊の軌跡とその意義～』（大垣市奥の細道むすびの地記念館第十五回企画展、平27・10）に掲出。

（40）同序には「是世にをこなはれてなべて人のしる所也」とあって、刊本のことを述べていると見られる。一方、延宝四年刊『誹諧用意風躰』（巻末に「延宝元年」の年紀あり）にも注釈書を列記して、「古今ノ打聞《ウチキヽ［ママ］》。六冊伊勢物語ノ拾穂抄壱冊。紀氏土佐日記ノ抄二冊。六々私《シ》抄一冊。大和物語抄六冊并別勘追考二冊。和漢朗詠集註十冊。枕双紙春曙《ショ》抄十二冊。源氏物語湖月抄五十八冊。百人一首別勘一冊。徒然草文段抄七冊」と記すが、こちらは刊本に限定するものか不明であり、今次、参考とはしなかった。

（41）『初度本伊勢物語拾穂抄』や新玉津嶋神社蔵『伊勢物語　長頭丸』（野洲市歴史民俗博物館寄託）などを勘案するに、奏覧本は見出しをたて、字下げして注文を記す形式だったと推定される。注（34）野村氏著書や箋田将樹「季吟の一丁――『伊勢物語拾穂抄』成立私見――」（『上方文藝研究』第3号、上方文藝研究の会、平18・5）、片桐洋一編『鉄心斎文庫伊勢物語古注釈叢刊　第5巻』（八木書店、平元・7）、青木賜鶴子「『伊勢物語拾穂抄』無刊記本の一本」（『国文学研究資料館紀要　文学研究篇』第45号、人間文化研究機構国文学研究資料館、平31・3）などを参照。

（42）東京大学附属図書館蔵。洒竹文庫、請求記号：A〇〇―洒竹―三一一一。

（43）注（2）に同。

（44）その背景に注（17）『北村季吟日記』の寛文元年七月四日条に「暮かゝるほどに、例の眩暈おこり出て、にげかへる、やう〳〵世のまじはりすまじき身のありさまなり、歎くにたへたり、今年、三十八歳、猶、初めの老にいたらずかし、天命のうすきにこそ、養性はをこたることなけれど、此比は猶こゝろぼそし」とある健康への不安を想定することも可能であろう。

（45）架蔵。野洲市歴史民俗博物館寄託。巻子本。縦三二・七糎。本紙寸法、二八・一糎×二〇三・七糎。

(46) 日本大学図書館蔵。請求記号：九一一・一〇四―Ｋｉ・六八。

(47) 柳沢文庫蔵。所蔵番号：〇一―一四。原本未見。宮川葉子『柳澤家の古典学（下）――文芸の諸相と環境――』（青簡舎、平24・2）に翻刻と解題が備わる。

(48) 資料番号：一一〇―一二一。野村貴次『北村季吟の人と仕事』（初版、新典社、昭52・11、新典社研究叢書1）第二章第四節などに所在が示され、詳述される。大石真由香『近世初期『万葉集』の研究――北村季吟と藤原惺窩の受容と継承――』（和泉書院、平29・2、研究叢書485）に翻刻が備わる。

(49) 野洲市歴史民俗博物館寄託。『道の栄』（北村季吟大人遺著刊行会、昭37・9、北村季吟著作集第一集）に翻刻が備わる。

(50) 資料整理番号：三七号・赤二〇四。夢浮橋巻のみ、一行毎に金・銀・藍・草・紅・朱・墨の各色にて書写する。森正人・徳岡涼編著『源氏物語千年の時』（熊本大学附属図書館、平20・10、第25回熊本大学附属図書館貴重資料展解説目録）に掲出。同様に多色を用いた、季吟の関与する写本として、石川武美記念図書館蔵『前後十五番歌合』（『竹柏園蔵書志』所載）がある。

(51) 『徒然草拾穂抄　上（中・下）』（新典社、昭52・4〜6、北村季吟古註釈集成20〜22）に影印あり。

(52) 板本でも、配り本と推定される『春曙抄』に季吟の所用印を存するものがある。旧稿「板本『枕草子春曙抄』の諸本系統――板木の利用状況の考察を中心に――」（『語文』第99輯、大阪大学国語国文学会、平24・12）参照。

(53) 『古今墨蹟鑑定便覧』（嘉永七年《（一八五四）》刊）地下歌人之部や『花押拾遺』（天保七年《（一八三六）》跋刊）には、花押甲乙いずれでもない花押が収載されている。

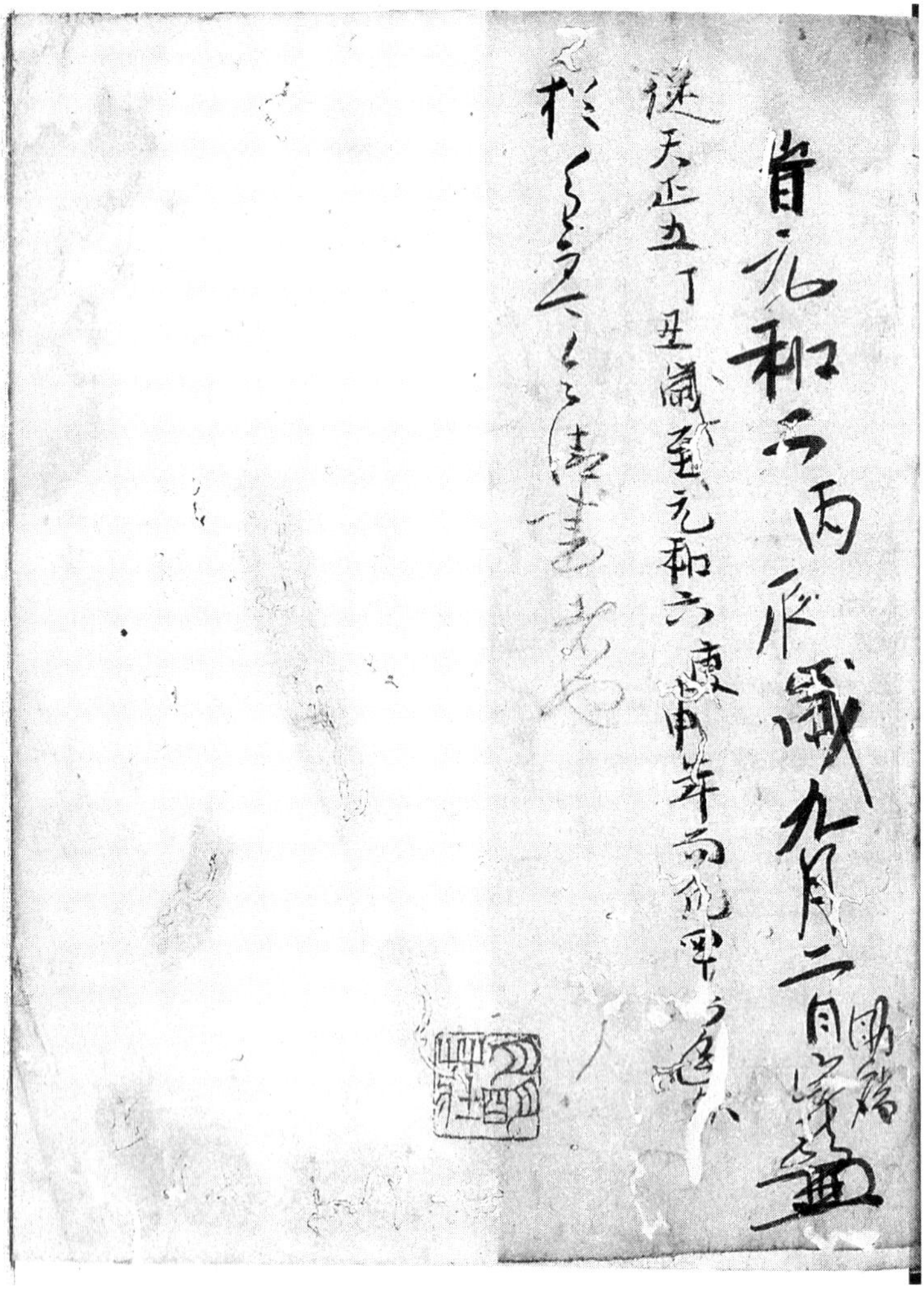

宗龍（季吟祖父）署名・花押（元和二年《一六一六》）『連歌新式追加并新式今案等』奥書
（天理図書館蔵。綿屋文庫、請求記号：れ1.1-6）

同右 拡大図

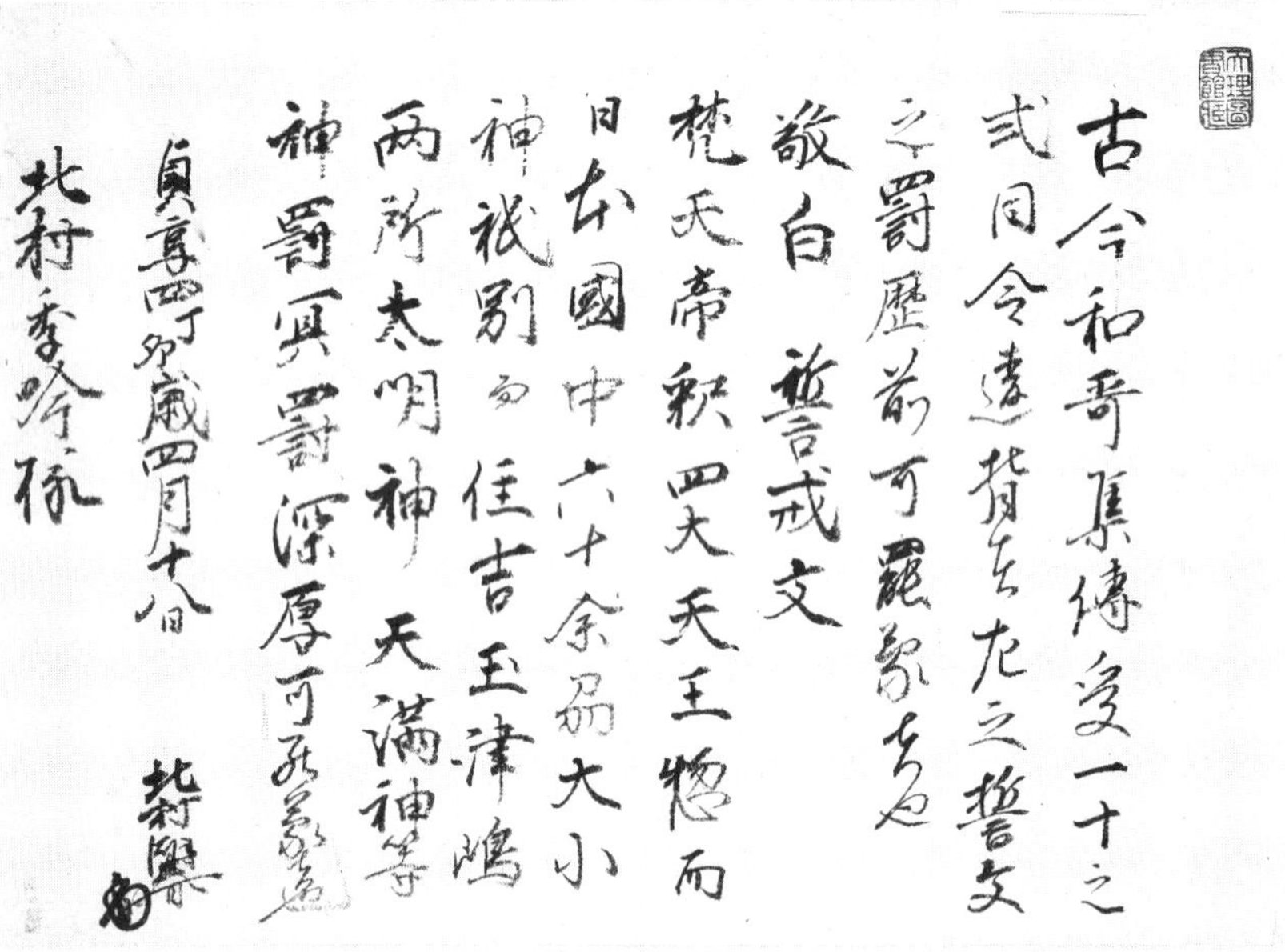
古今和哥集傳受一十之
式同令違背者左之誓文
之罰歴前可罷蒙者也
敬白　誓戒文
梵天帝釈四大天王惣而
日本國中六十余州大小
神祇別而住吉玉津嶋
両所太明神　天満神等
神罰冥罰深厚可蒙者也
貞享四丁卯歳四月十八日
北村湖春（花押）
北村季吟様

全体図

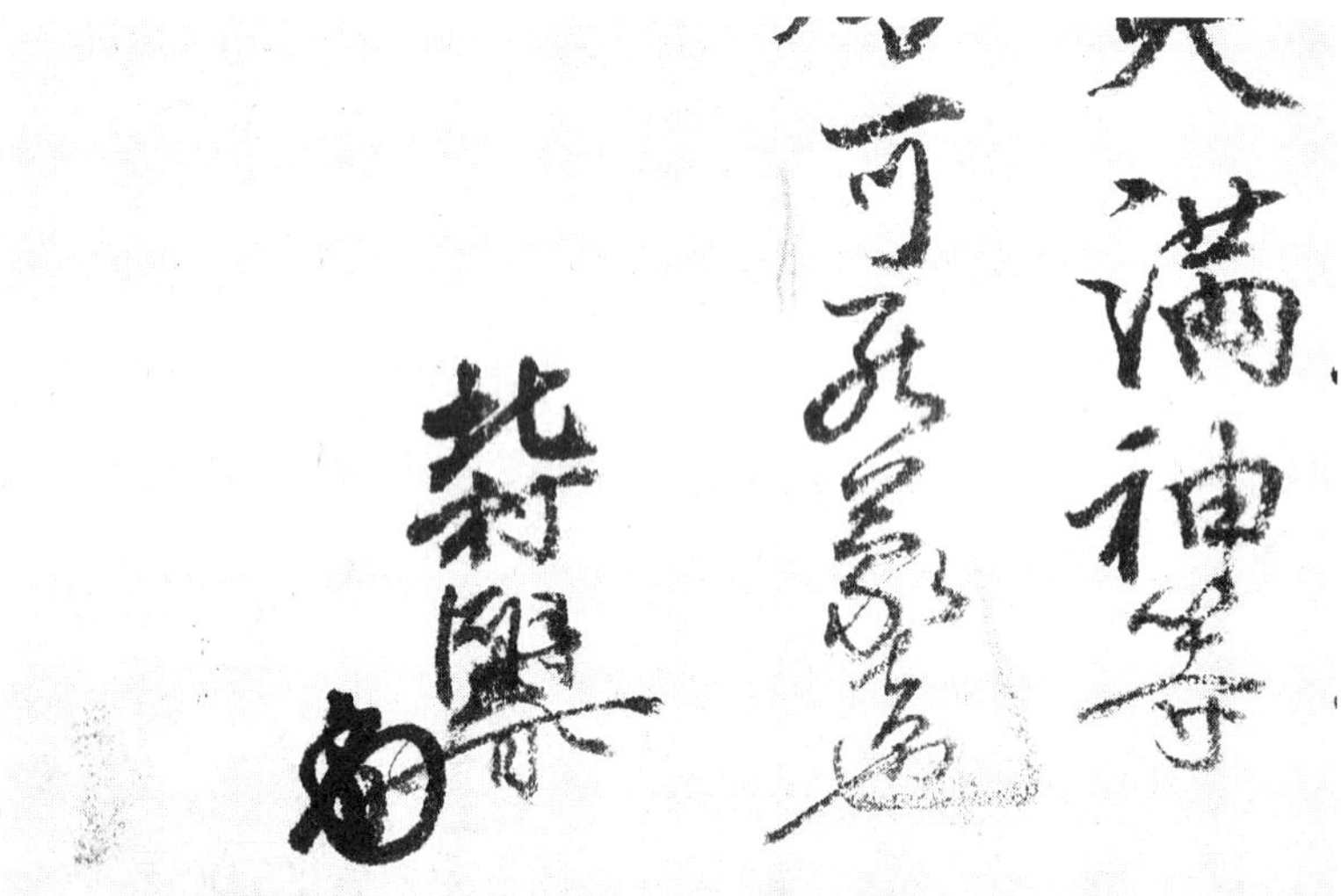

（一六八七）
湖春署名・花押（貞享四年）「［古今和歌集伝授誓文］」
（天理図書館蔵。請求記号：911.2-イ269）

季吟・湖春署名・花押（[元禄三年《（一六九〇）》]）
「北村季吟・北村湖春書簡：内藤寿軒・乙部勘右衛門宛」
（早稲田大学図書館蔵。請求記号：チ06 03890 0029 0005）

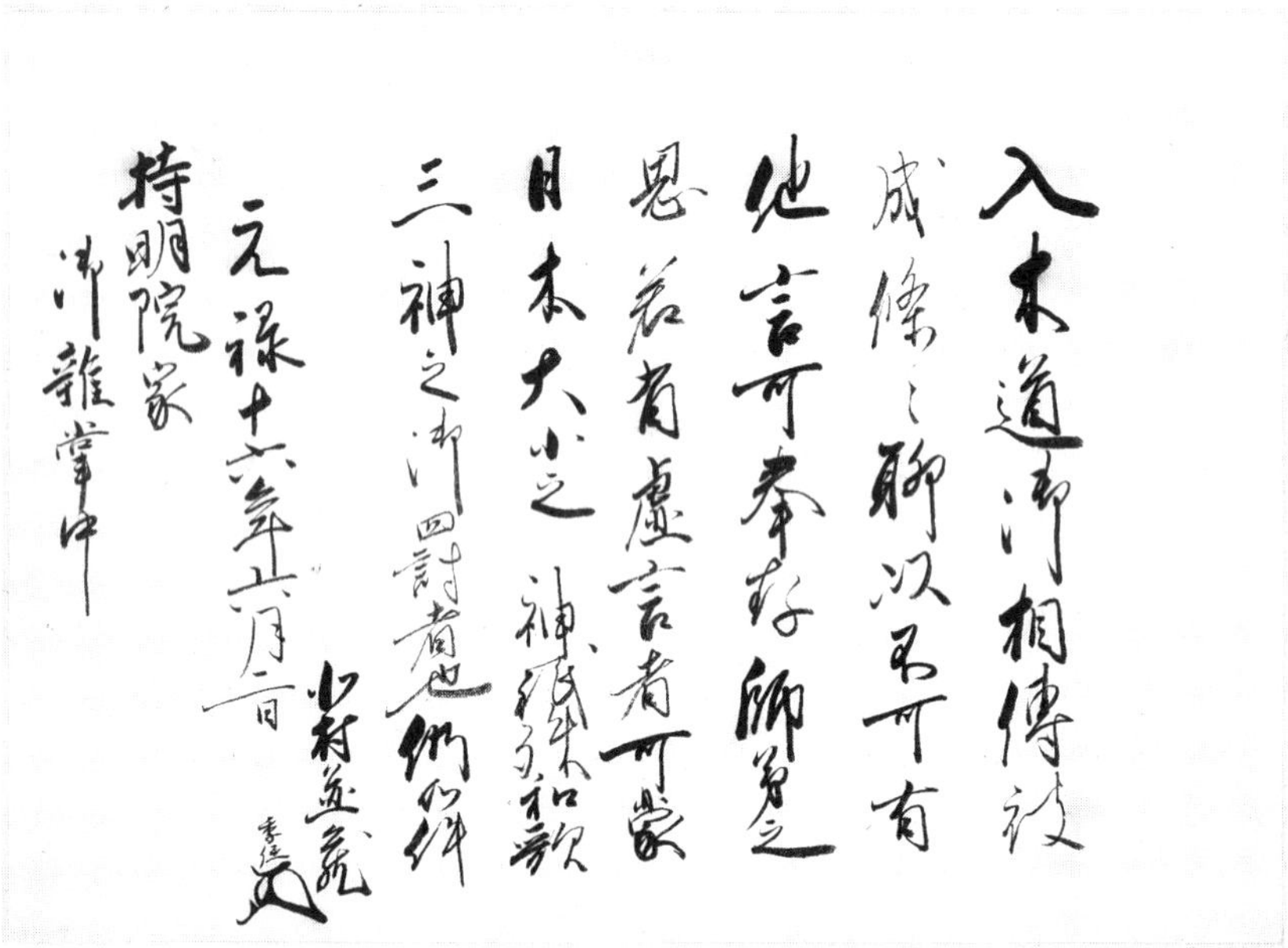

全体図

(一七〇三)
北村季任（季吟孫）署名・花押（元禄十六年）『[北村季吟歌道伝授請文集]』
（天理図書館蔵。請求記号：911. 2-イ203）

第二章　『徒然草拾穂抄』と貞徳説

はじめに

本章では天理図書館蔵臼井本『徒然草拾穂抄』（以下、臼井本『拾穂抄』と称する）の著者である北村季吟と書写者である臼井定清との関わりについて述べる。また、臼井本『拾穂抄』が季吟『徒然草文段抄』のごく初期の草稿としての性格を有することを指摘し、松永貞徳の『徒然草』への施注の一端を窺う資料となることを述べる。

はじめに臼井本『拾穂抄』の書誌を示す。

天理図書館蔵。吉田文庫、請求記号：吉八四—二。二巻一冊。臼井定清筆。二六・九糎×一九・七糎。袋綴（五針眼訂法）。丁子色表紙。内題「つれ〳〵草拾穂抄」「つれ〳〵草拾穂抄下」。丁数、発端二丁半、上巻一〇五丁、白半丁、下巻六一丁、白二丁。挟紙二紙あり。(1) 小口に「つれ〳〵」とあり。書背上方に「徒然草抄」とあり、下方に墨消二箇所あり。(2) 印記「臼井春麻呂」（二・五糎×二・五糎。陽刻方印）。

臼井本『拾穂抄』は吉田文庫中にある臼井本の一である。臼井本ならびに臼井家については、幡鎌一弘氏の研究(3)が備わる。臼井本『拾穂抄』に書写者を示す記述はないが、臼井定清（七郎兵衛・春丸）の書写奥書を有する『年中行事』(4)（吉四二—四〇）や『為家和歌口伝』(5)（吉八一—一六四）などと同筆であることにより、定清筆と認められる。(6)

臼井本『拾穂抄』はその名が示すごとく、『徒然草』の注釈書である。季吟による同名の著作(7)（以下、岡村本『拾穂抄』と称する）はつとに知られているが、臼井本『拾穂抄』はそれとは内容を大いに異にする。それはすなわち、季

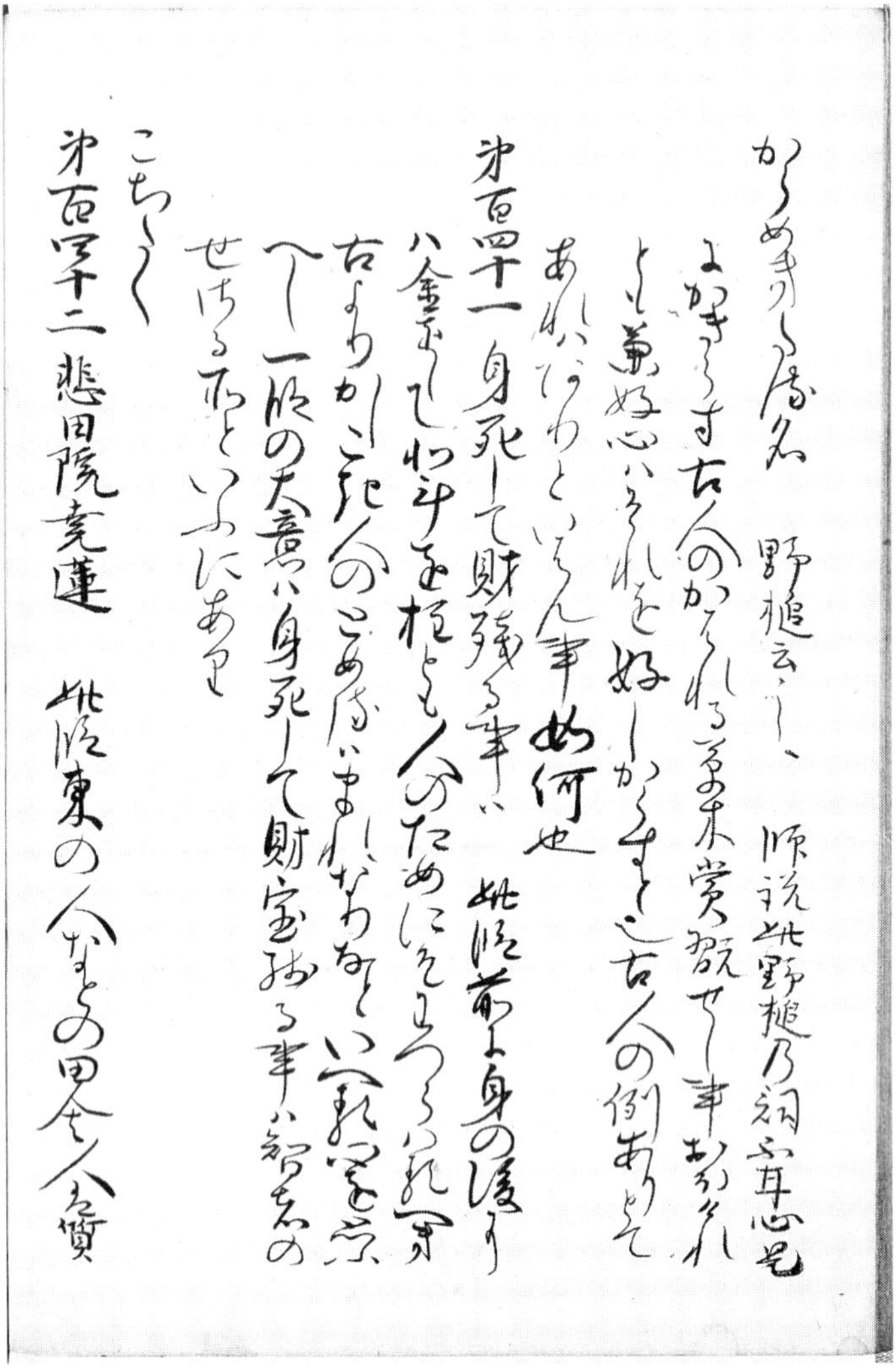
かゝめすりし偏名　野槌云ソし、　師説此野槌乃詞不得心也
よかきうす古人のかくれたる事を不賞翫せし事あられ
とし萬好心ハそれを好しかくすまし古人の例ありとて
あれハはわといはん事如何也
第百四十一　身死して財残る事ハ　此段前ハ身の後に
ハ金ふして北斗を柱ふとも人のためにそしらるゝ累
古よりかしこき人のこゝろあるハまれなりといへり執着を示
し一段の大意ハ身死して財宝残る事ハ智者の
せざる所といふにあり
こちゝく
第百四十二　悲田院堯蓮　此段東の人なとの田舎人ハ之質

臼井本『徒然草拾穂抄』116丁裏

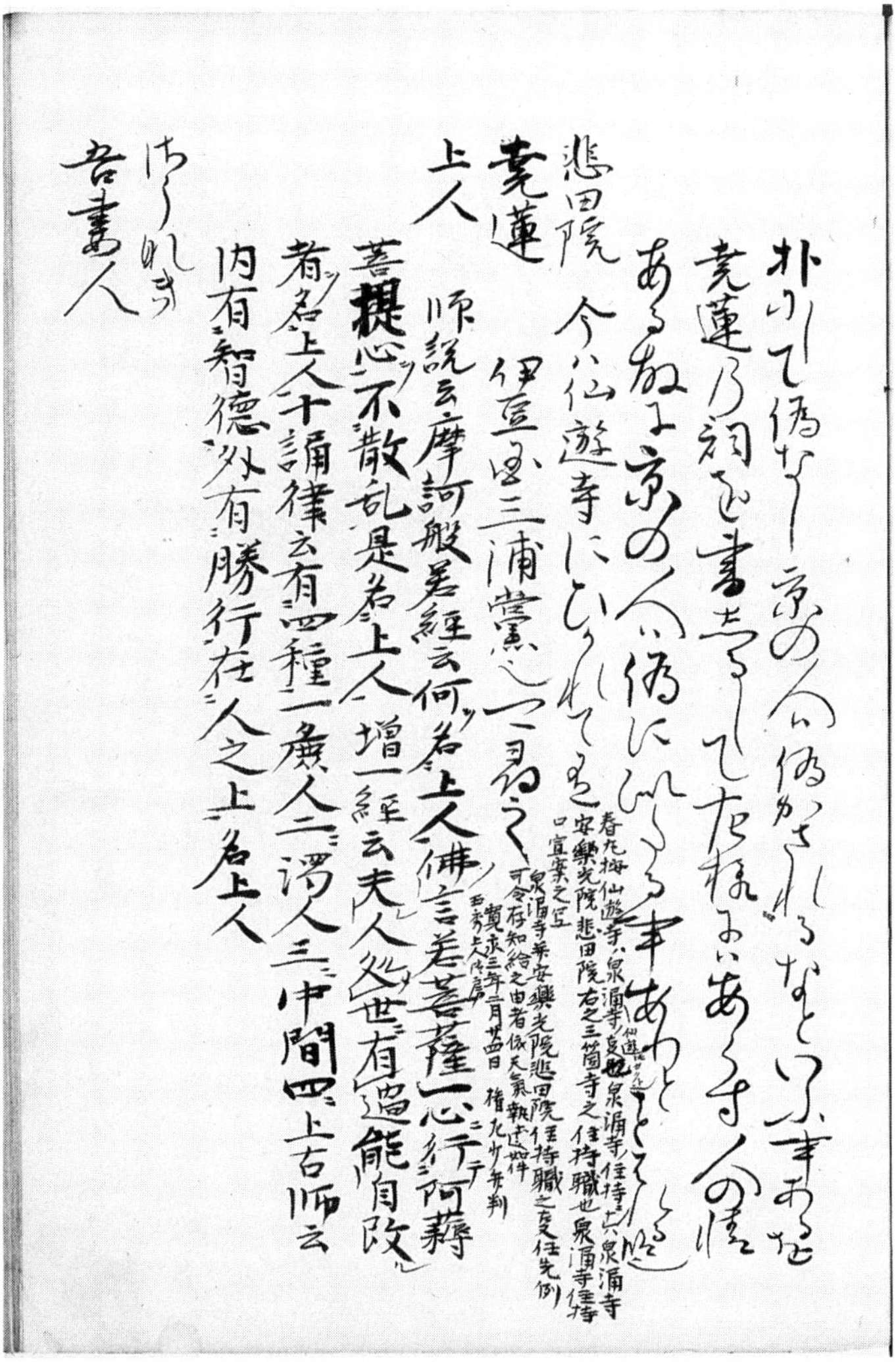
悲田院　今ハ仙遊寺に
尭蓮
伊豆国三浦黨也
上人
師説云摩訶般若経云何名上人佛言若菩薩一心行阿耨菩提心不散乱是名上人　増一経云夫人処世有過能自改者名上人十誦律云有四種一麁人二濁人三中間四上　古師云内有智徳外有勝行在人之上名上人

臼井本『徒然草拾穂抄』117丁表

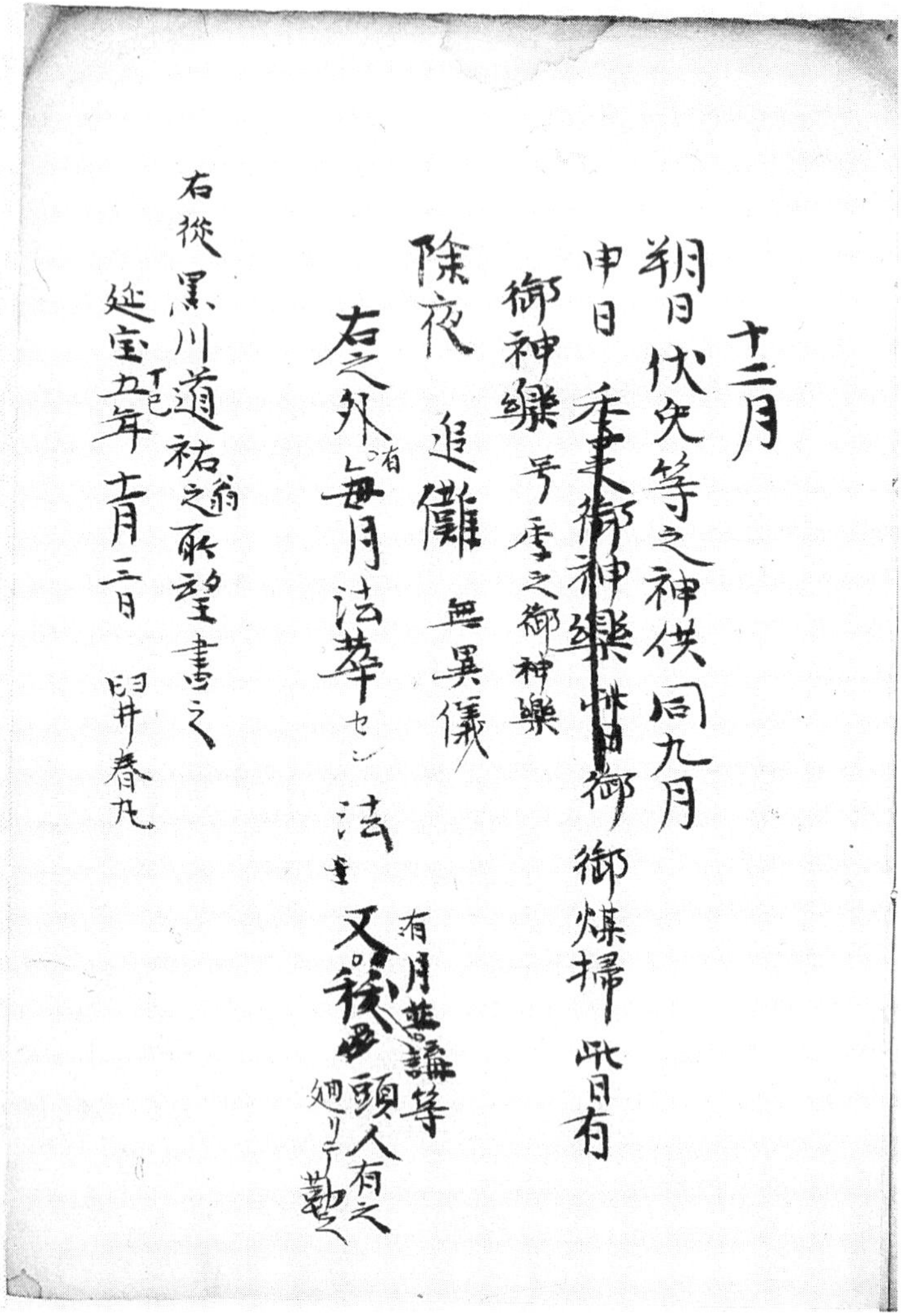

十二月
朔日　伏兎等之神供　同九月
申日　季之御神楽　廿日御　御煤掃　此日有
御神楽　号季之御神楽
除夜　追儺　無異儀
右之外諸毎月法華セン法事　又有月並論義等頭人有之廻リテ勤之

右従黒川道祐之翁所望書之
延宝五年丁巳十月三日　旧井春丸

『年中行事』奥書

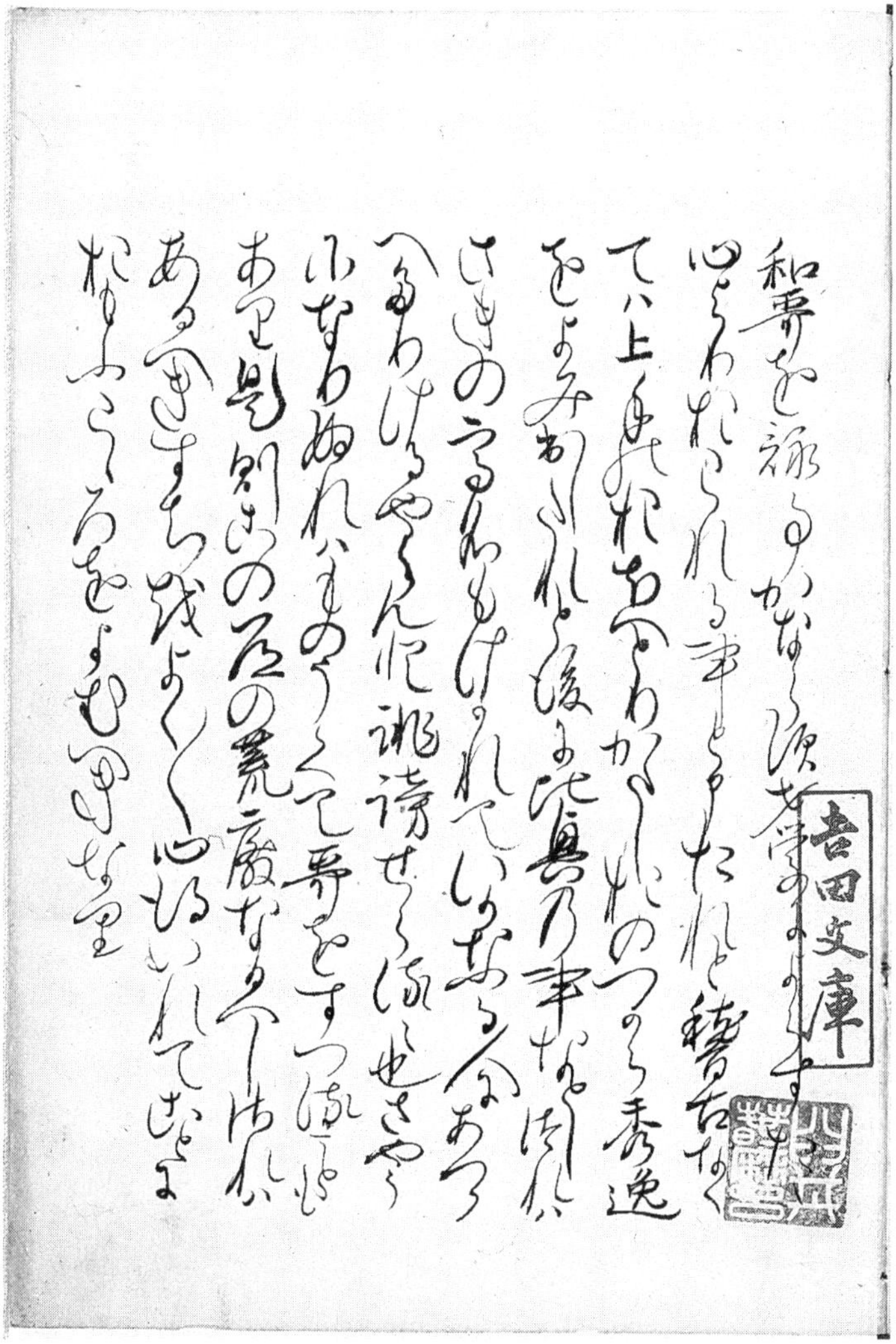

『為家和歌口伝』巻頭

吟の『徒然草』注釈書である板本『徒然草文段抄』（以下、『文段抄』と称する）とも大きく異なるということを意味する。

臼井本『拾穂抄』の注記は『徒然草』全段に及ぶ。各段のはじめに段数と書出および段の総説を記し、以下に項目を掲出し、注文を記す形式である。しばしば項目のみが記されて注文のない箇所があり、末に近づくほどそのような箇所が増加する傾向にある。(8) 1丁表に「師説長頭云」とあるため、長頭丸、すなわち松永貞徳の説を含むものであり、貞徳の弟子の著述であること、また、注記の中に「季吟案」とあるため、季吟説を含むことが推定できる。加えて、本文同筆の細字書入に「春丸按」とあるため、(9) 定清説を含むことが確認できる。なお、参考として、本章末に臼井本『拾穂抄』の翻刻を附した。閲覧・複写の難度と紙幅とを勘案し、第十段までの部分翻刻である。

一　季吟と定清

定清ならびに吉田文庫中の定清歌稿については、日下幸男氏の研究(10)に詳しい。日下氏のまとめを引用する。

定清（寛永元年〔一六二四〕～元禄頃、七十余歳）は平姓、臼井氏。祇園社神職。号金地堂春麿、春丸。妻は大中臣氏。詩歌誹諧をよくし、『歳旦発句集』『続山井』（『古典俳文学大系』二）などに入集。北村季吟、望月長孝らと親しく、歌稿が多く残る。また国典の考究に励む。なお生年は元禄六年元日詠「花の春六十年の坂も越ぬれはよし野初瀬もかちよりやせん」（天理吉田本『愚草』）から、当年七十歳として逆算する。(11)

また、定清の祇園社社人としての活動については、仲林亨氏の研究[12]が備わる。

本節では定清と季吟との関わりについて、臼井本を中心に述べる。

『歌稿』（吉八一―三九一）には、以下のごとく、寛文五年（一六六五）の松永貞徳十三回忌を季吟のもとにて行った際の詠がみえる。[13]

冬懐旧　季吟ニテ長頭十三回忌ニ」

〽あしの屋の昔を忍ふ軒の草に置ぬる霜《霜》や眉のおもかけ（10ウ）』

庭上雪　同」

〽降つもる庭の松か枝打なひき軒の嵐を埋む白雪」

同当座　短尺ニ書　時雨」

〽夕まくれなかむる袖にぬれ初てまとの外過る小夜時雨哉」

〽行雲のあとを枯野の草にみえて一筋過る夕時雨哉」

草木にも秋はそれそとあはれさの色こそみえね時雨ふる空（11オ）』

貞徳十三回忌と季吟といえば、藤堂蟬吟主催、宗房（後の芭蕉）出座の追善誹諧百韻[14]が著名である。野村貴次氏[15]らの指摘するように、季吟句が脇句のみであることからみても、出座せず脇句を遣わしたものであり、季吟は京にて別に貞徳十三回忌を行っていたとみえる。『歌稿』の定清詠もその一傍証である。

以下、貞徳の年忌について述べれば、万治二年（一六五九）の七回忌には、小高敏郎氏が「季吟も可全、春丸らと追善の俳諧を興行し（新續犬筑波集）[16]と指摘するように、季吟亭にて追善を行った際の定清句[17]が板本『新続犬筑波集』（万治三年（一六六〇）序）に見える。

延宝五年（一六七七）の二十五回忌に関しては、板本『逍遊軒明心貞徳居士大士忌之辰詠追福千首和歌』（別称白鳥千首）に二十首超の詠歌を献じている[18]。また、小高氏[19]の指摘するように、延宝五年刊『逍遊集』[20]の以悦序に「季吟、直昌、定清等《ラ》などのみ、こたみのわざも催して、千首の手向うたすゝめけるに」とあり、両書の編纂・刊行にも携わったらしい。

貞享二年（一六八五）の三十三回忌については、小高氏の紹介する『逍遊軒三十三回忌詩哥抄書』の和歌の部に定清の名が見える[21]。同書和歌の部の季吟序や『松永氏逍遊軒明心居士貞徳翁伝記』[22]によると、季吟が主体となって催したものらしい。また、吉田文庫中には『貞徳三十三回忌勧進和歌三十首』（吉八一―二四一）が存する。これは定清筆本をもとに臼井但右衛門が転写本を作成し[23]、定清筆本[24]と合綴した臼井本の一である。

貞徳忌から目を転じよう。貞享三年（一六八六）、荒木定道が上京した折の歌会詠を収める『拾穂軒当座和歌』[25]にも春麿の名が見え、一座していることが知られる。翌貞享四年（一六八七）の参宮を記した季吟『伊勢紀行』[26]の六月六日条、すなわち京への帰着日には、「祇園の西の階のもとにかごをろさせて、御社拝みて立帰ほど、臼井春丸にあひて、京のこと共とひきく。たれも〳〵ことなくてといへば、いと嬉し」とある。また、季吟が著した『盆山記』[27]は、雲川言子からの依頼によるものであり、その仲介をしたのも定清であった。

『愚草』（吉八一―三八六）には、日下氏や幡鎌氏も指摘するように、元禄六年（一六九三）の季吟七十賀に寄せた和歌が記される。同書の19丁から20丁、22丁から23丁にかけて、同題の二十首弱の歌稿が記され、推敲の様子が窺える。その冒頭は以下のごとくである。

竹緑久下上　季吟七十賀に　春丸」
霜へてもかはらぬ色の呉竹に」
ことの葉そふる千世の一ふし」
いく世へん緑の色そ我みても」
久しく成ぬそのゝくれ竹」

そして、24丁表に、

竹久緑　季吟へ短尺遣」
としへても《行衛猶》かはらぬ色のわか友と」
竹も千世へん人を見るらし」

と記される。また、石水博物館蔵『詩歌法眼季吟七十賀[28]』には、「竹久緑」題[29]で季吟七十賀に寄せられた詩歌が収められる。その中に、

春麿　祇園祢宜 旧〔ママ〕井七郎兵衛」
行衛猶かはらぬ色のわか友と竹もちよへん人をみるらし」

との定清詠が見え、『愚草』収載歌が実際に定清から季吟に送られた詠歌であることを確認できる。
また、『愚草』には以下のごとく記される。

季吟七十賀之会　癸酉十二月九日　当座
　当座三十首　四季恋雑
　　落花　　春丸
ちりかゝる木かけにやすむ柴人の
手折らておへる山さくら哉
当夏季吟賀之哥勧遣之題　竹久緑
行衛猶かはらぬ色のわか友と
竹も千世へん人をみるらし（37オ）』
　立春
立むかふ空そかすめる春きぬと
老の目にこそ《よりそ》しくれ初めける
よりやみたれ初らし
立むかふ空そかすめるくる春の［れ二上書］(30)
老の目にこそ《よりそ》［よりそ二上書］みたれ初ぬる

（改行ママ）

『詩歌法眼季吟七十賀』の湖春序によれば、元禄六年（一六九三）三月十一日に江戸において賀会を催し、その後に各地から「竹久緑」題の詩歌を集めており、『愚草』に「当夏季吟賀之哥」とあることもそれを裏付けている。『愚草』に記される十二月九日の会は、定清が当座題で詠んでいる、すなわち出座していることから見ても、改めて京で知己を集めての賀会が催されたものと考えられよう。

なお、日下氏の指摘する、『愚草』に元日題で「花の春六十年の坂も越ぬれはよし野初瀬もかちよりやせん」（29丁裏）とあることにより[31]、定清を寛永元年（一六二四）頃の生かとする推定は首肯される。すなわち、寛永元年生の季吟とは同年代の知友と推定される。

季吟との深い関係は俳書においても窺え、先に触れた『新続犬筑波集』に加え、湖春撰『続山井』や季吟撰『続連珠』にも入集している。また、延宝四年（一六七六）刊『季吟廿会集』の寛文十二年（一六七二）六月六日十二吟百韻にも一座しているほか、延宝八年（一六八〇）[32]や貞享三年（一六八六）[33]の季吟歳旦引付などにも名が見える。一方、明暦二年（一六五六）三月の『祇園奉納誹諧発句合』にその名が見えないことからすると、親昵はそれ以降のことかとも考えられる。なお、延宝八年季吟序・桂葉撰『八束穂集』（刊本）にも入集している[34]。

後人の手になるものではあるが、『寛文比誹諧宗匠并素人名誉人』[35]には、北村湖春・北村正立（「季吟二男」）・常有（「季吟誹諧合連中」）に続いて、「臼井七郎兵衛定清　別名　祇園社家　百人一句ニ入　春丸事　春丸」[36]と記される。以下、井狩友静（「季吟三物連衆」）・井狩常侚（「季吟門弟」）・山岡元恕（「季吟門弟」）と続くことから見ても、後世、季吟俳壇の有力者と認識されていたことが窺えよう。

さて、『再昌院法印季吟翁日記』の寛文元年（一六六一）七月十二日条は従来、以下のごとく翻刻されてきた[37]。

十二日　猶所労の名残有、」ひるつかた、東山にまうで」ぬ、友閑にかたる、又、」臼井長兵衛にかたる、」専女《タウメ》ノ三
狐神、稲荷の」神体秘説のよし被語、(5オ)』

ここの「長兵衛」は「七良兵衛」と読め、そうするとすなわち臼井定清である。寛文元年という時期、東山（方面）という地理、稲荷の神体秘説を聞いたという内容はそれぞれ、ここで臼井定清を指すと見て矛盾しない。

また、日下氏も言及するように、定清『寛文十二壬子歌稿』（吉八一―三五一）には寛文十二年の「元日神楽請取」が収められており、そこには「銀一両　季吟」と季吟の名が見え、この方面での関わりも窺える。

最後に、臼井本『拾穂抄』のほかにも、臼井本の中に季吟に関係する注釈書が見えるため、指摘しておく。それは『未來記』（吉八一―一七二）であり、以下の奥書が記される。なお、日下氏のすでに紹介するところである。

正本云
右未来記雨中吟之両抄は花咲の亭にて」先師貞徳老人にうけ給はり、聞書と古来」之諸説とをまじらへしるし侍て、このたび藤」田彩雲翁にかうぜちしつる所也、みだりに」外見あるべからず、／万治二年八月廿六日　拾穂子」

二　臼井本『拾穂抄』の性格

本節では臼井本『拾穂抄』の性格について検討する。まずは「季吟案（云）」と記される注記(38)の性格を明らかにしたい。

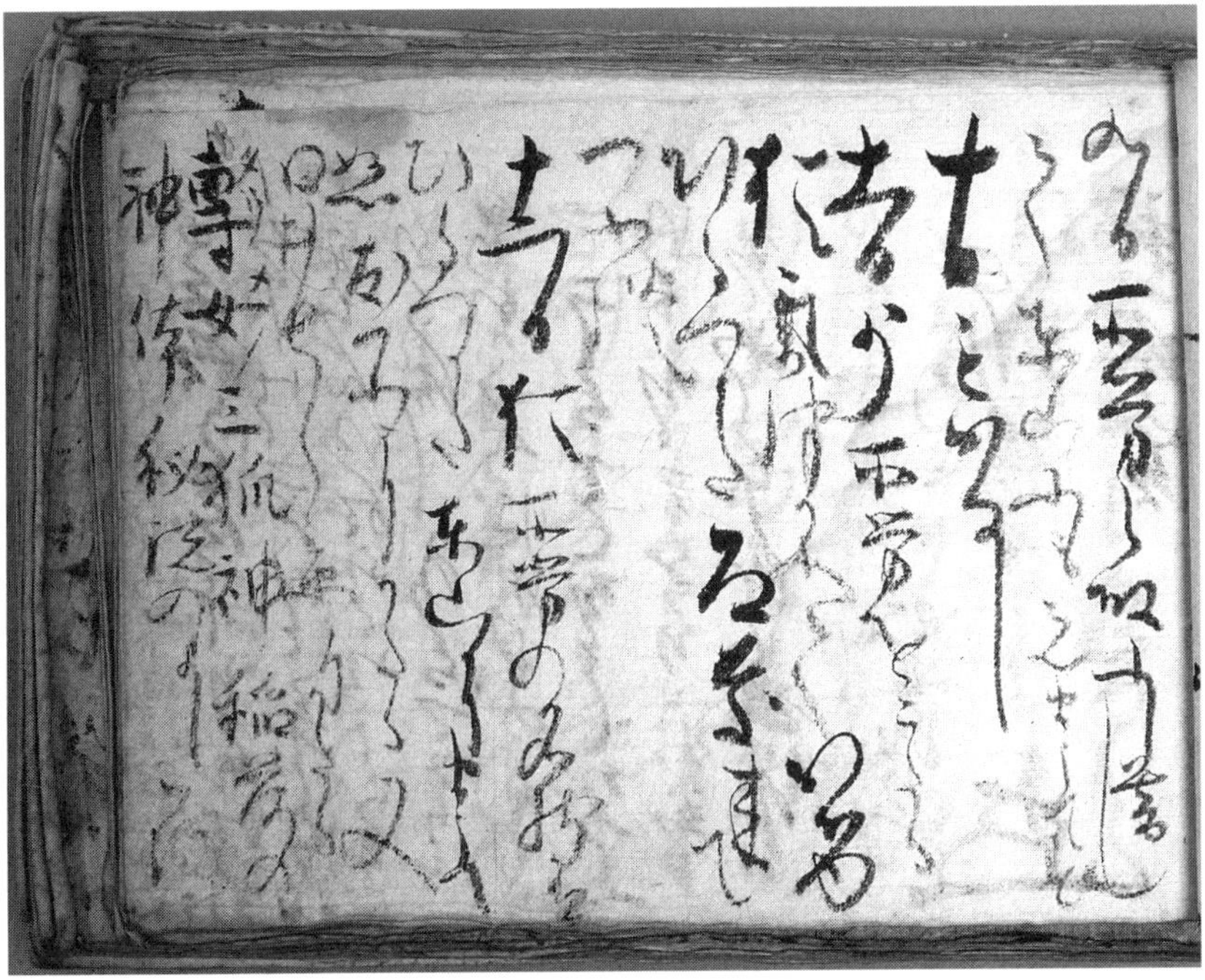

新玉津嶋神社蔵『再昌院法印季吟翁日記』5丁表

十八段「人はをのれをつゞまやかにし」

・臼井本『拾穂抄』

人はをのれ　一段、大意をあぐ。寿命院抄云、此段、己ヵ身ニ」花麗をせずしておごりを退けて倹約ニにせよと也。」
季吟案、前段、心のにごりもきよまる事をいへり。此段、」それをうけて世をむさぼらぬ許由等の事をかけるにや。」　（31丁表）

・『文段抄』

寿云此段をのれが身に花麗《クハレイ》をせずして、をこりをしり」ぞけ、倹約《ケンヤク》にせよと也　季吟云前段に心のにごりもき」よまる事をいへるをうけて、世をむさぼらぬ許由《キヨユウ》など」の心のすゞしきことを書て、なべての人かやうにあら」まほしき心をいへり(39)　（巻一　41丁表）

・岡村本『拾穂抄』

前《マヘ》の段《ダン》に心のにごりもきよまる事《コト》をいへるにつけて』世《ヨ》をむさぼらぬ、無欲《ムヨク》の許-由《キヨユウ》なンどの事《コト》を書《カキ》て、人《ヒト》は」なべてかや《ヨ》うにあらまほしき事《コト》をいへり(40)」　（第一冊54丁裏〜55丁表）

この箇所を比較するに、臼井本『拾穂抄』と『文段抄』は構成と注文がほとんど一致することが確認できる。臼井本『拾穂抄』の「季吟案」が『文段抄』の「季吟云」と一致することによって、臼井本『拾穂抄』と『文段抄』とに何らかの関係があることは明らかである。しかし、この例では、臼井本『拾穂抄』において第三者が『文段抄』の

「季吟云」を季吟説として引用している可能性を排除できない。次の検討に移る。

十二段「おなじ心ならん人と」

・臼井本『拾穂抄』

第十二おなじ心ならん人と［中略］(41)季吟案、此段の大意、慰むといふ一字にあり。此段、古説は」同心友、面友、益友と友三人にみる也。此段の大意、慰む」といふうへにありて、益をもとむると云義にあらずといふ」事をしらざ《ざ》る［て二上書］故也。兼好、一生、つれ〴〵に決然たり。何」の益友をかもとめん。たゞ、友に対して我心をなぐさむるうへにて云也。」（23丁表裏）

『文段抄』でこの記述に最も近しい箇所は以下の二箇所であろう。

・『文段抄』

つれ〴〵なぐさまめとは　さやうにあらそふ」友こそ友を求しかひありてさびしさも慰まめとの心也。」此段に兼好の友といへるは畢竟《ヒツキヤウ》此慰むを本としていへる也」同し心の友にもいひなぐさまんといひ、こゝにてもつれ〴〵」なぐさまめといへり。心をつくへし（巻一31丁裏）

問露たがはざらんとむかひゐた」らんといふところを面友と云説あり如何　答此段兼好の」友を求《モトム》る心ばへ偏になくさむといふ所にあり。面友益友」の沙汰にをよぶべからず。よく文意を味《アヂハ》ふへし。只違《タガ》ひ」あらそふ人こそつれ〴〵なぐさまめといはんとて、偏《ヒトヘ》に」同《ヲナジ》心にて露たがふ所なき人とむかはんは、友を求しかひなき」やうにやあらんとの心に見るべき也。寿抄に終日不レ違の心」といへる、同心の友の所にて此論語をひき出たる首尾、珍重にや。尤此段の文意をよく見得たりと見えたり　（巻一32丁裏）

岡村本『拾穂抄』は『文段抄』とほぼ同文(42)である。この段の本質は益友にあるのではなく、友によって慰むというところにあるのだという主張はいずれも同道である。しかし、文章は全くの別物であり、第三者が『文段抄』に基づいて臼井本『拾穂抄』の注文を作成し「季吟案」と記したとは考えがたく、いずれも季吟自身による施注とみて差し支えない。

それでは、臼井本『拾穂抄』の注記の多数を占める誰の説とも記さない箇所はいかがであろうか。

一段「いでやこの世にむまれては」

・臼井本『拾穂抄』

いでや［中略］此段俗人の願をいへり。人間、さま〴〵のねがひはあれども、」不及事は甲斐なし。只、学文は願得やすくして、」しかも、益おほければ、是をねがふにしかずとの心也。」　（4丁表）

・『文段抄』

季吟云此初段の心は人間世《ニンゲンセイ》に」生れては品《シナ》々につきてねがひなき事あたはざる也。其さま〴〵の」ねかひはあれとも其身に及ばさる事はねかひてかひなし。只学問《ガクモン》」諸藝等《ショゲイトウ》はねかひ得安《エヤス》くしてしかも益《エキ》おほき物なれはこれを願ふ」にしくべからすとの心也。　（巻一7丁表）

かくのごとく、若干の増補はあるものの、臼井本『拾穂抄』の注文は『文段抄』の「季吟云」と一致する。以上により、臼井本『拾穂抄』は季吟の著作とみて誤らないようである。

その上で臼井本『拾穂抄』の性質を考察する。臼井本『拾穂抄』では二十九段「しづかにおもへば」に「静におもへば　字眼也。」すぎにしかたの」人しづまりてのち」すさび」具足」なき人の手ならひ」と記される。『文段抄』で項目のみを列記すれば「過にしかたの恋しさ」「人しつまりてのち」「ながきよのすさひに」「具足とりしたゝめて」「のこしをかじとおもふ反古《ホウグ》な《ン》ど」「只其折の」「手なれし具足」「心もなくて」「いとかなし」である。岡村本『拾穂抄』では『文段抄』と比して「せんかたなき」「やりすつる」が増加する。臼井本『拾穂抄』と『文段抄』を比べると、『文段抄』の方が項目や注記が多い中で、「静におもへば」「なき人の手ならひ」が臼井本『拾穂抄』にしか立項されていないことには注意が必要である。すなわち、このことによっても、臼井本『拾穂抄』は『文段抄』からの抄出とは考えがたいのである。

これまでの注記の比較からも窺えるように、『文段抄』と岡村本『拾穂抄』の本文は近い。一方、臼井本『拾穂抄』はそれから大きく離れながらも一部に共通する箇所を有する。そして、項目名だけの立項がしばしば見られ、かつそれが後ろの章段ほど顕著であり、それが抄出によるものでない。

また、『文段抄』の凡例には以下のごとく記される(43)。

凡此双紙の段々に又こまかに文段《モンダン》をわかちて或は六節、或は」三節などしるせる事はいまだ先達の説をも承らす偏に」愚意にまかせて其憚《ハヾカリ》なきにしもあらねどたゝ段々の」本意をよく明《アキラ》め且《カツ》初心の見やすからん為也猶あやま」

りもおほかるべけれとしはらくわかち試《コヽロミ》てすなはち此」抄の名にも用侍り』

（『文段抄』巻一5丁裏）

季吟にとって、章段の節による細分は書名に冠するほどのことであったらしい。これは臼井本『拾穂抄』に節を分かつ記述が頻出することからも窺える。その分節について、たとえば、十八段「人はをのれをつゞまやかにし」では、『文段抄』と岡村本『拾穂抄』は「もろこしに許由といひける人は」から分かち、全二節とする。一方、臼井本『拾穂抄』では「第十八　人はをのれをつゞまやかに　三段。或四段」「人はをのれ　一段。大意をあぐ」「むかしよりかしこき人の　或二段」「もろこしに許由　二段。是より証拠也」「もろこしの人は是を　三段。結」と記される。『文段抄』などと節の区分が異なり、かつ「或」と揺れを含み、いまだ勘案中であることを窺わせる[44]。

これらのことを総合するに、臼井本『拾穂抄』は『文段抄』や岡村本『拾穂抄』のごく初期の草稿として位置付けられるのである。

そして、臼井本『拾穂抄』の特徴としては、先行諸注からの引用の大半を林羅山『埜槌』が占めること[45]が挙げられる。その引用態度は是々非々というべく[46]、『埜槌』の引用のみで注文を構成することもあり、一方で以下のように批判を加えることもある。

十四段「和哥こそなをおかしき物なれ」

詞の外に　野云――[47]。師説云、此詞の外に哀にけしき」おぼゆるを実によく知るもの、今の世にすくなかるべし。」

歌に久しく練じたるうへならでは知事にあらず。」道春、論語を引とも哥道の骨なくてはしるまじきと云々。」

（臼井本『拾穂抄』27丁表）

二百十七段「或大福長者の云」

大欲は無欲に似たり　野云――。　師説云、野槌の此説、大」にあやまれり。大欲は無欲に似タリトハ、彼大福長者の詞、」人間の望みを断て貧を愁ふべからずときこえ」たるは、大欲人の詞の無欲の人に似たる故也。」

（臼井本『拾穂抄』154丁裏）

二百十段「喚子鳥は」

よぶこ鳥　野云――。　季吟案、古今の三鳥は、予、ま」さしく従高公に古今伝受して、常縁、宗祇の切」紙をさづかり侍しに、猿といふがよき落着なし。是、」野槌のあやまり也。[48]」

（臼井本『拾穂抄』150丁裏）

前二者は師説、後者は季吟による批判である。臼井本『拾穂抄』で『埜槌』への批判が行われる右記の掲出例について、『文段抄』や岡村本『拾穂抄』においては『埜槌』への直接の言及がなされない。

対して、『文段抄』にしばしば見える加藤磐斎『徒然草抄』（以下、『磐斎抄』と称する）への批判は臼井本『拾穂抄』では見出しがたく、季吟の『徒然草』注釈の変遷が窺える。

さて、野村氏は『文段抄』と岡村本『拾穂抄』のほかに、『稿本拾穂抄』と『断簡本拾穂抄』を紹介する。[49]そのうち、『断簡本拾穂抄』に以下の記述がある。

二百三十六段「ぬしある家には」

・野村氏旧蔵『断簡本拾穂抄』

二〽こゝろにぬしあらましかバ心に一物《イチモツ》あらハとにて候是家《コレイヘ》の主鏡《ヌシカガミ》の色《イロ》なンどのたとへに応《ヲウ》して理《コトハ》れり天台《テンダイ》に一心《シン》三観《グハン》とて空仮中を沙汰《サタ》するも此段《ダン》のなきにやあらんといふにこもれり畢竟中道実相《ヒツキヤウチウダウジツサウ》の理《リ》にもれずよく〱工夫《クフウ》すべし　問《トフ》此段《ダン》ハ心の明々《メイ〱》として万事《ハンジ》に応《ヲウ》ずる儀《キ》をいへりとみゆ或《アルイ》ハ詞《コトハ》に心《ココロ》にぬしあらば若《ソコ》干《バク》の事ハ入《イリ》きたらざらんといふを以《モツテ》［ママ］て程子《テイシ》の誠《マコト》を主《シュ》として朱子《シュシ》の敬《ケイ》の一字《ジ》を守《マモ》る心等《ココロトウ》いふ儀あり是兼好《コレケンカウ》の本意《ホンイ》なるべきにや答《コタフ》此説《セツ》は其深きまゝに入《イリ》くる念々《ネン〱》ハ皆悪念《アクネン》のミとみるにあやまれり此段の本意《ホンイ》さにハあらず只心《ココロ》ハ虚無《キヨム》なるゆへに若干《ソコバク》の念《ネン》々来《キタ》るをいふのミにて心を守《マモ》る工夫《クフウ》をいふ文意《ブンイ》とハみえず主《ヌシ》なき家色像《イヘイロカタチ》なき鏡《カカミ》虚空《コクウ》等のたとへの心を見て心を付《ツケ》て吟味《ギンミ》すべし（筆者［引用者注：野村氏］注、以下二十八行省略）

・『文段抄』

心にぬしあらましかは　心に一物」あらはと也。是家の主鏡の色などのたとへに応《ヲウ》じてことはれり。[50]」

（巻七31丁表）

『文段抄』の注文の後に、『断簡本拾穂抄』は長文の注文を有する。この注文は他書に未見であるが、臼井本『拾穂抄』には趣旨を同じくする以下の注文が見える。

心にぬしあらましかば　師説、両説有。心、虚無ナル故に衆」理のそなはる事を云リ。　一説に云、心をとりまもる」教をいへり。心、虚無なれば、あるは虚遠に馳すべし。儒道」にいはゆる、敬を主とし、誠《ヲ歟》ト主《ト歟》せば、

あやまちなか」るべしとの心也云々。然共、初の説を可用。」　（臼井本『拾穂抄』162丁裏）

ほかの箇所では『断簡本拾穂抄』が『文段抄』や岡村本『拾穂抄』と近似し、臼井本『拾穂抄』と大きく相違することを踏まえると、『文段抄』や岡村本『拾穂抄』を著す際に祖稿からこの注文を除いたものと考えられる。[51]かくのごとく、臼井本『拾穂抄』は季吟の『徒然草』注釈の形成過程を検討する上での重要な視座を与えるものといえる。

三　師説

本節では、臼井本『拾穂抄』に約百五十例見える「師説」の検討を行う。前記のごとく、冒頭に「師説長頭云」とあるため、臼井本『拾穂抄』において「師説」と記されるのは貞徳説と推定される。

『徒然草』についての貞徳の詳注をまとめた書は知られておらず、貞徳『なぐさみ草』の大意のほか、『磐斎抄』や『文段抄』、岡村本『拾穂抄』などに引かれる貞徳説、そして山岡元隣『増補鉄槌』諸抄之次第などにその名が見える逸書『貞徳抄』（『増補鉄槌』によれば未刊）の逸文について、諸注釈書をそれぞれ参看して検討する必要がある。[52]

まずは臼井本『拾穂抄』と『文段抄』に「貞徳云」とある箇所とを比較する。

十四段「和哥こそなをおかしき物なれ」

・臼井本『拾穂抄』

このごろの哥は〔中略〕師説、此ごろのとさすに口伝有。兼好時代は、頓」阿をはじめ、名人おほく、西行、定
家卿等の後、哥道中」興の時節也。然ども、昔には不及なるべし。」（26丁裏）

・『文段抄』
貞徳云」此比といふに口伝あり。兼好時代は、頓阿をはしめ、名人多《ヲホク》」て、中古《チウコ》西行定家卿等の後、哥道又中興の
時節なり」しかれども昔《ムカシ》にはをよばざるなるへし（巻一35丁表）

かくのごとく、注文が一致する。臼井本『拾穂抄』の「師説」が貞徳説であるという冒頭の記述は信頼して良いようである。ただし、以下のごとく、貞徳説は「師説」と示す箇所に限らないようである。

二十五段「あすか川のふちせ常ならぬ世にしあれば」

・臼井本『拾穂抄』
第廿五　飛鳥川の渕瀬　三段。」此段、世は無常の習なれば、末代を兼てしをきたる事も」いたづらとなるべし。さのみ栄へたる人とても行末までと」思ふべからずとの教也。寿命院抄云、「此段、古を考て今を」そしる成べし。たとへば、東国北条〔ママ〕家、権を執り、天下を」掌に握り、鎌倉に五山を立て、近き我子孫のみ天下」のかためと思たるを云成べし」云々。季吟案、只、世は無常」の習と云師説にしたがふべし。」（41丁裏）

ここでは、誰の説とも示されないまま注文が始まる。ついで、『寿命院抄』からの引用があり、「季吟案」が記され

る。「季吟案」によれば、「世は無常の習」とする冒頭の傍線部は師説、すなわち貞徳説という。一方、『文段抄』には以下のごとく、若干の語句の異同はあるものの傍線部とほぼ同文が記される。

此段は世は無常の習《ナラ》ひなれは家居《イヘヰ》よろづにつけて』末代をかねてしをかんもいたつら事なるべし。たとひ」富貴栄達の人とてもさのみゆくすゑまでとおもふべ」からすとのをしへ也

（『文段抄』巻二13丁表裏）

岡村本『拾穂抄』にもほぼ同文が見えるものの、『文段抄』同様、師説や貞徳説とは記されない。臼井本『拾穂抄』二十五段の注記では後文に「師説にしたがふべし」とあるために貞徳説と識別できるが、臼井本『拾穂抄』には以下のごとく、識別不可能な例も存在する。

百八十八段「或者子を法師になして」

一大事因縁　方便品云、「諸仏世尊唯以一大事因縁故出現於世。[句点ママ]」」諸仏――とは、釈迦、弥陀、薬師等のありとしあらゆる仏の」事也。一大事――とは、先、一仏乗の妙法実相を一大事と」名付る也。天台大師尺曰、只今衆生得二此実相一ヲ。唯為メ二此事ノ一出「現於」世一ニ。曽テ無二他事一。一ハ則実相也。其性広‐博也。故ニ名テ為レ大。諸仏出世ノ之義」式也。故ニ名テ為レ事。是ヲ為二出世ノ本意一ト云々。その妙法を一大事と名』づくる事は、一とは一実相一妙法の悟リの事也。大トハその」妙法実相の性体はいかにもひろ〴〵としてあまねく十」方世界にひろまりわたり、一切の諸法をかねふくめる」物なれば、大と名付たり。事はことわざ也。諸仏出世して」衆生利益のことわざをなし給ふ事は此法花経」にきはまる故に事と名付る也。妙法大師是を」尺曰、出世ノ本意在二仏乗一。仏乗ハ方ニ

得三名テ為二コトヲ大事一ト。当レ知、仏乗ハ只」是妙法也云々。しかれば一切の諸仏は唯法花経をとき給はん」ためばかりに出世し給ふと云事を唯以一大事と云也。」

（臼井本『拾穂抄』140丁表裏。朱引・朱訓点を省略）

この箇所は、『文段抄』では「貞徳云」に続けて、傍線部が記される。[53] すなわち、臼井本『拾穂抄』で誰の説とも記さない箇所にも貞徳説を含む可能性を有するということである。そのため、臼井本『拾穂抄』を利用する際には逐一諸書との比較が必要である。

かくのごとく、臼井本『拾穂抄』は貞徳の『徒然草』注釈を検討するにあたって参看すべき資料といえ、また他書に見えない注記[54]も含んで貴重である。各書の比較により、一定程度、貞徳説の復原が可能になると期待される。

おわりに

最後に臼井本『拾穂抄』の成立時期について一言しておこう。前記のごとく、臼井本『拾穂抄』の二百十段「喚子鳥は」には、従高からの古今伝受についての言及があった。従高からの相伝は万治二年《（一六五九）》九月のことであり、これが成立の上限である。下限は遅くとも『文段抄』刊行（刊記によれば寛文七年《（一六六七）》十二月）までであるが、臼井本『拾穂抄』の注記の疎なることからしても直前ではあるまい。[55] 留意が必要なのは、前記のごとく、『文段抄』にしばしば見える磐斎への批判が臼井本『拾穂抄』には見出しがたいことである。これが『磐斎抄』未見に由来するとすれば、『磐斎抄』刊行（もしくは季吟の入手）以前の成立となり、成立時期がさらに絞られるが、今はその可能性の指摘にとどめておきたい。

本章では、季吟と定清の交誼の深さを述べ、臼井本『拾穂抄』の素性の確かなることを確認した。また、臼井本

『拾穂抄』が季吟の『徒然草』注釈の形成過程を検討するための新たな素材となることや、貞徳の『徒然草』注釈を検討するにあたっての重要資料であることを指摘した。

注

（1）それぞれ百九十七段「諸寺の僧のみにもあらず」の「定額」についての注記、および二百二十一段「建治弘安の比は」の「ほうめん」についての注記（本文別筆）である。

（2）吉田文庫中の臼井本には書背に定清の署名が見える資料が在する。それらのうち、大本はいずれも臼井本『拾穂抄』同様に五針眼訂法である（仮綴を除く）。以下に列記する。書型は大本のみを記し、｜の符号は綴糸の位置を表す。

『日本紀問答』（吉二二―二〇五）に「｜日本紀問答｜｜祇園祢宜　臼井定清｜」、『八幡宮愚童記』（吉三五―七五）に「｜八幡宮愚童記｜｜祇園祢宜　臼井定清｜」、『神祇秘鈔』（吉七一―二二）に「｜神祇秘鈔　祇園祢宜　臼井定清｜」、『爲家和歌口傳』（吉八一―一六四、大本）に「｜為家口伝｜｜祇園　ネギ｜臼井定清｜」、『未來記』（吉八一―一七二、大本）に「｜未来記雨中吟抄｜｜祇園祢宜｜臼井定清｜」、『歌道深秘口決』（吉八一―一七四、大本）に「｜卌六人哥合抄｜和歌血脉｜梁塵秘抄｜祇■■■（字数不明不可読）定清｜」、『雜記』（吉九九―八八、大本）に「｜神祇正源　神書目録｜本朝書目　伊勢潅頂｜堀川院艶書合　伊勢寺碑｜祇園祢宜　臼井定清｜」、ほか。

なお、定清筆『藤川』（吉八一―一七六、大本）は「寛文二年壬寅九月二日以寺本房雄本写焉畢　臼井春丸」との書写奥書を有する。装訂は袋綴、五針眼訂法である。書背には「｜藤川百首抄　世説問答｜元服次第｜｜｜」の左半分ほどが見え、半分ほどに分冊されているようである。

（3）幡鎌一弘「臼井雅胤が八神殿神璽を一条兼香に奉呈するに至った道のり――天理図書館所蔵吉田文庫臼井本の紹介をかねて――」（天理図書館編『ビブリア』第133号、天理大学出版部、平22・5）。同「吉田文庫に含まれた臼井家旧蔵史料

（臼井本）の一覧と臼井家の活動」（『近世神道史研究と「御広間雑記」のデータベース化』天理大学おやさと研究所　幡鎌一弘、平22・3、平成19年度〜平成21年度科学研究費補助金基盤研究（C）（19520585）研究成果報告書）。

（4）登録書名：年中行事。大本仮綴。書写奥書「右従黒川道祐《翁》之所望書之」延宝五年《丁巳》十一月三日　臼井春丸」。

（5）登録書名：爲家和歌口傳。奥書「明暦《写本云》二年霜月中旬写之畢／保全菴／万治三庚子仲春後八日　以保全菴」写本写之畢／洛東八坂郷祇園祢宜蘇民神主／臼井氏定清」。

（6）『倭國文體諸法』（吉五三―二九、大本）は書写者を直接的に示す記述はないが、臼井本『拾穂抄』と同筆であることから、定清筆と認められる。なお、臼井本『拾穂抄』と同種の表紙を用い、装訂も袋綴、五針眼訂法であり、「春丸案」とする頭注を有する。

（7）この『徒然草拾穂抄』については、野村貴次『北村季吟の人と仕事』（2版、新典社、昭61・9、新典社研究叢書1、295〜349頁。初版、昭52・11）に詳しい。佐伯本と岡村本が知られており、本章では岡村本に代表させる。佐伯本は、野村氏著書では佐伯梅友氏蔵。現在、慶應義塾図書館の蔵する伝本（請求記号：一三三X@一八四@七）と考えられる。『七夕古書大入札会――紙と文化のオークション――』（平22、第45回明治古典会）、一八六〇番掲載。同書の所在については佐々木孝浩氏のご教示を得た。野村氏は表紙の幅を一四糎とするが、一八・八糎であり、誤計測かと思われる。また、野村氏は印記を記さないが、各冊前遊紙に陽刻方印「盈科書館之印」、陽刻方印「青谿書屋」、陽刻楕円印「残花書屋」、後遊紙に陽刻方印「月明荘」、陽刻方印「不求甚解」、陽刻方印「賓南」がある。その他の詳細は野村氏著書を参照されたい。

（8）注記は総計約千八百項目強であり、そのうち項目のみ記される箇所が約八百項目である。
項目のみの箇所の割合を示せば、上巻は約千項目強のうち約四百項目で四割弱、下巻は約八百項目弱のうち約四百項目で五割強となる。また、項目数で仮に三分割する（各編約六百項目）と、前編が約三割弱、中編が約五割弱、後編が約五割強となる。

（9）「春丸按（考）」とする箇所は九例（うち一例は墨消。「丸案」一例を含む）あり、内容は神仏にかかわるものが大半である。

（10）　日下幸男『近世古今伝授史の研究　地下篇』（新典社、平10・10、新典社研究叢書116）73～76頁。同「近世能楽史に関する新資料――臼井定賢『愚草』、『中院通村日記』――」（『研修余滴』第39号、大阪市立都島第二工業高等学校、平7・12）。なお、息の定賢（接伝）についても言及がある。

（11）　注（10）『近世古今伝授史の研究　地下篇』に同。

（12）　仲林亨「片羽屋役者から見た近世祇園社――「祇園社本縁雑録」への分析を通して――」（『神道史研究』第69巻第1号、神道史学会、令3・5）。

（13）　8丁表には富士の雪についての歌が四首続き、「○秋風もゑ《え》そあらそはて《ぬ》ふしの雪に《は》こその桜の色そ残れる」とある。8丁裏には富士の雪についての歌が三首続き、「長頭十三廻に　名所雪／ふしのねはな高き人のかたみかなかしらの雪の残る面かけ」とあり、その後に「庭上雪」題歌稿と「冬懐旧」題歌稿を経て、当該箇所に至る。

（14）　天理図書館蔵『芭蕉桃青翁御正伝記』（請求記号：わ一〇〇三―二五）所収。大谷篤蔵・木村三四吾・今栄蔵・島居清・富山奏校注『校本　芭蕉全集　第三巻　連句篇（上）』（富士見書房、平元・1）などに翻刻が備わる。

（15）　注（7）『北村季吟の人と仕事』に同。

（16）　小高敏郎『松永貞徳の研究　續篇』（至文堂、昭31・6）533頁。

（17）　巻第九・雑誹諧連哥中に「貞徳七回忌季吟亭にて　胸は炭木としたにふすふる　春丸／こはいかにせんし茶かまのそこもりて」とある。句引に「春丸 祇園六句」（実際には七句）、巻第五に「春丸 祇園臼井氏」とあることにより、臼井定清と確定できる。

（18）　同時期の俳人として、ほかに服部定清や荒木田定清らがいるため、「定清」とのみある場合には注意が必要である。ここでは、「霞中月　臼井定清／かゝる折やぬし定まらぬ恋はせめみるめも霞む朧夜の月」（2丁裏）とあり、臼井定清と確定できる。なお、定清女も一首を献じている。

（19）　注（16）『松永貞徳の研究　續篇』100頁。

（20）　巻四42丁裏に「臼井定清会に月照林といふことを／更て猶林にあかき月夜かな紅葉をたきしけふりたになし」とある。

（21）　小高敏郎『松永貞徳の研究』（至文堂、昭28・11）347～349頁。

（22）祐徳稲荷神社蔵。中川文庫、請求記号：一―六―三六五二・別一。登録書名：枩永氏逍遊軒明心居士貞徳翁傳記。末に「恵日山東福寺　住持　槎菴書」と記す、同詩歌集の序引である。
（23）最終丁裏に「臼井但右衛門書了」と記される。
（24）以下に定清筆本のみを翻刻する。

貞享二年霜月十五日貞徳卅三回忌勧進和歌三十首
題兼日賦之

題者飛鳥井中将殿雅豊朝臣

寒松霜　日野中納言殿資茂卿

［一行アキ］

氷始結　竹内三位殿惟庸卿

行水の汀はかりに見せそめてこの朝風や先氷るらん

冬月冴　冷泉中将殿為経朝臣

三十あまり三年の雲の空晴てまとかにさゆる月のさむけさ

嶋千鳥　冬仲慈光寺（1オ）』

［一行アキ］

田残雁　信処法印杏仙

古郷の秋におくれて冬ふかきかり田の霜におつるかりかね

網代寒　道隆

風ふけはせゝの網代による波のをともや寒き宇治の橋守

椎柴霰　定清臼井春丸［氏二上書］

あられふる山路の木柴散はてゝたちよらん陰や峰の椎柴

野浅雪　可全大村氏

しのゝ葉を隠しも果す浅茅生の名におふ小野のけさのしら雪』(1ウ)

山深雪　日進妙覚寺上人

みゆきふる山はさなから鷲の峰みのりの庭の花とこそみめ

洛中雪　季吟

冬枯の柳桜もふる雪に都は春の花さきにけり

炭竈煙　益済平野氏

小野山の道はまよはし炭かまのけふりそさとのしほりならまし

夜炉火　尚光平野氏

鐘の声は空にさゆれと埋火に霜夜もしらぬ閨のうちかな

歳暮梅　宗得茨木氏

おしめとも人にはつらくゆく年よいかゝ見捨る梅の初花』(2オ)

洩始恋　祐藤船波氏

なをさりに聞やつたへん忍あまり只一ことをもらしそめしも

祈身恋　栄成望月氏

我身よにふるの神垣たのむ也命しあらはあはさらめやと

契待恋　直重

あたにまつよをかさねても偽とおもひよはらぬちきりはかなき

逢増恋　共治

逢見ても隔つる中のさよ衣おもひかさねて袖ぬらせとや』(2ウ)

後朝恋　善林

よこ雲のひき別行けさやさはおもひ出へき始ならまし

立名恋　　之定
あはてしもまたきたつ名のうきをたによしやわすれぬ形見ならまし
被厭恋　　重祐久須鶴巣子
年へてもおなしつらさにいとはるゝ身をはおもはす猶したふかな
恨悔恋　　永敬狩野
恨みてもかひなき人とかつしらはいはて［かて二上書］も忍ひはつへき物を
絶久恋　　宗根大坂井口如貞（3オ）』
うき中はたえてのゝちの恨をやなかゝれとしも契り置けん
忍涙恋　　光軌
思ひあまる心をつゝむ心よりもれ出る袖の涙わりなき
暁更鶏　　痩竹
霜ふかみおき出る旅のつらさをや思ひ知ても鳥の鳴覧
薄暮鐘　　輔重末次氏
山ふかみ出こし寺はへたゝりて雲の内なるいりあひのかね
山家松　　意丹永岡氏
山里に年ふる松のなかりせは何を便にひとり住へき（3ウ）』
行路市　　信住大坂
道すくにさかふるみよはしかま川わたり兼たる市人もなし
旅宿嵐　　正立
旅ねするみやまを寒み思ふ哉嵐の風もきかぬ都を
湖眺望　　湖春
見るめなき海ともいはししかの浦やえならぬ雪の松の一もと

思往事　　　冷泉中将殿上（4オ）』　　　（改行ママ）

(25) 天理図書館蔵。野村貴次『北村季吟古注釈集成解説　季吟本への道のり』（新典社、昭58・3、北村季吟古註釈集成別1、749～753頁）に翻刻が備わる。注（7）野村貴次『北村季吟の人と仕事』（467頁）、天理大学附属天理図書館編『芭蕉の根源――北村季吟生誕四百年によせて――』（令6、天理大学出版部）に一部影印あり。

(26) 神宮司庁編『神宮参拝記大成』（昭12・6、大神宮叢書）、『北村季吟日記』（北村季吟大人遺著刊行会、昭38・11、北村季吟著作集第二集）、井上正和著・吉田悦之監修『北村季吟『伊勢紀行』と黎明期の松坂文化――貞享四年松坂滞在日記を読む――』（港の人、平25・11）に翻刻が備わる。

(27) 天理図書館蔵。注（25）『芭蕉の根源――北村季吟生誕四百年によせて――』に影印あり。

(28) 整理番号：夏―二五。岡本勝「芭蕉と素龍」（『近世文学論叢』おうふう、平21・1、43～48頁。初出、『国語と国文学』84巻3号、平19・3）に言及がある。

(29) 湖春序によれば、季吟の次男である北村正立が季吟七十賀のために清水谷実業から賜った題である。

(30) 「立春」題詠は賀会に関わるものか判然とはしないもののひとまず掲げておく。なお、この次には夢想の詠が記されるため、以降は省略する。

(31) 前後にしばしば「癸酉」（元禄六年）と記されることから、おおむね元禄六年頃の詠と推定できる。

(32) 『延宝八年板　歳旦集』（勉誠社、昭62・4、勉誠社文庫137）に影印あり。春丸句は同書上巻3丁裏にある。

(33) 『引付貞享三年』（わ六三―一五）。天理図書館綿屋文庫俳書集成編集委員会編『俳諧歳旦集一』（天理大学出版部、平7・4、天理図書館綿屋文庫俳書集成　第七巻）に影印あり。春丸句は同書3丁裏にある。

(34) 「霞つく峯の先達やけさの春　　笛吹氏春丸」（春上5丁裏）とある。「笛吹」は「臼井」との音通か、同音による誤りかであろう。引用は藤原弘編『秋田俳書大系　近世初期編』（秋田俳文学の会、昭46・4）により、早稲田大学図書館蔵本（請求記号：文庫三一　A〇〇五四）で校訂した。

(35) 引用は野間光辰『談林叢談』（岩波書店、昭62・8、319～359頁）の翻刻による。

（36）　該書の拠である永井一彰氏蔵『誹諧短冊手鑑』の短冊裏書や札にはこの記述に加えて「貞徳門人（弟）」と記される。同書は永井一彰編『誹諧短冊手鑑』（八木書店、平27・8）に影印される。なお、ここの「百人一句」は重以編『新百人一句』（寛文十一年《一六七一》刊）を指すと見られる。同書に「春丸」句入集。

（37）　天理図書館綿屋文庫編『季吟日記』（天理図書館、昭31・4、俳書叢刊第四期7。臨川書店、昭63復刻）は「被語」を「い ふ」（難読の意）とする。注（26）『北村季吟日記』は「臼井」を「旧井」として右傍に「（臼カ）」とする。本書での引用は後者により、適宜、前者や原本で校合した。なお、両書ともに底本は新玉津嶋神社蔵『再昌院法印季吟翁日記』（野洲市歴史民俗博物館寄託）である。

（38）　「愚案」と合わせて二十例弱である。『文段抄』同様、多くは直前に他書・他説の引用があり、それとの峻別の機能を有している。

（39）　『文段抄』は『徒然草文段鈔　上（下）』（新典社、昭54・2〜3、北村季吟古註釈集成18〜19）に影印あり。本章での引用は当該影印本による。

（40）　岡村本『拾穂抄』は『徒然草拾穂抄　上（中・下）』（新典社、昭52・4〜6、北村季吟古註釈集成20〜22）に影印あり。本章での引用は当該影印本による。句点や濁点を有する写本であるため、翻字の方針は刊本に準ずる。

（41）　中略箇所は以下のごとし。

三段あり。師説云、思ふ事い」はてたゝにやの哥の心也。友の品をいへり。論語ノ註云、」同レ門曰レ朋。尚書注曰、同レ志曰レ友云々。季吟案、この段は」次の段をいはんとて書出たり。同心の友といさゝかだに（○所《タガフ》」のある友との二品をことはりて、同心の友はなき物』なれば、たがふ所ある友〳〵、又、はるかにへだゝる所あるべき」がわびし。たゞ、よの人を友とせんより、独、灯のもとに文」をひろげてみぬ世の人を友とするにはしかじと落着」せり。おなじ心の朋とは兼好と心のひとしからん人也。」たとへば、孔子の「吾与回言終日不違如愚」といへるがごとし。

（42）　この箇所は、岡村本『拾穂抄』には以下のごとくあり、師説に基づくという。

問云《トフテイハク》、ある説《セツ》に、露《ツユ》たがはざらんとむかひ《イ》ゐたらん』といふを、面友《メンユウ》といふ義《ギ》あり。いかゞ。答云《コタヘテイハク》、此段《ダン》に兼《ケン》好《カウ》の」友《トモ》をもとむるこゝろは、ひとへになぐさむといふ所《トコロ》に」あり。面友益友《メンユウエキユウ》の沙汰《サタ》にをよぶべからず。たゞたがひ《イ》」あらそふ人《ヒト》こそ、つれ〴〵なぐさまめと申さんとて、」おなじこゝろにて、露《ツユ》たがふところなき人《ヒト》とむかはん」は、友《トモ》あるかひ《イ》なくあらんとのこゝろに、見るべき」なりと、師説《シセツ》に申候き。」

(岡村本『拾穂抄』第一冊45丁表裏)

本段の冒頭に記される以下の注文も参考のために掲出する。

此段《コノダン》は、よき友《トモ》の内《ウチ》にて、同《ヲナ》じ心《コヽロ》なると、すこしたがひ《イ》」たるとを評論《ヘウロン》し侍《ハンベ》り。同《ヲナ》じ心《コヽロ》の友《トモ》は、世《ヨ》になきものなれば、」すこしたがふ所《トコロ》ある友《トモ》は、又《マタ》はるかにへだゝる所《トコロ》あるべきが」わびしき。されば世《ヨ》にある友《トモ》はともなひ《イ》てなぐさめが」たし。たゞ一人《ヒトリ》、灯下《トモシビノモト》に書《ショ》をひらきて、古人《コジン》を友《トモ》とせん」にはしかじと、次《ツギ》の段《ダン》をかき候はんとてかきし段《ダン》也。」兼好が友《トモ》を求《モトム》るは、只《タヾ》つれ〴〵のなぐさめにとなれば也、』此段《ダン》の友《トモ》を、益友面友《エキイウメンイウ》などのことゝ申候異説《イセツ》候へども、」もちひ《イ》不《ズ》レ申《マウサ》候。是師説《シセツ》にて御座《ゴザ》候なり。」

(岡村本『拾穂抄』第一冊41丁裏〜42丁表)

(43)　このほかにも『文段抄』の凡例では注文の記法について詳述する。

(44)　ほかにも『文段抄』で八・九・十段の書出に相当するところに、それぞれ「第八世の人の心まどはす事　九段、或八段」(18丁裏)、「女はかみの　或説、是より四段」(18丁裏)、「第十　家居のつき〴〵し　四段あり」(20丁表)とあって、「第九」の見出を欠く点など、諸処に未定稿の要素を色濃く残している。

(45)　『埜槌』と明記する本文引用が九十例弱、本文省略(後掲)が百三十例弱ある。そのほかの『徒然草』注釈書の引用は『寿命院抄』が十例に満たない程度である。ただし、『埜槌』と明記して本文を引用する場合にも、適宜、本文を改めていると考えられる箇所が散見され、とりわけ訓みに関わる振り仮名で顕著である。

(46)　たとえば、六十一段「御産のとき甑おとす事は」に「野槌、よしとす。可引用也」(67丁表)、百五段「北の屋かげにきえのこりたる雪の」に「此段、野槌に云がごとし」（90丁裏）とある。

（47）かくのごとく、しばしば「野云——（畧之）」と書名のみを記して注文を略する。

（48）当該注記は川平敏文『徒然草の十七世紀——近世文芸思潮の形成』（岩波書店、平27・2、151頁）でも、『埜槌』批判の例として言及される。これらの注記は『再昌院法印季吟翁日記』寛文元年十月十一日条に「道春が博学なりしも野槌に歌書の事はおほくあやまりにけり」とあることとも相通ずる。

ほかにも、臼井本『拾穂抄』五段「不幸に愁に」の「配所の月つみなくてみん事」の項に、「野云、『配所は必しも配所にあらず——』。是より已下、例の』道春の独言也。つれ〴〵草の本意にあらず。いふにたらず」（13丁表裏）とあり、師説から連続する文であるために説者は確定しがたいが、『埜槌』への態度を示して興味深い。

（49）注（7）『北村季吟の人と仕事』326～333頁。『断簡本拾穂抄』の引用は同書による。天理図書館蔵。

（50）岡村本『拾穂抄』はほぼ同文である。

（51）**八十九段「奥山に猫またといふものありて」**

たすけよやねこまたよや〳〵　季吟云、愚勘、此一句、古点ニハ「たすけよやねこまたよや、たすけよや猫またよやと」返しよめり。今点ニハよや〳〵とよむなり。清少納言家集、「忘るなよなよといひしは呉竹のふしをへたつるかすにそ有ける」、此忘るなよなよといへる文体也。

（臼井本『拾穂抄』81丁裏）

ここの「季吟云」と「愚勘」とは機能上、重複している。他の箇所に「愚案」から始まる季吟注があることを踏まえると、「愚勘」以下を記していた季吟の自著からの引用であり、段階的な成立の可能性があることには留意が必要である。なお、本注記は『文段抄』には肩付なしで「古点」以下が記される。

また、以下のごとく、講釈の聞書を想定させる細字書入があることも指摘しておきたい。前記の「愚勘」が講釈の口吻を伝えるものの可能性も示すからである。

四十二段「唐橋中将といふ人の子に」

二の舞のおもて吟二云、北野ノ後、平野ノ絵馬ニアリト云レシ。」（臼井本『拾穂抄』57丁裏）

六十八段「筑紫になにがしの押領使」

土おほね吟ヨメル時《マルヽか》、爰ニ漢古事ヲ引。猶可尋之。」（臼井本『拾穂抄』70丁表）

（52）貞徳の所説については、島本昌一『なぐさみ草』版本考」（『近世初期文芸』第4号、近世初期文芸研究会、昭63・3）に詳しい。

（53）若干の異同は存する。なお、岡村本『拾穂抄』は「貞徳云」を有さない。

（54）一々は列挙しないが、たとえば百十二段「明日は遠国へ」には「日暮道とをし［中略］白氏云、「日暮而途遠、我生既蹉跎――」。フシマロフト訓ス。」［中略］師説云、日くれとは、とし老たる心にたとふ。道とをしとは、修行のいたらぬにたとへたる也。是、白『楽天詩の詞也」（臼井本『拾穂抄』95丁裏〜96丁表）とあって、現在でも典拠と認定されている当該箇所の指摘が貞徳によるらしいことが窺える。

（55）五十八段「道心あらば」には「道をねがはんに　異本に後世とあり。／道しらぬ人也　異本に後世とあり」（臼井本『拾穂抄』64丁裏）とあり、臼井本『拾穂抄』で「異本」とされる本文を有する『文段抄』とは、底本とする『徒然草』本文も異なる。

天理図書館蔵『徒然草拾穂抄』部分翻刻

凡　例

・底本は天理図書館蔵『徒然草拾穂抄』（吉田文庫、請求記号：吉八四―一一。登録書名：徒然草拾穂抄）である。第十段「家居のつきづきしく」までを翻字した。
・書誌は本書第二章「はじめに」に記した。
・読解の便宜のため、私に行を改めた箇所がある。原本にて改行が行われていない場合は、前行末に」や』が存在しない。
・余白部に記される注は、関連する注記の末に、低二格にて記す。
・原本の低格や空格は極力反映する。
・踊り字は開き、原本の表記を（　）にて傍に附す。
・合字は開き、［合字］と傍記する。
・『徒然草』本文には濁点を補わない。
・引用文は「　」にて示す。
・『徒然草』各段冒頭に、段数を㊇と記す。

つれづれ(〳〵)草拾穂抄」

兼好の事　徹書記云、「兼好は俗名也、徳大寺家の」諸大夫にてありし也、官が滝口にて有ければ、内裏」の宿直にまいりて常に玉体を拝し奉けり、後宇」多院、崩御なりしにより遁世しける也、やさしき」発心の因縁也」、師説長頭云、兼好は、後宇多院、弘安六」年に生る、正徹説のごとくならば、後宇多院、元亨四年」六月に崩御也、兼好四十二歳のほどなり、此年、遁世し」給へる成べし、或説ニ、削[朱書]剃髪テ修学院に入リ、後に」横川ニ上テ深く跡ヲカクス云々、或説云、「観応元年四」月八日卒、六十八歳、位牌在高野山西光院」云々、(1オ)』

題号の事　師説、此草紙の名、様々(〳〵)の心有やうにおも」へる説々、如何也、其故は、「〽寺院の号、さらぬよろつの」物にも名を付る事、昔の人はすこしももとめす」、ありのまま(ゝ)にやすく付ける也、此ころはふかく案し」、才覚をあらはむ[ママ]としたるやうにきこゆる、いとむつ」かし」と、兼好、みづからいへり、ただ(ゝ)、「発端の詞を以て」号する」と云、野槌の説、是なるべし、」寿命院抄云、「つれづれ(〳〵)とはさびしき也、草はカコチ草」、わらひ草など云類也、つれづれ(〳〵)のもてあつかひ草」云々」、師説云、つれづれ(〳〵)はさびしき心、又、しづかなる心也、大和物語に、」「〽つれつれ(〳〵)といと(ゝ)心のわひしきにけふはとはすてくらしてんとや」(1ウ)』是はさびしき也、拾遺集、「つれつれ(〳〵)と思へはうきに生る」生[一字アキ]乃はかなき世をはいかか(ゝ)たのまん」、是は閑なる心也」、いづれにてもながら、猶、閑なる心にて、この草子にはかな」ひ侍るべし、此双紙の中にて、其心、しられ侍り」、師説云、[一字アキ]兼好法師、徒然草は詞は和歌の詞を用て」儒道を書る所あり、又、老荘の道を以て書る所あり」、尤、神道、仏道をかける所もあり、是、我日本の風儀」、如此なればなるべし、其故は、一人、国家を治めおはし」ますも、天照太神のあまつひつぎのたねなれば、外には」仏道を忌せ給ふやうなれども、亦、一向、すてさせ給ふに」もあらず、三教、すべて用てもて、治国平天下の(2オ)』助となれり、歌道、亦、此国の風俗なれば、神道、儒道、」仏、老を始め、よろづの道を捨る事なし、此故に和語」をもちて此諸の道の理を説やはらげ、又は有職故」実等を書交て、上ミ治世のたすけとし、下万人の」教誡とせり、しかるに、一己の偏見をもて、或は儒に説」落し、或は仏老を説て、我好むかたにいひなす講談」は、恐は兼好法師の本意を得ざる物成べし、」不引共所詮、浄名玄云、「問曰、若仏菩薩老子周孔皆是聖人也、」人教人教［ママ］有ニル何ノ差別一、答曰、本地不可思議也、何可ニキ分別一ス、但」迹教殊-別也、高-下浅-深不可一槩」云々、此心をもて工夫すべ」し云々、猶、口訣あり、(2ウ)』

吟云、アル抄ナドニハ、兼好ハ心ヲ転ジテ［合字］、爰ニテハ是ト書カトスレバ、」彼ニテハ非トカキ、物ヲ一筋ニイハレヌトアレドモ［合字］、サニハアラズ、」ツレヅレ(〳〵)ハ初中後一致ト見ルベシトフカクヲシヘラレキ、(3オ)』

(1)第一　つれつれ(〳〵)なる　野槌云——略之、　六段あり、」〽師説云、此発端は、源氏、枕草子に本づけり、枕草紙云、」「此さうしは、めにみえ、心におもふ事を、人やは見んずると」思ひて、つれづれ(〳〵)なるまどひのほどにかきあつめたる」云々、」源氏須磨巻云、「つれづれ(〳〵)なるまま(ゝ)に、色々の紙をつぎ」て、手習をし給ふ」云々、兼好、一生の本意と行跡と、」此つれづれ(〳〵)といふ詞に見えたり、心をとど(ゞ)めて工夫すべし、」

日くらし　野云、「終日の義也」、」

硯にむかひて心にうつりゆく　野云——略之、」うつり行とは、うつりくるといふとおなじ心也、或説に、うつり」行とは、着しとど(ゞ)まらぬ心也」云々、イリホガナル説也、不可用也、(3ウ)』

よしなしこと　何の由もなき事と卑下の詞也、」

そこはかとなく　野云、「そこともなき義也、ハカは助語也」、

［朱書］㊀いてや　野云、「発詞也」［ママ］、　乞の字也、　一段、大意を揚グ、」此段、俗人の願をいへり、人間、さまざま(〳〵)のねがひはあれども、」不及事は甲斐なし、只、学文は、願、得やすくして、」しかも、益おほければ、是をねがふにしかずとの心也、」我をのみおもふといはは(ゝ)有へきをいてや心はおほぬさにして、」

おほかンめれ　これまで此段の大意也、おほかめれはおほくあるなれといふ事なり、」

［朱書］㊁帝の御位は　二段、品に付てねがひをいへり、　師説云、此一節、」人のねがひをかくに、金銀米銭等のねがひをば」いはで、人の品にていへり、此内に万のねがひがあれば也、(4オ)』

いともかしこし　貴《カシコシ》古事記、いともは助語也、最の字也、」

竹の園生　野云――略之、」史記世家云、「於是孝王築二東苑三［ママ］百餘里一」、註「在二宋州一」宋城県東南十里一、俗人言二梁孝王ノ竹園」云々、「孝王ハ漢ノ文」帝ノ子也、故ニ親王ヲ竹園ト」云々」新後拾遺、読人しらず、さもこそは竹のそのふの末ならめ身にうきふしのなとしけるらん」

やむことなき　物を至て褒る時、いふ詞也、」

一の人　野云、「摂政関白をさす、職原鈔云、『執柄必蒙ル二一坐之宣旨ヲ一、故称二一人ト一』」、

さらなり　師説云、殊更といふ儀、非也、いふも今更に事(4ウ)』あたらしきやうなれば、いふにをよばずといふ心也、」

たた(ゝ)人　摂家の外、清花より以下の公卿、殿上人などを云べし、」

舎人など　野云——略之、」弘安礼節云、「随身、　摂政、関白、十人、府生、二人、番長、二人、」近衛、六人、大将、大臣、八人、納言、参儀〔ママ〕、六人、中将、四人、」少将、二人、　諸衛督、四人、佐、二人」、

はふれにたれと　野云、「おちぶれたる義也」、吟云ハブ〔濁点ママ〕レトモ〔合字〕ヨム、」

なまめかし　優美なる心也、」

それよりしもつかた　野云、「五位、六位の殿上人、受領等の類なるべし」、

したりかほ　野云、「ほこりたるかたちなり」、

法師はかり　三段、法師のうへをいへり、世俗の願よりみれば（5オ）』不羨と也、然ども、一向の世捨人はあらまほしと決せり、」

木のはしのやうに　野云、「榾柮《コットツ》《キノハシ》小木也、或ハ云木頭《キノハシ》、　枕草子云、」「思はん子を法しになしたらんこそ心ぐるしけれ、」さるはいとたのもしきわざを、ただ（こ）、木のはしのやうに」思へるこそいとおしけれ」、

清少納言かかける　野云、「清原元輔が女、一条院の皇后に仕シ女房也」、

いきほひまうにの（こ）のしり　野云——略之、」大鏡云、「恒徳公の法住寺、いとまうなれど、猶、此無量寿」院、まされりと」云々、」

増賀ひしり　野云——略之、」宇治拾遺物語云、「昔、多武の嶺に増賀上人とて貴きひ（5ウ）』じりおはしけり、ひとへに名利をいとひて、頗、ものぐるはしく、」態、ふるまひ玉ひけり」云々、」鴨長明発心集に、増賀の事を書のせたる所に」云、「かくて、名聞こそくるしかりけれ、かたゐのみこそ」たのもしけれとうたひて、うちはなれにけり」

上下略、」此発心集の詞にまかせて、此草子に増賀ひじりのい」ひけんやうに、名聞くるしくとはかきたる也、かたゐは」乞児と書て乞食の事也、」

ひたふるの世捨人　野槌云、「一向とかけり、ひたすらの義也」、」師説云、栄利を好む人の万金を重ね［の二上書］したのしみは」時ありて失ひ《べ》けれども、樹下石上にてたのしまん楽みは（6オ）』失ふ事あるべからず、是は尋常の富貴よりは、中々（〳〵）、」

あらまほしかるべき事、尤也、」清氏枕草紙云、「うらやましき物、まことに世をおもひ」すてたるひじり」云々、此誠にといふ詞、寄妙［ママ］にや、」

［前項の頭注・朱書］日本紀廿五ニ切ノ」字ヲヒタフルト訓ス」

㊂［朱書］人のかたちありさま　四段、これより品によらず、一人一人（〳〵）」のうへ、嗜むべきねがひをいへり、」

あいきやう　野云、「愛敬とかけり」、師説云、礼と和と兼タル貌也、」

詞おほからぬこそ　おくの詞に、「見くるしき物、人にあひてこと葉」のおほき」云々、」

めてたしとみる人の　野云、「尊貴美麗をいふ［ママ］」云々、」これより智恵に書おとせり、（6ウ）』

本性　野云、「生れつきの天性也」、」

しなかたちこそ　野云陸亀蒙雑説引、五段、文才ヲいへり、」

賢より賢にも　野云、「論語学而篇に、『賢《カシコカラントナラバ》レ賢ヨリ易レヨ色ヲ』」、」

さえなくなりぬれは　師説、ざえなくなりぬればとは、ならび」ゐる中にて才智なきになりぬればと也、次の詞」に、「品くたり、かほにくさけなる人も立ましりて」と云々、」此まじりてといふに心をつけてみるべし、」

しなくたり　柳屯田勧学ノ文ニ云、「学」則庶人ノ子モ為ニ公卿一ト、不学」則公卿之子為ニ庶人一」、　野云、「差降《シナクダル》日本紀」、」

かけず［濁点ママ］　野云、「度量《タクリヤウ》ならぬ心也［ママ］」、　師説、かけくらべられぬ心也、」

㊃［朱書］ありたき事は　六段、人の学ぶべき事をいひて一段ヲ決セリ、（7オ）』

文の道　野云、「読書学問の道也、まことしきといへる事、」心を付てみるべし」、」

管絃　文選註云、「吹ヲ曰レ管、撫ヲ曰レ絃ト」、」

ゆうそく　有職也、物の故実をよくしれる心也、」

公事のかた　公事、　野云、「おほやけごと（こ）とよめり、禁中の」行事を、公事、まつりごと（こ）と云」、」

人の鏡　野云――略之、」師説、人の鏡とは人の手本になる人の事也、」晋書楽広伝ニ云、「衛瓘ガ曰、此レ人ノ之水ー鏡也」、」

手なとつたなからす　奥の詞に、「手かく事、むねとする事は」なくともこれを習ふへし」云々、（7ウ）』是、つたなからずと云に相応す、見ぐるしからぬほどにと」いふ事也、」

いたましうする物から　酒をいたみながら、興に乗じて」少のむほどなるよきと也、」

けご［濁点ママ］　野云、白氏文集ヲ引而、「酒をのむを大戸といひ、のまざる［ママ］」ものを小戸といふ」云々、又、伊勢物語を引而、「けこ《餼子》のうつはもの」とあるはいやしき義也、此段にてもいやしからぬやうにといへ」るにや」云々、下戸ならぬと説よし［ママ］、師説、「餼子ならぬとぞ」と云説、不用之」云々」、

(2)第二いにしへの聖の御代　此段、二段に可見、」此段、前段をうけて、位高き人も文才なく行跡あしきは（8オ）』甲斐なき

心をいへり、師説云、此段、執政の人の誡をのみ」云て、帝位の上をいはざるに心を付べきもの也、然ども、
禁秘」抄を引て、何となく下ニハ帝の誡をも含めたり、文法、寄妙〔ママ〕也、」
いにしへのひしりの御代の政　野云――略之、」一段、政道の大意を揚て倹約をおしゆ、」師説云、帝範崇倹篇曰、
「夫、聖代之君、為ニスルコト〔合字〕平節倹一ヲ、富貴広大ニシテ〔合字〕守レニ之」以レ約、叡智聡明ニシテ〔合字〕守レニ之以レ愚、不ニ以レ身一尊ヲ而驕レラ人、
不ニ以レ徳一厚ヲ而矜レ物ニ〔ママ〕」、かく」のごときの事をも忘て也、」
きよら　師説云、民の愁、国のそこなはるる（ゝ）心、不知さへあるに、却而」きよらをつくしていみじとおもふはつよ
き愚人といふ心也、筆法、寄妙〔ママ〕也、」野云、「清《キヨラ》の字也、花麗〔ママ〕の義也」、』（8ウ）
ところせき　野云、「所狭也」、師説、おごりて広大ナル躰スル也、」
おもふ所なく　野云、「心にくからぬ義也」、」
衣冠より馬車に　二段、先賢の詞を引て倹約ををしゆ、」尚書舜典ニ、「車服以レ庸」とある心也、」
九条殿の遺誡　九条殿の遺誡に貞信公の語の内にあり、いはく、」「始自衣冠及ニ馬車〔ママ〕一、随レ有ニ勿レ求美麗〔ママ〕一ヲ、不レシテ〔合字〕量ニ
己ガ力一ヲ好ニ美物一、則必」招ニ嗜欲之謗一ヲ」云々、九条右丞相師輔公ハ小一条太政大臣忠平貞信公」之男なり、」
順徳院　禁秘抄一巻あり、野云、「後鳥羽院第三ノ皇子也」、」拾穂案、禁秘抄云、「天位《ヲホヤケノ》　着御物《タテマツリモノ》ハ以レ疎《カナル》ヲ
為レ美シト」云々、」
〔前項の頭注・本文同筆〕平家物語第一ニ、「中宮、」ミヤミヤ（〳〵）ハ、御車ニタテ」マツリテ、他所ヘ行」啓アリ」ト云々、」私御車ニタテマツルハ御車ニメサレ
テ也」

此たてまつり物を帝王へ奉る物といふ説、大に非なり、是、禁秘』(9オ)抄を未勘故也、たてまつるとは天子に物を着せまいら」する事也、伊勢物語にも、「君がみけしと奉りけれ」と云々、ことに禁秘抄に、着御物とかか(ゝ)せ給へるにて可心得」也、師説、此段、執政の人の誡を書ヶに、倹約を本とせ」よといはんとて、九条殿遺誡と順徳院の禁秘抄とを」引けり、唐ノ書籍を引ば〔濁点ママ〕何ほどもあるべけれども、日本の」誡をかくからに、異国の書を引かずして、如此かか(ゝ)れ」たる事、奇特也、日本にても古の賢王の法は如此と見」知しめんが為也、」

(3)第三　万にいみしくとも　此段、三段に可見、大意は、俊成卿哥に、」「恋せすは人〔ママ〕の心もなからまし物のあはれは〔ママ〕これよりそしる」、』(9ウ)此歌の心に叶へり、好色を誡る事は釈経、儒書、あげて」いふべからず、然るに、兼好、独、かくのごとくいひて、世の好色」の方人となりて、下に、「さりとてひたすらたはれたる」かたにはあらて、女にたやすからすおもはれんこそ、あら」まほしかるへきわざなれ」とかきくだしたる手段、寄〔ママ〕」妙也、源氏物語、一部の大意、此段にありと云々」

よろつにいみしくとも　一段、大意を揚ぐ、」

色このまさらむ　師説、藝能、万事によく達したりとも、好色」の心なからんはと也、」

さうさう(〳〵)しく　野云、「さびしき儀也、和名に『寂寞、さうざう(〳〵)し』とあり、」ここ(ゝ)にてはことたらぬ心なるべし」、

玉のさかつき　野云――略之、(10オ)』文選三都賦序云、「玉巵無レバ当、雖レ宝非レ用」云々、是、出所なり、」

露霜にしほたれ　二段、好色の人のありさまを云、彼俊成卿の」「物のあはれもこれよりそしる」と読給へる心、爰のありさまによく叶ふべし、」

所さためすまとひありき　古今十四詞書に云、「ある女の、なりひらの」朝臣を所さだめにありきすとおもひて、よんでつかはしける、」おほぬさのひくて――」」
おやのいさめ世のそしりを　下心にひたすらにたはれぬ所、」女にたやすからず思はる(ゝ)所、此いさめとそしりを」慎てはば(ゝ)かるに有、是を忘るべからず、」
あふさきるさに　八雲御抄に、「とするもかくするも」といふ儀也、」
さるはひとりねかちに　さればといふとおなじ、人のおもはくをはば(ゝ)』(10ウ)かる故に一人がちなり、」
おかしけれ　野云、「やさしき意也、ほめたる詞也」、」
さりとてひたすら　三段、此より以下、一段の眼目也」、野云、ひたすらはひとへにといふ儀也、」
たはれたる　女にまよひ果たる意也、野云、風流《タハレ[合字]トモ》狂《タハレ[合字]トモ》書リ、」
女にたやすからす　色このむ人、女にたやすからず思はれば、何の」過かあらむ、」
(4)第四　後の世の事　師説云、寿命院抄に、薫大将の行跡を」思ひあはすべしといへるは、此段の本意を不知也ト云々」、又云、此段、好色の人のかたうどとなりてかきたる段の次に、」かく、少、後世の事を、はやあらはせる兼好の深意ある』(11オ)べきにや、源氏物語、好色の物語にて、内意は出離生死」のなかだちとせんため也、其心に叶ふべし云々」、又云、後の世の事に心ざしても、仏法に疎くては愚昧な」るべし、仏道にうとからで学文したりとも、後世の」ためならねば益なし、二句、互に心をもちて見侍るべし、」
心に忘れす　忘れぬは信也、うとからぬは智也、是、信智の」二をいふ也、弘決《不引[合字]トモ》云、「仏法ハ如レ海、唯信能」入者也、孔丘ノ之言スラ尚信ヲ為」㆑首、況仏法ノ深理無㆑信寧入シヤ、故云、兵ト食ト尚可㆑去、信ハ不㆑可㆑去、」花厳経、『信ハ為㆓道ノ元、功徳ノ母等㆒』」、天台云、「善入㆓仏法㆒ニ名㆑恵、巧ニ」用㆓仏法㆒名㆑智」、肇［肇歟］師曰、「決定［合字］シテ審㆑理、謂㆓之ヲ智㆒、造㆑心分別スル、謂㆓之恵㆒ト」、」

(5)第五　不幸に愁に　二段に可見、(11ウ)』師説、隠遁の心ざしに二様ある事を云て、実の世すて人は、」不幸の故にてはあらで、何となく閑にして世にも交らず、ある」かなきかに門さしこめてあかしくらさまほしき事を云リ、」これ、つれづ(〳〵)れの本意の段也、」

不幸に愁に　一段、遁世の本意を云フ、不幸、愁などによりて」世を捨るは、実の遁世の本意にあらずと也、」

ふつつ(ゝ)か　野云、「いやしき義也」、」

待事もなく　荘子逍遥遊云、「夫列子御㆑［合字］シテ風ニ而行冷然［合字］トシテ善也、」旬有五日ニ［合字］シテ而後ニ反ル、彼於㆓致㆑福者㆒未㆓数々然㆒也、此雖㆑免㆓乎行㆒、猶ヲ」有㆑所㆑待者也」、師説云、不幸に愁に沈みて世をすてたる」人は待事あるがごとし、如何となれば、其不幸のかはり(12オ)』ありて心の足《タル》事あらば、遁世の心もさめぬべき故也、是、」不幸故に世をすてたれば也、待事もなき人は、ただ(ゝ)、何と」なく世をすて(ゝ)閑なるをたのしみとしたる物也、兼好」の本意、ここ(ゝ)にあらはれ侍り、」

さるかたに　師説、世を捨ル方にはかやうにてこそは［そ二上書］」あらまほしけれと云心也、寿抄、「やさしき方に」」といへるはあやまり也、」

顕基中納言　二段、古人の詞を以て証す、顕基は俊賢卿」の男、公卿補任云、「長元八年正月廿八日、任中納言卅三才」、清輔袋」双紙云、「入道中納言顕基ハ後一条院ノ近習之臣也、長元九」年四月十七日、院崩御、同廿二日、奉レ遷二上東門一、此ノ日於二大原山一ニ出（12ウ）』家ス、生年卅七、時人流涙」云々、又云、「此人、本自《モトヨリ》道心者、文集、『古墓何《ルカ》世ノ人ゾ、不知姓ト与《トヲ》レ名、化為二道《路》傍土一、年々春草ノミ生シケン』、つねに詠之、又」常に云、配所にて月をみばやと」云々」、

［13オ行頭ニ小書］春丸考、江談抄第三曰、「入道中納言顕基、被談事、又被命云、入道中納言顕基、常被談云、無［墨消］ヲバ咎ヲバ被流罪テ、配所ニテ月ヲ見バヤ」云々」、

配所の月つみなくてみん事　師説云、罪の軽重に配当」して、遠流、近流する故也、」師説云、罪ありて配所にゆきしは不幸に愁に沈める故」に遁世したるがごとし、罪もなきに、ただ《（ゝ）》配所の遠嶋、深」山などに有て、閑に月をみるは、ただ《（ゝ）》待事もなくてあか」しくらすにひとしければ、此中納言の詞をもちて」一段を決しとどめ《（ゝ）》たり、」野云、「配所は必しも配所にあらず――」、是より已下、例の（13オ）』道春の独言也、つれづれ《（〳〵）》草の本意にあらず、いふにたらず、」

⑹第六　我身のやんことなからんにも　二段、或は四段可見、」師説云、此段の心は、人の子の、先祖にまさりて身を立、道」を行て、父母の名を揚る者は希なれば、只、子といふものな」くて有なんと也、其下心に、もし、子あらばよく教立」て愚ならぬやうにせよ、人の子たる者も其心ばせを」思ひはげめと誡る心也、其故に、「末のをくれ玉へるはわ」ろき事」など、世継の翁のいひしも書り、」

子といふものなくて　二段、先達の語を引て証す、」野云、「前中書王、兼明親王、延喜ノ御子也」、愚案、兼明親」王子孫、民部卿、蚊虻の人にて、親王の作リ玉へる菟裘《トキウ》ノ（13ウ）』賦を、うさぎのかはころもの賦といひて、天下にわら

はれ玉へる」事あれば、知二ルハ其子一ヲ無レシ如レクハ父ニ、兼明親王、賢ク見知玉ふ故、子孫」なからん事をねがひ玉へるにや、」

九条の太政大臣　伊通公也、」道長《御堂》　頼宗《堀川右大臣》　俊家《大宮右大臣》　宗通　伊通《九条相国》、」続世継云、九条太政大臣太郎は宰相にてうせ玉ひき、伊実」中納言ときこえしは、顕隆中納言のむすめのはらにて」むかひばらとてむねとし給ひければ、あにの宰相」よりも時めき玉へりき、みな、おほいどのよりサキニ失玉ヒキ、」

花園左大臣　野云、「有仁公也、後三条院孫、輔仁親王の御子也」、続世」継云、花ぞの(ゝ)の左大臣、「このおとど(ゝ)、御子のおはせぬこそ(14オ)』口惜けれ、かへりては哀なる方もありて、名残おしく」侍るとて、我ものたまはせけるは、いとしもなき子など」のあらんはいとほいなかるべし、村上の帝の御末、中」務の宮のむまごといふ人々をみるに、させる事なき」人々どもこそおほく見ゆめれ、我子などのありとも」かひなかるべしとぞありける」云々、此詞、曽、絶ん事を」ねがひ玉へる故なるべし、」

御そうたえん事を　野云、「そう、曽の字也、子孫をいふ、」韻会に『曽ハ重也、自二曽祖一至二ル無窮一ニ、皆得レ称二曽孫一ト』」、

染殿のおと(ゝ)　野云、「太政大臣良房、謚ハ忠仁公と申也」」、拾芥云、「染殿、正親町ノ北、京極西二町」、ここ(ゝ)におはせし故、号二ス染殿大臣一ト、(14ウ)』師説云、忠仁公は染殿后とて女子ばかりにて男子なかり」し故に、御弟、長良卿の子、昭宣公を養子とし玉へり、」実の御子あらば、もし、悪きもあらんに、昭宣公、賢臣」にて、忠仁公の徳威にをとらず、藤氏、繁昌し侍れば、」子孫おはせぬぞよく侍ると」云々、愚案ずるに、此説、尤」面白く侍り、但、兼好

の文意は昭宣公を養子にし玉ふ」事までを云にはあらず、ただ(ゝ)、彼おとど(ゝ)の賢徳、双なきに、」一代にて世継の
なかりし事計にて侍らんや、」
末のおくれ玉へるは　或三段、もし、子あらば、愚ならぬ」やうに、をしへたてよとの心をあらはせり、」
世継の翁の物語　野云、「一名、大鏡、藤原為業法名、寂念といふ人の作也」、(15オ)』
聖徳太子　野云――略之、或四段、」
かしこをたて　断の字也、たちきれの心也、」聖徳太子　野云、「用明天皇の御子也、厩のほとりにて生給ふ」故に厩戸の皇子と申す、又、上宮とも、八耳とも申なり、」平氏聖徳太子伝暦曰、『太子、三《タビ》回《リ》二御陵一《ヲ》、勅《シテ》二墓工《[合字]》一《ニ》曰、汝、断《テ》二四路《ヨモノ》一《ヲ》、朕《ガ》意趣、有レ二、一者為レ令レ無二大行道之煩一、二者我子孫為レ令レ無二日本」之相」続一』」、
(7)第七　あたし野の露　此段、四段可見、大意、死を悪む事」を誡む、師説云、人、長命なれば、無常を忘れて、平」生常住の思ひに習ひて、貪欲深く慈悲すくなし、只、」はやく死なんにしかじ、若くて死ても悔なき事也(15ウ)』蜻蛉、夏虫の類《タグヒ》をみて足ぬべしと書て、もし、存命」せば、貪欲すくなく慈悲ふかくして、人にも交らぬ」やうにあらまほしきとをしへたる段也、」
あたし野　野云――略之、　師説、「不レ及レ定《ルニ》レ所《ヲ》」云々」、一段、世に無常あり、死すといふ事ある事はいみじき」事を云、愚案、一段は、人、世に無常のまさしくありて」だに、人に慈悲もなく貪欲おほきものを、もし、人、」消る事なく、世、立さらで、有はつる習ならば、何ほど、」物の哀もなからん、せめて無常のならひありて、不」定の世なればこそよけれといふ心也、」師説、化野の露とは、きゆるといはん枕詞也、鳥辺山(16オ)』の煙とは、立と

いはん枕詞也、いふ心は、人、きゆる時なく、世」を立さらでのみありはつる習ならばと也、」

鳥部山　師説、在東山、清水のこなた也、人を葬る所也、」

世は定めなきこそ　決前生後、」

命ある物を　二段、人の命は久しき事を云、」

かけろふの夕を　野云――、一日の命を云、」蜉蝣詩云、「蜉蝣之羽アリ、衣裳楚々タリ」、註「蜉蝣ハ渠略也、朝ニ生[合字]ジテ

夕ニ死ス」云々、」

夏の蝉の　一季の命をいふ、野云、荘子云、「蟪蛄《ケイコ》ハ不知春秋ヲ」、」注「蟪蛄ハ寒蝉也」、」

こよなう　野云、「八雲抄に事外也とあり、無越《コヨナウ》、閑雅《コヨナウ》河海」、」

あかすおしと思はは（ゝ）　三段、人、世、久しからずと思はば（ゝ）、足ぬある」（16ウ）まじき心をいひて、只、四十にたらで死ん

にしかぬ事を云リ、」

千年を過すとも北[見セ消チ]　北州千年あり、北鬱、単越と云所、」必、千歳寿有、」

一夜の夢の心地　維摩経曰、「度ニルモ千百劫ヲ一猶[ママ]弾指ニ」、」

みにくきすかた　野云、「老をとろへたるをいふ」、」

命なかけれは　野云、「荘子天地篇云、『寿則多辱』」云々、」

なかくとも　人間のよはひ、猶、行末はながくともと也、」一説に、」四十といふも、猶、長くともと云なり、」

四十にたらぬほとにて　よそぢにたらぬとよむべし、」

そのほと過ぬれは　四段、わかくて死たる益ある子細を云也」老てはかく浅ましきものと成事、何の益ぞやと也、奥(17オ)』に、老ぬとしらば、何ぞすみやかにしりぞかざる、「雪のか」しらをいたゝ(ゝ)きて盛ナル人に双ひ」云々、にげなく見ぐる」しき年老たる人の、「わかき人にましりて興あらん」と物いひゐたる」云々、

さか行するゝ　野云、「さかへゆくするゝ也」、

命をあらまし　たとへば、五十歳の老人、十歳の子孫に」汝、三、四十歳に成て栄へ侍らん、世に、我、相みば、七、八十歳」も存命なんと有増事にいふさま也、あらましとは未来」をかねていふ事也、」

世をむさほる心のみふかく　野云、「論語云、『及テ二其老一タルニ也、血気既衰フ、戒レ之」有[ママ]レ得』」(17ウ)』、

(8)第八世の人の心まとはす事　九段、或八段」此段、前に、「色、このまさらん男は」といひて、下には好色をいましめたり、其下心を、弥、説出せり、」

世のひとのこゝ(ゝ)ろまとはす事　一段、野云、「礼記礼運ノ篇ニ、『飲食」男女ハ人」之大-欲存セリ」焉』、程伊川曰、『淫声美色ハ易レシ惑レ人ヲ』」、

人の心はをろかなる　二段、人、愚にして色にマドヒヤスキコト[合字]ヲ書、」

衣裳にたきものすと　野云、「白氏文集云、『為レ君薫《タキモノ》二スレドモ[合字]衣裳ニ一』」云々、」

えならぬ　野云、「八雲抄に、『面白う優ナル』ト也、えもいはれぬ義なるべし」、

心ときめきする　野云、「枕草子云、『心ときめきする物、よき焼物、た」きて、独、ふしたる』」、

久米の仙人　三段、真の色を云、野云――(18オ)』、野云、「元亨釈書十八、『久米ノ仙ハ者和州上ノ郡」ノ人、入テ二深山ニ一学二仙法ヲ一、

食二ヒ松葉一ヲ」服二ス薜荔《コケ》一ヲ、一旦騰レ空飛テ過二グ故里一ヲ、会《タマタマ》（〳〵）婦人以レ足踏《フミ》二浣フ衣一ヲ、其」脛甚ダ白シ、忽ニ生二ジテ［合字］染心一ヲ即一時ニ墜落ス』」、釈名曰、「老而不ヲレ死曰レ仙、仙ハ僊也、遷《遷》テ［入レニ上書］入レ山也、故制レル字人傍レ山也」、」

外の色　野云、「かりの色也」、　師説、此段の心は、まことのいろには」仙人もまよへり、まして、かりの匂ひ、外の色などにまよふ人」の、真の色に迷はん事は尤といふ心を含めり、次の詞は」真の色をかきつらねし也、」

(9)女はかみの　或説、是より四段、　野云略之、」鬢髪をいへり、」

人のほと　或は五段、言語を云り、(18ウ)』

けはひ　野云、気《ケハヒ》河海、形勢《ケハヒ》日本紀、景気《ケハヒ》新猿楽府、」

ことにふれて　六段、女は只にも人の迷ふものなるに、又、女のかたより」、一入、男を迷せんとこしらゆる心をいへり、」

うちあるさま　つゐ居る躰也、」

うちとけたるいもねす　とけても寝ざる也、土佐日記に、「夜は」いもねず」云々」、

たゆへくもあらぬ　師説、ここ（ゝ）の色を思ふと云は、前に、「外の」色」といひしに同じく、女の身ざまを云なり、打とけ」てもねず、たへがたき事をも堪るも、みな、女の色をたし」なむ故といふ心也、」

まことに愛着の道　七段、人として好色のはなれがたき(19オ)』事を云、　野云、「愛着の道、恩愛執着也」」、

其根ふかく源遠し　好色の道、心に断がたき事は、」木の根ふかくてほり絶しがたく、水の源の遠クて汲」ほしがたきがごとくと也、」

六塵《チン》の楽欲《ゲウヨク》［濁点ママ］　野云、「眼耳鼻舌身意を六根とし、色声香味触法を六塵とす」云々、楽欲はねがひ思ふ也、

みな厭離しつへし　寿命抄、「いとひはなる〳〵心也」、」

たゝかのまとひ　野云、「色欲をさす」、」

されは女の髪すち　八段、人間はさてをき、鳥獣も是にま」どふ理をいへり、大威徳陀羅尼経曰、「乃至女人髪為作綱」稚香象繋、況丈夫輩」、」

大象もよく　よくの字、字眼也、（19ウ）』

秋の鹿かならす　必の字、字眼也、鹿笛ノ図、在二野槌一」、

みつからいましめて　九段、字眼也、警を書て訣せり、」

⑽第十　家居のつき〳〵し　四段あり、」師説、此段の大意、家を作る人に成ては人の見をとさぬやう」にあるべし、又、外よりよる人に成てはあながちに家居に」よりて其主を見おとす事なかれと両方をいましめて、」先は、家、作る人に教をたれたる也、」

家居のつき〳〵しく　一段、大意を揚グ、師点、付〳〵しく、」次〳〵しく、両点也、付々は世俗につきのよき［て二上書］といふ心也、次々は家居の次第、次第〳〵よくたてたる也、」

かりのやとり　師説、「かりのやとりとは思へと」と云ヘル兼好法師の」真実ある文章也、後に、又、「時の間の煙とも」と書ル、同じ心ばへに出たり、野云、「逆旅《ゲキリヨ》《カリノヤドリ》［濁点ママ］、寄寓《キグ》《カリノヤドリ》［濁点ママ］」、」（20オ）』

よきひとののとやかに　二段、是より家居の有べき体を云リ、」此段はよき家居也、」

さし入たる月の色［アキママ］」

一きはしみしみ(〳〵)　字眼也、月はいづくにても面白ものなれどもと也」、
いまめかしく　当世めかしく花麗なるにはあらねどと(ゝ)也」、
木たち物ふりて　野云、「とりつくろはず、自然の躰也」、
すのこ　野云、「簀子と書」、
すいかい　野云、「透垣《スイガキ》也」○[ママ]、たよりおかしくとは、簀子、透垣などの」ありやう、所を得たる心也、其次第おもしろきと也」、
おほくのたくみの　三段、家居の無益なるを云リ、(20ウ)』
唐の日本の　野云、「から物、日本物、いろいろ(〳〵)の器をいふ」、
でうと[濁点ママ]　野云――、師説、東鑑などにいへる調度懸は」将軍家の事なる故に弓矢をいふと見ゆ、すべて手道具」を調度とはいふ也」、
前栽の草木まで　野云、「枝をため、葉をすかし、態、つくろひたる躰也」、
さてもやはなからへ住へき　師説、「かりのやとりとはおもへと」と(ゝ)いへるに応ぜる詞也」、
大かたい家居に　四段、字眼也、家居に付ての用心を書て戒を」たれたり、寿命抄云、「決前生後の詞也」」、
後徳大寺　野ニハ是より別段とす、故に段分、又、あらたむ、二」段あり、後徳大寺は実定公也大炊御門右大臣公能男、一段也」、師説云、此段は大かたは家居にことざまはをしはからるる(ゝ)の(21オ)』証拠也、家の作りざま、心を付べしと也、しかれども、大かたこそは」家居にてをしはからるれ、猶、外の見る所とはかはる子」細もある物なれば、

一向に家居によりては人を見知たり」と思ふべからずとの心也、是、大かたと云所に心を付て書たる也、」

西行　玄旨法印御説、俗名、右兵衛尉義清、法名、円位、後改西行、藤」康清男、井蛙抄云、「徳大寺に哥の間と云所あり、寝殿の西の」角の間也、是、左府、西行に対面の間也」、」

さはかりにこそ　それほど〔上書〕也、」

綾小宮の宮　二段、又、一向に家居にて主を見をとすまじき」事と外のみる人に誡めて、さきの「大形は」といへる詞を、委」のべたり、季吟案、本朝皇胤紹運録、性恵法親王』(21ウ)号二綾小路宮一、是、亀山院十三皇子、妙法院道教之御弟子也、」

小坂との　いづこにや、可尋之、〔本文別筆〕是、今案也、不可用之、祇園の松原鳥居の西、捨山王の」あたりを小坂といへり、其あたりにや、」

〔前項の頭注〕丸按、」太平記卅二」巻云、「近衛」殿ノ小坂殿」トアリ、」

鳥のむれゐて　からすのむらがりゐたる也、」

［後略］

第三章　季吟奥書『源語秘訣』と如庵箕形宗乾

はじめに

本章では、『源語秘訣』の季吟奥書に見える「如庵宗乾」の記述から、従来、『湖月鈔』の記述以外は未詳とされてきた、季吟の源氏学の師・箕形如庵が、八条宮智仁親王の日記に見える如庵（宗乾）と同一人物であることを指摘し、『徒然草寿命院抄』などの開版者である「如庵宗乾」とも同人と推定しうることを示す。併せて、北村季吟筆と伝える二本の『源語秘訣』および周辺資料についての調査を報告する。

一　季吟と『源語秘訣』

季吟と『源語秘訣』の関わりについては、以下のごとく、各資料に散見される。

一　予先年箕形如菴《ミカタジョアン》八条宮に奉仕に此物語の講談を聞、十五ケの秘訣三ケの口伝等を請得たり。

（季吟『湖月鈔』[1]発端「凡例」）

［引用者注：寛文元年《（一六六一）》九月］廿七日、藝州広嶋満田」長右衛門高明大声もとにいく、」自作之文章、あまたみる、」源氏抄、つくりてみせ」きこゆ、［中略］満田氏、いまだ三ケの大事、」伝授せぬよし愁えて」ゆるしきこゆべき旨、懇望なりし、」夜に入て帰ル、』廿八日、満田氏に源語」秘訣をつかはしつ、」昼、内田兵三郎もとにて」あそびくらしつ、夜は」方々

の返事書ぬ、」［中略］

［引用者注：同年十月］十一日、よる、由敬、慈仙、来て」閑話、夜更ぬ、由敬云、此比」於江戸、卜祐、土左日記の」抄、作りて、春斎に序かゝせ」たりし、板行せんとて見」せたりしに、所々もれたる」事おほし、就中、山崎の」相応寺の事、不知よし」なりければ、さいつころ、予が」うみまつをみせたりしに、」其なかにありし事を」おぼえていひやりつ、其外、』あまた所、其うみまつの」中よりいひやりにけりと云々、卜祐は儒なり、いかでか」哥書をしらん、道春が」博学なりしも野槌に」哥書の事はおほくあや」まりにけり、まして其」以下をや、海松の中より」書出て、したりがほに」板行しつらん所々を」みるたびにこそかたはら』いたからめといとおかしかりき、」子孫につたへて懇く〳〵」秘すべき事を心得ぬ」人にみすべからず、由敬は、」野子休太郎［引用者注：湖春］、物よみの」師也、何のかくすべき事かは」とおもへば、うみまつに」かぎらず、源語秘訣をも」見せにけり、

（季吟『再昌院法印季吟翁日記』(2)）

揚名ハ名バカリヲアゲヲク心也。タトヘバ伊予ノ介ニ任ジテハ伊予ノ国ヲ治ル也。是ヲ職掌《シキシヤウ》トツカサドル云也。徳分トハ伊予介ニ任ジテ其知行ヲトルヲ徳分ト云也。シカルニ揚名介ト云ハ伊予介トハ云テ伊予ノ国ヲ治ルツカサドリモナク、知行モトラヌ故ニ、只名バカリト云義也ト云々。今ノ世ニ受領シテモ職掌モナク、徳分モナク、有名無実ニテアル官人、皆、揚名也。其故ニ関白ニテ其職掌ナキ心ニテ揚名関白ト清慎公ノノ玉ヘルコト、源語秘訣ニモアリ。

三ケ一　是中古延喜ノ比マデ四ノ字ヲイムコトナキユヘニ　吏部王記（式部卿重明親王ノ記録也）ニモ徴［ママ］子女王ノ入内ノ記ニ、三日ノ夜ノ餅ヲ銀器四杯ニモルコトアリ。後代ニハ四杯ヲ忌テ待賢門院入内ノ記ニ、三日ノ夜ノモチヲ三杯ニセシコトヲ河海抄ニ引テ三杯一具《サンハイイチグ》ニセシ心ニテ三か［ママ］一［ママ］の義註セリ。花鳥余情ニ其義ヲウチテ不用シテ、吏部王記ノ銀器四杯

ノコトヲ引テ、源氏君四杯ト云コトヲ三が〔ママ〕一ツトノ玉ヘリト註シ玉ヘリ。尤其義正シキ故、宗祇、逍遥院ヲ始、称名院、三光院も〔ママ〕是ハ花鳥ノ義ニシタガヒテ、切紙ニモ如此シ玉ヘリ。吏部王記ハ源語秘訣ニ引用テアリ。但此三カ一ツト云詞ニ付テ、源語秘訣ニハ左伝ヲ引玉フ。家伝ニハ左伝ノ義ヲ用ヒズ。只三カ一ツハ四ツト云義バカリヲ用ル也。其ユヘニ切紙ニモ左伝ノ沙汰ナキ也。是家伝ノ秘密也。左伝ノ義此所ニ用ニタヽズ、入ホカナリト師説也。奥書ニ禅定殿下トハ東光院殿玖山公九条ノ植〔ママ〕道公貞徳ニ源氏物語ヲ御伝受〔ママ〕アリシ御方也。権大納言実澄《サネズミ》トハ三光院殿也。天正八人王百七代正親町院ノ年号也。

（「一二、源氏物語三箇之大事[3]」裏書）

また、「北村家現存遺物目録[4]」にも「一、源語秘訣　一冊　同〔引用者注：季吟自筆〕」とあり、かつて季吟自筆『源語秘訣』が北村家に伝存していたようである。[5]以上のことにより、季吟が『源語秘訣』を所持していたことは確実視される。なお、『湖月鈔』の記述については後述する。

従来、季吟に関係する『源語秘訣』については、『源氏物語事典』「注釈書解題」に、

桃園文庫蔵の一本の奥に「右一冊者以二如庵宗乾伝受之本一令二書写一畢。寛永十九年十月中旬、拾穂」とあるから、如庵や季吟も伝えたと見える。〔中略〕桃園文庫蔵の北村湖春自筆本[6]と其日庵自筆本[7]とは、いずれも季吟所伝の本で、みな前槐本の系統である。[8]

とあるなど、季吟の息・湖春筆の『源語秘訣』は知られてきたが、季吟筆本については言及されなかった。[9]まずは、季吟筆と伝える二本の『源語秘訣』についての調査報告を行う。

二　伝季吟筆『源語秘訣』

伝季吟筆『源語秘訣』の一本は無窮会に、もう一本は九州大学附属図書館に蔵されている。以下に書誌を示す。

無窮会蔵。平沼文庫、整理番号：二一二六四。一冊。二五・八糎×一八・四糎。綴葉装。青鈍色無地表紙。墨付丁数二三丁、遊紙前一丁。一面十行書、一行二十字内外。本文は一筆。文字の修正跡が散見される。本文と同筆の頭注を有する。朱で濁点や句読点、庵点、朱引などを附す。遊紙に「北村季吟自筆写本」と朱書する付箋を貼附。印記、「無窮会」神習文庫」（陽刻方印）、「刀水」漁史」珍蔵」（陽刻方印、以上1丁表）。

九州大学附属図書館蔵。請求記号：五四五／ケ／三一。袋綴。一冊。二七・五糎×一九・七糎。金茶色無地表紙（改装）、打付書左肩「季吟翁著」源語秘決」、打付書同筆「江左」朝日乃屋」（右下）、見返裏打付書左肩同筆「北村拾穂軒筆／源語秘決」。墨付丁数二三丁、遊紙後一丁。一面十行書、一行二十字程度。本文は一筆。本文と同筆の頭注を有する。朱で濁点や句読点、庵点、朱引などを附す。季吟奥書の後に花押を据える。印記、「岩尾」寿」所蔵」（陽刻方印）、「南部氏」蔵書印」（陽刻方印）、「南部晋」（陽刻丸印）、「音無文庫」（陽刻方印）、「九州帝」国大学」図書印」（陽刻方印）、「九州帝国大学」図書館／71168／昭和5.3.15」（陽刻丸印・黒色・横書、以上1丁表）、「九州帝国大学」図書」（陽刻丸印、18丁表）。

両書は字詰・行詰から、仮名の字母、頭注傍注、朱による濁点などに至るまで、極めて近似している。ともに奥書は以下の通りである。

後成恩寺殿奥書也
唯伝一子之秘説也、堅可禁外見者、判(20オ)』
［桂の院の注、中略］
此桂宮之註、一条殿冬良御自筆花鳥餘情之」別註、此外無之、十五ヶ条ニ加此一ヶ条者十六ヶ条候、」
唯伝一子之書也、不可出闔外者也、(21ウ)』
此一巻左大将冬良家本後成恩寺自筆書写、緞［ママ］雖為」親昵之人、曽以不可免披見之由、懸」春日大明神　住吉　玉津嶋等明
神所」相誓、永可存此旨者也、(22オ)』
右一冊者以如菴宗乾伝受之本令書写」畢、［下寄］」
寛永十九年十月中旬　拾穂』
(無窮会本：23オ、九大本：22ウ)

奥書に関する両書の差異は、九大本が季吟奥書を前に続けて記すのに対して、無窮会本が22丁裏の半丁を空けている点である。

本文について、両書に共通する他本との顕著な異同は、薄雲巻「我が君のたすきゆひ給へる」の注記の末尾、「治承四年東宮安徳御着袴之時着御之様存知の人なきによりて沙汰有て用意せられたれとも着御はなかりし也」(10)を欠く点である。これは先述の湖春筆本とも共通しており(11)、季吟所持本の特徴として指摘しうる。

さて、両書が書体も含めて極めて近似する要因としては、

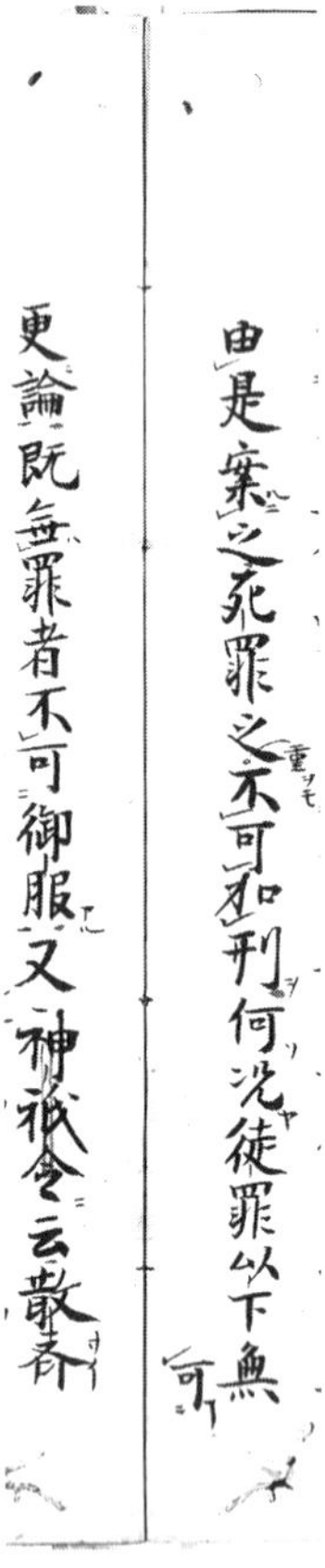
由是案之死罪之不可犯刑何況徒罪以下無

更論既無罪者不可御服又神祇令云散斎

図①　無窮会本『源語秘訣』(1丁裏最終行〜2丁表第1行)

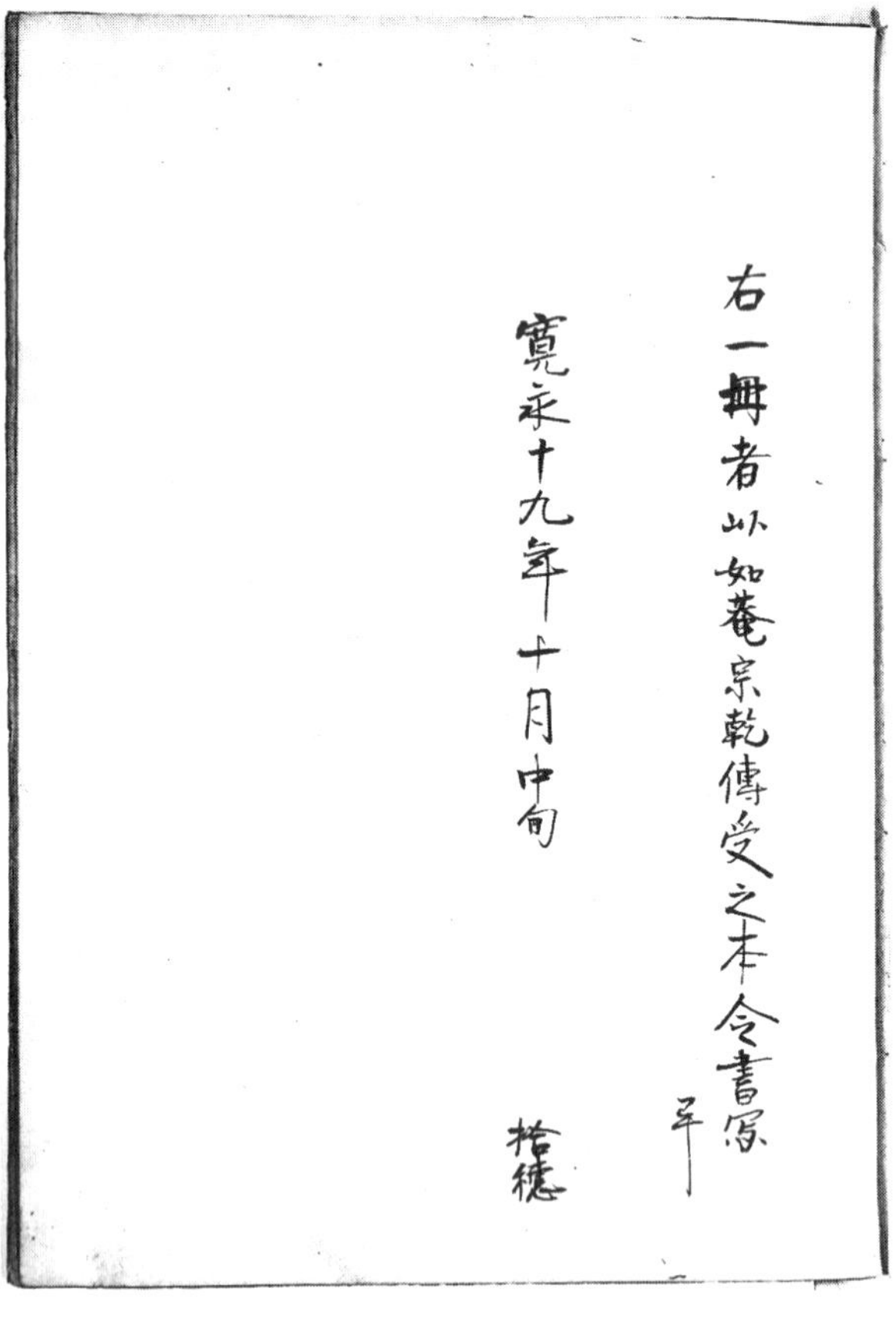
右一冊者以如菴宗乾傳受之本令書写畢

寛永十九年十月中旬

拾穂

無窮会本『源語秘訣』季吟奥書（23丁表）

一、無窮会本が九大本の臨模本である
二、九大本が無窮会本の臨模本である
三、ともに共通祖本の臨模本である

の三例を想定しうる。以下、本文比較を行い、検討することとする。

　無窮会本は桐壺巻「みこはかくても」の注記、1丁裏の最終行から2丁表にかけての「由是案之死罪之重|不可加刑何況徒罪以下無可更論」において、図①のごとく、傍線部「重」を落としたため補入し、波線部「可」を「無」の横に記している。九大本はこの箇所において「重」を本文に組み入れ、「徒罪以下」で丁を改め、「無可更論」と2丁表を始めている。そのため、以下三行は二字ずつ改行位置がずれる。両書で改行位置が異なるのはこの箇所のみである。この例について検討するに、臨模を行うことによって、九大本の形から無窮会本の形に変更されることは考えにくい。なぜなら、仮に傍線部「重」を落として書き続けたとしても、「徒罪以下」に至って「無」が次の丁の冒頭にあることに気付く筈であるからである。むしろ、九大本が補入箇所を本文に組み入れることによって、改行位置のずれを生じさせた蓋然性が高いだろう。波線部「可」が無窮会本の位置に来るためには、波線部「可」の脱落に気づく前に「更論」を記す必要があるが、臨模の場合、それは起こりにくい。無窮会本は臨模本でないか、補入記号や脱文の補記まで忠実に写した臨模本であるかということになる。なお、無窮会本が同様に補入記号を用いて補入している、10丁裏「置|同銀」、16丁裏「冠者の|君」の二箇所では、九大本は傍線部の補入された文字をそれぞれ本文に組み入れている。参考として挙げておこう。

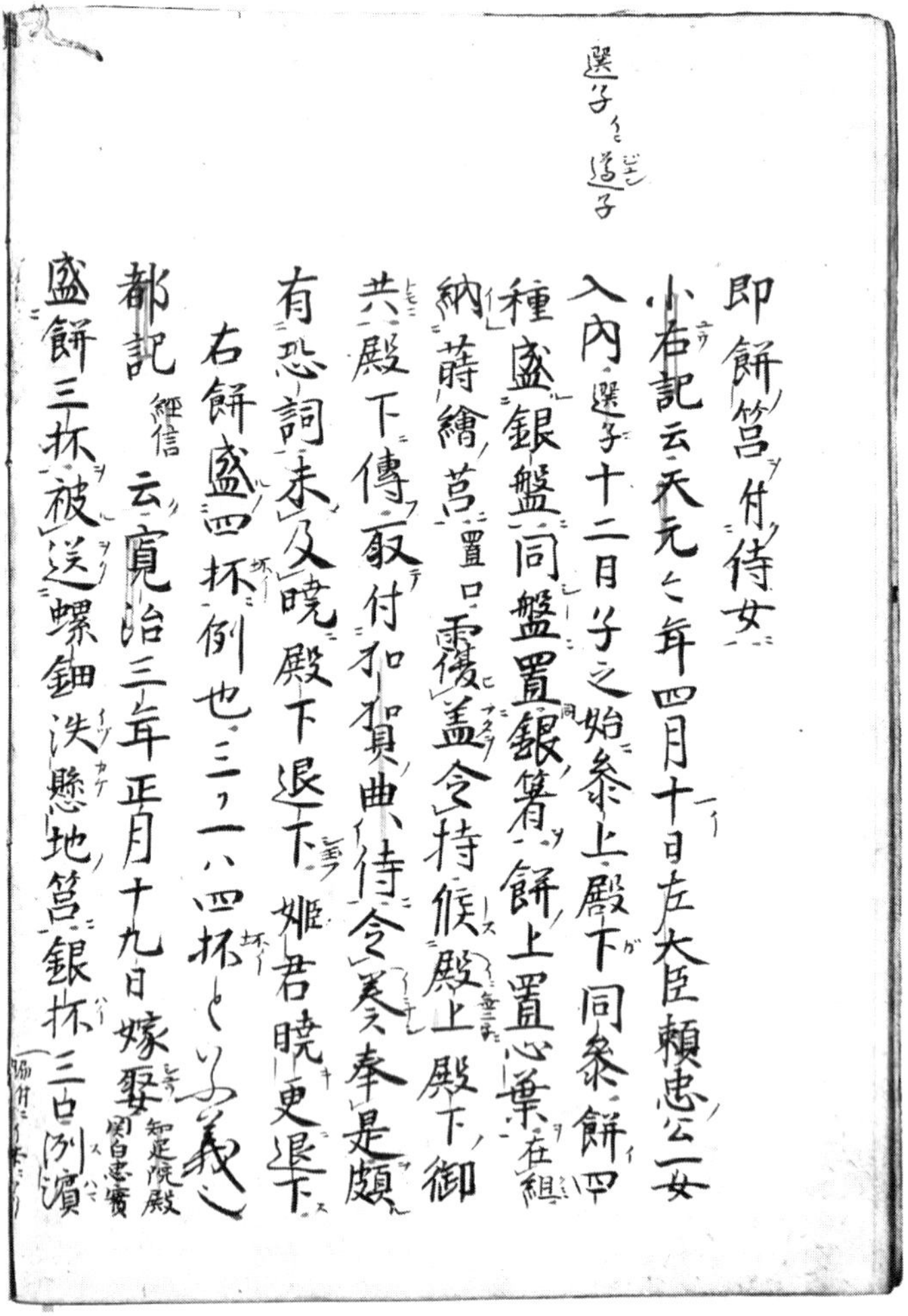
即餅筥付侍女
小右記云天元々年四月十一日左大臣頼忠公一女
入内選子十二月子之始参上殿下同参餅平
種盛銀盤同盤置銀箸餅上置心葉在組
納蒔絵筥置口霞覆蓋令持候殿上殿下御
共殿下傳取付加賀典侍令参奉是頗
有恐詞未及暁殿下退下姫君暁更退下
右餅盛四坏例也三ッ一ハ四坏と云義
都記経信云寛治三年正月十九日嫁娶知足院殿関白忠実
盛餅三杯被送螺鈿洲懸地筥銀杯三口洲濱

無窮会本『源語秘訣』（10丁裏）

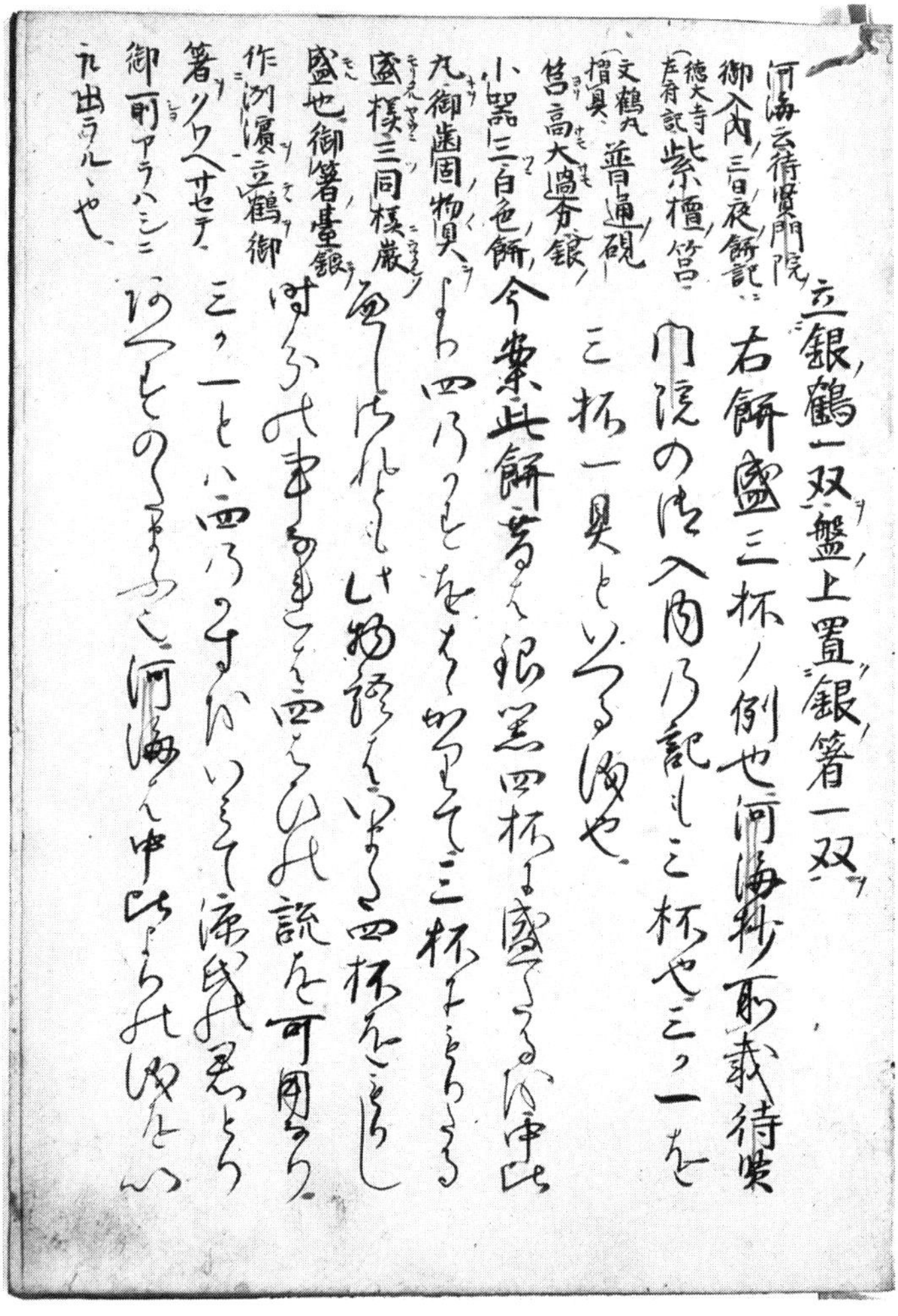

無窮会本『源語秘訣』（11丁表）

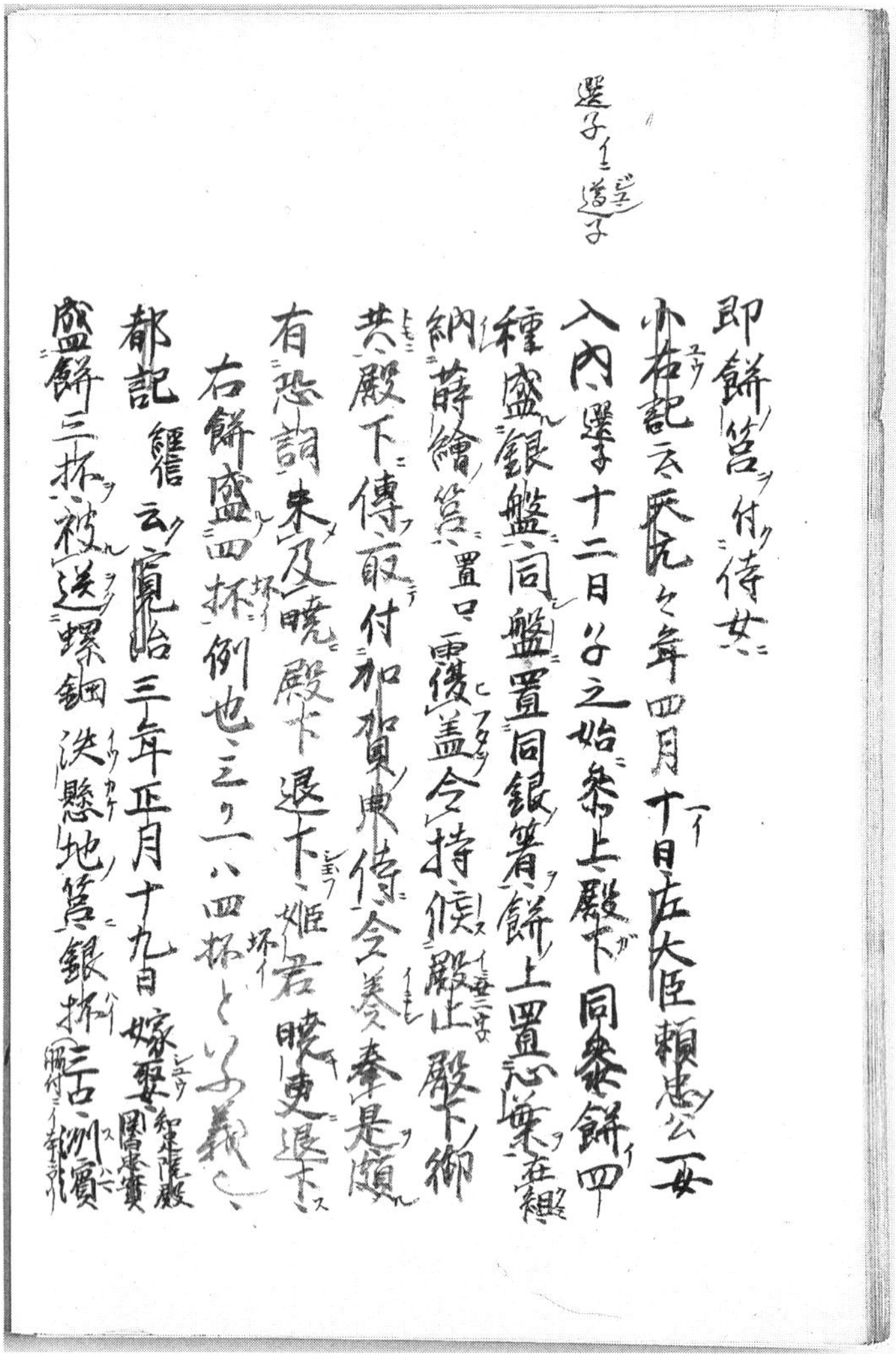
選子イニ遵子

即餅筥ノ付ク侍女ニ
小右記云天元々年四月十日左大臣頼忠公ノ女
入内遵子十二月ノ之始参上殿下同参餅四
種盛銀盤同盤置同銀箸餅上置心葉在懸
納蒔絵筥置口覆蓋令持侍殿上殿下御
共ニ殿下傳取付加賀典侍令参奉是須
有恐詞未及暁殿下退下姫君暁更退下ス
右餅盛四杯例也三ヶ一ハ四杯と子義也
都記 經信云寛治三年正月十九日嫁娶和泉院殿関白家實
盛餅三杯被送螺鈿洲懸地筥銀杯三口洲濱

九大本『源語秘訣』(10丁裏)

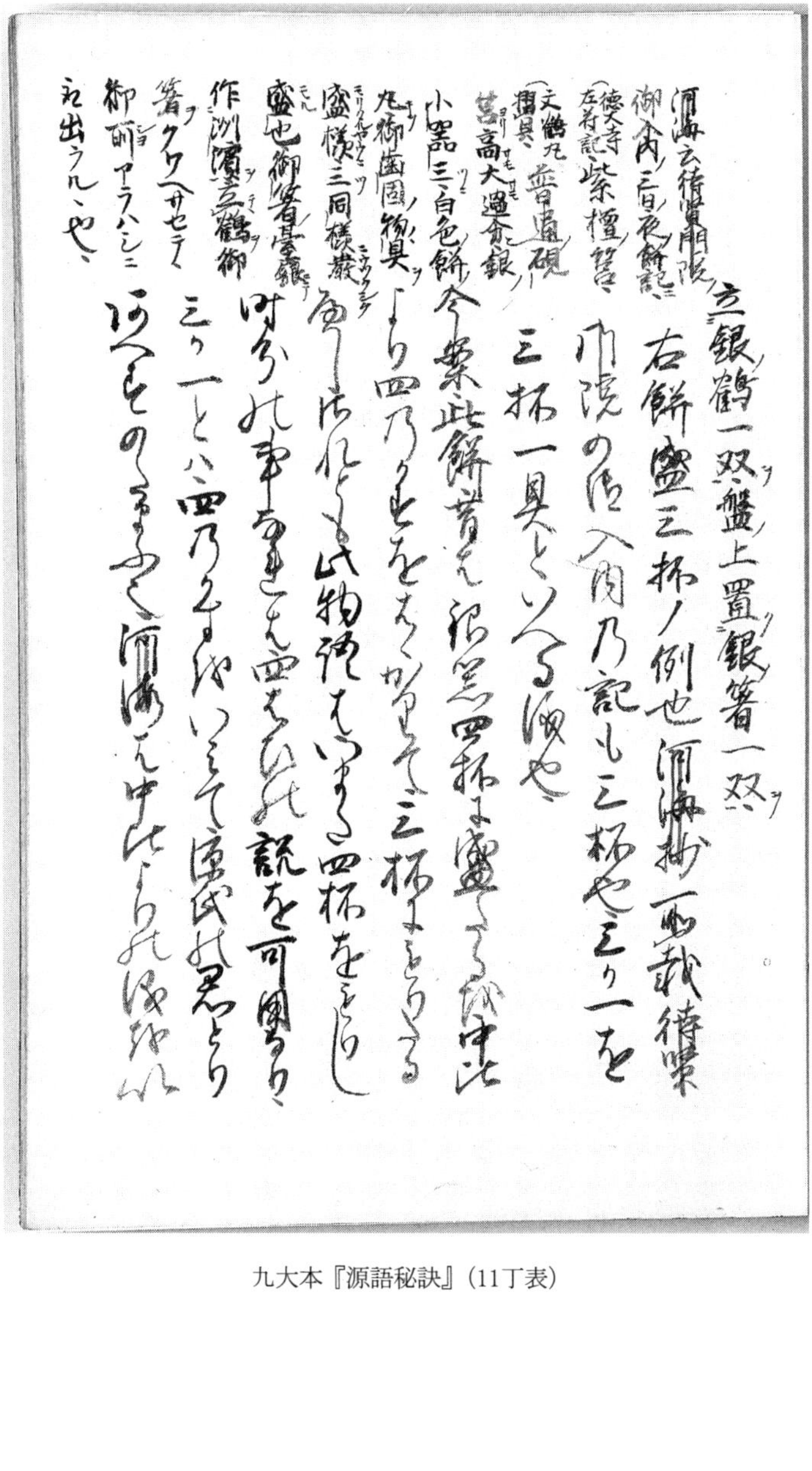

九大本『源語秘訣』(11丁表)

また、「官位昇進等の事を議定せしかば」（5丁裏）において、無窮会本では傍線部は「昇位」とあり、「位」を見せ消ちにして、「進」と傍記している。対して、九大本では「昇進」とあるものの、擦り消した上に「進」を記している。さらに、「勘申七歳以下人遇親喪并件親遇七歳以下」人喪之間各行神事以否事」（2丁裏）において、九大本は傍線部を「問」と誤っている。加えて、先述の通り、無窮会本は季吟奥書の前に半丁空けるのに対して、九大本は丁を空けずに続けて記している。この三例はともに無窮会本の形から九大本の形に変わった蓋然性の高い事例である。以上のことにより、まずは無窮会本が九大本の臨模本である蓋然性の低いことが指摘できる。

それでは、九大本が無窮会本の臨模本なのだろうか。ここで問題となるのは、九大本には季吟奥書に図②のごとく花押が据えられていることである。奥書の通り、寛永十九年（一六四二）の書写であれば、季吟十九歳時の花押ということになる。比較に適当な若年期の花押は見当たらないため、後の花押と比較すると[12]、本書第一章にいう花押甲とは異なり、花押乙には類似するもののその形状にかなりの差異が見受けられることがわかる。同時期の花押がないため、判断は慎重であるべきだが、本文の筆跡からは書写の時期が下ると考えられることと併せて、この花押も臨模によるものと推定されよう。花押が臨模であった場合、親本の『源語秘訣』から写したのか、それともその他の資料から写したのかが次の問題となろう。無窮会本に「在判」ともないことは後者の蓋然性を高めるものの、これについては、現存資料からは判断が困難である。

ただ、わずかな例ではあるが、無窮会本には見えず、九大本にのみ見える傍記があることは注意を要しよう。桐壺巻「みこはかくても」の注記において、2丁表の「神祇令云」散斉之内」の傍線部「散」に付された「致カ」の傍記、2丁裏の「然則於行神事有何妨哉」の傍線部「妨」に付された「サマタケ」の傍記である。また、同じ注記において、1丁裏の「称上件両事臨時有疑」の傍線部「称」には九大本では右傍に「イフナラク」、左傍に「アハバ」とある。

図②　九大本『源語秘訣』署名・花押

図③　無窮会本『源語秘訣』「称」
（1丁裏）

無窮会本では図③のごとく、右傍に「イフナラク」とある。左傍には消し跡が見えるが、判読は困難であり、かろうじて一字目が「ア」のように見えなくもない。なお、字義からは左傍に「イハバ」とあるべきであろう。

このわずかな事例から判断を下すことは難しいが、内容面からは、九大本が、無窮会本に近似した他の伝本の臨模本である可能性が高い。季吟十九歳という非常に早い時期の資料であり、筆跡の比較に適当な同時期の自筆資料に乏しく、「北村家現存遺物目録」に『源語秘訣』の名が見えることもあり、無窮会本の自筆の判定には資料の新出を俟ちたい。なお、早稲田大学図書館蔵『しら露』(請求記号：ヘ一二―〇四五一九)とは筆跡が異なる。

三　その他の伝本

本節では、季吟に関する『源語秘訣』のその他の伝本について簡略に触れておきたい。

無窮会本同様の季吟奥書を有する『源語秘訣』としては、先述の桃園文庫湖春筆本などの他、鶴舞中央図書館本[13]が挙げられる。

桃園文庫其日庵自筆本[14]や神宮文庫本[15]は、それぞれ『源語秘訣』の各条を省略したものであるが、無窮会本と異なる季吟奥書を有している。また、無窮会本と同様の頭注の一部を、書陵部本[16]と蓬左文庫本[17]が有している。それぞれの伝本については、本書では詳述せず、紹介にとどめておきたい。

さて、カリフォルニア大学バークレー校蔵『源語秘訣』[18]については、若干の問題があるため言及しよう。バークレー本は以下の奥書を有する。

右一冊者光源氏物語十五箇之」大事、而従玄旨法印、明心居士」相承之趣也、然処強因貴」望、而至頭書不違一字書」写、而以令附与之訖、全不可」有他見者乎、」
延宝九辛酉歳五月吉辰長孝」判」
衛広英丈
亮友令書写之時、依為」小本、而本註之後以細」字二行○〔加頭〕書之、全清書」有之者可出頭者也、」

玄旨法印は細川幽斎、明心居士は松永貞徳を指す。長孝は望月長孝のことである。長孝は松永貞徳に学び、季吟にとっては兄弟子にあたる。衛広英丈は谷衛広(19)のことである。

奥書傍線部の通り、バークレー本には本文中に「頭書」として割注が挿入される。問題は、この割注が無窮会本などの頭注と一致することである。かつまた、バークレー本も無窮会本同様、薄雲巻「我が君のたすきゆひ給へる」の注記の末尾、「治承四年東宮安徳御着袴之時着御之様存知の人なきによりて沙汰有て用意せられたれとも着御はなかりし也」を欠いている。

加えて、延宝九年(一六八一)五月の長孝の奥書が記されるが、長孝は同年三月に没しており、不審である。

さらに、貞徳が『源語秘訣』を相伝していたという点にも疑問がある。季吟は『湖月鈔』「凡例」において、「先師逍遊軒貞徳に桐壺一巻の講尺を聞て、此物語の口伝等再聞し侍し」と述べるのみであり、また日本大学図書館蔵『教端抄』(20)の跋文でも貞徳の学問について詳しく述べるものの『源語秘訣』に言及がない。貞徳『戴恩記』などにも『源語秘訣』の記事は見えない。

以上のことを踏まえるに、バークレー本の奥書の信頼性には疑問符がつくと言わざるをえない。季吟所伝の『源語秘訣』を基とした伝本である可能性も十分にあろう。

四　如庵箕形宗乾

季吟は松永貞徳門下であるものの、源氏学においては箕形如庵《みかたじょあん》をも師としていたことは、以下の『湖月鈔』の「凡例」によってよく知られている。

一　予先年箕形如菴《ミカタジョアン》八条宮に奉仕に此物語の講談を聞、」十五ケの秘訣三ケの口伝等を請得たり。又先師逍遊軒」貞徳に桐壺一巻の講尺を聞て、此物語の口伝等再聞』し侍し。此如菴老人はもと称名院殿三光院殿より相つ」たへて、八条の宮の御前にても講ぜち申され侍しとかや。」其故に此講尺には細流を以てもとゝせられ侍し。

『湖月鈔』の「師説」のほとんどが箕形如庵の説である（「師説としるすものは皆如菴老人の説也。明心居士の説は」千が一のみ」）と「凡例」で述べられる人物でありながら、従来、箕形如庵の伝については、この記述が唯一の手がかりであった[21]。ここで注目すべきは、箕形如庵から「十五ヶの秘訣」を得たという記述である。この「十五ヶの秘訣」は、無窮会本や九大本の季吟奥書の存在からも、『源語秘訣』を指すと考えられる。再度、その奥書を示そう。

右一冊者以如菴宗乾伝受之本令書写」畢、」
寛永十九年十月中旬　　拾穂』

寛永十九年(一六四二)に季吟（拾穂）が「如菴宗乾伝受之本」により『源語秘訣』を相伝したことが記される。『源語秘訣』の季吟奥書に見える「如庵宗乾」と、季吟の源氏学の師である「箕形如菴」とは同一人物とみて誤るまい。注目すべきは箕形如庵の名が「宗乾」と示される点である。ここで、「八条の宮の御前にても講ぜち申され侍しとかや」との『湖月鈔』の記述を手がかりとして、八条宮智仁親王の記録を閲するに、智仁親王自筆の『江戸道中日記』[22]に如庵の名が見えるのである。

該書は寛永二年(一六二五)三月の江戸下向の際の日記で、原外題は左肩打付に「江戸下向日々記」とある。冒頭に「寛永二年三月十一日、四時、都を立、供衆、久世少将(通式)、清水谷少将(忠定)、如庵」とあり、同十三日条に「庄野にて」昼休、発句思案ス、春は駒旅にいさめる」野山哉、脇、篠に草葉のもえかねる道」、通式、第三、雪きえし跡よりかすむ露置て」、忠定、明けてそをやむ月のさ夜かや、宗乾」とあって、智仁親王下向の供衆として、「如庵」「宗乾」の名が見える。発句が智仁親王、脇が久世通式、第三が清水谷忠定であり、この後も、同十五日条に「久世、清水谷、如庵、哥どもあり、三河」の土橋につきて、清水谷、如庵、哥あり」などとあることからも、三月十三日条の第四句を出した「宗乾」は如庵その人であることが明らかである。すなわち、智仁親王に近侍した「如庵宗乾」が実在したと知られるのである。

さらに、この期の「如庵宗乾」として思い起こされるのは、たとえば秦宗巴『徒然草寿命院抄』の刊記「慶長九暦閼逢執除姑洗良辰／日東　洛陽　如庵宗乾刊行」[23]である。

慶長九年(一六〇四)三月に刊行された『徒然草寿命院抄』のほか、文禄五年(一五九六)刊『証類本草序例』[24]や慶長四年(一五九九)刊『元亨釈書』[25]などの刊記にも「如庵宗乾」の名が見える。この「如庵宗乾」については、古活字版研究の側から考察が加えられてきた。川瀬一馬氏は「徒然草寿命院抄解説」[26]において、

本書は、下巻奥に、

○慶長九暦閼逢執除姑洗良辰　日東　洛陽　如庵宗乾　刊行

と刊記があるが、其の刊行に当つて、慶長四年刊行の元亨釈書の真名活字を襲用してゐる。元亨釈書の刊記は、

○于時慶長四年戊亥月日　日東　洛陽　如庵　宗乾　摸行

とあつて、如庵宗乾の伝を詳かにしないのは残念であるが、秦寿命院宗巴と相当交渉のあつた者には相違あるまいと思ふ。

と述べ、また、『増補版古活字版之研究』[27]では、

如庵宗乾は慶長四年に元亨釈書を、同九年に徒然草寿命院抄を刊行してゐる外、五十川了庵の太平記の刊行にその大型活字を貸与してゐたりして、医師であらうと推定してゐたが、本書〔引用者注：『証類本草序例』〕を先づ活字印行してゐる事実に拠つて、その推定は裏書されると言つてよい。

と説くが、その伝についてはなお未詳であった。[28]

従来、季吟の師「箕形如菴」と、『徒然草寿命院抄』等の古活字版開版者「如庵宗乾」とが結びつけられることはなかったが、『源語秘訣』の季吟奥書や『江戸道中日記』の記事から推すに、この二者は同一人物に相違なかろう。最も古い刊記を持つ『証類本草序例』の文禄五年(一五九六)から、季吟が『源語秘訣』を相伝した寛永十九年(一六四二)まではおよそ四十

五年の懸隔があるが、『湖月鈔』の「如菴老人」との敬称を『源語秘訣』相伝の寛永十九年頃のものと考えると、年齢の面にも問題は生じない。

おわりに

医師の交流圏を勘案するに、「如庵宗乾」が秦宗巴『徒然草寿命院抄』を出版していることも示唆的である。季吟の妻については、北村家の『先祖書』に「妻秦寿命院立安法印女」とあり、林述斎『寛政重修諸家譜』[29]に「妻は秦寿命院某が女」とある。秦宗巴（天文十九年（一五五〇）―慶長十二年（一六〇七））の娘とすると年齢がそぐわないため、孫ではないかと推定されるが、それはともかく、この記述によれば、季吟と秦宗巴とは姻戚関係にあったということになる。

さらに、『北村宗与家系』[30]によれば、季吟の祖父、宗龍は曲直瀬一渓（初代道三、永正四年（一五〇七）―文禄三年（一五九四））に医を学び、寛永二十一年（一六四四）十一月二十五日に九十二歳で没したとされる。[31]また、父、宗円は曲直瀬玄朔（二代道三、天文十八年（一五四九）―寛永九年（一六三二））に医を学び、慶安五年（一六五二）八月十九日に五十六歳で没したという。[32]

秦宗巴も曲直瀬一渓門下であり、宗龍とはほぼ同年代である。ここで北村宗龍と秦宗巴、さらに北村家と秦家との交流圏を想定することは不自然ではあるまい。そして、秦宗巴と「如庵宗乾」との関係性を踏まえると、「如庵宗乾」もその医師たちの交流圏に加わっていたと見られよう。

さらに、ここで、『徒然草寿命院抄』の跋文を中院通勝が記していること[33]と、中院通勝『岷江入楚』を季吟が『湖月鈔』で用い、伝授書『源氏物語微意』で参照していること[34]とを併せ考えると、『岷江入楚』入手の経路や使用するに至る経緯もこれらの交流圏に由来する可能性を指摘できよう。

『源語秘訣』の相伝は寛永十九年であった。季吟の婚姻はそれから遅れること数年の正保元年（一六四五）頃と見られる。ともに宗龍の存命中であり、宗龍たちの交流がその背景にあったのかもしれない。「如庵宗乾」から教えを受け、『源語秘訣』を相伝し得たのはこのような縁があったためではないだろうか。

北村宗龍、如庵箕形宗乾、秦宗巴といった医師らの交流圏を想定し、季吟の婚姻や師弟関係[35]への影響を考慮すれば、これらは、『湖月鈔』の「師説」成立の時期や、季吟の出版に対する意識などにも関係してくる。榎坂浩尚氏の論究[36]以降、季吟の医師らとの交友が顧みられることは少なかったが、禅門との交流[37]とともに、今後はより一層の考究を求められよう。

注

（1）『湖月鈔』の引用に際しては、『源氏物語湖月鈔一（〜十二）』（新典社、昭52・7〜53・7、北村季吟古註釈集成7〜17）を用いた。同書の底本は早印本ではあるが、一部に野村貴次氏の操作が加わるため、他の伝本も適宜参照し、異同のないことを確認している。『湖月鈔』の諸本については、沼尻利通「湖月抄の八尾版」（『中古文学』99号、中古文学会、平29・6）を参照。

（2）新玉津嶋神社蔵『再昌院法印季吟翁日記』（野洲市歴史民俗博物館寄託）。天理図書館綿屋文庫編『季吟日記』（天理図書館、昭31・4、俳書叢刊第四期7。臨川書店、昭63復刻）、『北村季吟日記』（北村季吟大人遺著刊行会、昭38・11、北村季吟著作集第二集）に翻刻が備わる。

（3）季吟から柳沢吉保へ伝授した切紙『古今集并歌書品々御伝受御書付』（柳沢文庫蔵。所蔵番号：〇一―一四）の一部。原本未見。宮川葉子『柳澤家の古典学（下）――文芸の諸相と環境――』（青簡舎、平24・2）に翻刻と解題が備わる。切紙の呼称は宮川氏に従う。

（4）祇王小学校『北村季吟』（祇王小学校、昭30・3）131〜132頁。

（5）論者はその所在を確認できていない。

（6）東海大学付属図書館蔵。桃園文庫、整理番号：桃九—八一。一冊。湖春自筆。本文・奥書等一筆。二八・一糎×二〇・四糎。袋綴。香色鞠紋型押表紙。打付書「源語秘訣」。表紙に「北村湖春筆」とある極札を貼付。一九丁。頭注（墨書）および振り仮名は本文と別筆。ただし、10丁表頭注「イ本」」のみ本文と同筆か。印記、「洛住判」事神原」甚持本」（陽刻方印・黒色）、「篁園文庫」（陽刻方印）、「柳外園」蔵書印」（陽刻方印）。

後述する無窮会本と同様の奥書を有し、季吟奥書に続けて以下の奥書が記される。読点、返点は引用者による。

此源語秘訣者、後成恩寺兼良公、河海抄以」往之諸抄未考之事十五ヶ条勘二考之一、而被」レ伝二家宝一之書也、」仍被レ加下不レ可レ出二閫外一之奥書上矣、先年、依二内海直重之懇望一、授二源氏物語」三ケ之口訣一畢、今也重而書二写此一巻一、而応二其」需一者也、堅不レ可レ有二他見一矣、」

元禄七年七月廿五日　　北村湖春（花押）」

この花押は、元禄三年（一六九〇）の書翰と推定される早稲田大学図書館蔵「北村季吟・北村湖春書簡：内藤寿軒・乙部勘右衛門宛」（請求記号：チ06 03890 0029 0005）の湖春の花押と一致し、湖春筆本の花押が湖春のものであると確認できる。なお、本書第一章末には別種の花押も掲出した。

さて、湖春筆本は、桐壺巻の注記の「又一義云延喜七年法曹の勘状に職制律の【ちやくふくすへき人の喪を聞てかくして挙哀せすは徒罪以下といふは職制律の】文を見るに」（本文は無窮会本に従う）において、【　】内を欠く。これは「職制律の」間の目移りによる誤脱と推定される。このことからは、湖春筆本の親本において、二つの「職制律の」が一行を跨いで隣接していたとも想定しうる。その場合、湖春筆本の親本は一行十七〜十八字と考えられ、無窮会本や九大本とは異なる可能性も生じるが、確証はないため、指摘にとどめておきたい。なお、無窮会本と九大本では「又一義」云延喜七年法曹の勘状に職制律』のちやくふくすへき人の喪を聞てかくして」挙哀せすは徒罪以下といふは職制律の文」を見るに」のごとく改行されている。

東海大学付属図書館蔵『源語秘訣』（整理番号：桃9-81）
湖春署名・花押

「北村季吟・北村湖春書簡：内藤寿軒・乙部勘右衛門宛」
（早稲田大学図書館蔵。請求記号：チ06 03890 0029 0005）
季吟・湖春署名・花押（[元禄三年]）

なお、湖春筆本は、奥書にも記されるとおり、湖春が内海直重に伝えた伝本である。内海直重は、石水博物館蔵『詩歌法眼季吟七十賀』に「直重京内海氏長右衛門宗恵孫」とあるその人で、両者に関する記述として、「新玉津島後記　元禄二年二月七日」(『道のさかへ』)に、「内海直重がもとにて、湖春、春暁月といふことをよみしと語りける翌朝に、とくおきいでゝ、新玉津島の木のまの月の面白きをみて、彼題を思出て、／春はいまひと夜ふたよをしはし猶かすみてのこれありあけの月」(同書頁)を指摘しておきたい。

(7) 東海大学付属図書館蔵。桃園文庫、整理番号：桃九―八七。登録書名：源氏物語十五ヶ條祕說。横本一冊。七・七糎×一七・八糎。袋綴。代赭色無地表紙、打付書左肩「源氏秘説不許他見」。内題「源氏物語三箇之大事」。三〇丁、墨付丁数一八丁。本文・奥書等一筆。『源語秘訣』の後に「源氏三箇之大事」を載せる。『源語秘訣』の本文・注記を独自に略記している。なお、『花鳥口伝抄』や『口伝抄』とも一致しない。

『源語秘訣』に関する奥書は、十五条の注の後に「奥書曰、」唯授一子秘説也、堅」可禁外見者也、／後成恩寺　御判」、「以或証本写之、不」曽外見者也、／明応六年三月十六日／前槐判」とあり、桂の院の注を挟んで、「花鳥余情之別注、此外」無之、十五ケ条加此一ケ条」者十六箇条候、十七ケ条」由、承候、無所見不」審候、」」、「此一通以後妙華寺」関白自筆写之、件」一通従准后借賜之」也」、「右十五ケ条之内、揚名介、」宿直囊、子のこ餅三ケ」一、為三ケ大事、別有切紙、」無的伝者怒々不」可見之者也、／玄旨法卯[ママ]判」、「源氏は和文の長也、誠に」此物語見ざらん哥人は」無念たるべし、長頭丸／右十五ヶ条者後ノ成」恩寺伝授之秘説なり、」其余者下官湖月抄」に顕然なり、／尊父秘伝之一章也、』／季吟／北村湖春」、「法印主温欽写之」、「右秘書、備成先生之」所持スル処、乞而写之畢、／其日庵」白芹[下寄]／文化七庚午正月」とある。

(8) 大津有一氏執筆箇所(『源氏物語事典』下巻、東京堂、昭35・6)。なお、この記述の基と思われる藤原作編『日本文学大辞典』(新潮社、昭25・5増補改訂)の「源語秘訣」の項には「筆者蔵の北村湖春自筆本と、其日庵自筆本とは、いづれも季吟所伝の本で、この[引用者注：前槐本]系統のものである」(池田亀鑑氏執筆箇所)とある。東海大学付属図書館桃園文庫には他にも、本奥書に「右一冊者以㆓如庵宗乾伝受本㆒令書写畢、／寛永十九年十月中旬　拾穂」、「以㆓慮菴拾穂之本㆒雖ㇾ令㆓校合㆒愚筆猶無㆓[虫損]□書」写誤㆒者也、／寛文元年六月中旬　尚好」(返点ママ)とあり、後表紙見返に「元禄十五壬午年晩秋山田雅丈に借得て／写之者なり　(花押)(印記「山本」氏」))」「羽田氏(印記「羽田」氏」「長章」))」とある『源語秘訣』（整理番号：桃九―七八）がある。寛文元年本奥書の「尚好」は平野尚光か。

（9）『日本古典文学大辞典』の「源語秘訣」の項には、「その他箕形如菴の本を季吟が写した神宮文庫本などもあり、重んぜられていたことがわかる」（玉上琢彌氏執筆箇所）とある。しかし、神宮文庫には奥書に如庵の名が見える『源語秘訣』は確認できない。これはおそらく、『源氏物語事典』「注釈書解題」に「神宮文庫蔵一本もやはり兼良、実隆、幽斎の奥書を記し、次に「［中略］」と記している。桃園文庫蔵の一本の奥に「右一冊者以㆓如庵宗乾伝受之本㆒令㆓書写㆒畢。寛永十九年十月中旬、拾穂」とあるから、如庵や季吟も伝えたと見える」（傍線は引用者による）とある記述の傍線部を見落としたために生じた誤りであろう。

（10）中野幸一編『花鳥余情　源氏和秘抄　源氏物語之内不審条々　源語秘訣　口伝抄』（武蔵野書院、昭53・12、源氏物語古註釈叢刊第二巻）による。

（11）ただし、本文と別筆で頭注として書き入れられている。

（12）本書第一章を参照されたい。

（13）鶴舞中央図書館蔵。請求記号：河ケ―三〇。一冊。二七・八糎×横一九・八糎。袋綴。青鈍色地に代赭色刷毛目表紙、書題簽左肩「源語秘決全」（片子持枠刷罫）。墨付丁数二四丁、遊紙なし。一面十行書、一行二十字内外。本文は一筆。朱で頭注や傍注、清濁点、句読点などを付し、朱引を有する。2丁表に朱で「秀根案加朱者異本校合乎」とある。頭注には無窮会本の頭注の一部を含む。河村秀根旧蔵本。印記、「市立」名古屋図書館」蔵書印」（陽刻方印）、「尾張河村復太郎秀根蔵」（文字のみ・黒色、以上1丁表）、「市立名古屋図書館／大正11年12月1日／4343」（陽刻丸印・横書、裏表紙見返し）。序文として1丁表から2丁表にかけて、「光源氏の物語は説〳〵多しといへども信」用するにたらず。当流には多く彼荘子の寓」言のごとし。あとにもなき事を面しらふ作り」書て紫式部が上東門院へ申いらせたりとばか」りみるなり。異説には法蔵を土台として」作れり共いへり。又好色をつかいとにして」実は教戒の心ありとも云り。それもさも有」べし。紫の君を賢徳おはしける人にを《ママ》」明石の君に貞女の模様を顕し、花散里を列」女の風によせ、又落葉の宮、女三の宮などの不」貞を作りあげて勧善懲悪のいましめ」ともせしなるべし。詩花言葉の妖艶優玄《ママ》は」更にもいふべからず。誠希代の筆法なり。抑此」物語に三箇之秘訣有之。むかしより伝受」来れり。外に十二箇条の難儀有。中比桃華」禅閤の御所、博識理会の君にしてよく此物」語のなんぎ共を弁せさせ給ふ。此物語におひて信実の博［引用者注：伝カ］受有かにはあらず。有識の品故実の」趣をつゐて難儀ともせし事を此物語の秘」決にはするなり。古来より大事とせし事」なれば後なをろそかにする事なか」れ。」［引用者注：以降、朱］右八名目［引用者注：後出の秘訣名目］ノ続に是を出せり。此序拾穂軒筆せしとなり」とある。奥書は十五条の注の後に、後成恩寺奥書と文明九年（一四七七）兼良奥書があり、ついで「異本」として、文明十八年（一四八七）実隆奥書に続けて「右之恵与通村卿三ヶノ秘事御抜書同之寛文七三廿四」とあり、さらに「異本」として、天正十八年（一五九〇）幽斎奥書と延徳二（一四九〇）年前大僧正奥書がある。桂の院の注の後に「此桂宮之注一条殿冬良御自筆花鳥余情」の別注、此外無之、十五ヶ条加此十六ヶ条也」、「右一冊者以如庵宗乾伝受本令書写畢、／寛永十九年十月中旬拾穂」とある。ついで「次第不同」等を挟み、巻末に「延享元甲子十月廿日写之河村秀根」（秀根の下に白く修正跡あり）とある。

（14）注（7）参照。

（15）神宮文庫蔵。図書番号：和三門五九七五。一冊。二四・二糎×一七・一糎。袋綴。香色無地表紙、打付書左肩「源氏物語十五ヶ条秘訣［カスレ］」。丁数九丁。本文一筆。印記、「神宮」文庫」（陽刻方印）、「楮」石」（陰刻方印）。『源語秘訣』の本文・注記を独自に略記している。なお、『花鳥口伝抄』や『口伝抄』、注（7）の其日庵自筆本とも一致しない。

奥書は「右源氏物語十五ヶ条之秘訣後成恩寺殿号一条禅閤」花鳥余情之別注也、於当流三光院殿用捨之事雖有」之、古来称秘訣而師伝之印以口実所伝受也、然此」中、揚名介、三ヶ一、宿直物袋称之三ヶ大事為深秘者」他流当流無分也、必不可漏脱者也」、「後成恩寺殿秘訣之奥書云」、唯伝一子之秘説也、堅可禁外見者、判」、「又或奥書云」、此一巻左大将家本後成恩寺殿御自筆書写之、縦雖為親昵之」人、曽以不可免披見之由、然春日大明神住吉玉津嶋」等明神所相誓、永可存此旨者也」、「紫式部は檀那院僧正の許可を得てまさしく天台」の法に入、一心三観の血脈にいれり、其故に光源氏」物語といふ題号は妙法蓮華経五字の首題になぞらへ」、六十帖は即天台六十巻に表し、巻の数五十四帖」ありといへど、桐壺より御法の巻まで并の巻を除て」廿七帖、宇治の巻を一帖に比して廿八帖は即法華」経廿八品になぞらへ、源氏物がたりの紙数多少ありと」いへども、大数三千枚として一念三千の法文にあて」られしゆへに、古人、此物がたりに三ヶの大事といふ事を」定めてこれを物がたり伝授のしるしとする事は、天台の」法文に空仮中の三諦といふ事ありて是を一心三観とて」許印の血脈とするになぞらへて、此物がたりを見聞習らへる」人々の讃仏乗の因転法輪の縁となさしめんとて也、」これを止観の説と名づけて深秘の中の奥義として」心あさき人にはゆるさぬ事にて候也、みだりにし給はゞ」哥道の冥加おそろしく且は諸仏の照覧もはゞかりある」べき事なるべし、／延宝五年閏臘月十五日季吟」、「此一巻のうちうたがはしき所々も」侍れど季吟の自筆のまゝ写し竟ぬ／秀皓」とある。

(16) 原本未見。宮内庁書陵部蔵。登録書名：源氏物語秘事。函架番号：一五〇・四六六。横本一冊。墨付丁数三五丁。印記、「宮内省」図書印」（陽文方印、1丁表）、「図書費購入」大正十年五月」図書寮」（陽文丸印、35丁裏）。裁断跡があり、頭注も中途で裁断されている。裁断された頭注のうち、一部は無窮会本の頭注と一致する。また、無窮会本と同様の頭注が貼紙で記される。国文学研究資料館のマイクロフィルム（マイクロ請求記号：二〇―五九四―三）にて確認した。奥書は十五条の注の後に、後成恩寺奥書と明応六年《（一四九七）》前槐奥書があり、その奥書の上に貼紙にて「松風山翁本奥書如斯」として、文明九年兼良奥書と文明十八年実隆奥書が記される。桂の院の注の後に、永正十七年《（一五二〇）》左幕下奥書があり、ついで「雲隠巻の事」があり、天正十年《（一五八二）》幽斎奥書があり、「松風山翁朱印」とある。

(17) 蓬左文庫蔵。請求番号：二―二二。一冊。一九・八糎×一四・二糎。袋綴。香色無地表紙、打付書中央「源語秘訣」。墨付丁数四六丁、遊紙前一丁、後一丁。一面六行書、一行十四字内外。本文は一筆。本文とは別筆にて朱で頭注を付す。頭注は無窮会本の頭注の一部と一致する。尾張神村氏旧蔵本。印記、「尾府」内庫」図書」（陽刻方印）、「蓬左」文庫」（陽刻方印）、「神村家蔵」（陽刻方印、以上1丁表）。奥書は十五条の注の後に、文明九年兼良奥書、文明十八年実隆奥書の後に「一校了右逍遥院也」とあり、続けて慶長十三年《（一六〇八）》中院通勝奥書がある。

(18) 原本未見。カリフォルニア大学バークレー校蔵。三井文庫、整理番号：一六七〇、分類番号：宗一六二。横本一冊。表紙打付書左肩「源語秘決」。国文学研究資料館蔵マイクロフィルム、マイクロ請求記号：二二五―六―二。整理番号・分類番号は、長谷川強他「カリフォルニア大学バークレー校旧三井文庫写本目録稿」（『調査研究報告』五号、人間文化研究機構国文学研究資料館学術資料事業部、昭59・3）による。分類番号の「宗」は三井宗辰の集書であることを示す。なお、同稿は書名を「源語秘笈」とする。また、国文学研究資料館のマイクロフィルムでの確認のため、色は不明。かつ、物差し等が写されていないため、寸法等も不明。縦横比はおよそ2：3。

(19) 日下幸男『近世古今伝授史の研究　地下篇』（新典社、平10・10、新典社研究叢書116）273頁参照。

(20) 本書第四章参照。

(21) たとえば、市古貞次他編『国書人名辞典』（岩波書店、平10・11）の「箕形如庵」の項は『湖月鈔』「凡例」の記述を引き写しにしている。なお、『国書人名辞典』では、疑問があるとしながら、箕形如庵の著作として宮内庁書陵部蔵『源氏講釈聞書』（函架番号：五〇三・一三六）を挙げている。該書は内題に「如庵講尺聞書」とあるものの、注記が『湖月鈔』の「師説」と一致せず、「如庵」が箕形如庵を指すかはなお不明である。

(22) 宮内庁書陵部蔵。函架番号：桂・四二。嗣永芳照『智仁親王江戸道中日記』（伊地知鐵男編『中世文学　資料と論考』笠間書院、昭53・11）に翻刻と解題が備わる。そのほか、『智仁親王詠草類　二』（宮内庁書陵部、平12・3、図書寮叢刊）に収める「桂宮文書智仁親王詠草」（函架番号：F４・一九七）第六十八冊にも「宗乾」の詠が見える。

(23) 『徒然草寿命院抄　上（下）』（松雲堂書店、昭６・６）に複製と解題あり。

(24) 文禄五年（一五九六）刊。刊記は以下の通りである。「扶桑国平安城／如庵宗乾模行／惟時文禄第五龍集柔兆涒灘［引用者注：丙申］日南至」。

(25) 慶長四年（一五九九）刊。刊記は以下の通りである。「于時慶長四年己亥月日／日東　洛陽　如庵　宗乾　摸行」。

(26) 注（23）『徒然草寿命院抄　上』31頁。

(27) 川瀬一馬『増補版古活字版之研究』（日本古書籍商協会、昭42・12）744頁。

(28) 井上宗雄ほか編『日本古典籍書誌学辞典』（岩波書店、平11・３）の「如庵版」の項目（森上修氏執筆）も、同人による古活字版の刊行について詳しい。なお、森上修氏は「初期古活字版の印行者について――嵯峨の角倉（吉田）素庵をめぐって――」（天理図書館編『ビブリア』100号、天理大学出版部、平５・10）、「〈勅版〉三題」（『混沌』19号、混沌会、平７・７）、「古活字版印刷と木活字駒の彫出技法」（藤本幸夫編『書物・印刷・本屋――日中韓をめぐる本の文化史――』勉誠社、令３・６）などで、「如庵宗乾」は吉田宗恂でないかと推測されたが、吉田宗恂は慶長十五年（一六一〇）、季吟出生前に没しており、古活字版開版者「如庵宗乾」と季吟の師「如庵箕形宗乾」を同一人物と考える立場からは肯えない。

(29) 文化九年（一八一二）成立。『寛政重修諸家譜第一』（続群書類従完成会、昭39・２）。

(30) 原本未見。以下、引用は野村貴次『北村季吟の人と仕事』（新典社、昭52・11、新典社研究叢書１）による。同書所収時、木村盛美氏蔵。

（31）『北村宗与家系』（注（30）『北村季吟の人と仕事』23頁）には、「宗竜宗三郎、母谷権左衛門女。従ニ一渓［ママ］［引用者注：渓カ、一渓は初代道三］道三ニ学レ医、初号助庵、従里村紹巴法眼学連歌、近江国永原天神宮連歌宗匠。事于芸州毛利侯元康、禄三百石。寛永廿一甲申十一月廿五日九十二歳卒。葬于近江国了福寺、法名石心宗竜居士」とある。宗龍については、大谷雅彦編著『埋もれていた近江の医聖　北村宗龍』（私家版、昭61・5）に詳しい。

（32）『北村宗与家系』（注（30）『北村季吟の人と仕事』25頁）には、「宗円初正元、三右衛門。従延寿院法印道三学医、従里村祖白学連歌、平安城住。慶安五年八月十九日卒、五十六歳。京鳥羽要法寺葬」とある。

（33）『徒然草寿命院抄』と中院通勝との関わりについては、小秋元段「『徒然草寿命院抄』写本考」（佐藤道生・高田信敬・中川博夫編『これからの国文学研究のために――池田利夫追悼論集――』笠間書院、平26・10）などに言及がある。

（34）清水婦久子『源氏物語版本の研究』（和泉書院、平15・3、257頁）や松本大『湖月抄』の注記編集方法――『岷江入楚』利用と『河海抄』引用について――」（『源氏物語古注釈書の研究――『河海抄』を中心とした中世源氏学の諸相――』和泉書院、平30・2、研究叢書493）、ならびに本書第四章を参照されたい。

（35）季吟が武田道安（信重）に師事していたことは、『大和物語抄』の武田杏仙（信成・信処）の序文で季吟のことを「家父高弟」と述べることにより、よく知られている。また、貞徳に関して触れることが少なかったが、貞徳『慰草』第九十六段の大意には「此草、説々おほくて正真をしる人まれなり。古道三の見たてをかれしは、おなもみは蒼耳にと云々」（吉澤貞人『徒然草古注釈集成』勉誠社、平8・2）とあり、貞徳と曲直瀬一渓との交流もあったらしい。このことについては、福田安典「秘伝の公開としての講釈――医師の講釈と『徒然草』注釈――」（『伝承文学研究』第45号、三弥井書店、平8・5）に詳しい。なお、箕形如庵との関係は不明ではあるが、貞徳『源氏物語聞書』（尊経閣文庫蔵）には、「諸抄之事［中略］一覧　如庵ノ作」とある。

（36）榎坂浩尚「長岡居住時代の季吟」「藩医季吟」（『北村季吟論考』新典社、平8・6、新典社研究叢書98）。

（37）季吟『吸江軒記』には、季吟がかつて至道無難を仏道の師としたことを記し、季吟『疏儀荘記』には、至道無難の弟子の祥山丹瑞を年来の知友と述べ、丹瑞が疏儀荘に親しく出入するという。石水博物館蔵『詩歌法眼季吟七十賀』に多くの五山僧が漢詩を寄せていることもあわせ、これらの交友の検討も季吟の学藝を追求する上で重要である。

無窮会蔵『源語秘訣』頭注一覧

凡　例

・無窮会本『源語秘訣』（平沼文庫、整理番号：二一二六四）を底本とし、頭注を一覧した。
・「所在」は両書の注記の存在する丁、「項目」は『源語秘訣』の注記項目の巻名、「頭注」は頭注の本文をそれぞれ示す。
・「項目」では『源氏物語』の巻名を示した。『源語秘訣』において同一巻で複数の注記項目がある場合は、立項順に「夕顔1」「夕顔2」などのように示した。
・朱引や朱による句点は省略した。
・九大本に異同がある箇所は「九」として九大本の本文を示した。
・文字で示しにくい項目については無窮会本の影印を掲載した。

所在	項目	頭注
3丁裏	桐壺	二等ハ兄弟伯父」叔母ナドノコト也。」一等ハ親ノコト也。」
5丁裏	夕顔1	私註、」村上天皇第一広」平親王ハ民部卿の〔ママ〕」女更衣腹、御弟」冷泉院ハ后腹ニ」テマシマスニヨツテ、」第一ノ御子ヲ」サシヲキ、東宮ニ」立給フ。民部卿、」是ヲホヰナキコト」ニ思テ、思死ニ」セシ後、冷泉院、」物クルヲシクナリ」玉フ也。花鳥ニアリ。」
5丁裏	夕顔1	政事要略、百（九：三百）三」十巻アリ。」公務、交替《カウタイ》、糺弾《キウタン》雑事、至要、臨時雑事等、記之。」
6丁裏	夕顔1	後普光園トハ」二条殿摂政大」政大臣良基之」コト也。」
6丁裏	夕顔1	守株待兎。」ウサギ、木ノクイゼ」ニ行アタリテ死」タルヲ、或者、拾テ、」又、其クイゼヲ」モリテヰテ、若又、カヤウノ兎ヲ拾事アランカト待居ル心也。」
7丁表	夕顔2	西宮記ハ西宮」左大臣高明公作也。」イ本走磗《ハシリワラハ》。」走孀。私云嫣《ハラハベ》。」
7丁裏	花宴	清慎公ハ実資」公之祖父也。実」資公ハ斉敏《ナリ》ノ」子也。」
8丁表	花宴	胡飲酒ハエビス」ノ酒ノム舞也。」
8丁表	花宴	師房公　村上御孫。具平親王男。」 ○顕房　堀川右府。六条右大臣。」 ○雅実　久我大政大臣。」

所在	項目	頭注
9丁表	葵1	随身ノコト、職ニヨリテ」随身ヲ玉ハルハ限アリテ、」出仕ノ度ニ尋常ニ召」ツル丶也。其外時ニ随」テ、近衛将監、将」曹、府生一人ヅ丶、仮初《ト》」ニ召ワタシテツル丶コト」ヲ、カリノ随身トモ〔合字〕（九：共）、一」員トモ〔合字〕云也。皆地下ノ」輩也。蔵人ノゾウト（九：〇）ハ」殿上ノ蔵人将監」ヲ云フ。ソレヲ一」員ニ具スルコトハ例」ナキ也。亦、行幸ノ時」ハ、左右ノ近衛将監、」将曹ハ本陣ニ供奉スルニヨリテ、ワタクシノ一員ニメシワタスコト叶ハヌコト〔合字〕也。」
9丁裏	葵1	鹵簿《ロフノツ》図、」鹵力古切。」車駕出有」鹵簿。簿ハ」物ヲ書付ル帳也。」
10丁表	葵2	徽（九：ナシ）。」
10丁裏	葵2	選子。イニ遵《ジュン》〔濁点ママ〕子。」
11丁表	葵2	河海云、待賢門院ノ」御入内ノ三」日ノ夜ノ餅記ニ徳大寺、左府記」紫檀ノ筥文鶴丸、摺レ具」普通ノ硯」筥ヨリ高サモ大サモ過分也。銀ノ」小器」三ツニ、白色ノ餅ノ」丸《キヲ》御歯」固ノ物ノ、具ヲ」盛《モリタルヤウニ》様、三ツ同」様ニ厳《ウツクシク》」盛《モル》也。御」箸ノ台、銀ニテ」作ニ洲」浜一ヲ。立テ、」鶴ヲ御」箸ヲクワヘサセテ、」御所《ショ》アラハシニ」取出ラル丶也。」
11丁裏	葵2	絳《カウ》県イ本。」
12丁表	葵2	イ本。」二ヲ首、六ヲ身」ニヲル〔ママ〕也。」
13丁裏	榊	イ本、」非三人之可ニ開看《イカンス》一」。頗ル渉ニル苛《カ》酷《コク》《ハナハダシ〳〵》一云々。」
15丁裏	乙女	有司ハ其時ノコトヲ」ツカサドル者也。」称唯トハカシコマル」トノ心也。」
19丁裏	藤裏葉	上ノ弓ハリハ、七日、」八日迄ナルベシ。」月ヲ四ツニワリ」タル時ハ、七日、八日」ニアタル也。」
21丁表	松風	此段、諸本無之。」

第四章　『源氏物語微意』と季吟の源氏学

はじめに

従来、北村季吟の源氏学については、『湖月鈔』への言及がその大多数を占め、その他の著述や関連書に及ぶことは稀であった。そこで、本章では、『源氏物語』に関する季吟の著述等について概観し、翻刻を供し、以て季吟の源氏学の再検討を企図するものである。まずは、季吟『源氏物語微意』の基礎的研究を行う。

一　『古今集并歌書品々御伝受之書』

日本大学図書館には、『教端抄』『源氏物語微意』など七種十九冊の伝授書類を一箱にまとめた『古今集并歌書品々御伝受之書』(1)（以下、「歌書伝受書」と称する）が蔵されている。これらは季吟から柳沢吉保への伝授書であり、箱書に「古今集并歌書品々御伝受之書」と記す朱の塗箱に納められている。まずは「歌書伝受書」の書誌を記す。

日本大学図書館蔵。請求記号：九一一・一〇四―Ｋｉ・六八。登録書名：古今集并歌書伝授書。二二・九糎×一六・九糎。袋綴。茶色地菊花唐草文様裂表紙。中央金紙題簽「教端抄　一（～八）」など。見返、菊花唐草文様布目金紙。一面概ね八行書、一行十五～二十二字内外。朱で清濁点や振仮名を附すことがある。本文は吉保方の書写者によるものと推定されるが、吉保自身の筆ではない。なお、相伝奥書および『教端抄』の題簽は季吟自筆である。印記、「日本大学図書館蔵」（朱）。故佐藤運雄氏（元理事長）寄贈（昭和三十二年二月十一日付）。以下、他の伝本との比較の際には、日大本と称する。

「歌書伝受書」は、『教端抄』(2)八冊（一〜八）、『十如是和歌集』(3)一冊、『八代集口訣』(4)一冊、『新勅撰和歌集口実』(5)四冊（上一・上二・下一・下二）、『万葉集口訣』一冊、『詠歌大概拾穂抄』一冊、『源氏物語微意』三冊（上・中・下）からなる。それぞれ墨付丁数および遊紙は以下の通りである。

『教端抄』第一冊一四〇丁、第二冊一九五丁、第三冊一六〇丁、第四冊二一一丁、第五冊九六丁、第六冊一三六丁、第七冊一六三丁、第八冊一七五丁（すべて遊紙前一丁、後二丁）
『十如是和歌集』二四丁（遊紙前一丁、後二丁）
『八代集口訣』四〇丁（遊紙前一丁、後二丁）
『新勅撰和歌集口実』第一冊一二五丁、第二冊一一一丁、第三冊一二三丁、第四冊一二七丁（すべて遊紙前一丁、後二丁）
『万葉集口訣』二三丁（遊紙前一丁、後二丁）
『詠歌大概拾穂抄』一四四丁（遊紙前一丁、後二丁）
『源氏物語微意』第一冊一〇一丁（遊紙前一丁、後二丁）、第二冊一〇四丁（遊紙前一丁、後二丁）、第三冊一〇四丁（遊紙前一丁、後一丁）

なお、『八代集口訣』は「後撰和歌集口訣」（一ヶ条）、「拾遺和歌集口訣」（四ヶ条）、「後拾遺和歌集口訣」（二ヶ条）、

「千載集口訣」（四ヶ条）、「新古今和歌集口訣」（十八ヶ条）、「新古今集口訣追加」（六ヶ条）からなり、その末には「枕草子春曙抄口訣」（十ヶ条）が記されている。

重要な事項として、柳沢文庫蔵『古今集并歌書品々御伝受御書付』[6]が収められている塗箱が、本資料の塗箱と同種であることがあげられる[7]。現在は別の機関に所蔵されているが、もとは揃いで季吟から吉保へ相伝され、柳沢家に伝えられていたものと考えられる。

二　書写の時期

本節では、季吟自筆による相伝奥書を確認し、書写の時期について考察する。なお、章末にその他の奥書を含めた奥書一覧を附した。

本章末に掲載した季吟筆相伝奥書の年紀を整理すると、

元禄十五年（一七〇二）十月（陽月）十四日
『八代集口訣』、『新勅撰和歌集口実』、『万葉集口訣』
元禄十五年十月（小春）吉祥日
『源氏物語微意』
元禄十五年十一月十八日
『教端抄』、『十如是和歌集』

年紀不明

『詠歌大概拾穂抄』

となり、少なくとも二種類の年紀が存在することとなる。以下、この問題について考察する。前述の『古今集并歌書品々御伝受御書付』の一部である「覚」に、書写の事情を窺わせる以下の記述がある。

覚

一　御本之教端抄八冊」、任御意外題染」愚筆返進仕候、并」青紙御不審之所々、」委細改返進仕候、」其中ニ御不審難心得奉存候事、五、六」所御座候者、其分ニ而」指置申候、奥書仕候、」

一　十如是之注本、是」亦任貴意加奥書進上」申候、」

一　封之印別ニ包進上仕候、」　（裏に別筆にて貼紙「宝永二」あり）

吉保からの依頼で『教端抄』の題簽を書いたこと、吉保が青紙で不審箇所について尋ねたものに対して改めて返答したこと、その不審箇所のうち季吟が理解しがたかった五、六箇所についてはそのままにしたこと、『教端抄』の奥書を記したことが知られる。また、『十如是和歌集』（「十如是之注本」）についても吉保の求めに応じて奥書を加えて送ったことが記される。この記述の通り、日大本『教端抄』の題簽は季吟自筆と認められる。なお、その他の「歌書伝受書」の題簽は本文と同筆である。青紙については現存しておらず、季吟の「委細」が具体的に何を指すのかは詳らかでない。

さて、「覚」に『教端抄』と『十如是和歌集』の名が見えることにより、この両書の「元禄十五年十一月十八日」の相伝奥書と、『八代集口訣』などの「元禄十五年十月十四日」の相伝奥書とは、実際に記された時期が異なっていたと考えるべきであろう。この理由を考察するに当たって、まずは吉保の古今伝受に関する記事を整理しよう。(8)

吉保の公用日記である『楽只堂年録』(9)には、元禄十三年(一七〇〇)八月二十七日に「一、今日、再昌院法印季吟より、古今の秘訣を伝授す」とある。その後、元禄十五年四月六日に吉保邸の失火があり、同年七月十二日に「一、北村再昌院法印季吟を請して、再び古今和歌集の口訣を伝受す、去年《さりしとし》伝受したれども、書籍焼亡するによりて也、時服三つ・重硯箱一通りを贈る」とあり、ここで再度の相伝が行われている。翌日には「一、北村再昌院法印季吟へ、鮮鯛壱折・樽代千疋を贈る」とある。

一方で、『古今集并歌書品々御伝受御書付』の「師伝之血脉二通」にはそれぞれ「元禄十三庚辰九月廿(二十)七日奉授之　再昌院法印(花押)」とあり、また、無窮会蔵『北村季任聞書』(10)にも「吉保 元禄十三年九月廿七日 松平美濃守」とあり、古今伝受の公式な日付は元禄十三年九月二十七日であることが知られる。『楽只堂年録』の記事が相伝の開始を意味するかどうかは不明であるが、北村湖春の「誓戒文」の例を見るに、吉保は元禄十三年九月二十七日に切紙を相伝し、おそらく同日に誓詞を提出したのであろう。

さらに、『古今集并歌書品々御伝受御書付』の「詠歌大概之口訣」には「元禄十五年七月十六日　再昌院法印」(他二葉には「元禄十五年七月吉祥日」)とある。(11)

以上のことを踏まえると、相伝奥書の「十月十四日」から「十一月十八日」の約一月のずれは、「覚」に記されるように、吉保が『教端抄』を読み込み、不審箇所について検討するための期間と考えられないだろうか。(12)

川上本『古今拾穂抄』には元禄十二年(一六九九)十二月二十九日に、『古今拾穂抄』を『教端抄』と改名して「五丸様」に献上した旨が記される。つまり、吉保の初度の古今伝受の際には既に『教端抄』は成立しており、吉保に伝えられていたものと考えられる。そして、日大本『教端抄』によれば、元禄十四年から翌十五年にかけて再度の書写を行ったことが記されており、川上本『古今拾穂抄』と比較するに本文の改訂が行われていることが知られる。そのため、再度の古今伝受の際に改めて不審を尋ねる機会が設けられたのではないだろうか。

また、『十如是和歌集』は奥書に「八半之小本」などと記すことから推すに、はじめは伝授書ではなかったのではないか。相伝奥書に「家伝」や「秘説」とないことも、その感を強くさせる。そのため、初度の古今伝受の際には伝えておらず、再度の古今伝受の際に吉保の要望により与えることになったのではないだろうか。

「元禄十五年十月十四日」の相伝奥書を有する書籍は、『教端抄』と異なり、初度の古今伝受が行われた元禄十三年以降の奥書（相伝奥書を除く）を有さない。既に授与したものから更改がないため、書写を終えた時点で即座に相伝奥書を加えたとすれば、年紀のずれはひとまず説明できよう。

なお、少々余談に流れるが、『北村季任聞書』によると、『教端抄』の献上に先立ち、元禄五年三月五日付で「五之丸様」、すなわち瑞春院の古今伝受が行われている。[13] この日は『寛政重修諸家譜』[14] に「[引用者注：元禄]五年三月五日、仰により古今和歌集伝授の切紙を献じ、紅裏の呉服をたまはる」とあることにより、従来、季吟が綱吉に古今伝受の相伝を行った日と理解されてきたが、『北村季任聞書』の記述によれば、切紙を献じた対象は綱吉ではなく、その室の瑞春院であったことになる。[15]『北村季任聞書』に記される湖春や吉保の古今伝受の日付は、湖春の誓紙や吉保の『古今集并歌書品々御伝受御書付』と一致しており、資料の信憑性は高い。[16] また、川上本『古今拾穂抄』（『教端抄』）には元禄十二年十二月二十九日に瑞春院に九冊本の『教端抄』を献上した旨が記される。以上のことを踏まえると、季吟を江戸に呼び寄せた背景にも瑞春院の意思を考慮すべき可能性が生じる。今後、考究すべき重要な課題である。

三　『十如是和歌集』

本節では『十如是和歌集』の新出伝本の報告を行う。『十如是和歌集』は、『古今集并歌書品々御伝受之書』の一部である日大本[17]以外に伝本が知られていなかったが、佐々木孝浩氏が日大本以前の形態を留める伝本（以下、佐々木本と称する）を所蔵しており、論者は幸いに調査の機会を得た。以下に書誌を記す。

佐々木孝浩氏蔵。一冊。二三・三糎×一八・二糎。袋綴。黄土色無地包表紙。打付書左肩「為尹卿千首和歌題抄全」。内題「為尹卿千首和歌題抄」。墨付丁数一四丁。遊紙前一丁。一面概ね十行書、一行十九字内外。

注記を比較すると、佐々木本には頭注が多く、その頭注の一部が日大本で本文化している。佐々木本を訂正増補したものが日大本であるといえよう。

佐々木本の奥書は以下の通りであり、本文と同筆である。

元禄元年十月五日、依冷泉中将為綱朝臣」御所望、抄出于新玉津嶋菊籬下畢、」
仙洞御月次和哥冷泉中将出題即此」千首之題也、依之令考之、去三日被仰』渡於今出河之亭者也、」
［三行アキ］
元禄癸酉［引用者注：六年］のとし、此一巻、北村氏正立より」かり得て書写之者也、」

臘月七日　勝尹」

日大本と比較すると、佐々木本は元禄元年(一六八八)の奥書末尾の小書「彼本陸奥紙小本」と季吟の署名、および元禄二年(一六八九)閏正月六日と元禄十五年(一七〇二)の季吟奥書を欠く。

佐々木本が元禄二年奥書を有さないことと、日大本の元禄二年奥書に[18]「聊有前後損益」と記すこととにより、佐々木本から日大本への改訂は元禄二年奥書追加の時点で行われたと推定される。そうすると、なぜ改訂後の日大本ではなく、改訂前の佐々木本を季吟の次男・正立が所持していたのかが問題となる。

季吟と長男・湖春が江戸に召され、京を発ったのは元禄二年十二月十日のことである。[19]当時、大坂にいた正立は、季吟の指示により同月八日に上京している。[20]『北村季任聞書』の「家伝切紙　三鳥之口伝」奥書には、「右師伝之趣授与正立生者也、明十日、東行之節、依無寸隙而使正立生書写、以加奥書而已、／元禄二年十二月九日　北村季吟朱印[21]」とあり、出立間際の九日に季吟から正立へと「三鳥之口伝」が伝えられていることを見ても、忽卒の間の引き継ぎであったのであろう。改めて書写をする暇もなく、改訂後の『十如是和歌集』は季吟が江戸へ持ち、改訂前のものは京に残る正立に附与されたのではないだろうか。なお、書名が『為尹卿千首和歌題抄』から『十如是和歌集』へと改められた時期については未詳である。

また、佐々木本の元禄六年(一六九三)(癸酉)の勝尹奥書に、正立から借りて書写したとあることには注意を要する。後述する『源氏物語微意』が季吟から正立に送られた際の書状[22]には「必々よみ聞せ候而写させ候事有間敷候」とあった。この扱いの差を見るに、『十如是和歌集』については、柳沢吉保に附与する以前には伝授書としていなかったのではないかとの前節の推定が補強されよう。なお、勝尹[23]については未詳である。

四　『源氏物語微意』

「歌書伝受書」と重複する部分もあるが、はじめに書誌をあげよう。

日本大学図書館蔵。請求記号：九一一・一〇四―Ｋｉ・六八―一七～一九。三冊。二三・九糎×一六・九糎。袋綴。茶色地菊花唐草文様裂表紙、中央金紙題簽「源氏物語微意　上（中・下）」。見返、菊花唐草文様布目金紙。内題「源氏物語微意」（上）。墨付丁数、上一〇一丁、中一〇四丁、下一〇四丁。一面概ね八行書、一行十五～十七字内外。印記、「日本大学図書館蔵」（朱）。末尾に「源氏物語日本紀准拠」「源氏物語止観説」「読覆醤集遊石山寺詩」「てにをは少々」が記される。孤本である。

『源氏物語微意』（以下、『微意』と称する）について、野村氏は、

季吟の源氏研究の極意を卑近な譬喩を用いて云々するのは、冒瀆のそしりを免れぬではあろうが、『源氏物語微意』は濃厚な儒教的訓戒の染料を以て各巻々を色揚げしたようにみえる。さきに引用した『誹諧用意風躰』中の源氏観など、季吟ならずとも以前からいわれていることではあるが、それを各項に分けてそれぞれに応じて色揚げしているところに彼の工夫があり、従って秘伝たる所以が存在すると考えるのである。〔中略〕結局季吟の根底に『徒然草』が教訓書として最適であったように、より著名な『源氏物語』もそうでなければならず、また

そのように読むのが正解だとの考えがあったためと思うのである。[24]

と、『微意』の花宴巻と花散里巻の各条を列挙し、『湖月鈔』と比較の上で述べられた。[25] ただし、そこでは季吟の伝授観への言及に主眼が置かれ、『微意』そのものに関する言及は少ない。そこで、改めて成立や内容について検討したい。なお、資料の重要性に鑑み、本章に『微意』の全文翻刻を附した。翻刻では『微意』の注記に通し番号を附しており、以後、『微意』の注記に言及する際には、その通し番号を用いる。

五　『微意』の成立時期

『微意』については、成立時の一幕を物語る書簡が存在する。野村氏が紹介された元禄八年（一六九五）五月十二日付の「北村季吟書簡：北村正立宛」である。

一　内々所望之古今集」老筆雖見苦候、即」染筆一校合申為指」上候、湖春後撰も出来候」故、一所ニ上候、源氏之」微意三巻之内、上一」巻清書出来候間、草」案之本遣候、是者源氏」熟読之上ニ見而可為」家珍候、殊講談之時、此所々」ヲ読聞せ候」ニハ深秘之故、多年之」有増に候処、今度成」就申候、必々よみ聞せ候而」写させ候事有間敷候、」此方ニハ伝授之箱之内ニ」納置候、跡々出来次第上せ可申候、[26]」

『微意』三巻のうち、上巻の清書を終えたので草稿本を次男正立に送ること、清書本は季吟方の「伝授之箱」に納めておくことが記される。また、長年の企図がようやく成就したものであり、深秘であるため、講談の際には読み聞かせるだけで、決して写させないようにと指示している。

野村氏は当該書簡を元禄九年（一六九六）のものと推定されたが、元禄八年のものと考えるべきであろう。『微意』下巻の奥書を以下に掲げよう。

元禄七年八月十五日、向南月下染筆、而」同年十月廿五日、北野影前終功畢、」
法眼季吟』
元禄八年六月三日、重而清書之、」
源氏物語日本紀准拠
［中略］
元禄乙亥林鐘初六、［引用者注：八年六月］染筆於近水亭、而欲」伝児孫、不可有外見者也、」
同十一日、校合畢、
七松子」

以下、季吟筆の相伝奥書（元禄十五年）が続く。野村氏は「元禄九年と推定したのは、『源氏物語微意』の成立が注13の識語［引用者注：前掲奥書傍線部］のごとく同八年六月と考えられるからである」[27]と述べる。しかし、二重傍線部と波線部により、『微意』の「源氏物語日本紀准拠」以下を除く部分の成立は元禄七年（一六九四）十月二十五日であり、清書を終えたのが元禄八年六月三日であることが知られるのである。上巻の清書を元禄八年五月十二日に終えていたとして矛盾は無い。傍線部は「源氏物語日本紀准拠」を後に記したことを示すと捉えるべきであろう。

これまでの考察を踏まえ、『微意』に関する略年譜を記すと以下のようになる。『微意』奥書以外は根拠となる資料を文末に示す。

・元禄七年八月十五日、『微意』執筆開始
・同年十月二十五日、『微意』（「源氏物語日本紀准拠」以下を除く）成立
・元禄八年五月十二日、『微意』上巻の清書を終え、正立に草稿本を送る（正立宛書簡）
・同年六月三日、『微意』全巻（「源氏物語日本紀准拠」以下を除く）の清書を終える
・同年同月六日、「源氏物語日本紀准拠」以下を追加する
・同年同月十一日、校合を終える
・元禄十三年八月二十七日頃、吉保に相伝か（『楽只堂年録』）
・元禄十五年十月某日（十四日か）、吉保に相伝する

なお、奥書の成立時期に関する記述は、『微意』の序文の「みやづかえいそがはしきいとまにふんでをはしらしめ」たとする記述や、後述する注記35の元禄七年七月十四日に湖春とともに無縁寺に参詣したとする記述、あるいは注記中にしばしば『湖月鈔』の名が見えることと矛盾せず、信ずべきものであろう。

六　『微意』の執筆目的

前掲の『微意』の相伝奥書には「欲伝児孫」とあり、「正立宛書簡」には「可為家珍」とあり、『微意』の序文には、

やつがれ七そぢに」あまるよはひまでに八たびのかう』ぜちをとげて、人にとひ、人にこたへ」つゝ、わづかにくうづきにたるしるし」ばかり、みやづかえいそがはしきいと」まにふんでをはしらしめて、」源氏物語の微意となづけて鐘愛の児孫にあたへむとならし。ふかき」窓の中にひめをかしめて、ひろき」よにさし出すべくもあらぬ物なれば、』をろかにいやしきはゞかりをもしゐ」てかへりみおもふべきにあらずと」なん。』

と傍線部のごとくあり、いずれも児孫に伝えることを目的としている。ただし、全体を俯瞰すると、注記の多くは身の処し方に関する言及である。執筆の方針は『微意』桐壺巻冒頭の注記1に明らかである。

此巻にて光源氏生れ給へり。此君は」桐壺の帝のみこにて、容貌閑雅」に文学のざえ高く、和哥管絃の」道もすぐれ給へれど、好色にすぎ給」ひ、さまぐ〵寄怪《〔ママ〕》の御ふるまひ有て、」終に朧月夜の尚侍の故に須磨の』うれへなどおはしける事をかきて、」みる人のいましめとせり。人として」敬の一字を忘れては、身のため、家の」ため、あぢきなかるべし。君子の管絃」をたしなむは、礼楽とて国家をおさ」むるもとなれば也。和哥の道も同く、」国の風俗を正し、士の才をえらびて、」治国平天下のたすけなるべきを、か』へりて相如が文君をいどみしがごと」く、哥道も花鳥の

使ひとのみなり」ゆくは敬なきが故也。此物語は全篇」此心ばせをさしはさみて見る事、」紫式部の本意とかや。」

儒教に由来する「敬」を以てすべしとの戒めが「紫式部の本意」であると記し、実際にそれを全篇にわたって詳述していく。

たとえば、続く注記2では、

此草子、おもては好色妖艶のこと」わざをかきて、下には好色妖艶の人』をそこなふことをいましめて、かみ」一人より、しも万民まで、ここに至て」平生をあやまたざれとの微意」あり。

と好色によって、人生を誤ることの無いようにとの戒めであるとする。『源氏物語』がむしろ好色を戒めているのだとする言説は珍しくないが、季吟の言及はそこにとどまらない。同じく桐壺巻の注記4、光君の袴着の場面では、

それにつけて世のそしりのみ

適子、衆子、品あるべき事のいま」しめなるべし。父母として適子より」弟を愛して兄にひとしから」しむるためし、まゝ有て、鄭の」荘公の弟大叔段、母武姜の寵」にのりて都城百雉に過たるも」終にみだれのもとなりし。孤竹の君の二子のたがひにゆづりし』たぐひ、我朝にも宇治のみこ」のごとき人はよにまれなるべ」きわざなれば、父母たる人の」心すべき所なるべし。」

と、父母は兄弟の序列を違えるべきでないと説き、葵巻の注記62、車争いの場面では、

わかきものどもゑひ過立さはぎたるほどの事はえしたためあへず

下部に酒のまする事は心する」こと、昔も今も大切のいましめ也。』〔中略〕夏の禹王の旨酒」をうとみ給ひしをはじめ、乱に」及ぼさぬ孔子の御こと、まして」飲酒の戒め、後の世までもいとおそ」ろし。紫式部の微意浅からぬわざ也。』

と飲酒の戒めについて説く。全体として教訓色が強く、教誡の対象は君臣、老若男女におよぶことには留意が必要であろう。とりわけて特定の人物にあてて記されたものではなく、およそ人生万般にわたる教誡と認められる。

七　読覆醤集遊石山寺詩

まず、『微意』第三冊「源氏物語止観説」の後に記される「読覆醤集遊石山寺詩」について言及したい。題の通り、石川丈山『覆醤集』の「遊石山寺」(28)詩に対しての詩である。韻は上平声魚韻（廬・魚・書）。以下に本文を掲出し、私に読み下しを附した。

読覆醤集遊石山寺詩

半日幽閑入学廬　　半日の幽閑　学廬に入る

窓前数帙払衣魚　　窓前の数帙　衣魚を払ふ
紫藤言葉国朝宝　　紫藤の言葉　国朝の宝
那箇人称浮艶書　　那箇の人か　浮艶の書と称ず

また、季吟は『疏儀荘記』(29)に以下のように記している。後述する季吟手沢『源氏物語』本文に関わる記述も見られるため、やや長文を引用する。


［引用者注：宝永二年（一七〇五）五月の］六とせ、七年のいにさきの師走、法印に」叙して再昌院となのる。林大学頭、その」ゆへの記をかき、詩、作りて給へりしを、額」のやうにて軒にかけて、即、家の号とせ」り。院内に書棚をまうけて、たなのうへ」には、古今集、桑原三位菅長義卿筆、二条」家貞応本をかけるに、門人三井氏、東野」州の自筆の本を所持せしをかりて、再」三校合取捨せり。源氏物語は東光院殿稙通公。述作孟津抄。」貞徳、源氏承此説、桐壺の巻を書給ひ、安藝の」国、一の宮、感神院に奉納し給ひしよし、奥」書有て、三藐院殿信基公。外題同・西三条実」枝公・飛鳥井雅敦・雅庸など、助筆し給ひ」し本、いともかしこき御めぐみのたまもの」ぞかし。箱のたくみ、蒔絵のさまなど、まこと」のおほやけの物と見えて、凡ならず、俗を」はなれたり。折ふし、五月雨、晴て、文ども」の虫ばらひなどする中に、覆醤《フシヤウ》集《シフ》、」石山《イシヤマ》寺《デラ》にあそべる口号《クチズサミ》をみて、」

半日《ハンジツノ》幽《ユウ》-閑入《カンイル》二学廬《ガクロニ》一、窓前《ソウゼンノ》数帙《スジツ》払《ハラフ》二衣魚《イギヨヲ》《シミ》一、」

紫藤《シトウノ》言葉《ゲンエウ》国《コク》-朝《テウノ》-宝《タカラ》、那箇《ナコノ》-人称《ヒトカシヨウズ》二浮艶《フエンノ》-書《シヨト》一、」

一条禅閣［ママ］の花鳥餘情のぞにも、我国の」至宝は源氏物語に過たるはなかるべしと称」美し給へるさうしをや。伊勢物語・百人一首・」詠歌大概は飛鳥井一位より其抄をうつし」とれり。これなん後水尾院御説の聞書也。」万葉集・八代集より新勅撰・続後撰まで」自筆に抄出せり。是等をもちて、家を」たて、一流を立て、わが子孫の此道にこゝ」ろざゝんもの、学びならひなば、いかで兎の」裘のはかなき名を残すものあらん。其外、」文選・文集、菅家の御点なり。これもやま」とうたのたよりとせんに、かたはらさけず」したがひもちて、今はこれらの文をねら」れぬ夜半の我友ならし。

（振仮名や返点を省略し、原本の濁点も特記しない。ただし、「覆醤集」から七言絶句までは原本に忠実に翻字する）

加えて、架蔵の掛物(30)には、以下のようにある。

読覆醤集遊石山寺詩」
半日幽閑入学廬、窓前数」帙払衣魚、紫藤言葉国」朝宝、那箇是称浮艶」書、」
花鳥のあまりある情は更」なり、五でうの三品も、源氏」みざらん歌よみは無下の事とかやの給ひし」
むらさきの一もとゆへに言の葉の」千くさのいろもそふるとそきく」
法眼季吟（陽刻丸印「七松」）

架蔵の掛物のみ第四句に異同があり、「那箇是称」となっているが、詩意は変わらない。

当該詩の詠作時期については、第五節に述べた「源氏物語日本紀准拠」以下の追加が、『微意』の奥書によって、『微意』成立に遅れる元禄八年（一六九五）六月六日と推定されることを踏まえると、当該詩をその頃の作と見ることも不可能ではない。しかし、『微意』において当該詩がやや小書きにされていることや、『微意』所載詩の異同が『疏儀荘記』所載詩と一致することを考慮すると、後の書き入れが、元禄十五年（一七〇二）十月の柳沢吉保への相伝の際に一体化したものである可能性も排せない。架蔵の掛物に「法眼」とあることから、ひとまずは当該詩成立の下限を、季吟が法印に叙された元禄十二年（一六九九）十二月十八日以前とするにとどめておきたい。なお、『疏儀荘記』の記述については、法印に叙されて後の詠であるため、初詠ではないと考えられる。

当該詩が石川丈山「遊石山寺」詩に応えるものであることは詩題からも明らかであるが、詩意を窺うにとりわけ「遊石山寺」詩の第八句「琅函にも亦た艶書を入るるや不《いな》や」に反応したものであることが推察される。これは、例えば『微意』の注記37に、

或人問云、人のいまし」めとするとならば、いかでか聖賢」のふるまひ、節婦の貞操」をかきてこそあらめ。あやな」き妖艶不義のわざをかきて」好色のなかだちとなす事、如何。答云、聖賢の詞、貞女のわざは』旧記に既に書顕して誰も見」聞侍りぬ。今、此草子には、態、好色」のかたうどゝ成て、うへにはその」たよりなるやうにて、下にいまし」めをふくめて、をのづから善に」みちびくならし。春秋、史記など」にもさま〴〵の不義のわざども」を書伝て勧善懲悪せられし、』是亦、好色の媒といはゞ可ならや［ママ］。」たとへば、此物語のさまは、巽与の言」のよく人をよろこばしめて微意」をふくめしたぐひとしるべし。」

とするごとき、『源氏物語』が「浮艶書」ならぬとの言明と軌を一にする。それを一言に述べうるからこそ、当該詩を伝授書である『微意』に記し添えたのだと考えたい。

八　『微意』と『湖月鈔』

『八代集抄』と『八代集口訣』、『万葉拾穂抄』と『万葉集口訣』の場合は、刊本に「口訣有」などと記され、口訣と対応することが知られている。[31] 一方、『湖月鈔』と『微意』には、成立時期に懸隔があることもあり、そのような対応関係は見られない。では、どのような関係にあるのか。以下、『湖月鈔』と『微意』との関係性が窺える注記について検討したい。

『微意』若紫巻の注記35では、以下の通り、『細流抄』の説に言及する。

　こんがうじのずずの玉のさうぞくしたる
細流云、「或人、法隆寺に太子の念珠一」連あり。彼寺の縁起にもみえたり」」云々。花鳥餘情には「聖徳太子の数』珠の事、いまだみ出し侍らず」との給へり。」元禄七年七月十四日、法隆寺の古物」を江戸にもて来て無縁寺にて見せたりしを、湖春とゝもにおがみに」まうで侍るに、金剛子のずず有て、」金銀瑠璃等の玉のさうろ〔ママ〕くし」たり。即、縁起にもあるよし、堂僧」かたりし。細流の説、無疑物なるべし。』

しかし、「細流云」とされる「太子の念珠」の注記は、実際には『河海抄』を出所とする記事であって、『細流抄』や『明星抄』には見えず、他の注釈書においてもこの注記を『細流抄』のものとすることはない。なぜこのような誤認が生じたかについては、『湖月鈔』の注記を参照すると明らかになる。『湖月鈔』には、若紫巻の頭注「聖徳太子の

くたらより」に、

細僧都引出物申さるゝ也
河本朝神仙伝を引て欽明天
皇ノ御宇ニ聖徳太子六歳冬十
月ニ自二百済国一経論律師禅師
比丘尼以下を始て種々の宝
を奉る云々。(32)』但太子金剛子ノ
念珠ハ書伝以下ニ無二所見一云々
或人云法隆寺ニ太子ノ念珠
一連あり又彼寺の縁起にも
見えたり云々花百済国より
金剛子のわたりたる事は［中略］
云々但聖徳太子の数珠の
事はいまた見出し侍らすさ
もありぬべくよりきたる事
をばつくり事にいひなす常ノ事也(33)』

（『湖月鈔』若紫巻、20丁表裏。改行ママ）

とあり、『細流抄』『河海抄』『花鳥余情』の順に記事が並べられている。この箇所の「河」の肩付を見落としたために、本来『河海抄』の記事である「太子の念珠」の注記を、『細流抄』の記事と誤認してしまったのだと考えられる。(34)この事象は、季吟が伝授書である『微意』を執筆する際に、刊本『湖月鈔』を参照していたことを意味する。仮に刊本そのものでなく手控本などを参照していたとしても、参照した本と刊本『湖月鈔』とが、記事の並び順など、極めて近しい関係にあったことは疑いない。

また、『微意』初音巻冒頭の注記197には、

〔ママ〕沢江入楚に或説云、「玉かづらの巻の」末、十二月にきぬくばりとて有し、』其明る正月也。二条、六条院、すみ」分て、さらためたる正月也」云々。」此説、花鳥等の諸抄の様にかはり」て、此巻を、源氏君、卅五歳といふに」相かなへり。尤、用ゆべし。猶、湖月抄」に委。」

とあり、『湖月鈔』の対応箇所には、

花 源氏卅六歳の正月の事をかけり」并の事玉鬘の巻ノ翌年《ヨクネン》の事なれば、竪の并也孟同細竪」の并也。行幸ノ巻まで月次に書て行《ユク》也 愚按 抄に、玉鬘ノ」巻のするゑ、十二月にきぬくばりとてありし、其あくる正月」なり。二条六条ノ院住《スミ》わけてさらためたる正月也といへ」る説あり。是彼一説の義に同し。いづれの御説とは分明」ならねど、此説は此巻源氏卅五歳と云なるへし」

（初音巻、端書、1丁裏）

とある。なお、『湖月鈔』点線部「彼一説」は玉鬘巻冒頭の端書に記される。そこでは年立の記述に、「愚案」として一丁ほどの分量を費やしており、この注記についての季吟の思い入れの深さが窺える。詳しくは後述する。

『微意』の傍線部に「猶、湖月抄に委」とあるように、『湖月鈔』に記したことについては詳述を避けている。この箇所以外にも『湖月鈔』に記したことを省略する注記はしばしば現れる。当該箇所は季吟説に関わる事であるが、他書からの引用の場合も同様である。

このことは、季吟が執筆時に『湖月鈔』を参照していたことに加え、『微意』を読む際には『湖月鈔』を手元に置くことを想定しているものと考えられよう。

また、前述の注記197の波線部に『岷江入楚』の名が見えることには注意を要しよう。『微意』には『岷江入楚』の「或説」とあるのに対して、『湖月鈔』では波線部のように「抄」となっていた。『湖月鈔』における『岷江入楚』利用については、松本大氏[35]の論考が備わる。松本氏は注記の比較によって論証しているが、『微意』の当該注記によって、季吟の『岷江入楚』利用が資料面からも証されることとなる。当該注記以外にもたとえば以下の注記に『岷江入楚』の名が見える。

位なき人はとてむもんの御なをし
公儀を恐給ふ礼儀なるべし。此巻、」仁義五常、朋友の中らひ迄いへりと」泯〔ママ〕江入楚にも云る、可付心也。称名院、」源氏物語を盛者必衰の心にて見」よと也と孟津抄にいへる、さる事にや。」
（『微意』須磨巻、注記93）

かうくちおしきにごりのするゝに

濁悪、世にさばかりすゝぎ給ふほど、」すむべき水は有がたからんとなり。」一たび、夕霧ゆへにけがれ給へる雲ゐの雁の名はきよめがたからんと也。」湖月抄には泯江［ママ］入楚の儀を用ゆ。」所好にしたがふべし。」

（『微意』行幸巻、注記243）

旧稿[36]において、刊本『春曙抄』の修訂で『円機活法』の名が抹消される事例を指摘した。その一方で、天理図書館蔵『誹諧之事』に合綴される「誹諧会法」の「追考」には、『円機活法』の名が明示されることも示した。その事例と同様に、刊本『湖月抄』中には「抄」などとのみ記す『岷江入楚』について、伝授書『微意』中にはその名を記している。これらのことは、刊本では全てを明らかにしなかった手の内を、伝授書においてはこだわりなく見せていることを示しているといえよう。刊本と伝授書での季吟の態度の差が窺える好例である。

なお、『微意』には、「私案」「予案」として説を述べる箇所がある。それは以下のように、他書からの引用の後に自説を述べる場合に限られ、自他の説を区別するための処置である。刊本『徒然草文段抄』の凡例にも同様の処置を行うことが明にされる。

もてしづめすくよかなるうはべばかり

細流云、「人は実法ばかりにても叶ぬ」物也。花実を相兼ずしてはと也」。」私案是、夕霧をほめ給ふ詞也。人の教也。」

（『微意』初音巻、注記201）

九　『微意』の注記の錯簡

旧稿[37]には、『微意』の活用に便なるべく、『微意』『湖月鈔』『集成』『増註』『大成』対照表」を附した。これは、『微意』と『湖月鈔』（刊本・影印本・活字本）との比較のために各資料での所在を示し、他の注釈書との比較のために『源氏物語大成』における所在を示したものである。適宜、活用されたい。

さて、『微意』に『湖月鈔』を参照する記述がしばしば見え、[38]『湖月鈔』を併用する意図があったと思しいことは既に述べた。また、前にも示した「北村季吟書簡：北村正立宛」には、講談の際には必ず読み聞かせるだけで、写させないようにとの指示があった。しかし、それらのことを踏まえると、『微意』にはいささか不審な現象が見られるのである。

『微意』の注記452と注記453は、本来の順序とは逆になっており、序列を正すために前後の入れ替えを示す符号が記されている。このように、本来、『源氏物語』全文を有する『湖月鈔』などを用いて読み進めた場合、注記の順序の顛倒にはすぐに気がつくはずである。何故なら、顛倒していた場合、当該本文はそれ以前の箇所に存在するために、いくら読み進めても当該本文を見出せないからである。しかし、注記66・67、注記92・93、注記211・212では、順序が顛倒しているにもかかわらず、訂正されておらず、かつまた入れ替えを示す符号もない。

これは『微意』の閲読や講釈の際に、『湖月鈔』の参照が逐条では行われていなかったことを示唆する。訂正が行われた注記452・453はやや前に「師説、湖月抄にくはし」（注記450）と『湖月鈔』を参照させる注記が存在するが、訂正が施されていない三例はその例にあたらないことも傍証となろう。

『微意』閲読の際、『湖月鈔』を傍には置き、参照が求められる箇所で開きはしても、『微意』の見出し語と対照しながら『源氏物語』を読むことはなく、講釈の際もまた同様であった(39)と考えられる。伝授書の性格上、見出し語から場面が想起できる程度の理解度は求められていたのであろう。

十　『湖月鈔』の年立に関する「一説」について

ついで、『微意』中巻(40)における、年立に関する注目すべき記述について取り上げる。『源氏物語』の年立では一条兼良の旧年立と本居宣長の新年立が著名である。この二者の間で乙女巻と玉鬘巻との接続の捉え方に相違があることはよく知られている。旧年立が玉鬘巻を乙女巻第三年の翌年と見るのに対して、新年立は同年のことと見るのである。そして、新年立の見解が既に『湖月鈔』に示されていたことも また知られるところである(41)。『湖月鈔』玉鬘巻の端書をやや長文ではあるが引用しよう。

花此巻は乙女ノ巻に」次第をたてば、六条院卅五歳の三月より十二月まで事を〔ママ〕」いへるなり源氏君の年数諸抄如レ此愚案ルニ一説ニ云ク此巻の源氏」の年齢《ネンレイ》卅四歳の九月より十二月までの事あり。乙女ノ巻に」卅四歳の八月に六条院移徙《ワタマシ》〔ママ〕の沙汰ありし、其次の九月なるべ」し。其故は此巻に三月よりの沙汰あるは、玉鬘《タマカヅラ》の君つくし」にての事にて、源氏ノ君の年齢にはかぞふべきにあらず。只」此巻に右近初瀬にて玉鬘の君にめぐりあひて、源氏の君」に申せし所に、〽かく云は九月の事なりけると云よりを、源氏の年」月にはかぞふべきにや。然《シカレ》ば乙女の巻に秋好の中宮より、紫の」上へつかはされし紅葉のかへりことある胡蝶《コテフ》の巻、翌年《ヨクネン》源氏」卅五歳の春にあたり侍るにや。

問玉鬘《カツラ》の巻源氏卅四歳』六条院うつりの年の九月とならば、乙女の巻に明石のうへ」は、かの巻のすゑに神無月に六条院にわたり給へるよしみえ」たり。しかるに此巻に源氏ノ君、夕顔上の事を宣《ノタマ》ふ所に、〽北の」町にものする人のなみにはなどかみざらましとの給へり。此巻」源氏卅四歳の九月といはゞ、いまだ明石の上六条院にうつり給はぬ已前なるべし。しかるに、かく北の町とうちまかせての給はん事如何

答」明石ノ上北の町におはすべき事は、乙女の巻に、四まちつくり給ふ時より」既《スデ》に明石ノ上の御かたと定て、〽われはがほなるはゝそはらなどあり。然」はいまだわたり給はぬ已前にも、北の町とうちまかせての給ん事さも」あるべし

問此巻を源氏卅四歳といはゞ、若菜の巻の上、源氏四十の御賀」の年数にあはせん事如何

答真木柱の巻諸抄には源氏卅」七歳より卅八歳の十一月までといへり。しかれども玉鬘男子」をうみたまへる十一月の事過て末に、〽秋の夕のたゞならぬ』にといふ詞あり。此詞一年をくはへたるものにや。しからば」此説にしたがはゞ、真木柱の巻は源氏卅六七八歳三年の」事籠りて、諸抄の説に一年おほくて、わかなの上源の」四十の賀年数相異なきなるべし猶哲人の明弁を待而已』

（『湖月鈔』玉鬘巻、端書、1丁表〜2丁表）

このように『湖月鈔』の「一説」は、新年立同様、玉鬘巻を乙女巻第三年の同年とする。そのために生じた旧年立との一年のずれを、『湖月鈔』の「一説」は真木柱巻の末に一年を加えることによって、新年立は帚木巻から乙女巻までを一年ずつ繰り上げることによって、それぞれ解決したのである。

さて、ここで問題にしたいのは、『湖月鈔』で「愚按彼の一」説のことくならは卅五歳歟」（蛍巻、端書、1丁裏）、「愚按彼一説の義に」よらば源氏卅六歳なるべし」（藤袴巻、端書、1丁裏）のごとく言及される、この「一説」の出処である。

『湖月鈔』玉鬘巻の端書で「一説ニ云ク」と記すことや他の箇所で「彼一説にしたかはゝ」（行幸巻、端書、1丁裏）など(42)と記すことからは、先行諸注からの引用や何人かの講釈によるものとも考えられるため(43)、宣長や先行研究は、『湖月鈔』の「一説」では、と慎重に扱ってきた(44)。ここで『微意』乙女巻の注記181に目を転じると、この「一説」が季吟説であったことが判然とするのである。

おとゞ、此紅葉の御せうそこいとねたげ」なめり。春の花盛に此御いらへは聞え給へ。」
是、来春の花ざかりに此返報は」あるべしと也。是、光君、卅四歳の」九月也。来春、卅五歳の三月にこそ」此御いらへあるべきを、諸抄にあや」まりて卅六歳の春とす。何ゆへに』かくはげまし給ふ御いらへの一年」を隔つべき。湖月抄にはじめて、この」明る年の源氏君、卅五歳の三月な」るよしを一説にしるせり。是、則、正」説と用ゆべし。」

傍線部「湖月抄にはじめて」「一説にしるせり」とあり、季吟自身が玉鬘巻端書の「一説」を独自の説と認識していたことが明らかである(45)。また、『微意』玉鬘巻冒頭の注記182には以下のごとく記される。

花鳥餘情云、「此巻は乙女巻に次第」をたてば、六条院、卅五歳の三月より』十二月までの事をいへる也」云々。是、御」誤りなるべし。此巻の源氏の年」齢、卅四歳の九月より十二月まで」の事あり。乙女巻に卅四歳の八月」に六条院移徒〔ママ〕の沙汰有し、其次の」九月よりなるべし。猶、湖月抄に委」ければ略之。

前掲の『湖月鈔』玉鬘巻の端書とは、注記の態度が異なることが理解されよう。他にも『微意』真木柱巻の冒頭には「卅八歳の秋までの事有と心得べし。諸抄の義、不用之」（注記255）とあるのに対して、『湖月鈔』真木柱巻の端書では以下のごとく『細流抄』と「彼一説」との併記にとどめている。

細 源三十」七の十月より、三十八の秋までの事あり。但末に十一月にいと」おかしきちごをさへいだき給ふとあれば十一月までの事ある」か 孟同義

愚案 彼一説の義によらば、此巻源氏卅六歳の十」月より、卅七歳の十一月までの事をかきて、さて其後に」秋の夕のたゞならぬにと書たるに一年をくはへて、卅八」歳の秋までといふべし。

（『湖月鈔』真木柱巻、端書、1丁裏）

『湖月鈔』はこのような抑制的な態度と諸注集成的性格とによって、物足りないと評されることがしばしばある。しかし、『微意』と『湖月鈔』の注記の態度の差を見るに、それは季吟の能力の限界によるのではなく、『湖月鈔』の方法ゆえであると改めて認識されるべきだろう。そして、季吟の学問の総体を捉えるに、『微意』などの伝授書、書写資料を参看すべきことは言を俟たない。

なお、『湖月鈔』では以下のごとく、師説の肩付の後に、「一説」の肩付を附して師説と対立する説を記す場合もある。このような「一説」については、今後、季吟説である可能性をも考慮すべきであろう。

人げなきありさまを

師 空蝉の身を卑下して我かく」人げなきさまをうちとけま」みえまいらせんもあぢきなく」と也 一説 主定りたる身の」

又源氏にあはん事貞女の」道ならねは人げなきあり」さまとなり」（『湖月鈔』帚木巻、48丁表、頭注）

十一　『源氏物語』伝授に関する資料

季吟の関与する『源氏物語』の伝授に関する資料としては、『微意』の他には『源語秘訣』と切紙とが挙げられる。『源語秘訣』については、本書第三章で取り上げたため、省略に従う。

現存の切紙として、二通の「源氏物語三箇之大事」の切紙が柳沢文庫蔵『古今集并歌書品々御伝受御書付』に納められている。これらは『微意』が収められる「歌書伝受書」と一具とみられる。

このうち、「一二一、源氏物語三箇之大事」の裏書には、三箇大事の「三つが一つ」について、『源語秘訣』では『春秋左氏伝』を引いているが、家伝ではその義を用いないと記してあり、『源語秘訣』を附与された者を対象としていることが明らかである。一方、当該切紙と『微意』とは一具のものとして扱われていると思しいが、その授与時期の先後は詳らかでない。

なお、当該資料の他の切紙としては、彦根城博物館蔵『源氏物語秘訣』(46)があり、三箇大事の外として、桐壺更衣の名が「おたま」であるとの説が記され、証歌として「たつねゆくまほろしもかなつてにてもたまのありかをそことしるへく」（桐壺帝、桐壺巻。傍点は引用者による）が挙げられている。

さて、『源語秘訣』や切紙が用意され、『微意』のような伝授書が作られる一方で、季吟の周辺では『湖月鈔』を理解する助けとなるべき書も作られていた。それが天理図書館蔵『源氏物語打聞』（以下、『打聞』と称する）である。

『打聞』は、従来、箕形如庵の説を聞書した季吟自筆草稿であり、『湖月鈔』に先行するものとされてきた。しかし、実際には季吟の孫の季任の書写にかかり、季吟の影響下で『湖月鈔』に施注したものと推定される。その検討の詳細は本書第五章に記すため割愛するが、『湖月鈔』が『源氏物語』の注釈書であったように、『打聞』は『湖月鈔』の注釈書なのであった。

季吟にとって公刊しうる範囲での達成であった『湖月鈔』が、季吟の在世中、既に施注対象となっていたことは、季吟らによる講釈の場において、『湖月鈔』がテキストとして、いわば教科書のように用いられていたことを示していよう。はじめからその意図をもって作成されたか否かはさておき、流布本となり、近世期に『源氏物語』理解の基礎となった現象が、既に季吟周辺で現れていたことは非常に興味深い。

以上のことを総合すると、季吟の門弟が『源氏物語』を学ぶにあたっては、『打聞』などを作成しつつ刊本『湖月鈔』を理解し、刊本『湖月鈔』で理解を深めた後に『源語秘訣』を授与され、さらに進んで切紙や伝授書『微意』で深奥を知るという学習過程が組まれていたと推定されるのである。

十二　『源氏物語』の本文

季吟と関わりのある『源氏物語』本文についても言及しておきたい。

第七節に先掲の『疏儀荘記』の記述によれば、九条稙通が桐壺巻を書写し、厳島神社（「安藝の国一の宮」）の感神院に奉納したとの奥書を有し、近衛信尹・三条西実枝・飛鳥井雅敦・飛鳥井雅庸などが分担筆写した『源氏物語』を晩年の季吟は所有していたという。しかし、論者は当該資料を確認できていない。博雅の御示教を請う。

ただ、同じく季吟晩年の自筆本『源氏物語』が細川家北岡文庫に蔵されていること[47]は確認している。以下、解説目録から引用する。

5．源氏物語　列帖装写本五四帖　赤二〇四・三七

北村季吟（一六二四～一七〇五）筆。季吟は源氏物語の注釈書『湖月抄』を著す。当本は、元禄七年（一六九四）、七一歳の折りに書写したもの。奥書に、江上向南亭における書写と記される。季吟と実子湖春は、元禄二年（一六八九）に幕府に召し抱えられ、翌三年、神田鷹匠町（小川町）に邸を賜り、近水亭、向南亭と称した。従って、その向南亭で書写したものであろう。公家様を意識したのか枡形に仕立てられる。なお、最終「夢浮橋」の帖は、一行毎に、金、銀、朱（二種）、藍、墨、緑の七色を使い分けて交ぜ書きされる。(49)

なお、奥書に「北村氏」の方印が捺されている。(48)

北岡文庫本の本文は『湖月鈔』の本文に極めて近い。『湖月鈔』の本文については、清水婦久子氏が、

『湖月抄』の本文校訂は、［引用者注：『絵入源氏物語』の］慶安本を底本とし、『万水一露』や『首書源氏物語』と各種注釈書を参照しつつ行われたと考えられる。青表紙本系統あるいは河内本系統の由緒正しい写本や別の版本を底本にしたと考えるべき理由は見当たらない。(50)

と明らかにした。『湖月鈔』が「慶安本と異なる数少ない例(51)」として、清水氏が掲出した末摘花巻の例のそれぞれにおいて、北岡文庫本は『湖月鈔』と一致する。また、『絵入源氏物語』慶安本や『湖月鈔』の独自異文と見られる箇

所においても同様である。一例を挙げると、葵巻の「あやしき山かつさへみたてまつらんとすなれ。とをきくにくより」（『源氏物語大成』[52]二八六頁三・四行目）の傍線部は「すれは」となっており、北岡文庫本は『湖月鈔』と同様の形をとる。更に、本文に傍記される異本注記も『湖月鈔』に一致する。なお、漢字の宛て方や仮名遣いには異なる点がある。北岡文庫本は『湖月鈔』を写したか、季吟の手元にある『湖月鈔』との共通祖本を元に作成されたと見て良いだろう。[53]すなわち、季吟は『湖月鈔』の本文を、晩年まで自家の証本と見ていたということになろう。注釈においては、刊本と伝授書等で公開の範囲を峻別する一方、本文については良質な本文を刊本として提供する意思があったと考えられる。

このことは季吟の刊本観を考える上で示唆に富む事例である。関連して、『湖月鈔』での引用文献について述べたい。

十三　『湖月鈔』所引『明星抄』

『湖月鈔』に「細」との肩付で引用される注記は、実際には『明星抄』からの引用であることを三浦尚子氏が明らかにしている。[54]ここでさらに、その引用が刊本『明星抄』によるものであることを指摘する。

以下は、『湖月鈔』総角巻、「ひろばかり」の頭注である。

ひろはかり　細催馬楽のかよりあひけりの心にて書り中君あやしくおもひ給ふへ」きと也朱一尋《ヒトヒロ》の心也孟尋斗《ヒロハカリ》とはけぢかくてといふ心なるへし催馬楽にて書之云々

（『湖月鈔』総角巻、18丁表）

傍線部「朱」の肩付は、刊本『明星抄』を用いていることの証左である。刊本『明星抄』を引用しよう。

ひろはかり　催馬楽のかよりあひけりの」心にて書り。中君あやしく思給へきと也」朱|一尋の心也ひろばかり　尋《ヒロ》計《バカリ》[55]
（『明星抄』総角巻、8丁表）

刊本『明星抄』には、底本で朱書であったことを示すと考えられる「朱」の肩付がしばしば見られる。『湖月鈔』の該当箇所では、刊本『明星抄』の「朱」の肩付をそのまま引用しているのである。『湖月鈔』において、この「朱」の肩付はこの箇所ともう一箇所[56]に見えるのみであり、不要な肩付を消し損じた名残と考えられる。『湖月鈔』「凡例」で、季吟の源氏学の師・箕形如庵について、「此如菴老人はもと称名院殿三光院殿より相つたへて、八条の宮の御前にても講ぜち申され侍しとかや。」其故に此講尺には細流を以てもとゝせられ侍し」と述べる通り[57]、『細流抄』は季吟の源氏学においても根本的な資料である。

また、『湖月鈔』において、『細流抄』を示す「細」の肩付の他に、『明星抄』を示す「明」の肩付が複数存在し、かつ「細」「明」の肩付が併記される例もあることからは、『明星抄』と区別して『細流抄』の説を引用しうる資料を季吟が所持していたことが推定される。そのような状況にもかかわらず、季吟が実際に使用したのは刊本『明星抄』なのであった。先述の通り、『湖月鈔』の主底本は『絵入源氏物語』の慶安刊本であった。『春曙抄』の主底本は、鈴木知太郎氏が指摘するように[58]、『磐斎抄』との共同原拠本が想定されるが、その共同原拠本は『枕草子』の慶安刊本を主底本としている。刊本『明星抄』の利用を踏まえるに、これらの事象は、刊本が書き入れに便利であるということを超えて、刊行された古典本文に対する季吟の一定の信頼を表しているものと考えられる。『湖月鈔』においても、信頼しうる古典本文を提供しようとする季吟の意図を読み取ることができよう。そのことは北岡文庫本『源氏物語』や『打聞』の存在が示唆するところである。

十四　『源氏物語忍草』

本節では、季吟周辺の『源氏物語』関連書として、『源氏物語忍草』(59)の伝本を報告する。(60)まずは書誌を記す。

洲本市立洲本図書館蔵。柴野栗山旧蔵。登録書名：示蒙源語略。四冊。二七・八糎×一九・〇糎。袋綴。栗皮色無地表紙、打付書左肩「示蒙源語略」、貼紙「函三八号／集門二三号／一部四冊／示蒙源語略／津名郡教育会」(中央上部)。各冊四つ目綴じの三つ目の綴じ穴の右下にそれぞれ「春(夏・秋・冬)」と記す。第一冊目表紙のみ、右下に貼紙「奎」、中央に白墨で「源氏物語」の指導書」とあり。本奥書「此よつのときにわかてる巻は」拾穂軒季吟翁のわらはへの」見やすからんためにとてかきて」おのれにおくれる也／元禄のするゑのとし　広澄」。墨付丁数、第一冊七七丁、第二冊六八丁、第三冊七〇丁、第四冊七五丁。遊紙なし。一面概ね九行書、一行二十〜二十二字内外。各冊、巻頭に巻名目録を付す。内訳は第一冊・桐壺〜関屋巻、第二冊・絵合〜藤裏葉巻、第三冊・若菜〜紅梅巻、第四冊・橋姫〜夢浮橋巻。印記、各冊に「柴邦彦図書後」帰阿波国文庫」別蔵于江戸雀林」荘之万巻楼」(陽刻方印)、「柴氏家」蔵図書」(陽刻方印)。

洲本図書館本は、正宗文庫本[61]を祖本とする臨模本であり、正宗文庫本が第四冊のみの零本であるのに対し、完本であることに価値が認められる。洲本図書館本第四冊は、正宗文庫本と字詰や仮名の字母まで共通するが、正宗文庫本の扉にあたる部分を欠く。なお、正宗文庫本において本文と奥書とが別筆であるのに対し、洲本図書館本は同筆であることも、正宗文庫本が洲本図書館本の祖本であることの傍証となる。

正宗文庫本については、影印と海野圭介氏による解題が備わるため[62]、以下、本論では略述にとどめる。

正宗文庫本は、刊本などに見られる跋文の末尾の二首の和歌を欠き、「拾穂軒」、すなわち季吟の号が記される。加えて、前記「広澄」、すなわち住吉具慶の奥書を有し、「住吉」絵所」の蔵書印が捺されている。季吟周辺から住吉具慶に送られた[63]ものと考えられ、奥書の解釈によっては『源氏物語忍草』の作者や成立に検討の余地を生じさせうる[64]重要な伝本である。ただし、第四冊のみの零本であるため[65]、他本との比較に制限があった。臨模本である洲本図書館本の出現によって、一定程度、その欠を補いうるだろう。

最後に洲本図書館本の伝来について一言しておこう。洲本図書館本は、住吉広行によって柴野栗山へと伝えられた伝本である蓋然性が高い。両者には、共著『寺社宝物展閲目録』がある。同書は寛政四年（一七九二）、柴野栗山・住吉広行が幕命によって、山城国・大和国の寺社を調査した宝物目録であり、屋代弘賢『道の幸』にもその調査の様子が伝えられている。そのような関わりによって、住吉家に伝わる『源氏物語忍草』を栗山が手にする機会が生じたのだと考えられる。

おわりに

以上、本章では「歌書伝受書」および『源氏物語微意』の基礎的研究を行い、季吟周辺の『源氏物語』関連書について、様々な観点から報告した。

『微意』は『湖月鈔』に比して先行諸注からの引用が少なく、季吟の源氏物語理解を察知するに格好の資料である。従来、季吟の学問については刊本の記述をもって諸注集成の側面が強調されてきた。そのような理解についても再考を迫る資料といえよう。

管見に入った季吟周辺の『源氏物語』関連資料については、本文や注において触れたが、なお遺漏の多きを懼れる。博雅の御教示を請うとともに、今後とも資料の博捜に努めたい。

注

（1）「歌書伝受書」全体に触れる研究として、野村貴次『北村季吟の人と仕事』（新典社、昭52・11、新典社研究叢書1）、同『北村季吟古注釈集成解説　季吟本への道のり』（新典社、昭58・3、北村季吟古註釈集成別1）が挙げられる。前者の「第三章　人と仕事」、後者の「第四章　継ぐべかりし人正立」に特に詳しい。

また、一部影印・解題は以下の資料に掲載されている。塗箱は前者で確認できる。

・日本大学総合学術情報センター所蔵古典籍・貴重書資料展覧会実施プロジェクト編『日本大学総合学術情報センター所蔵貴重書展　書物が伝える日本の美――書写と印刷文化――』（日本大学総合学術情報センター、平13・10）。

・古典籍資料目録編集委員会編『日本大学総合学術情報センター所蔵　古典籍資料目録――歌書編（三）――』（日本大学総合学術情報センター、平20・3）。

なお、塗箱は仕切板で左右に区切られている。寸法は蓋が縦三七・八糎×横二六・二糎×高さ一五・〇糎、身（内側）が縦二三・八糎×横一七・四糎×深さ一五・四糎であり、台座の高さが三・五糎である。章末の影印参照。

（2）『教端抄』は、片桐洋一編『教端抄：初雁文庫本古今和歌集　一（〜五）』（新典社、昭54・7〜11）に初雁文庫本の影印と片桐洋一氏の「解説」が、『古今拾穂抄』（勉誠出版、平20・11、古今集注釈書影印叢刊5〜8）に川上新一郎氏蔵本（以下、川上本『古今拾穂抄』と称する）の影印と同氏の「解説」が備わる。川上新一郎「北村季吟『古今拾穂抄』について――教端抄の成立――」（『斯道文庫論集』第41輯、慶應義塾大学附属研究所斯道文庫、平19・2）も参照されたい。また、島内景二「第Ⅱ章　六義園の心とは」（『柳沢吉保と江戸の夢』笠間書院、平21・8）にも日大本『教端抄』への言及がある。

以下に、日大本『教端抄』第七冊末尾に記される跋文を翻刻する。これは他の伝本には見えない記述である。

逍遊軒貞徳老人は源氏物語を東光院殿《九条殿植通公［ママ］》に承りて、孟津抄を書写して奥書をも申給はり、細川」玄旨法印に哥の引直しをかうぶり、詠歌大概」百人一首、伊勢物語をも講読の席につらなり、古今」和歌集の清濁をも伝受仕りし人なれば、其」門人にくはゝりて、詠歌大概は伊勢、小町等の類なり」といへる所の切紙をも伝はれり。百人一首は五哥の秘訣、伊勢物語は七ヶの大事まで問聞。源氏の三ヶ』の大事も彼家の止観の説を伝授せし。古今和歌集は清濁句読はこまやかに伝へ、蓮心院聞書」栄雅抄などまで伝へながら、年齢いまだ廿九歳」四十歳に及ばずとて、三鳥三ヶ大事等はゆるされ」ぬほどに八十六歳にてうせ侍りき。霊瑞院権大」僧都法印従高或号暫酔は東泰院大僧正光従の第」二子なるに、父君より和泉の堺のぐえんかう寺祐心坊が牡丹花老人の古今伝授を授けたりしを』受伝はり、七条道場の一華堂切臨に二条家流《［ママ］》」議の諸家の説を聞、冷泉家の儀をも伺ひ、其抄」物数巻をうつしとり、貞徳老人にも親煮《［ママ］》して、」江州長浜の大通寺を隠居のゝち、高倉の六角」浅井氏の家にやどりて、和歌、誹諧を友にてあかしくらし給へりしに、やつがれ、」一日閑話のつゐ」でに、彼貞徳に伝え〔ママ〕のこせしほどに、老人に別」侍し歎きを愁申せしかば、いたくな侘そ、我伝」てんとの給ひて、祇注、一華抄、其外、諸家の抄物ま」で、誰にか見せて伝ふべきとてのこらず授け、血」脈相承までにまことに浅からぬ情、千尋にも限る」べからず。其故に教端抄に師説とて書つる事」どもに、貞徳、口授の所もあり。おほくは此従高法印の説なりけり。此法印、水無瀬大納言に近きゆかり也。万里小路大納言、いもうとの故にいと」したしかりし。二条太閤康通公、誹諧名、千丸叔父《に》おはし』ませば、折々、和哥、誹諧、連歌の会など有し。洛陽」の音羽川の辺に幽居の後はかやうの人々にもさして」交はらず、平生、からやまとのふみをかたはらさらぬ」ものとし給ひて、只、やつがれをまつはしかたらひ給ひ」つる。身の終りちかく覚え給ひし果には、ひんがし」の六条土手町といふ所にかくれがして、仏のみ」なを事として、年比の詠草、三、四冊有しをも、」かの浄弁が焼捨にける心高さをこひねがひて』はふられなん、ひつぎの中に随身せんと遺言」して、つゐに其ほいのごとくとりをこなひ侍し。」適、物のはしにかき給ひつるうた、よみかはせし」詠草などの残りとどまれるが、五、六、七首侍るを」みるに、今の世のさかりにこのみよむ人々の及ばぬ」所になん有ける。おしむべし〳〵。いかに透逸〔ママ〕のあまた」侍けん。其好める風体、心ばへは、此抄の所々に古哥を」注釈し給へる詞の末にてをしはかるべし。」流俗のたぐひには侍らざるべし。

この跋文は多くの情報を含むが、ここでは以下の三点を指摘しておきたい。

一点目は、季吟は貞徳から『源氏物語』の「三ヶの大事」を相伝していたということである。『湖月鈔』「凡例」に「此物語の口伝等再聞し侍し」とある「口伝等」は、具体的には「三ヶの大事」を含むことが判明する。

二点目は、『教端抄』に記す「師説」の多くは従高の説であるということである。片桐氏は前掲「解説」で、「季吟が最も重んじ、みずからの解釈を支える大きな柱にしたのは［中略］宗祇説と、「貞徳云……」や「師云……」という形で引かれていた松永貞徳の説」と述べるが、「師説」は多く従高の説であるため、再考の余地がある。

三点目は、季吟が古今伝受は四十歳まで許されないと理解した上で、自身は三十六歳で伝受したことである。本書第五章注（31）、および附載の『北村季任聞書』も参照されたい。湖春の古今伝受について、榎坂浩尚氏は「湖春研究」（『北村季吟論考』新典社、平8・6、新典社研究叢書98）で、

湖春が古今伝授を父から受けたのは、

古今和歌集伝授《〔ママ〕》一十之式目令違背者左之誓文之罰歴前可罷蒙者也敬白誓戒文梵天帝釈四大天王惣而日本国中六十余州大小神祇別而住吉玉津嶋両所大明神天満神等神罰冥罰深厚可罷蒙者也

貞享丁卯《〔ママ〕》歳四月十八日

北村湖春

北村季吟様

とある通り、これは江戸に召される二年前のことである。季吟の子息として、歌学により強い志向をもっておれば、もっと早く古今伝授を受けていた筈である。（97頁）

と述べ、「湖春には、季吟ほどの歌学への執心は見られ」（84頁）ないことの証左とされた。しかし、湖春の生年は、寛文九年《（一六六九）》写の『百五十番誹諧発句合』において、湖春句の判詞に「十七歳の黄口」と記すのを前年の記事と見れば、北村家の『先祖書』にある承応元年《（一六五二）》生と照応し、貞享四年《（一六八七）》には三十六歳であると考えられる。これはまさに季吟が相伝した年齢になるや否や、湖春もまた相伝しているのであり、むしろ歌学への志は強かったと考えられ、ことは全く逆転するのである。

（3）辻勝美・那須陽一郎「日本大学所蔵『十如是和歌集』について――翻刻紹介・付初句索引――」（『語文』第123輯、日本大学国文学会、平17・12）に『十如是和歌集』の翻刻・解題が備わる。

（4）山岸徳平編『八代集全註　第一・二巻』（有精堂出版、昭35・7）に「枕草子春曙抄口訣」を除いた『八代集口訣』の翻刻と山岸氏の解説が、新古今集古注集成の会編『新古今集古注集成　近世旧注編3』（笠間書院、平12・2）に「新古今和歌集口訣」「新古今集口訣追加」の翻刻と青木賢豪氏の解題が、注（1）野村貴次『北村季吟の人と仕事』（444～447頁）に「枕草子春曙抄口訣」の翻刻が備わる。

（5）『新勅撰和歌集口実』については、野村貴次「第三章　人と仕事　第二節　献上と『新勅撰和歌集口実』」（注（1）『北村季吟の人と仕事』）に詳しい。また、関連する論考として、那須陽一郎『訳和和歌集』享受の様相――『新勅撰和歌集口実』を中心として――」（『日本大学大学院国文学専攻論集』第2号、日本大学大学院文学研究科国文学専攻、平17・9）がある。

（6）原本未見。所蔵番号：〇一―一四。宮川葉子『柳澤家の古典学（下）――文芸の諸相と環境――』（青簡舎、平24・2）に翻刻・解題が備わる。以下、切紙の呼称は宮川氏に従う。

（7）『古今集并歌書品々御伝受御書付』の塗箱は以下の図録や柳沢文庫の図録で確認できる。

・滋賀県立琵琶湖文化館編『特別展　北村季吟』（昭53・5、近江先覚者シリーズ⑥）

・銅鐸博物館（野洲町立歴史民俗資料館）編『町制四十周年記念特別展図録　北村季吟――俳諧・和歌・古典の師――』（平7・10）

・野洲市歴史民俗博物館（銅鐸博物館）編『野洲市誕生記念企画展図録　北村季吟――没後三〇〇年記念展――』（平17・4）

また、『楽只堂年録　第三』（八木書店、平26・6、史料纂集古記録編）の口絵にもカラー写真が掲載されている。

（8）季吟周辺の古今伝受については、日下幸男『近世古今伝授史の研究　地下篇』（新典社、平10・10、新典社研究叢書116）に詳しい。

（9）以下、『楽只堂年録』の引用は、注（7）『楽只堂年録　第三』に拠る。

（10）平沼文庫、請求記号：二一〇五九。書誌は本書第五章注（31）参照。翻刻を本書第五章に附す。8丁表に、季吟から朱線を引き、以下の人々に相伝したことが示される。

湖春貞享四年四月十八日

正立元禄二年十二月十九日［引用者注：「二年」以降に擢消跡あり］

五之丸様 元禄五年三月五日
吉保 元禄十三年九月廿七日 松平美濃守
直重 元禄十四年九月五日 黒田豊前守［引用者注：黒田直邦］
湖元 宝永元年四月六日
季任 同年同月同日

また、直前に『古今集并歌書品々御伝受御書付』の「師伝之血脉二通」と同様の血脈も記されている。その貞徳の項目に「貞徳ハ非直伝／箱伝受也」とあることは「師伝之血脉二通」との大きな差違といえよう。「師伝之血脉二通」には同様の記述はない。「師伝之血脉二通」の「女説口伝」の裏書に「箱伝授ニモ血脉ナケレバ真実之古今伝受トハ云ベカラズト師伝也」とあることを併せ考えると、季吟の配慮を読み取ることも出来よう。

なお、正立の項については、『北村季任聞書』の5丁裏に「三鳥之口伝」の奥書として、「右以師伝之趣授与正立生者也、明十日東行之節、依無寸隙而使正立生書写以加奥書而已／元禄二年十二月九日　北村季吟朱印」とある通り、元禄二年十二月九日に伝えられたとみられる。文字を消した跡があり、意図は不明であるが、何者かによる修正が加えられたものとみるべきである。

さらに、黒田直邦の古今伝受が元禄十四年九月五日に行われたことがこの血脈によって知られる。『楽只堂年録』によると、吉保は元禄十三年八月十五日に「詩歌の会」（季吟・北村湖元、参会）、元禄十四年同月同日にも「詩歌の会」（季吟・正立・湖元、参会）、元禄十五年同月同日には「和歌の会」（季吟・湖元、参会）を開催している。吉保は元禄十二年以前の同月同日には詩歌に関わる会を開催しておらず、「詩歌（和歌）の会」の開催は吉保の古今伝受が元禄十三年九月二十七日に行われたことと軌を一にしている。黒田直邦は古今伝受直後の元禄十四年九月十三日の「和歌の会」で初めて参会しており、これもまた古今伝受と無縁ではあるまい。なお、正立は元禄十五年八月二十一日に没した。

（11）　宮川葉子氏は『楽只堂年録』の記事と併せ、「七月十二日に、吉保は季吟から新たに四箇条の切紙講釈を受け、季吟の切紙を借りて書写、十六日に季吟の認証を得た」（注（6）『柳澤家の古典学（下）――文芸の諸相と環境――』90頁）と推定する。

(12) 冊数の面から見ると、十月の年紀を有するものが九冊、十一月のものが九冊、不明一冊となり、冊数はほぼ半分ずつに分かれるが、墨付丁数では十月分が八五八丁、十一月分が一三〇〇丁であり、その差は大きい。また、再度の古今伝受の記事が『楽只堂年録』の七月十二日条にあることにより、そこから起算すると十月分はおよそ三ヶ月で九冊（八五八丁）、後者は一ヶ月で九冊（一三〇〇丁）の書写を行ったことになり、不自然である。別に要因を求めるべきであろう。

(13) 「五之丸様」（五丸様）が瑞春院（お伝の方）であることは、川上氏が注（2）『古今拾穂抄』「解説」で指摘している。『楽只堂年録』にも「五之丸様」と記される。

(14) 林述斎『新訂寛政重修諸家譜　第18』（続群書類従完成会、昭40・12）、巻第千二百十八。

(15) 注（10）の通り、綱吉の名は見えない。従来、綱吉の記録である『常憲院殿御実紀』に古今伝受の記事がないことが指摘されているが、綱吉が古今伝受を相伝していないとすると、この問題は解決する。

(16) 他にも、『北村季任聞書』冒頭の「古今和歌集伝受制法」が、従高自筆の無窮会蔵『古今和歌集伝受制法』（平沼文庫、請求記号：一〇七五四）と一致することや、『北村季任聞書』に記される「誓戒文」が湖春の「誓戒文」（本書第一章末に影印あり）の文章と一致することによっても信頼性の高さが窺える。

(17) 請求記号：九一一・一〇四―Ｋｉ・六八―九。注（3）辻勝美・那須陽一郎「日本大学所蔵『十如是和歌集』について――翻刻紹介・付初句索引――」を参照されたい。

(18) 元禄二年奥書全文を以下に示す。「元禄二年正月十五日、依清水谷黄門実業卿」御所望之旨、重馳禿筆於新玉津嶋之梅花」下、聊有前後損益者也、此本蝋地鳥子八半之小本、／同年閏正月六日　七松処士」。なお、この奥書に関連する記述として、季吟「新玉津島後記　元禄二年二月七日」（『道のさかへ』）に、「元禄二年閏正月十五日、清水谷中納言実業卿の亭にて、詩歌の会に、神祇／たのむそよ玉津島江のもくつをも」ふかきめくみのかすにもらすな」（以下、『道のさかへ』の引用は『道の栄』（北村季吟大人遺著刊行会、昭37・9、北村季吟著作集第一集）による。39～40頁）とある。

(19) 季吟「橋柱の文台の記」（『道のさかへ』）に、「元禄二年しはすの十日、江戸にまうづるかどですとて、つとめて御社にまいりて、まかりまうしするに、砌の松に雪おもしろく降にければ／出てゆく名残をいととおしめとや」玉津しまわの松のしら雪」（56頁）とある。

(20) 注（1）野村貴次「第四章　継ぐべかりし人正立」『北村季吟古注釈集成解説　季吟本への道のり』に詳しい。

(21) 注（10）参照。

(22) 「北村季吟書簡：北村正立宛」（早稲田大学図書館蔵、請求記号：チ06 03890 0029 0002）。

(23) 林述斎『新訂寛政重修諸家譜』に見える「勝尹」のうち、生没年からは内藤勝尹が該当しうるが、元禄六年には十一歳であり、かつ正立との関わりの有無も判然としない。未詳としておきたい。

(24) 注（1）野村貴次「第三章　人と仕事　第一節　伝授と『源氏物語微意』」『北村季吟の人と仕事』。

(25) 他に、注（1）野村貴次「第四章　継ぐべかりし人正立、I　川越少将と正立翁」『北村季吟古注釈集成解説　季吟本への道のり』においても、若干触れられる。

(26) 注（22）に同。

(27) 注（1）野村貴次『北村季吟の人と仕事』456頁。

(28) 参考に石川丈山「遊石山寺」詩を掲出する。私に読み下しを附した。韻は下平声尤韻（舟・秋・流・幽・不）。

遊石山寺　　　　石山寺に遊ぶ
僧房門外繋扁舟　　僧房門外に扁舟を繋ぐ
高蹈翠嵐黄葉秋　　高く蹈む翠嵐　黄葉の秋
一片山雲将雨去　　一片の山雲　雨を将ゐ去り
千尋湖水鑿崖流　　千尋の湖水　崖を鑿つて流る
飛楼畳磴真仙館　　飛楼畳磴　真の仙館
奇石怪岩皆鬼幽　　奇石怪岩　皆な鬼幽たり
紫氏揮毫記源氏　　紫氏　毫を揮ひて源氏を記す
琅函亦入艶書不　　琅函にも亦た艶書を入るるや不や

引用は富士川英郎・松下忠・佐野正巳編『詩集日本漢詩　第一巻』（汲古書院、昭62・2、9頁）による。同書の底本は内閣文庫蔵寛文十二（一六七二）年刊本、請求記号：二〇五―〇一二二。

（29）天理図書館蔵。『疏儀荘記』は大田南畝『続三十輻』に収められ、『三十輻　第二』（図書刊行会、大6・5）に翻刻が備わる。

（30）架蔵。野洲市歴史民俗博物館寄託。紙本。本紙寸法、三二・〇糎×五三・二糎。寸法、一一七・九糎×五五・〇糎。

（31）『八代集抄』については注（4）山岸徳平編『八代集全註　第一・二巻』「解説」に、『万葉拾穂抄』については注（1）野村貴次「第二章　仕事　第四節『万葉拾穂抄』『北村季吟の人と仕事』に指摘がある。ただし、野村氏の指摘は日大本を用いてのものではない。

（32）欠損のため、人偏のみ見える。『河海抄』により補う。

（33）『湖月鈔』の引用に際しては、『源氏物語湖月鈔一（～十一）』（新典社、昭52・7～53・7、北村季吟古註釈集成7～17）を用いた。同書の底本は早印本ではあるが、一部に野村氏の操作が加わるため、他の伝本も適宜参照し、異同のないことを確認している。

（34）『岷江入楚』の「僧都引出物を申さるゝ也」の注記は、「秘」の肩付で項目の末尾にあるため、『岷江入楚』での「河」の肩付の脱落等は想定する必要がない。

（35）松本大『『湖月抄』の注記編集方法――『岷江入楚』利用と『河海抄』引用について――」（『源氏物語古注釈書の研究――『河海抄』を中心とした中世源氏学の諸相――』和泉書院、平30・2、研究叢書493）。なお、有川武彦校訂『増註源氏物語湖月抄上（中・下）巻』（弘文社、昭2・9）は凡例で「箋」を「岷江入楚中ノ一説　西三条実澄公ノ説通勝卿ノ記聞」と指摘し、清水婦久子『源氏物語版本の研究』（和泉書院、平15・3）は『湖月鈔』の「頭注や傍注の「抄」は『岷江入楚』の注とほとんど異なる所はない」（257頁）と指摘している。

（36）旧稿『『枕草子春曙抄』における類書の利用とその隠匿――『円機活法』『事文類聚』を中心――』（『詞林』第51号、大阪大学古代中世文学研究会、平24・4）。

（37）　旧稿「北村季吟の源氏学（三）――附・日本大学図書館蔵『源氏物語微意　下』翻刻――」（『詞林』第60号、大阪大学古代中世文学研究会、平28・10）。

（38）　注記215・225・230・444・450・462・464・465が『湖月鈔』の注記の参照を求めるものである。また、注記181・182・197が年立に関して、注記492は夢浮橋の巻名について、それぞれ『湖月鈔』を参照させるものである。注記243では『湖月鈔』の説に言及している。注記457は引用元を明示しての『湖月鈔』からの部分引用である。なお、注記120では『湖月鈔』の注記が引用され、「在湖月抄」と記されるが、全文を引いているため、『湖月鈔』を参照する必要がない。そのほか、『湖月鈔』の誤記の継承や、『湖月鈔』の記述を誤認したとみられる誤りも散見する。

（39）　吉保へ『微意』を相伝するまでに、誰に対しても『微意』の講釈が実施されていなかった可能性もある。その場合は講釈の場の様相は想定しえない。

（40）　なお、『微意』中巻には、既に題簽があるにもかかわらず、「源氏物語微意　中」と記す題簽様の紙片が中途に挟み込まれている。下書きや見本かとも想像されるが、この事象の意味するところについて現時点では不詳とせざるをえない。

（41）　一例を挙げると、稲賀敬二「第二節　源氏小鑑の類本と成立」『源氏物語の研究　成立と伝流　補訂版』（笠間書院、初版昭42・9、補訂版昭58・10）に、

［引用者注：『源氏小鑑』百十首本系統の伝本に］少女巻の「心から」の歌の返事が「そのつぎの春」に来たと書いているのは、注目してよい事である。花鳥余情は少女巻について「源氏君三十二歳の三月より三十四の十月までの事」と云い、玉鬘巻を「六条院三十五歳の三月より十二月までの事をいへる也」とする。花鳥余情の考え方でゆけば、胡蝶巻を含む初音巻以下は、玉鬘巻の翌年、すなわち源氏三十六歳の事となり、少女巻で詠まれた歌の返歌「花ぞのの」は、一年へだてて翌々年に詠まれたこととなる。こうなるとこの贈答はまことに間のぬけたものとなってしまう。湖月抄は玉鬘巻について、

　愚案、一説云、此巻の源氏の年齢三十四歳の九月より十二《［ママ］》までの事あり

と云っているが、宣長の「玉の小櫛」は湖月抄の一説などは全く無視して、花鳥余情の年立に代表される立場を「諸

抄」とよんで、その欠陥を指摘している。
この少女・玉鬘・胡蝶のつづき方から云えば、湖月抄・宣長の云う通りであって、花鳥余情の兼良の説は、贈答の間に三年を要する点で不充分である。しかし同時に花鳥余情以前から、小鑑に見えるような、少女巻末年の翌年を胡蝶巻と次でする年立の考え方があった事は、右の小鑑の引用文から知りえよう。小鑑の資料的価値を示す一例と申せよう。（228頁）

と指摘されるごとくである。

(42)『湖月鈔』では年立に関する記述として、「源氏物語年立　上」25丁オ・25丁ウ・29丁オ・31丁オ・31丁ウの頭注、初音・胡蝶・蛍・常夏・篝火・野分・行幸・藤袴・真木柱巻の端書、玉鬘巻26丁ウ～27丁オの頭注「かくいふはなか月の事也けり」、真木柱巻39丁ウの頭注「其年の十一月に」、同巻40丁ウ～41丁オの頭注「秋の夕のたゝならぬに」において、「一説」に関する言及が見える。

(43) 以下、『湖月鈔』における「一説」の用法を確認する。

ほのめかす
只今とはれまい」らせてたのむ心も、又物思ひも」そふ故に、思むすほゝれぬると也」霜はむすぼゝるゝといはん」縁語也細なかははとあるを源」と小将との事を思むすほゝる」ると云説ありいかゝ。たゝ驚か」し給ふによりて過半はしほるゝ」と云なるへし。又一説孟荻が」返しうらみ申心也」
（『湖月鈔』夕顔巻、49丁表、頭注）

ここでは、『細流抄』の肩付の引用「たゞ驚かし給ふによりて」の後に、「又一説」として対立する『孟津抄』の説を引いている。これにより、先行諸注を引用する際の「別の説」という意味でも「一説」を用いていることが確認できる。

とくまいり給はん事を

師若宮を具しまいらせて母君にとく参内し給へとそゝのかす也」一説抄光君をとく内へまいらせ給へと也」

（『湖月鈔』桐壺巻、15丁裏、頭注）

これも同様に対立する説を「一説」として示す例である。ここでは「師説」と対立する説を示している。他に、以下のごとく、「愚案」や師説に「一説」を含む例も見受けられる。

ことつひきひう

細ことつ」ひは源のかきならし給ふ」躰をいへり花鳥に見え」たりきびうは心得さる也」いかさまうつくしきかたち也」哢花鳥に委ことつきなどいふ詞あり。琴の躰也花狛《コマ》氏十巻抄云ことつき事粒こと」さい三説あり。つきは人のかほつき也。つびは其姿顔つほみたる物から物々しくけ高く」濃《コマヤカ》にあひたる心也。下略河ことつびは其すかた也。愚按河花に事の字の一説あり。今細ノ御」説琴の義なれば事の義不レ用［後略］

（『湖月鈔』常夏巻、9丁裏〜10丁表、頭注）

さらにことなく

細ことな」くは無《ナク》レ事《コト》也難なく沙汰せよと」也孟葬礼の事を取つくろへ」との給へど何か事々しくすべ」きぞ我に任せられよと惟光」が申也師細孟如レ此。但一説、更」に事なくしなせとは更にことがましからずひそかにしな」せと也さやうにはの給へど惟光」が御前を立を御覧して忍」びかねてみづからも出だち」給ふとの儀也」

（『湖月鈔』夕顔巻、37丁裏、頭注）

（44）　高橋和夫「源氏物語年紀攷」（『源氏物語の主題と構想』桜楓社、初版、昭41・2、三版、昭55・10）のように、「旧年立一説」や「湖月抄に引用する「一説」」として、『湖月鈔』の「一説」を旧年立の一部とする例もある。

（45）　大朝雄二「第一章　並びの巻攷」（『源氏物語正篇の研究』桜楓社、昭50・10。初出、紫式部学会編『源氏物語研究と資料――古代文学論叢第一輯――』武蔵野書院、昭44・6）では、『河海抄』の伝本によっては「少女巻末と玉鬘巻とが同年の記事と理解する読み方のさきがけが河海抄であった」(39頁)と解しうるとする。また、注(41)のごとく、「花鳥余情以前から、小鑑に見えるような、少女巻末年の翌年を胡蝶巻と次でする年立の考え方があった」との指摘もある。しかし、ここでは季吟自身が自説を如何に捉えていたかを焦点としたい。

(46) 原本未見。掛軸。野洲市歴史民俗博物館(銅鐸博物館)編『野洲市誕生記念企画展図録 北村季吟――没後三〇〇年記念展――』(野洲市誕生記念企画展図録、平17・4、19頁)の影印による。

(47) 公益財団法人永青文庫蔵。熊本大学附属図書館寄託。資料整理番号:三七号・赤二〇四。本書第一章注(50)参照。

(48) なお、「向南」の号は『万葉集』一六一番歌の初句「向南山」を「きたやまに(の)」とするように、「北」を意味するものであろう。

(49) 森正人・德岡涼編著『源氏物語千年の時』(熊本大学附属図書館、平20・10、第25回熊本大学附属図書館貴重資料展解説目録)。夢浮橋巻の一葉が掲載される。

(50) 清水婦久子『源氏物語版本の研究』(和泉書院、平15・3)255頁。

(51) 注(50)『源氏物語版本の研究』251頁。

(52) 池田亀鑑『源氏物語大成 校異篇』(中央公論社、昭28・6~29・2)。なお、『源氏物語』の校異については同書の他、加藤洋介『河内本源氏物語校異集成』(風間書院、平13・2)、および「源氏物語校異集成(稿)」を用いて確認した。

(53) なお、野村貴次氏が注(1)『北村季吟古注釈集成解説 季吟本への道のり』(608頁)で指摘した、葵巻において、早印本での本文の脱落を、後印本で埋木修正している箇所は、北岡文庫本では後印本と同文となっている。

(54) 三浦尚子「『源氏物語湖月抄』所引「細流抄」に関する一考察」(『語文研究』92号、九州大学、平13・12)。

(55) 『明星抄』の引用は、中野幸一編『源氏物語資料影印集成8 明星抄十六―二十』(早稲田大学出版部、平2・7)による。同書の底本は早稲田大学図書館蔵『明星抄』(請求記号:文庫30 A0092、無刊記)である。

(56) 若紫巻5丁表、「かのくにのさきのかみ」の傍注「明播磨の前の守也朱明石の入道の事也」である。なお、夕顔巻6丁表、「しそくさして」の頭注には「紙燭也紙束」とも云 明星さきにこの」扇はやがて御覧ずへきを、さ」あれば、此乳母を問給ふ事」の態ならぬやうなれば」先さし置て此とふらひ」よくし給ひて帰給とて」見給心つかひ殊勝也明物」語なとし給うちに日も」

くれにければなり」とある。「明」の肩付以前は『細流抄』も有する一方、「明」の肩付以降は刊本『明星抄』で「朱」と示される箇所であり、注記生成や肩付の附与・修正の過程が窺えて興味深い。

(57) なお、季吟は『湖月鈔』「発端」の「此物語ノ諸抄」において、『細流抄』を三条西公条（称名院）、『明星抄』を三条西実澄（三光院）の作と記している。また、『明星抄』については、「師説細流に発端一冊を加へて所々に小補《セウホ》あり」と記す。

(58) 鈴木知太郎「枕草子諸版本の本文の成立――特に慶安版本、盤斎抄、春曙抄、旁註本について――」（『文学』3巻2号、昭10・2）。

(59)『源氏物語忍草』の諸本については、中西健治編著『源氏物語忍草の研究　本文・校異編　論考編』（和泉書院、平23・1）に詳しい。

(60) 該書の所在について、勢田道生氏のご教示を得た。

(61) 原本未見。後述する注（62）の影印で確認した。正宗文庫調査班「正宗文庫目録（五十音順、典籍編）」（『調査研究報告』第29号、国文学研究資料館、平21・3）には、書名：〔源氏物語梗概書〕、配架位置：下一・オ八、仮番：28とされている。

(62) 財団法人正宗文庫・国文学研究資料館・ノートルダム清心女子大学編『源氏物語中の人々・河海并花鳥余情抄出（中・下）・源氏物語忍草（冬）』（武蔵野書院、平25・2、正宗敦夫収集善本叢書第I期第六巻）。

(63) 石水博物館蔵『詩歌法眼季吟七十賀』に、「具慶住吉具慶法眼／住人のちよのなかめに生そふや緑も深き窓の呉竹」とあり、季吟と具慶との間に交友のあったことは確実である。朝岡興禎『古画備考』（嘉永三（一八五〇）年起筆）の「三十四　住吉家」（嘉永四年六月八日起筆）に以下の記述があることも参考になろう。

住吉具慶、七十五ニテ死、先桂舟話、
○季吟ト具慶ト、京ヨリ召出サレシコト、三王外記憲王ノ所ニアリ、
○或人物語、元禄の比、住吉氏に、源氏物語の絵を命ぜらる、仰に其方存寄に叶る達人と、相談いたし、認候様にとの事也、此時北村季吟を吹挙し、京都へ申遣呼下候、五百石を下さる、其節季吟より、源氏総帖の和解を書置る一軸

を、住吉におくる、尤自筆也、又宗丹の水さしを送る、右の謝礼なるべし、住吉氏右の一軸を秘して、他見をゆるさず、予が友人鈴木氏、虫干の時、見得たりと語りし、此事を田安殿御聞及、御所望仰下されし御返答に、私には難レ仕上意を伺候而、其上に可レ仕候と申せし故、御一覧はなき也、見聞私記［中略］
○玉津島神影を写して季吟のかたに遣すとて、
　水茎のおよばずながらうつし絵のひかりをみがく玉つしま姫　具慶
（引用は『古画備考』（思文閣、明37・6）による。古画備考研究会編『校訂原本古画備考』（思文閣出版、令4・1）にも翻刻が備わる）

（64）注（62）『源氏物語中の人々・河海并花鳥余情抄出（中・下）・源氏物語忍草（冬）』の解題で海野氏は以下のごとく論じられる。

「拾穂軒季吟翁のわらはべの見やすからんためにとてかきておのれにおくれる也」とある部分は、本書の伝領に季吟が関わったことを伝え注目される。この一文は、「わらはべの見やすからんためにとてかきて」と、幼童・婦女子を対象とした入門書・梗概書の創作意図を示す序文や奥書類に常套的な文辞を含むため、「かきて」の解釈によっては『忍草』の作者を湖春ではなく季吟と解しているようにも見える。跋文末尾に「拾穂軒」の名が添えられることと併せて、『忍草』の作者についての再検討を迫るようにも思われるが、一方で、文字通り季吟手写の『忍草』が送られたことを記すと読むことも可能である。

　いずれにせよ、本書が季吟周辺から直接的に譲渡された伝本であることに相違はなく、その点において本書の資料的価値が減ずることはないが、先に示したように、『忍草』の直接の執筆対象が病を診た医師「をのへうぢ（尾上氏）」であったらしい点、俳諧師周辺の伝称が『忍草』の作者を湖春とする点、他に『忍草』の作者を季吟とする明徴が見あたらない点などから、本書末尾に付記された「拾穂軒」の署名は聊か不自然ではあるが、現時点では『忍草』の作者はやはり湖春であったと考えておきたい。（772〜773頁）

（65）注（62）『源氏物語中の人々・河海并花鳥余情抄出（中・下）・源氏物語忍草（冬）』の解題において、海野氏は「奥書冒頭の「此よつのときにわかてる巻」は、当該本の外題に「源氏　冬」と記されることからも、本書が本来は春・夏・秋・冬の四分冊で伝えられたことを言うと考えられる」（772頁）と正宗文庫本がもとは四冊からなると推定された。洲本図書館本が四冊からなることはその傍証となろう。

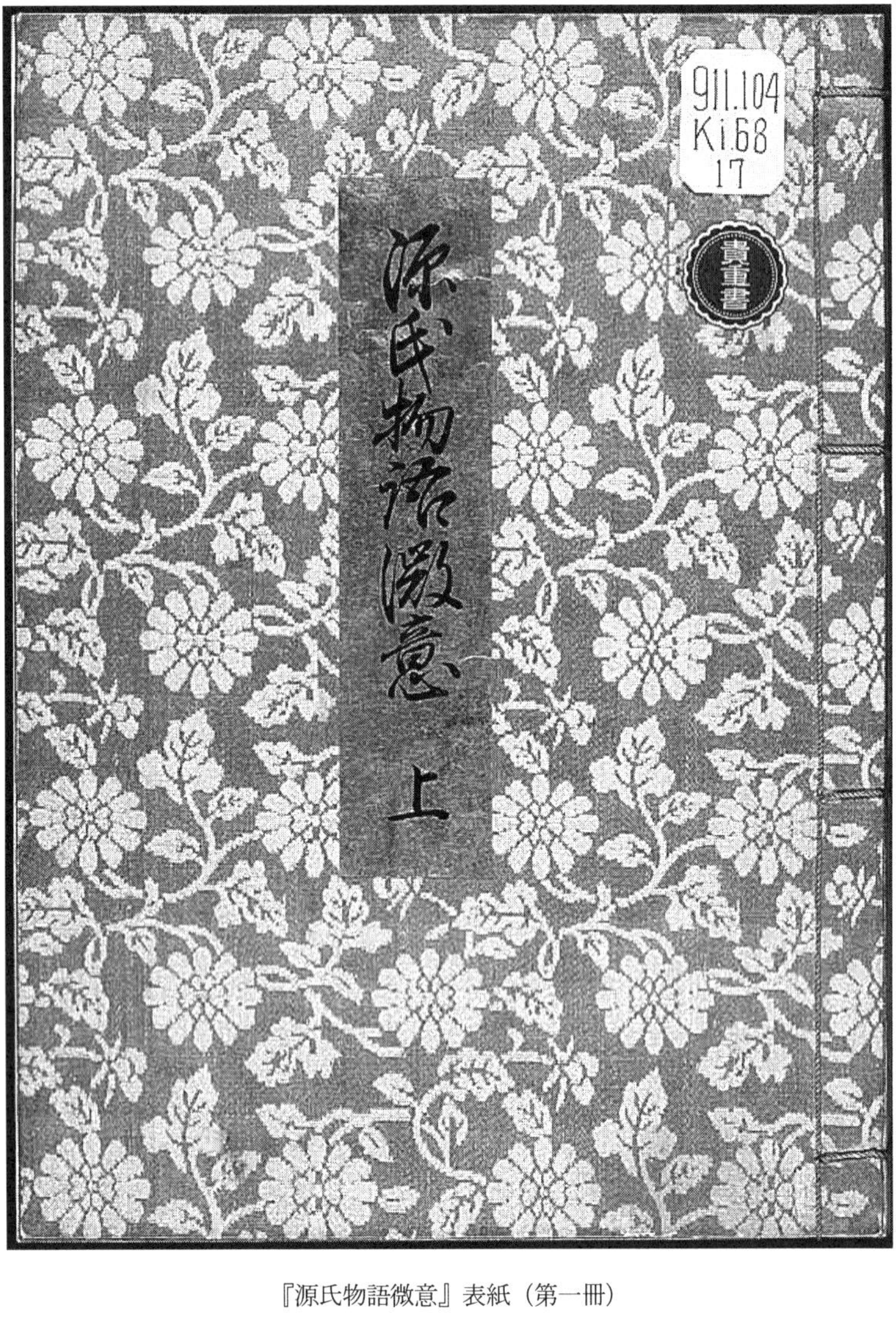

『源氏物語微意』表紙（第一冊）

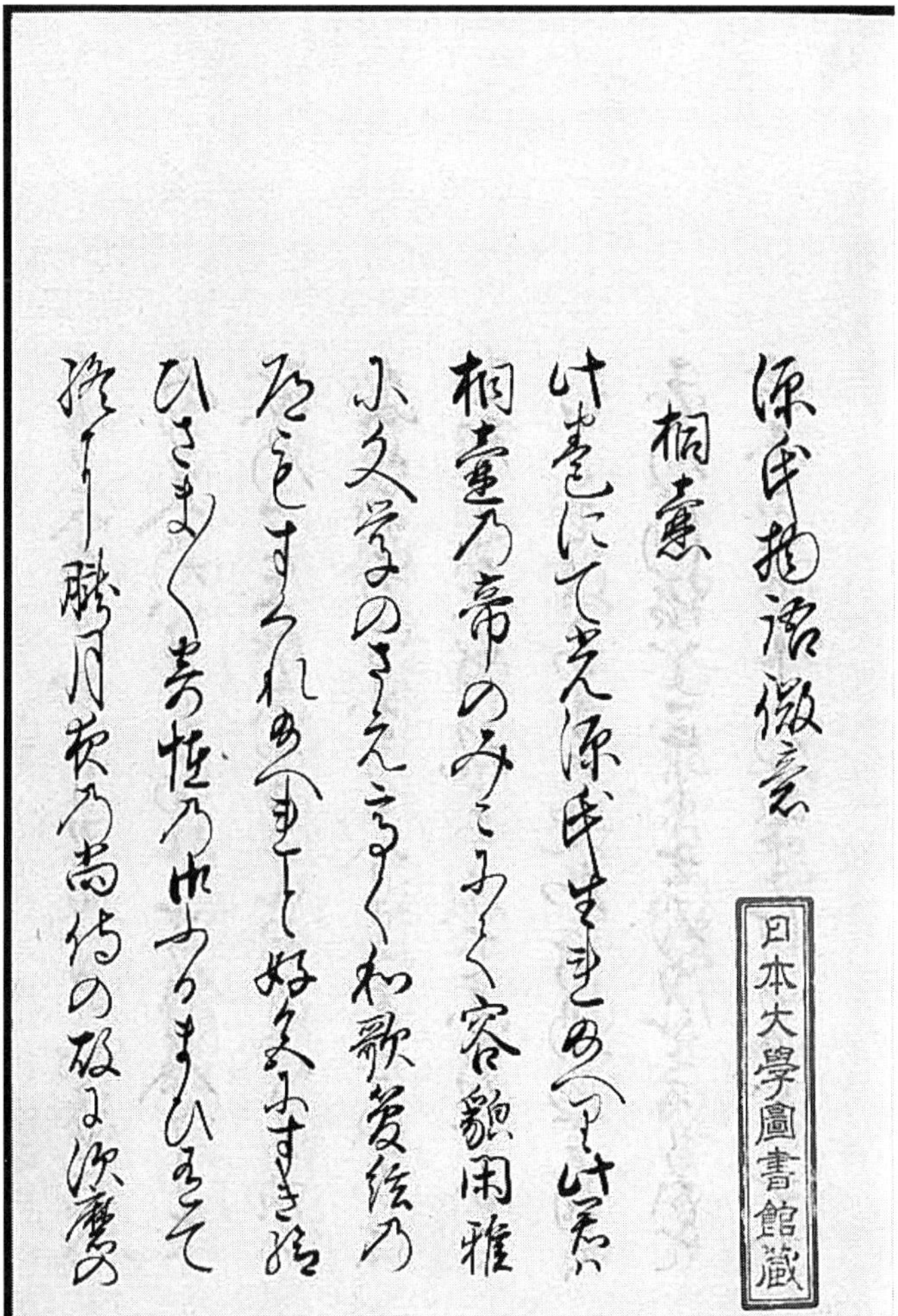

『源氏物語微意』巻頭（第一冊）

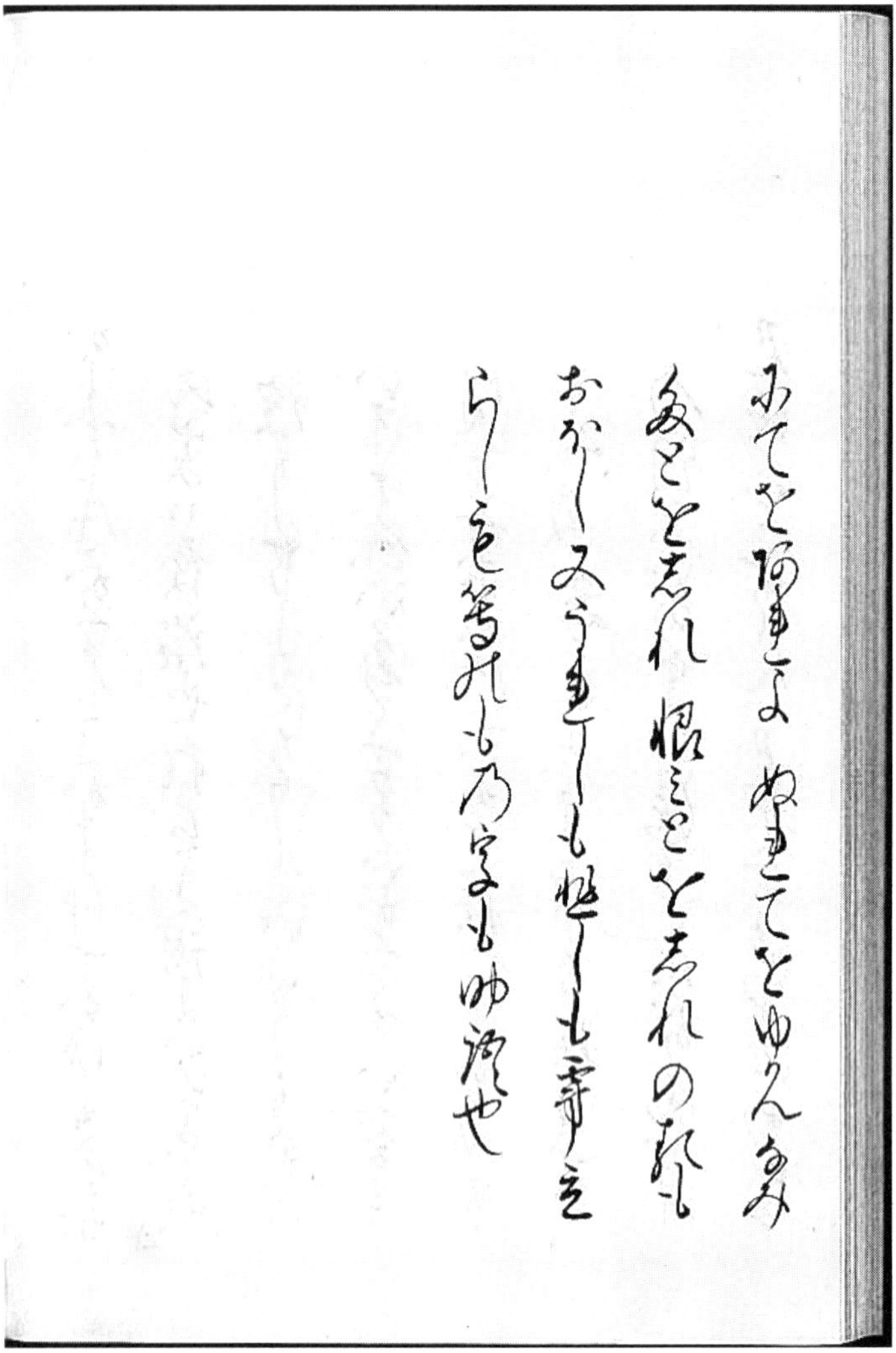

『源氏物語微意』大尾（第三冊103丁裏）

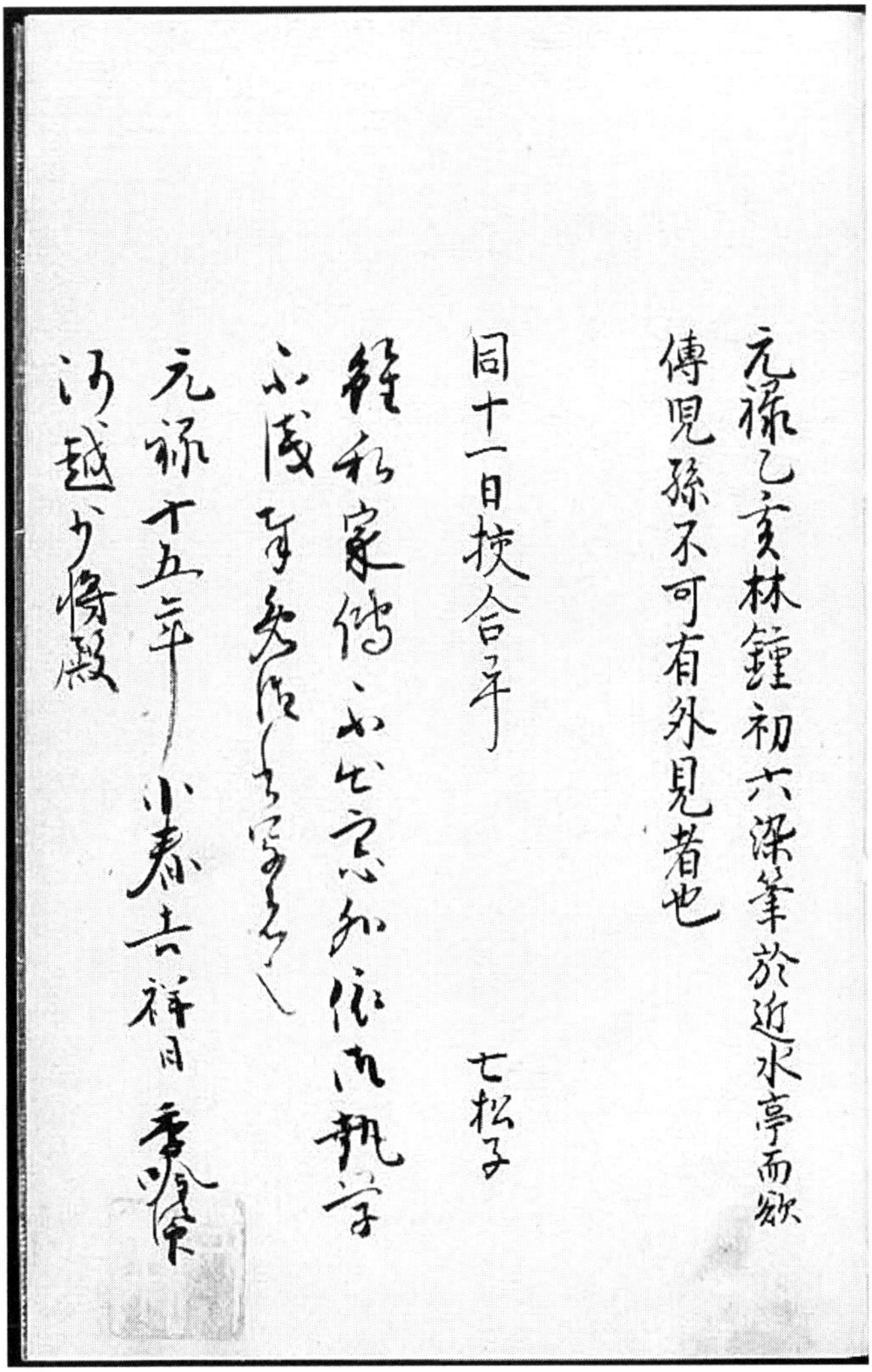
元禄乙亥林鐘初六染筆於近水亭而欲
傳兒孫不可有外見者也
同十一日挍合了　七松子
雖秘家傳不忘芳志仍所執筆
不浅事勿他見者也
元禄十五年小春吉祥日　季吟
河越少将殿

『源氏物語微意』相伝奥書（第三冊104丁表）

日本大学図書館蔵『源氏物語微意』翻刻

凡例

・底本は日本大学図書館蔵『源氏物語微意』（三冊。請求記号：九一一・一〇四―Ｋｉ・六八―一七～一九。登録書名：古今集并歌書伝授書源氏物語微意）である。
・書誌は本書第四章第四節に記した。同第一節も参照されたい。
・丁付は（上（中・下）幾オ（ウ））』と記す。
・読解の便宜のため、私に行を改めた箇所がある。原本にて改行が行われていない場合は、前行末に」や』が存在しない。
・原本の低格や空格は極力反映する。行末などの紛れやすい空格は［一字アキ］と補記する。
・踊り字は開き、原本の表記を（　）にて傍に附す。
・合字は開き、［合字］と傍記する。
・『源氏物語』本文には濁点を補わない。
・引用文は「　」にて示す。
・『源氏物語』各巻冒頭に、巻数を(幾)と記す。若菜巻を上下二巻と計上し、夢浮橋巻を含むため、全五十五巻である。
・各注記冒頭にアラビア数字にて通番を附す。また、見出本文の末に、当該本文の存在する『湖月鈔』の丁数と、池田亀鑑編著『源氏物語大成』の頁数とを（幾オ（ウ）、幾）と記す。

目次

光源氏物語はむらさきの色ご」のみなる女手のあとながら、こと」ば、美をつくし、こころ(ゝ)、善つくして、」わがやまとみことうたの道の人々、」これをみざらんことをはぢおも」へり、ただ(ゝ)此道のたづきとする」のみにあらず、やすみしる君とひと」との心しらひ、たらちねのおやと(上1オ)』子のむつましみ、いもせの山のたた(ゝ)」ずまひ、友ふねの行かふ道を教」ゆるゆへよしもいと浅からず、すべ」てここ(ゝ)のへの大宮所に今もむかし」のひじりの御代のならはし猶のこ」りて、えんにうるはしきみやび」あるも、此物がたりの世にとどまり」てもてはやさるるゆへとかや、さ(上1ウ)』れば此国の至宝これにすぎ」たる物あらじとぞ、桃花のさか」りなるふみのはしにもしるしお」はしましき、其いたれるくまを」きはめんことは、石山のきればいよ」いよかたく、あふげばいよいよ(〳〵)たか」き所ながら、やつがれ七そぢに」あまるよはひまでに八たびのかう(上2オ)』ぜちをとげて、人にとひ、人にこたへ」つつ(ゝ)、わづかにくうづきにたるしるし」ばかり、みやづかへいそがはしきいと」まにふんでをはしらしめて、源」氏物語の微意となづけて鐘愛」の児孫にあたへむとならし、ふかき」窓の中にひめをかしめて、ひろき」よにさし出すべくもあらぬ物なれば、(上2ウ)』をろかにいやしきはば(ゝ)かりをもしゐ」てかへりみおもふべきにあらずと」なん、(上3オ)』

［白］(上3ウ)』

源氏物語微意」

(1)桐壺」

1此巻にて光源氏生れ給へり、此君は」桐壺の帝のみこにて、容貌閑雅」に文学のざえ高く、和哥管絃の」道もすぐれ給へれど、好色にすぎ給」ひ、さまざま(〳〵)［ママ］寄怪の御ふるまひ有て、」終に朧月夜の尚侍の故に須磨の(上4オ)』うれへなどおはしける事をかきて、」みる人のいましめとせり、人として」敬の一字を忘れては、身のため、家の」ため、あぢきなかるべし、君子の管絃」をたしなむは、礼楽とて国家をおさ」むるもとなれば也、和哥の道も同く、」国の風俗を正し、士の才をえらびて、」治国平天下のたすけなるべきを、か（上4ウ）』へりて相如が文君をいどみしがごと」く、哥道も花鳥の使ひとのみなり」ゆくは敬なきが故也、此物語は全篇」此心ばせをさしはさみて見る事、」紫式部の本意とかや、」

2やうやう《(〳〵)》あめのしたにもあちきなう　（3オ、5）

此草子、おもては好色妖艶のこと」わざをかきて、下には好色妖艶の人（上5オ）』をそこなふことをいましめて、かみ」一人より、しも万民まで、ここ《(ゝ)》に至て」平生をあやまたざれとの微意」あり、桐壺の帝、さしも賢王」なりしだに、好色にまよはせ給ひ」ては人のそしりをもえ憚らせ給は」ず、上達部、殿上人の目にふれ、」あまねく天下の歎きとなりて（上5ウ）』五十年太平の天子なりし唐帝」も蜀にみゆきの難にあはせ給へ」りつる楊貴妃のためしもひき出」つべしと書て、世々のいましめを」たれて、万人これをつつ《(ゝ)》しむべき」心ばへをしめし侍るにや、此物語を」よみたる人のおもふべき所なるべし、」

3其うらみましてやらんかたなし（上6オ）』　（5ウ、7）

天子は民の父母にて、仁愛をのみ」たれさせ給ひ、内に恨みの女なく、」外にうらみの男なくこそおはし」ますべけれ、かくそぞ《(ゝ)》ろに色を好ま」せ給ひて、あまたさるまじき人の」そしり恨みをおはせ給ふ事を書」しるして、みる人のいましめとし侍」にや、すべて尊貴の大人にはまの（上6ウ）』あたり諫言をいれがたき物也、」たとひ義臣有てしゐて折檻」をなし奉るとても、機嫌あしき」時は其かひなき事おほし、」さればかやうの物語、ゐさうしなど」にて何となくいましめをきて」みる人みづから発明せんことを」微意にてかけるなるべし、」

4それにつけて世のそしりのみ（上7オ）』　（6オ、7）

適子、衆子、品あるべき事のいま」しめなるべし、父母として適子より弟を愛して兄にひとしから」しむるためし、まま《（ゝ）》有て、鄭の」荘公の弟大叔段、母武姜の寵」にのりて都城百雉に過たるも」終にみだれのもとなりし、孤竹」の君の二子のたがひにゆづりし（上7ウ）』たぐひ、我朝にも宇治のみこ」のごとき人はよにまれなるべ」きわざなれば、父母たる人の」心すべき所なるべし、」

5其としの夏みやすん所はかな」きここ《（ゝ）》ちにわつらひて」　（6オ、7）

此巻の最初に此更衣のう（上8オ）』せ給ふ事をかけるは、此物語の本」意、人間の生者必滅、会者定離」の理をしらしめんためなるべし、」ただ《（ゝ）》紅顔の世路にのみほこりて、」白骨となりゆく習ひを忘る」人のいましめなるべし、」

6ひとのそねみふかくやすからぬ事おほく」　（13ウ、14）

君の寵あれば必人の妬みあり、（上8ウ）』其寵にほこらば、いかでか恨みも」ふかくつもりて、終によこざま」のつみにもあたり、身をもうしな」ひ侍らざらん、まことに宮づかへ」人の心すべき所なるべし、桐壺更」衣はさやうに寵にほこる心もみ」えず、心ばせのなだらかにめや」すくにくみがたかりし人とかけり、（上9オ）』且又、人がらの哀に情有し御心」をうへの女房なとも恋忍びあ」へりとみえたり、それすらかくそ」ねみふかか《（ゝ）》りき、されば君の寵」にあひぬる人はわきて身を」へりくだり、人に情あるべき心ばへ」を物ごとにさきとすべし、」

7こきてんには久しう上の御局にもまう（上9ウ）』のほり給はす月の面白きに夜更る」まて遊ひをそし給ふなるいと冷しう」物し

ときこしめす」　（18オ、17）
弘徽殿の女御は右大臣の御むすめ」一宮の御母なりし威勢にほこり」給ふ故に、君上のかか(ゝ)る御歎きある」折節にしも、月をめで、管絃など」し給ひつ(ゝ)、事にもあらず、おぼしけち(上10オ)』てもてなし給へる事、いとあぢきなく」まさなし、君、かく物しときこしめし」諫ませ給へる故に、終に人よりさき」に参り給ひ、東宮の母女御なりし」かど、藤壺に后宮を引こされ給へり」し、万人すべてわが権威にほこるま」じとのいましめなるべし、是、彼紅葉」賀巻にて、藤壺きさきにゐた(上10ウ)』まへるゆへの微意なりとぞ、」

8此御ことにふれたることにはたう」りをもうしなはせ給ひ」　（19ウ、18）
天下に君としてははたはぶれにも」道理をうしなはせ給はん事ある」まじきとの教なるべし、されば」周の成王の桐葉をもて唐叔虞」を封じ給ひし戯れをも、周公旦、(上11オ)』天子に戯言なしとて、終に唐」叔虞をまことに封ぜしめ給へりし」は、道理をうしなふまじきためなるべ」し、然ども好色の故にはおほく道」理をうしなふたぐひ、此桐壺の帝」にかぎらず、其ためし今古すく」なからず、一人貪戻なれば一国」乱をおこすとかや、上一人道理を失(上11ウ)』はせ給はば、下万人いかでかみだれ」ざるべからん、これ好色の物語にて」好色を戒る微意ある事を知べし、」

9かよひてみえ給ふもにけなからすなん」など聞えつけ給へれはおさなき心ちに」もはかなき花紅葉につけてもこ(ゝ)ろ」さしをみえ奉りこよなう心よせ」　（26オ、23）
帝、此御ゆるしましまし(〳〵)ける故にかく(上12オ)』心よせし給ひて、終にたがひの心ば」せを通し給ひつ(ゝ)、まさなき事」の侍しことを書て、後代に男女」の中はおさなしとても其心ばへ」あるべきいましめをたれたるなり、」此藤壺にかく心よせの故に、嫡妻」葵上をも御中そばそば《〱》しかりし、」夫婦の和せざるは人倫の大本あぢ（上12ウ）』きなくみだれて、家もと《ゝ》のほらず、忠孝の道もそこなはれ侍べし、」此巻の末に心のうちにはただ藤つ《ゝ》」ほの御有さまをたぐひなしと」思ひ聞えて、おほいどのの《ゝ》君は心に」つかずおぼえ給ふよしをかけり、こころ《ゝ》」ろをつけてあぢはひつつ《ゝ》ゆるが」せにみるまじき所なり、（上13オ）』

(2)帚木巻」

10すへてにきはは《ゝ》しきによるへきななり《ゝ》」とてわらひ給ふをこと人のいはんやう」に心えす仰らるる《ゝ》とて中将にくむ」

（7ウ、39）

所詮、とめるによるべきとの給へる」詞をとがめにくめる也、人の詞はつつ《ゝ》」しむべきわざなるに、ことに貴人、」若き御方などは心あるべきわざなる（上13ウ）』べし、此中将は時の左大臣の長男、」ことに宮ばらなれば光君にもおさ」おさをとりまいらせじといどむ心、」下に絶ず、ゐんふたぎ、ゐ合せなど」の勝負をもあらそひ給へりし、うへは」なだらかにて下に此心をふくめり」し末々までの心ばへ、此にくめる」心にこもり侍るにや、心を付て見侍べし（上14オ）』

11もとの品時よのおほえうちあひや」むことなきあたりの

（7ウ、40）

此品定めに左馬の頭の申す心ば」へは、光君、本妻の葵上に御心とま」らず、そばそば《〱》しくおはします事を」あぢきなく思ひて、いかにもして」御心を改めて本台に心をとどめ《ゝ》」させまいらせまほしき心にて申（上14ウ）』すと心を付てみ侍るべし、前後其心を」ふくめりと見え侍り、此段も其下」心にていひ出しとしるべし、もとの」品も高く、時代の覚えも有て、や」ごとなき人の内々のもてなしをく」れしなどこそはいふかひなからめ、」本の品高きに時よの覚えもう」

ちあひてすぐれたらんはさるべき（上15オ）』事なれば、更に珍しき事にも」あらぬといふは畢竟葵上のあり」さまをいへり、然ども光君、頭君」の前にてはあまりにけやけく」聞ゆべきにつきて、何がしが及ぶべき」ほどならねば、かみがかみはうちをき」侍るとて申さしたるさまなり、」諸抄にはもてなしのをくれたるは（上15ウ）』女三宮にあたるといひ、うちあひ」てすぐれたらんといへるを薄雲女院」にあたるとばかり註し給ひしは、」此左馬頭が本意をよく見得たりと」はみえ侍らず、若又態秘して抄の」おもてにはしるさぬにもや侍けん、」此微意を心得ずしては此品定め」の精神なきがごとくなるべし、（上16オ）』

12いてやかみのしなとおもふにたにかたけ」なるよをと君はおほすへし」　（8ウ、40）

かの左馬頭あまりけやけきを憚りて、」申しさして、葎の門に思ひのほかに」心とまる事あり、父兄など顔にくげ」なれど、いたく思ひあがりて捨がた」き式部が妹の事など、左馬頭が」をよぶべきほどのことに申まぎら（上16ウ）』はすといへど、光君はやがて葵上の」御事と聞知給ひける御有さまを」何となくここ《（ゝ）》にかく書たる也、物語」の書さまの優美、言語同断にや、」

13おほかたのよにつけてみるにはとかな」きもわか物とうちたのむへきを」えらはんにおほかるなかにもえなん」思ひさたむましかりけり（上17オ）』　（9オ、41）

此段は、大体、女といふ物の十分心に」かなふはなければ、少々の事は見」ゆるし、いひたすけて相そふべき事」をいはんとて、まづ我物と思ひ」定めん人は有がたき事をいひい」でて《（ゝ）》、おのこの世のかためとなるべ」きも有がたけれど、諸司百官、た」がひにたすけられて事広き（上17ウ）』にゆづりあふたとへをいひて、人の」妻を必しもわが思ふにかなはねど」見初し契りを捨がたくして」思ひ定むべき事をいへり、是も葵」上のおぼしめすに叶はずとも初め」よりみなれ給ひし御中也、ことに」其御身のほども光君の 好逑《〔よきつれあ〕》ひ」にておはすれば、おぼしさだむべき心（上18オ）』をいへり、さて此草子をみん人にも」其心を教るなるべし、次の詞に、」「偏に物まめやかに閑なる心の趣き」ならんよるへをそ、つゐの頼み所」には思ひをくへかりける」云々、「すこし」しをくれたるかたあらんをもあ」なかちに求くはへし、うしろや」すくのとけき所たにつよくは、（上18ウ）』うはへの情はをのつからもてつ」けつへきわさをや」などいへる、此」段の肝心なるべし、是を細流等」の抄にも葵上に当ると注」せられし、もとより左馬頭が本意」ならんかし、」

14君のうちねふりて詞ませ給はぬ」　（14ウ、46）

葵上を御心にとど《（と）》め給はぬ故、此（上19オ）』左馬頭等の詞の御心に叶はぬさま也、」

15りんしのもてあそひもの」　（15オ、46）

時々、うち語ふ人のたとへなるべし、」

16うるはしき人のてうとのかさり」　（15オ、47）

麗《ウルハシキ〔ママ〕》きはみだりならず、正しき心也、」是、本妻のたとへをいふ也、」

17ほうらいのやまあらうみの」　（16オ、47）

「時にあたりてけしきはむみるめの（上19ウ）』情」のたとへなるべし、次の手跡のた」とへの、「てんなかにはしりかき」などいへ」るもおなじ、」

18猶しちになんよりける」　（16ウ、48）

前の三のたとへも、皆、実なるには」しかじとの心をいひて、大かたの女の」うへをじちなるを肝心と教て、」まことは光君に葵上こそまめ人に（上20オ）』おはしませば御心をとど《（ゝ）》めさせまいら」せまほしき心を左馬頭のいへる也、」其故に奥のおほいどのの《（ゝ）》方へまかで給所にも、「大形の気色、人のけはひもけさ」やかにけ高く、乱たる所ましらす、猶是」こそは彼人々の捨かたく取出しまめ人」には頼れぬへけれとおほす」と有、」　（24ウ、55）

19さることと《（ゝ）》はおほすへかめり（上20ウ）』

左馬頭の諷詞によりて光君も自」得し給へる心也、善人と居るときは」芝蘭の室に入がごとし、久しう」して其かうばしきことを知ると家語」にいへる、まことなるべし、」

20かけかねをここ《（ゝ）》ろみにひきあけ給へれは」　（39オ、68）

女のふしどなどのをろそかならんは、必、」此あやまちいできぬべき心の教成べし、（上21オ）』

21たゝひとりいとささ《（ゝ）》やかにて」　（39オ、68）

女房のかたはらにはめのとにもあれ、お」となしき女などを置て寝べしとの」いましめに、只一人ふしたるあやまちを」かきてみせたる也、後の方違の所に、」「わた殿に中将といひしか局したるか」くれかにうつろひぬ」と有、又、「人々」さけすをさへさせてなんと聞えさ（上21ウ）』せよ」ともあり、空蝉の君、此寝所、無」沙汰なりし事、ひとりふしたるあやまち」を悔て、さすがに貞女なれば其心したる」有さまをかきて人のをしへとせり、」

22をろかならすちきりなくさめ給ふ事」おほかるへし［一字アキ］　（42ウ、71）

関屋の巻にて、伊与介」うせて後、空蝉尼に成し時、まま《（ゝ）》子」の紀伊守、情なかりしに、光君、二条院（上22オ）』に空蝉をはぐ（ゝ）くみ置て、閑にあらせ」給ひしも、此時の御契約のをろかならざりし故とみえたり、草子のかき」ざま丁寧なる物ならし、」

(3)空蝉巻」

23まきるへき木丁なともあつけれはに」やうちかけていとよくみいれらる」　（3ウ、86）

炎天などと（ゝ）ても、女のありかは人に（上22ウ）』よく見いれらるる（ゝ）やうにはあるまじ」く、用心すべきをしへをかけるなるべし、」

24かほなともさしむかひたらん人なとにも」わさとみゆましうもてなしたりてつき」やせやせ（〳〵）としていたうひきかくしためり」今一人は東むきにてのこり所なくみゆ」　（4オ、87）

女の身ざまのいましめなるべし、空蝉」のかくつ（ゝ）しめると、軒端の荻の用意（上23オ）』なきをくらべてかきて、軒端の荻は顔形」も空蝉よりまされりとみえながら、猶、」「すこし品をくれたり」と光君にみえまい」らせし、恥かしきわざなるべし、果して」空蝉は此つ（ゝ）しみの心有て、光君の」忍び入給へるにもよく聞つけてや」をらすべり出たり、軒端の荻は此用意」なかりし故によくまどろみて、いと覚え（上23ウ）』ず浅ましかりつる有さま、まことに女の」心すべき事のいましめなるべし、さて空」蝉は此心づかひの心にくかりし故、末々まで」光君の御心ざしをろかならざりし」に、軒端の萩は、「にくしとはなけれと」御心とまるへき故もなき心ちして」と有、御せうそこもなかりしこと、用意なきに見おとしあなづりおぼし（上24オ）』めしたるさまならんかし、すべて男」女もつ（ゝ）しみを忘るまじきことな」るべし、夕顔巻にも、「今一かたはぬし」つよくなるともかはらすうちとけ」ぬへくみえしさまなるを頼みてとかく」

聞給へと御心もうこかすそ有ける」とかけり、人にあなづらるる《ゝ》とあなづられぬは」ただ《ゝ》われからのしわざなるべし、(上24ウ)』

（11オ、93）

25猶かか《ゝ》るありきはかろかろ《〳〵》しくあやう」かりけりといよいよ《〳〵》おほしこりぬへし」

貴人としてかか《ゝ》る忍びありきは」あるまじき事とのいましめにかける」なるべし、前に、「此子もおさなきを」いかならんとおほせと、さのみも」おほしのとむましかりけれは」と有、」悪行とはみづからもしり、おそれ(上25オ)』ながら、好色につつ《ゝ》しみを忘て、」おぼしのどめぬあやまりの末に、」只今、此あやうきめに逢給ひて、か」かるありきはかろがろ《〳〵》しく、大人の」あるまじき事とおぼしこりぬべし」とかける、実理をしめす詞なる」べし、後代にも大人のみにあらず、」誰にてもかくみづから心よからぬ(上25ウ)』ふるまひしわざは、よし人はしる」まじき物をと思ふあやまりに、」身のつつ《ゝ》しみを忘て如此のわざ」し給はば《ゝ》、終にかくおぼしこるる《ゝ》」うきめあらんとの心とするべし、」君子は独をつつ《ゝ》しみて、閑居の」所にても不善のふるまひをな」さず、みづからここ《ゝ》ろよくする故に(上26オ)』心もひろく体もゆたかなりとか」や、もとより悪行をなさざ《ゝ》れば」おそるべき事もなく、ましてこるる《ゝ》」後悔もなし、大人は、猶、かく」あらまほし、」

(4)夕顔巻」

（8オ、106）

26はかはか《〳〵》しくも申侍らす」

此夕顔上は頭中将の帚木にて(上26ウ)』かたり給ひし床夏也、かの四君より」情なき事どもをいはせておどしけ[濁点ママ]」る故に、忍びてにげかくれてしば」し此五条にやどり給へり、さればここ《ゝ》」にても四君への憚りにて、夕顔上」とは人にしらせじとて、只我どちと」人にはみせて、人々も忍び隠せし」ゆへ、其ただ《（ゝ）》ぢを惟光にも有』（上27オ）のまま《（ゝ）》にはいはぬなり、さつきの比」ほひよりと侍るも、かの長雨、晴ま」なき比の品定めの時分なるべし、」

27けにこれこそなのめならぬかたわなめ《れイ》」るとむまのかみのいさめおほし出て」　（10オ、108）

善人にふるる《（ゝ）》しるしに光君も」かくおぼし出るにて、悪友をさけ、」益友にのみまじはるべき心をしめ』（上27ウ）す詞也、花鳥餘情云、「雨○《夜》の物語は」好色のいさめなれば、おぼし出たるなり、」いづくの詞と慥にはみえざるにや」云々、」

28女はいと物をあまりなるまておほし」しめたる御心さまにて〔一字アキ〕　（11ウ、109）

六条御息所の」かく執ねき本性にて、夕顔上、葵」上、紫上、女三宮などに生霊死霊」になり給ひし其あらましをかける也、（上28オ）』

29おほやけことにそ聞えなす」　（12ウ、110）

中将、われにけさうし給へるにはし」なさず、御息所に御心とまらで、」朝霧の晴をまたで御出あるといひ」なす也、宮使へ人の心づかひを教る也、」

30人はすくなくてさふらふ限りは皆ねたり」　（27ウ、123）

奉公人の旅寝の折の用意を教へ、」かつまた大人のあまりなるやつれ』（上28ウ）姿には、必、あやまちあり、後悔の」ことあるべきいましめなるべし、」

31かいさくり給ふにいきもせす」　（28ウ、124）

ここ《（ゝ）》にて、夕顔上、うせ給ふ事、」人間の愛別離苦のことはりを」しめし、さとらしむる也、」

32わかはかはか(〳〵)しくは」　（40ウ、135）

若き主君などのあるまじき御ふる(上29オ)』まひあらば、忠臣有ていさめ奉り、」道理をのべて御心づけ申やうに」あるべきを、ただ(ゝ)にをもねりした」がひつつ(ゝ)、終に主君にもかか(ゝ)るうき」めをみせ申、われもかく悔み侍る」とも何のかひかはあらん、かねて心す」べしとのおしへなり、」

33猶かく人しれぬことはくるしかりけり(上29ウ)』とおほし知ぬらんかし[一字アキ]　（52ウ、146）

此「猶かく」といふ」と、空蝉巻に、「猶かか(ゝ)るありき」といふと」同意の文法也、好色の道は閨中間道」の人しれぬ事なれば、おほくの人、」ここ(ゝ)におゐてつつ(ゝ)しみを忘れて、ある」は不善のわざ、不義のふるまひをも」なすとはいへど、終には身のため、人の」ため、無益の苦患になるよしのいま(上30オ)』しめ也、是、此物語の微意なるべし、」

(5)若紫巻」

34人のくになとに侍る海山の有さま」　（4ウ、153）

すま、明石の巻かくべき微意也、」

35こんかうしのすす(ゝ)の玉のさうそくしたる」　（20オ、167）

細流[ママ・河海抄ノ誤]云、「或人、法隆寺に太子の念珠一」連あり、彼寺の縁起にもみえたり」」云々、花鳥餘情には、「聖徳太子の数(上30ウ)』珠の事、いまだみ出し侍らず」との給へり、」元禄七年七月十四日、法隆寺の古物」を江戸にもて来て無縁寺にて」見せたりしを、湖春とと(ゝ)もにおがみに」まうで侍るに、金剛子のずず(ゝ)有て、」金銀瑠璃等の玉のさうろ[ママ・そ歟]くし」たり、即、縁起にもあるよし、堂僧、」かたりし、細流の説、無疑物なるべし、(上31オ)』

36とよらのてらのにしなるや」

弁の君、此哥をうたふに鞍馬寺の」よしあるのみにあらず、深き微意」あり、光君に、皆、心よせの君達なれば、（21ウ、168）御位にもと思ふこころ（こ）をこめたり、」其故は、続日本紀卅一巻云、「光仁天皇」嘗龍潜《カツテリウセン》之時、童謡ニ曰ク、『葛城寺乃《カツラキノ》［以下濁点ママ］」前《マヘ》在《ナルヤ》也、豊浦寺乃《トヨラノ》西在《ニシナルヤ》也、於《ヲ》志《シ》止《ト》度《ド》、（上31ウ）』刀《ト》志《シ》止《ト》度《ド》、桜井尓、白壁《シラタマ》之豆《シヅ》久《ク》也《ヤ》、好壁《マシラタマ》之豆久也」、於志止度、刀志止度、然為波《シカセバ》、国曽昌《クニゾサカ》」由波《ユハ》也《ヤ》、五家昌良《ラサカ》由流《ユル》曽《ソ》也、於志止度、刀志止度」』［以上濁点ママ］、于時井上ノ内親王為《タリ》レ妃《ミメ》、識者《モノシルモノ》以」為《ヲモヘラク》、井ハ則内親王ノ之」名、白壁為《シラタマハタリ》ニ天」皇ノ之諱《イミナ》一、蓋シ天皇登レ極ノ之徴《シルシ》也」、」これは光仁天皇は天智天皇の御孫、」施基皇子の御子にて、久しく（上32オ）』諸臣にてうづもれお（こ）はしましけれど、」聖武天皇にさるべき皇子なか」りしゆへ、孝謙天皇、女帝にて崩」御ののち、おもひかけず、六十三歳にて」御即位ましましける（〜）、其嘉瑞の童」謡なれば、光君に祝儀せられし也、」此義、河海、花鳥、弄花、細流」等の諸抄にももらせる（上32ウ）』処なり、」

37うへのおほつかなかり歎き聞え給ふ」御けしきもいとおしう見奉り」なからかかる（こ）折たにと心もあくかれ」（27ウ、173）

心のつつしみ（こ）を忘れて偏に」私心にまかせ侍らば、まこと」にせずといふ事もなく、か」やうにあぢきなく成ぬべき（上33オ）』物ぞと人にみせしらする」心なるべし、或人問云、人のいまし」めとするとならば、いかでか聖賢」のふるまひ、節婦の貞操」をかきてこそあらめ、あやな」き妖艶不義のわざをかきて」好色のなかだちとなす事、如何、」答云、聖賢の詞、貞女のわざは（上33ウ）』旧記に既に書顕して誰も見」聞侍りぬ、今、此草子には、態、好色」のかたうどと成（こ）て、うへにはその」たよりなるやうにて、下にいまし」めをふくめて、をのづから善に」みちびくならし、春秋、史記など」にもさまざま《（〳〵）》の不義のわざども」を書伝て勧善懲悪せられし、（上34オ）』是亦、好色の媒といはば《（ゝ）》可ならや《〔ママ〕》、」たとへば、此物語のさまは、巽与の言」のよく人をよろこばしめて微意」をふくめしたぐひとしるべし、」

38女は心やはらかなるなんよき」　（49オ、192）

紫上、はじめに此をしへをうけ給」て、終に此物語の女の本に成給へり、」諸抄にひく所の、「陰は柔順にして（上34ウ）』陽にしたがふ」といへるは周易のことはり也、」又、後漢書に、「陽は剛をもて徳とし、」陽《〔ママ・陰歟〕》は柔をもて用とす、男は強」をもて貴としとし、女は弱をもて美」とす」等の本語もみな其儀なる」べし、」

(6)末摘花巻」

39つつ《（ゝ）》ましきことなからん見付てしか（上35オ）』な　（2オ、201）

葵上、六条御息所などはことごと《（〳〵）》し」き覚え有て、親はらからなども」あり、世の聞えを思ひなど、つつ《（ゝ）》ま」しき事ありてむつかしきに、かの」夕顔上はさやうのことごと《（〳〵）》しき覚え」もなく、らうたげにやはらかにて、」相あふにもつつ《（ゝ）》ましき遠慮もいらざりし人也、其人をこりずまに（上35ウ）』忘れがたうおぼす故に、さやうに」つつ《（ゝ）》ましき事なからん女をいかで」見つけんとねがひ給ふ也、さて末摘」花の君を書出んとての微意也、」

40やつれたる御ありきはかるかる《（〳〵）》しき」事も出来なんとをし返しいさめ奉る」　（8ウ、206）

大人の微行をいさむる詞也、ただ《（ゝ）》頭」中将の源氏を諌る詞と計は不可思、（上36オ）』

41親はらからのもてあつかひ恨るもなう」心やすからん人は中中《（〳〵）》らうたかるへき」　（11ウ、208）

前に、「いとらうたけならん人のつつ《（ゝ）》」ましき事なからんみつけてしかな」とある首尾なり、光君、夕顔上を」忘れがたくして末摘花を尋ね」出給へるは、前後此ねがひ有し故也、」扨、興言をかける作物語の趣向、寄妙〔ママ〕也、(上36ウ)』

42けにしなにもよらぬわさなりけり」　(29オ、224)

帚木巻品定に、「今はたた(ゝ)しなに」もよらし」などいへる詞を思ひ出て、げ」にと光君思ひあたり給ふ心也、但、こ」この心は、人は、只、身のもてなし、用意」専要なる教なるべし、たとへば、「学ざるときは公卿の子も庶人」となる」と勧学文にいへるも、(上37オ)』をのづから同意なるをしへにや、」

43あやしきことの侍るを」　(29ウ、224)

此段も亦興言ながら、身に応ぜぬ」贈物などせんは見苦かるべき事の」いましめ也、「貧き者は貨財をもて」礼とせず」と礼記にいへる思合すべし、」

(7)紅葉賀巻」

44人のみかとまておほしやれる御きさ(上37ウ)』き詞のかねてもとほほ(ゝ)えまれて」　(4オ、238)

ひとのみかどは異朝をいへり、藤壺の」御おぼえ、此時既に春宮の女御に」立まさりて后がねにおはせし有」さましられたる体也、果して此巻」の末にて立后の御事あり、物」がたりの作りざま優美にや、」

45例のうるはしうよそほしき(上38オ)』　(11オ、245)

葵上の有さまをいふには、必、うるはし」うとかけり、礼節ただ(ゝ)しきさまなり、」内に貞操有て、外に此行粧、をのづからある実の本台のさまを教」ゆるここ(ゝ)ろなるべし、」

46何ことかは此人のあかぬ所は物し給ふわ」か心のあまりけしからぬすさひにかく」恨みられ奉るそかしとおほししらる(上38ウ)』

（12オ、245）
光君の心にも、葵上のかたちあり」さまに不足はあらねど、あまりけしから」ぬ私意にひかれてとみづから」おもひしり給ふ、よに好色の人、なべて」此けしからぬすさびにて、はてには」身をそこなひ、国家をうしなふこと」のいましめなるべし、みづからけしから」ぬ悪行としらば、早くあやまりを（上39オ）』改めざるをろかさよ、」

47みやの御心のをにに（ゝ）いとくるしう」　（14オ、247）
わがあやまりをみづから知てそらお」そろしくおぼゆるを心のをにといふ也、」かく心にあやまつ事あれば、おそるまじき」人にをそれ、恥まじき所にはぢて、」顔かたちもゆたかならず、かやうにて」は何のたのしみかはあらん、平生を（上39ウ）』つつ（ゝ）しみて心にこころ（ゝ）よからぬ事な」ければ、誰におそれ、たれにかはぢ」侍らん、さてこそ花鳥風月もま」ことに愛すべく、鐘鼓管籥も誠」に楽むべけれ、あたら后の御位」にて、一念の御あやまりの故に御心の」をに、身を呵責し奉る事を書しる」して、貴きも賤きもつつ（ゝ）しむべ（上40オ）』きことはりをしめし侍るなるべし、」

48中将のきみおもての色かはる心ちして」おそろしうもかたしけなくも〔一字アキ〕　（16ウ、249）
是も」心のあやまりに、うれしくもめで」たくもおぼゆべきことをかへりて」おそれ給ふことのあぢきなさを」かきしるして、わづかのほどのみそ」かごとに一生の身のつつ（ゝ）がを忘る（上40ウ）』るおろかさをしめす物なるべし、」

49ゑゐしもはてすうつくしう」　（18ウ、251）
女のしふねきは人ににくさをまさら」せて益なきわざなるを、紫上の」怨じはて給はぬ本性をほめて、」かくかきて人を教ゆる也、かつ又、」紫上おさなくおはすよりかやう」にうらなくにくげなき心なり（上41オ）』しさま、後々まで、猶、有がたき」山口しるきさまなるべし、」

50物けなかりしほとをおふなおふな（〳〵）かく」ものしたる心を［一字アキ］（21オ、253）

此勅言、有がたき」御いさめ也、光君こそ好色に」ふける御くせにて心ゆかぬけしき」なりけるよしを書侍れ、世上の人は」よくよく（〳〵）思惟すべき所なるべし、（上41ウ）』

51みかと御としねひさせ給ひぬれと」かやうのかたはえすくさせ給はす」（21ウ、253）

父帝、色を重くし給へば、光君、亦」好色にふけりて、おやのおやと」いふばかりなる源内侍をもかかる（ゝ）」たはぶれ有しとの心をかきて、」上一人の御しわざ、下、万人のもと」となる事をいへりとしるべし、（上42オ）』

52としいたう老たる内侍のすけ」（22オ、254）

此内侍のすけのふるまひ、此物語の」興言に書て、すべて老女にもあれ、」老翁にもあれ、生得婬欲に」ふける人、よにおほからん、年齢に」似あはぬことは人のあざけり、」世」の笑草になる事、なべて源内侍」のたぐひなるべし、つつ（ゝ）しみ（上42ウ）』たしなむべきの教なるべし、」

53我としりてことさらにする也けり」りとおこになりぬ」（28オ、259）

若きほどは血気さかんにて、かり」の左礼わざにも、あやうきことを」かへりみず、かく太刀ぬきなどする」事あり、をこがましくかるがるしく（〳〵）」短慮なるしわざ、必つつ（ゝ）しみ思（上43オ）』ふべしとのいましめにかけり、始めは」たはぶれ事と思へど、おりにより」相手の心によりて、ひくにひかれぬ」事になることもあるべし、武士の」中にては必事となりぬべく、さら」ずは狂気の沙汰になりなん、とかく」に後悔のもととなるべき也、たとひ」当座にはことと（ゝ）ならでも、終に意趣（上43ウ）』のたねともならん、可慎、可恐、」

54七月にそきさきゐ給ふめりし」　（31オ、262）

桐壺巻に更衣の御愁傷の比、」こきでんの女御、ことにもあらず」もてけちてもてなし御遊びなどし給ひしを、帝、物しときこし」めしし其ゆくゑ、かく后宮を藤」壺に引こされしさま也、亦、慎思べ（上44オ）』きことど（ゝ）も也、」

(8)花宴巻」

55御心のうちなりけんこといかてもり」にけん［一字アキ］　（4ウ、270）

心のうちなる事は人しれぬ」事とおもへど、微よりあらはなるは」なく、隠よりあきらかなるはなし、」されば一念のうへにも悪事悪行」をおもふべからずとのいましめをふ（上44ウ）』くめし詞也、君子は独を慎むことは」りをおもふべし、「天しる、地しる、我」しる、汝しる」ともいへり、悪行をな」して人しらじと思ふ事はまことに」をろかなる人のしわざ也、」

56かたらふへきとくちもさしてけれは」　（4ウ、271）

藤壺の御かたの掟正しきさま也、」

57こきてんのほそとのにたちより（上45オ）』給へれは三のくちあきたり」　（4ウ、271）

悪后の御かたの心づかひのをろ」かにて、終に内侍のかみのあやま」ちいできたりしを、藤つぼにくらべ」かきて、人のいましめをかけり、」

58ふと袖をとらへ給ふ」　（5オ、271）

女の御身にてよるひとりありき」給ひしあやまちを書てみせたる也、(上45ウ)』女は燭をとらではよるありかず、あ」したに
つとめて道ゆかず、道の露」おほければなりといへりし故実を忘る」べからず、光君もかやうにて世の」中のあやま
ちはするぞかしと」おぼしながら、わが心をあざむき」て、かく此女君に逢給ひて、終には」此人ゆへに須磨のうら
みに身を(上46オ)』さすらへ給へり、われあやうしとお」もはんわざは早くやむべきとのいまし」めなるべし、」

59御かうしともあけわたして人々いて」ゐたり袖くちなとたうかのおり」おほえてことさらめきもて出たるをふさ」はし
からすまつ藤壺わたりをおほし出らる」　（13オ、277）
もて出てをごり花やかなる事を(上46ウ)』このむまじきいましめなるべし、前に、」「かたらふべき戸口もさして」といへる」
と、「三の口あきたる」などくらべ」かきたる首尾なるべし、」

(9)葵巻」

60心のすさひにまかせてかくすきわさす」るはいと世のもときおひぬへきこと也」　（3ウ、284）
心に敬の一字、をかで、私欲に(上47オ)』まかせて、好色のふるまひすまじ」きよしの御いましめ也、此物語、おも」てには
好色を書て、下にはいましめ」たりし心、是らの詞にて知べし、」

61かか(ゝ)る事を聞給ふにもあさかほの姫」君はいかて人に似しとふかうおほせは」　（4オ、284）
高きも賤きも光君に心をう」つさぬはあらぬに、朝顔の君は(上47ウ)』其かろがろ(〳〵)しき人なみにはあらじ」とおぼして、一生
難面《［つれなく］》てやみ給へ」り、貞節と淫媄とは心をたつる」とたてぬにあるをしへなるべし、」

62わかきものともゑひ過立さはき」たるほとの事はえしたため(ゝ)あへす」　（6ウ、286）

下部に酒のまする事は心する」こと、昔も今も大切のいましめ也、(上48オ)』花宴巻にも酔心ちやただ《(ゝ)》」ならざりけんと有、高きもくだ」れるも、酒の失、世に其ためし」同々にあり、夏の禹王の旨酒」をうとみ給ひしをはじめ、乱に」及ぼさぬ孔子の御こと、まして」飲酒の戒め、後の世までもいとおそ」ろし、紫式部の微意浅からぬわざ也、(上48ウ)』

63大将殿をそかうけには思ひ聞ゆらん」　（7オ、287）

葵上も大将の北方にあらずや、いかで」御息所にしもかくはの《(ゝ)》のしるらん、猶」又、こ《(ゝ)》こに大将の御事をかけていふ」べきわざなりやは、かやうのすぢなき」悪口も酔過たるゆへのよしに」書なして酒の失をいましむるならん、」

64つゐに御車ともたてつつ《(ゝ)》けつれは(上49オ)』ひとたまひのおくにをしやられて」　（7オ、287）

あふひの上の只今の威勢により」て、他のそしり、恨みをもかへりみ給は」ざりししわざ、かへりて御身のあだ」と成て、終に御息所の霊気の」愁にあひ給へる事を世々の」いましめにしるしてみせたる也、」

65みつからはさしもおほさら《[ママ]》めれとか(上49ウ)』かるなからひは情かはすへき物とも」おほいたらぬ御心をきてにしたかひ」てつきつ《(〳〵)》きよからぬ人のせさせたるならん」　（10ウ、289）

か《(ゝ)》かる中らひとは、本妻と思ひ人と」の中の妬みあるべき中也、かやうの」中には、猶、おとなしやかに情を」かはして、紫上の明石上、花散里」などへの心づかひのやうにあらま(上50オ)』ほしき物なるべし、御心掟にした」がひてといふは、下々の悪行雑言」は、主君の下知とにはあらねど、平」生の主君の心むけにしたがふ物なれ」ば、其とが、をのづから主君にも」のがれがたかるべし、かねて身を正」しくして仁義を心ざして下人」をも制し随がはすべき教也、(上50ウ)』

66はかなかりし所の車あらそひに」人の御心のうこきにけるをかの殿」にはさまてもおほしよらさりけり」　（15ウ、294）

細流、弄花等の抄にも、人の恨む」べき所をかへりみざるは悪き事」也、惣じて権門のかたには、不肖」の方の恨あるをばしらざる物也、」かやうの所を心をつくべしと云リ、（上51オ）』もしおもはずに、下人などの主を豪」家に思ひて、不肖の方へあぢ」きなきふるまひをなしたる事か、」もしは同輩の人に対してもよか」らぬわざせし事あらば、事により」てみづから其方へゆきむかひ、」又は人をつかはしても、わがしらざり」しことはりをのべつ《(ゝ)》、よくいひ（上51ウ）』慰めて、其下人をあるはをひうち、」あるはからめても、つみの軽重に」したがひてをこなふべし、是今の世」の定れる時宜とかや、」

67大殿には御もの《(ゝ)》のけめきて」　（14ウ、293）

「みそき川のあらかりし瀬に、いと《(ゝ)》」よろついとうくおほしいられたり」と」書はて《(ゝ)》て、其つ《(ゝ)》づきに葵上の（上52オ）』御物のけのさまを書出たるは、彼恨」のゆへとしらせん微意あるにや、」

68大殿には御物のけいたくおこりて」　（17ウ、296）

是はかの「浅みにや」の贈答あり、「お」ほろけにてや、此御返りをみつか」ら聞えさせぬ」との事有て、いと《(ゝ)》ど光君をおもふ心も切に、葵上の妬」さもまさりしより、御息所の（上52ウ）』霊気いたくおこり給ふさまのかきざ」ま也、前には、只、「御物のけめきて」」とかき、こ《(ゝ)》こには「いたくおこりて」」とかく筆力あさからぬ物なるべし、」

69との《(ゝ)》のうち人すくなにしめやかなる」ほとに俄に例の御むねをせきあけ」　（25オ、303）

油断のほどに物のけの取いれ」たる也、是、権門のふるまひの（上53オ）』失」をしめし、世のむくひある事を」をそるべきのいましめ也、かつ又、盛者」必衰、会者定離のことはりをしめ」して、菩提の縁となし侍るにや、」

70ほのめかし給へるけしきを心のをにし（こ）」るく見給てされはよとおほすもいとみし」 （30ウ、308）

霊に入給へる事を源氏に見知給へりと御息所の心の鬼に思ひ（上53ウ）』あはせ給へる、誠に面目もなき御」事なるべし、是、

斎宮に同道して」伊勢に下向の基なり、猶榊巻に委、」

71女君はさらにおき給はぬあしたあり」 （45ウ、320）

葵上の御在世にはさすがに紫上」の新枕はなかりし也、ぅせ給て後、」此事有て、其人ともよにしられ」給はで物げなきやうなりとて、（上54オ）』父宮にもしらせまいらせ給はんとお」ぼしなりたるは、野合ながら本台の」分にとおぼす心ぁればなるべし、」其おもむきに書なせる筆勢」こまやかなる物なるべし、」

⑽榊巻」

72そのの（こ）ちしもかきたえあさましき御心」はへをみ給ふにまことにうしとおほすこ（上54ウ）』とこそ有けめとしりはて給ぬれは」 （2オ、333）

よろつの哀をおほし捨てひたみちに」出たち給ふ［一字アキ］

葵巻に、「心をくらん」ほとそはかなき」とほのめかし給へ」るけしきなりし事の恥かしくい」みじきに、京には留りがたく思給ふ也、」

73院の御なやみ神無月になりては」 （12オ、341）

桐壺の帝、此巻にて崩御也、（上55オ）』うき世の生老病死は帝王も」のがれましまさぬことはりを示」す物也、但、仙院などにて此物語」を講ぜんには、ここ（こ）より「御位を」さらせ給ふといふはかりこそあれ［ママ・に脱歟］」といふまでをよみ侍まじくや、」

74おほやけの御うしろみをせさせんと」　（12ウ、341）
是、明石巻に、「おほやけの御後見を(上55ウ)』し、よをまつりこつへき人をおほし」めくらすに、此源氏のかくしつみ給ふ」事、いとあたらしう」などいへる所の微」意にて、桐壺巻に、おほやけの御うしろみ」をするなん、ゆくするゑもたのもしう」など有し所の首尾なり、」

75おほきさきもまいり給はんとするを」中宮のかくそひおはするに御心をかれ(上56オ)』ておほしやすらふほとに」　（13ウ、342）
弘徽殿は桐壺帝の御とぢめにも」あひ奉り給はぬさま也、かの桐壺の」巻に、事にもあらず、おぼしけちて」もてなし給ふを、いとすさまじく物」しときこしめすなどあり、弘徽殿」の御いきをひにほこり給ひて帝と」の御中もうるはしからざりし下心(上56ウ)』有て、終に其御ありさまも首尾」よからぬさまにかきなせる文勢、奇」妙にや、」

76おほちおと(ゝ)いときうにさかなう」　（14オ、343）
寛順大度の器にあらざりしさ」ま也、此おど(ゝ)、学問もさしてこのみ」給はず、をごりほしいまま(ゝ)なる本性」におはしけれど、幸にこきでんの(上57オ)』父、朱雀院の外祖の故に、世の政」をとりをこなひ給ふさまなり、」

77いとしのひてかよはし給ふことは猶」おなしさまなるへし」　（16ウ、345）
朧月夜の尚侍、貞節の心なく、」帝の寵をかうぶりながらあるま」じき御事なり、光君も此人により」て、一旦、左遷し給へり、帚木巻に、(上57ウ)』「何かしかいやしきいさめにて、すき」たはめらん女には心をかせ給へ、あや」まり[ママ]て見ん人のかたくなな(ゝ)る名」をもたてつへき物也」と左馬頭の」いましめ、よろづの教にわたるべし、」

78こひめきみをひきよきて此大将の」君に聞えつけ給ひじ御心を」　（17オ、346）

桐壺巻に、葵上を春宮より御(上58オ)』けしき有けるをおぼしたゆたふ」ことありけるは、「此君に奉らん」の御心也けり」と有て[ママ]ことなり、」此宿意を悪后の忘給はぬゆへ、」さまざ(〳〵)ま、世のさはぎとなりて、終に」御身のためもよからざりし、世人、」旧悪をおもふまじきのいましめ成べし、」

79こあまうへの御いのりのしるしと(上58ウ)』　（18オ、347）

仏神に信心あるべき事の世人」の教なるべし、明石の入道のこ」と、玉かづら尚侍の初瀬まうで、」光君のさまにて[ママ]住吉へ御祈願」など、みないちしるきしるし有」さまをかきたる、心をつけ侍るべし、」

80かやうの事につけてももてはなれ」つれなき人の御心をかつはめて(上59オ)』たしと思ひ聞え給ふ物から」　（21オ、349）

すきたはめる朧月夜にかたくな」なる名をながし給はんとするから、」藤壺のつれなき御心を感じ」給ふ也、かの左馬頭のいましめを」誰もおもふべしとの微意にや、」

81おほしいたらぬことなくのかれ給ふを」　（22オ、349）

朧月夜の遠慮おはしまさざ(ゝ)(上59ウ)』りしにあはせて藤壺の御心」深かりけるさまをかけり、院」おはしまさぬ世には其憚もなく、」をのづからあこぎの網のたび」かさなるべければ、必、うき名、世に」ながれて、光君のため、わが御」ため、ことには春宮の御ためまで」あぢきなかるべきに、かく色々に(上60オ)』のがれ給ひて、終に此後、御対面な」かりし故、世の聞えを一生のがれ」て過し給へる事を書て、世人に」も見知せたる心なるべし、」

82そむきなんことをおほしとるに」　（27ウ、354）

藤壺、よの常のさまにておはしま」せば光君の心ざしやまず、やまぬに」したがひ給はば(ゝ)うき名あぢき(上60ウ)』なかるべし、したがひ給はずば光君」もし難面にうむじて道心などあらん」に、又春宮の御うしろみなくてあぢ」きなからん、とにかくによの常にて」は有がたき御身なれば入道せさせ」給はんと思ひとり給へるかしこき」女心のさまを書て、世人に思ひと」るべきときはおもひとるわざ(上61オ)ぞ』と見ならはすためなるべし、前に、」「大后のあるまじき事にの給ふ」なる御位をもさりなんと漸々」おほしなる」と書て、戚夫人のこ」となどおもひあはせ給ひて、」御身をうとましう、ただ(ゝ)よのつね」にては過しがたき物に思ひ給て、」発心をおぼしとりしさまにかき(上61ウ)』なせる、哀をつくせる文章にや、」

83六十巻といふふみよみ給ひおほつか」なきところところ(〳〵)とかせなとして」　(32ウ、358)

光君、おさなきよりわざとの御」学問はさる物にて、万の事をま」なびきはめ給ひ、世をまつりご」たんにもおさおさ(〳〵)憚りあるまじと」故院もの給ふほどなれば、治国平(上62オ)』天下の道のまなびはおぼつかな」かるまじ、其上に、只今、よに用られ」給はず、閑寂のほどに天台の六十」巻をもよみ給ふ、まことの世のか」ためなるべき器におはしける」有さま也、亦、人の教なるべし、」

84文の道のおほつかなくおほしめさる」る事ともなととはせ給(上62ウ)』て　(35オ、361)

朱雀院も春宮におはせしより」才すぐれさせ給へるよし、花宴巻」にみえたり、然るに光君に猶と」はせ給ふは光君の広才のさまの書」ざま也、天下を治め給ふ君も臣も」学問を御心にかけさせ給ふべしと」の教にかけるにや、宮殿のうち」に富貴を極めおはします御身(上63オ)』は、ただ(ゝ)栄花にのみほこり、極楽」にのみかか(ゝ)づらひて、学問に御身を」くるしめおはします事はこのませ」給はぬ事なるべし、然ども文学な」くては、おごりをのみきはめて、民の」愁へ、国のそこなはるる(ゝ)をもしらせ」給ふまじくは、尭舜の道に疎く、」桀紂が暴に近きわざなれば也、(上63ウ)』

85白虹日をつらぬけり太子おちたり」　(36ウ、362)
是、冷泉院、東宮にておはします」を太子丹になぞらへ、光君を荊軻」にたとへし此詞に、光君を讒し、」みかどをかたむけんとし給ふにしな」すべき悪后の心がまへみえ侍る書さま也、」

86いつこにもけふは物悲しうおほさるる(ゝ)」ほとにて御返あり(上64オ)』　(39オ、364)
常には藤壺の光君へ御返事な」きこと、しられたる心なり、」

87又いたつらにいとま有けなるはかせとも」　(48オ、372)
此詞にて、朱雀院のおほぢおとどの(ゝ)」まつりごち給ふ世には学文はやら」ざりけるさま也、紀伝、明経等の」博士、いたづらに隙なりしなるべし、」

88文王の子武王のおとうと(上64ウ)』　(51オ、374)
光君を周公にもなぞらへてかき」たるよし、諸抄にいへるは、是らの」詞、須磨巻などによりて也、又、須」磨、明石の巻に風雨雷電をかき」て、周公旦の東都におはせしに」准じてかくべき微意なるべし、」

89例のめつらしき隙なるをと聞えかはし」給てわりなきさまにてよな(〳〵)対面し給(上65オ)』　(51ウ、374)
好色にふける人、はじめは人めをも憚、」後の聞えをもつつ(ゝ)しめども、つのりて」は、其憚、つつ(ゝ)しみを忘て、度かさなり」もてゆくに、終に身をほろぼすに」いたる事をいましめんとて此尚侍」の有さまはかけりとしるべし、」

(11)花散里巻」

90いかなるにつけても御心のいとまなく（上65ウ）』あだなる心に任て、思ひ人おほく」かか《（ゝ）》づらふ人の、却て身の苦しみ」なる事を書て好色を戒めたり、」　（3ウ、388）

⑿須磨巻」

91いちはやきよのいとおそろしう侍る也」　（5ウ、397）
悪后、父おとど《（ゝ）》の御心、きうにおは」しける事有し首尾也、悪后、仁愛」なき心に任給ふ世の有さまをいへる也、（上66オ）』是亦、政道のいましめを書なるべし、」

92たか《（ゝ）》く思ひかけぬつみにあたり侍るも」思給へあはする事の一ふしになん」　（16ウ、408）
藤壺と密通の恐なるべし、此次」に院の御陵にて、「有し御面影」さやかにみえ給へる、そそ《（ゝ）》ろ寒き程」なり」とかくべき微意也、光君、平生の」恐れなりし心ばへをかける、可付心、（上66ウ）』

93位なき人はとてむもんの御なをし」　（11ウ、403）
公儀を恐給ふ礼儀なるべし、此巻、」仁義五常、朋友の中らひ迄いへりと」［ママ］泯江入楚にも云る、可付心也、称名院、」源氏物語を盛者必衰の心にて見」よと也と孟津抄にいへる、さる事にや、」先、源氏君の御有さま、偏に盛者必」衰也、頭中将、すまへおはせしは朋友（上67オ）』の中らひの有がたきさま也、「此御」いたはりにかか《（ゝ）》らぬ人なく御徳」を悦はぬやは有し」などいへる、」光君の仁なるべし、恩賜の御衣を」身にはなさず、朱雀院の御こ」とを忘給はず、帝も源氏の御」事を其人のなきこそさうざう《（〳〵）》」しけれなどの給ひし事、須磨へ（上67ウ）』御供の惟光、義清、右近のぞう」などの事どもは、君臣の義ある」なるべし、其外、ことごと《（〳〵）》くいふに」及ばず、此巻のさまにみえたり、」

94あこの御すくせにて覚ぬ事の有也」　（42ウ、430）

明石の入道、夢を頼む事あり、」かつ又、住吉に立願有て明石上の」よき縁をねがふに、其願、成就の時(上68オ)』至ると悦ぶさま也、若紫より」若菜巻等、皆、其心をかける」物語の筆法、寄[ママ]也、若菜巻に、」「かか(ゝ)る願[ママ]有てあなかちには望」しなりけり、よこさまにいみしき」めを見、たた(ゝ)よひしも、此人ひとり」のためにこそ有けれ」と、光君、思ひあはせ給へる事、其首尾也、(上68ウ)』

⑬明石巻」

95猶これよりふかき山をもとめてや」　（2オ、441）

すまの巻に、此すまゐたへがたく」おぼしなる事を終りに書て、」山居をやせましなどいひ、とにかく」くにさまざま(〳〵)此浦に住うき事」の侍るは神のしわざにて、明石へ」おはしまさせんためとみゆ、故院(上69オ)』の御夢にみえさせ給ふ所にも、」住吉の神のみちびき給ふまま(ゝ)に、」はや船出して此浦をさりねと」の給はするも其心なり、」

96いぬるつゐたちのゆめに」　（9オ、447）

これも住吉の示現なるべし、」

97月日のひかりを手にえ奉りたる」　（12オ、449）

入道の明石上をまうけし時の(上69ウ)』夢に、月日を手にささ(ゝ)げしと」見し事、若菜上巻にあり、これ」光君に明石上をあはせ奉て」明石の中宮をまうけ、其みこに」春宮あるべき瑞夢也、然るに、」とし比の所願かなひて、今、光君」のおはしますに、すでに其瑞」夢のしるしある心をいふべき(上70オ)』ためなり、日は天子の象、月は后」の象なればなり、」

98せきへたた《(ゝ)》りては」
須磨はむかし関所なれば也、」（26ウ、460）

99みかとの御夢に院の帝おまへの」（27オ、461）
御はしのもとにわたらせ給て、」前に源氏の夢にも、「かか《(ゝ)》るつ」ゐてにたいりにそうすへきこ」(上70ウ)』とあるによりてなん」
と、桐壺の」帝、の給ひし首尾なり、」

100源氏の御ことと《(ゝ)》もなりけんかし」（27オ、461）
榊巻に、桐壺帝の御遺詔に、」「大将の御事侍つる世にかはらす、」大小の事を隔てす、何事も御」後見とおほせ」と朱雀院へ仰せ」られ、又、「其心たかへさせ給なと、哀なる(上71オ)』御ゆいこんともおほかり」とあり、」帝は光君を此御遺言のごとく」におぼしめせども、悪后のしわざ、」あぢきなくおはせしに、母君の御」事をさすがに背かせ給はぬゆへ、」故院の御遺詔にをのづからたが」はせ給へば、御けしきあしうてにら」み給ひなどせしなるべし、いま、(上71ウ)』「源氏の御事ともなりけんかし」と草子地にいふは其心を云也、」

101きさきに聞えさせ給けれは」（27オ、461）
これらの詞にて、源氏の解官は帝」の御心ならず、悪后のはからひな」ることをしらする詞也、此次に、「后」かたういさめ給ふにおほしはか《(ゝ)》る」などいへるも其心也、榊巻にも、(上72オ)』「帝は院の御遺言たかえす哀に」おほしたれと」とあり、「母后、おほ」ちおとと《(ゝ)》、とりとり《(〳〵)》にし給ふ事は」えそむき給はす、世の政、御心に」かなはぬやうなり」
とあり、」

102 おほやけの御うしろみをし世をまつり」こつへき人をおほしめくらすに」（35ウ、468）

榊巻、桐壺帝の御遺詔の首尾（上72ウ）』也、ことには桐壺巻、おほやけの」御うしろみとなるなん、行末もた」のもしき事とおぼして、いよい《(〳〵)》よ、」みち《(〳〵)》みちのざえをならはし給ふと」ありし首尾なるべし、」

103 色々の願はたし申へきよし御使して」（43ウ、475）

水尾尽巻、住吉詣有べき微意也、」

104 十五夜の月おもしろふ静なるに（上73オ）』昔の事、かきく《〔ママ〕》つしおほし出られて」（45ウ、476）

須磨巻、八月十五夜の所の、「殿上の」御あそひ恋しく」など有し所に、「其夜、」うへのいとなつかしう昔物語なとし」給ひし御さま」など有し其時の」事を朱雀院もおぼし出らるる《(ゝ)》成べし、」

(14)冷標巻」

105 物思ひしられ給ふまま《(ゝ)》になとて我心（上73ウ）』の若くいはけなきにまかせて」（4オ、484）

さしも好色なりし朧月夜尚侍も、」年たけて物思ひ知給ふては若かり」しほどのしわざを後悔し給へり、世」上のわかき人々、かねて此事を覚《〔ママ〕》語してわかげに任せたるふるまひせ」ざれとの微意なるべし、」

106 御国ゆつりの事にはかなれ（上74オ）は』（4ウ、485）

かねて御沙汰あらば、悪后、必、さま」たげ給べきによりて、とくおぼし」をきたる事なれど、忍びこめ」させ給ふ事をこめたる詞なるべし」

107 太政大臣になり給ふ」（6オ、486）

令云、「太政大臣一人、師範一人、儀形」四海」云々、有徳の人をえらびて任」ぜらるる《(ゝ)》官なり、(上74ウ)』

108わかきみの御めのとたちさらぬ人々も」年比のほとまかてちらさりけるは」　（6ウ、486）

零落のほどをみとど《(ゝ)》けたるに恩」賞ある也、君臣の中にかぎらず、」夫婦朋友の間にも心短くたの」もしげなくはあるまじき事と」のいましめとしるべし、」

109此ほとすくしてむかへてんとおほして(上75オ)』東院いそきつくらすへきよし催し」　（9オ、488）

此院、明石上をを《(ゝ)》き給はんの心がまへ」なりしとみゆ、然ども、明石上は母」の古郷、大井に在しにうつろひ給ひ」けれぱ、此院には花散里住給ふ也、」

110忍ひまきれておはしまいたり」　（9ウ、489）

此乳母、さすがに宰相のむすめな」れば、ただ《(ゝ)》に明石浦にはおもむくまじ(上75ウ)』くやと、光君、おぼして、みづからおは」して其人がらをもみ給ひ、かつは猶豫」すらん心をも取定め給はんためなる」べし、伊尹が湯王につかへ、諸葛が三」顧に答したためしをおもふべし、」

111つのくにまては舟にてそれよりあな」たは馬にていそきつきぬ」　（11オ、490）

津の国よりも舟にてもゆくべ(上76オ)』けれど、波上をおぼつかなくおぼ」す心なるべし、是も姫君を大」切におぼしめす故なるべし、」

112はらたちなし給ふ」　（14ウ、493）

紫上の物えんじ給へるさまを」いふ也、すべて女の嫉妬はさまあ」しくにくげなる物なるを、中中《(〱)》、」愛敬づきてはらたちなし給ふ(上76ウ)』と也、帚木巻に、「すへて万の事、な」たらかにえんすへきことをは見し」れるさまにほのめかし、恨へからん」ふしをもにくからすかすめなさは、」それにつけても哀まさりぬ」へし」といへる、女はよく思ふべき事にや、」

113 あたあた《〱》しきすちなとうたかはし」き御心はへにはあらす(上77オ)』　（18オ、496）

花ちるさとは顔かたちはよからね」ど、貞節にて長閑なる心ばへな」れば、紫上、明石上などのなみに」六条院の四町にも夏の御かた」とて夕霧の養母などにておは」しける、女は貞節をもとと《ゝ》す」べく、のどやかなる心ばへなるべき教」なるべし、美目かたちは次とすべし(上77ウ)』

114 中中《〱》いとおしけなるを人もやすからす」聞えけり　（20ウ、498）

一旦の威勢にほこりて因果の」理をもわきまへ給はぬをそしり」申せし詞也、世人のいましめ也、」

115 おかしきことも物の哀も人からこ」そあへけれ　（26ウ、503）

遊女のよしめきあへるも光君の(上78オ)』風流にはかなはずして御心とど《ゝ》」め給はず、うとみ御覧じたる心也、」上達部といへど遊女にめとど《ゝ》め」給ふをそしりて、光君の好色第」一にてかくある事をほめたる詞」なり、高きもいやしきも是に」まよふことのをろかさをいましめ」たりしに心をつくべし(上78ウ)』

⒂蓬生巻」

116 いけるよにしかなこりなきわさはいかか《ゝ》せん」　（4ウ、521）

父母の旧宅をかろがろ《〱》しく人に」はなちやり給はぬをほめし詞也、」

117 なき人の御ほいたかはんか哀なる事」との給ひてさるわさはせさせ給はす」（5オ、521）

父母のしをき給へる調度を沽却」せんことを悲しきことにし給ふさま(上79オ)』也、さるわざとは売給ふ事を云也、」此二段、末摘花の貞心にてまづしく」ても親の家財をかろくせぬ御心」ざまをかきて、此心より源氏を待」給ひて他にうつる心もましまさず、」終に時節を待得給へる事を」かきて世人の教をかく也、世のあさ」はかなるひとの、あだなるわざに(上79ウ)』貨財をついやして、はては父母の」古物を市にひさぎ、重代の家を」人のものとなす不孝、不義、いはん方なく、天罰、神罰、いかでのがるべき」を、それつつ(ゝ)しむべき物なるべし、」

118 ことよかる」（9オ、525）

「好言〔ママ〕令色鮮矣仁」と論語にいへる」詞にてかけるなるべし、此おばの心(上80オ)』ざま、しわざ、無礼、不義、みる人、きく」人、ことににくまれぬべし、人ににくま」れ、人によみせらるる(ゝ)も、ただ(ゝ)わが心」の人やりならぬしわざとしりて、」たしなみ、つつ(ゝ)しむべきことはりなるべし、」

119 わか心もてはかなき御てうとともな」ともとりうしなはせ給はす」（11オ、527）

此「てうとと(ゝ)もなとも」といふに、前の(上80ウ)』詞の、「御家居も有しより、けにあさ」ましけれと」と(ゝ)いふをうけて、家をも」うしなひ給はぬ心をこめたり、さて、」前の、「名残なきわさはいかか(ゝ)せん」、「さる」わさせさせ給はす」といへる首尾を」かく也、前は猶大かたの貧しかりし」ほどのさま、ここ(ゝ)は極りて乏しきさ」まになり給ひても、猶、「心つよ」「心つよく(上81オ)』おなしさまにて念し過し給ふな」りけり」とかける筆力有て哀也、」知仁勇の勇のこころ(ゝ)にて、「心つよく」と書たるべし、松柏の年の寒き」に其みさを(ゝ)をあらはすたぐひ、」君子の貧賤に素してをこなふと」いひ、つねの座なきにもつねの心を」うしなはざる士の有さま、誰もおもふ（上81ウ）』べき所なるべし、」

120よきくるまにのりておももちほこりかに」　（12ウ、528）

師説云、「まつしき所なとへほこりかなるさ」まにて入くるは礼にたかふ心也、心浅き」人のするわさ也、礼記内則ニ、『適〔ママ〕子庶」子、祇事《ツツシンデツカフ》ニ宗子宗婦一ニ、雖ニ貴富一ト、不《ズ》下敢《アヘテ》以ニ貴富一ヲ入中宗子之家上ニ、雖レ衆《ヲヲシト》ニ車徒一」舎《ヲイテ》ニ於外一ニ、以ニ寡約一ヲ入ル、〔ママ・中略アリ〕不下敢テ以ニ貴富一加《ヲシノカ》中於（上82オ）』父兄宗族上ヲ』」、在湖月抄、

121かくはるかにまかりなんとすれは」うしろめたくあはれに覚え給ふ」　（14オ、529）

前に、「ことよかる」とありし首尾なり、まことの心にてかくいはゞ」哀深かるべき詞ながら、をのがむ」すめどもの後見などにと思ふ」内心にてうはべばかりにいふなれば（上82ウ）』聞からににくゝ侍るべきを、「いと」嬉しき事なれと世ににぬさま」にて何かは」などおいらかにいらへ」給ふ末摘花の本性、かく人にくから」ぬゆへ、光君もあはれみおぼし」たるさまの草子の文躰、偏に」世人のをしへにや、」

122心はへなとはたむもれいたきまて（上83オ）』よくおはする御ありさまに」　（25オ、540）

彼大弐北方に、「いとうれしきこと」なれと」などいらへ給ひ、侍従が故まゝ」のいひ置し事をもたがへで、見捨」まいらするにも、わが御ぐしの九尺」あまりのかづら、くのえかうなどつ」かはして、「年へぬるしるしみせ給」などの首尾にかける詞なり、（上83ウ）』

123かの大弐の北方のほりておとろき」思へるさま侍従かうれしき物の」いましはしまち聞えさりける心あ」さゝをはつかしうおもへるほと」　（26オ、540）

零落の人をあなづり、わがすこ」しのいきをひにほこるまじきいま」しめ也、かつ又、侍従がさまは、末摘」花の心つよく貧窮に堪忍び給へ(上84オ)』る心にはかはりて、たのもしげなき」後悔を書て、又世人の教とする也、」

⒃関屋巻」

124むかしわらはにていとむつましうらう」たき物にし給ひしかはかうふりなと」えしまて此御とくにかくれたりしを」おほえぬ世のさはき有しころ物」の聞えにははは(ゝ)かりてひたちに(上84ウ)』くたりしをそすこし御心をきて」　（4オ、548）

小君、光君のさまざ(〳〵)まの御恩を忘」て世になびきて常陸に下りし」を、聊疎みおぼしめすと也、師説云、」「小君が源氏の君にみやづかへせしは、」空蝉に媒の故にむつましかりし」まことの忠義の心にあらねば、」終にすまの御難を見とど(ゝ)け(上85オ)』ざりし也、右近のぜうが妻子をすて」官をとけて御供せし志とははる」かにかはれり、世に便佞のともがら、実なき追従にてさいはいに」近習のむつびをなす者、いづれも」小君がたぐひなるべし、これを」ならべ記して君臣の道の心ば」せのいましめとするなるべし」(上85ウ)』、

125ようなきことと(ゝ)おもへとえこそ聞え返さね」　（5オ、549）

小君、おさなきほどはさもあるべし、」成長のの(ゝ)ち、姉に不義の使するを」用なき事と思ひながらも諂ひて」え辞退申さぬは自欺くなり、」更に誠意のわざにあらず、かく」まさなき者なればすまの御供」をもにげのがれしなるべし、其人(上86オ)』となりを各々書わけたりし紫」式部の筆法、奇妙にや、」

126かうちのかみのみ昔よりすき心有て」　（6ウ、551）

帚木巻に、「きのかみ、すき心に、この」まま(ゝ)母の有さまをあたらしき」物に思ひてついそうしよる心な」れは」と

あり、此紀伊守がまめなら」ぬ心ゆへ、空蝉をただ《（ゝ）》よはして親《（上86ウ）》』のいよの介が遺言をやぶり、かくあ」さましき心ばへを書しるして」末代の継子のいましめとする也、」

127のこりの御よはひはおほく物し給ふ」らんをいかてかすくし給ふへき」　（7オ、551）

はじめ情がりける心ばへも実の」心にあらず、懸想の故なれば、ここ《（ゝ）》に」いたりて親の遺言をもまもらず《（上87オ）》』見捨るしわざ、情なく、人倫の大道」すたれて禽獣の有さまにに《（ゝ）》たり、」あいなのさかしらやとそしりて」人の教とする也、」光君、好色にましますゆへ、家司の」河内守もかくのごとし、惟光もくま」なきすき心有て、ありかさだめ」ず忍びありきして何がしの院《（上87ウ）》』にてのめしにもはづれ、不忠の有さま」あり、良清も亦、入道の遺言破り」つべき心有とみゆ、かみを見ならふ」下なれば、一人貪戻にて一国乱を」をこすといへり、人のかみとしては」身をつつ《（ゝ）》しみて恭以しもに向ふ」べきのいましめをふくめる、これ、この」物語の微意なるべ《（上88オ）》』し、」

(17)絵合巻」

128御むすめにきしろふさまにて侍ひ給ふ」をかたかた《（〳〵）》にやすからすおほすへし」　（6ウ、560）

権中納言の例のいどみ心也、君子」は争ふ所なしとこそ論語にも」侍れ、亦、人の教也、ゑ合あるべき」根ざしなり、」

129さらにえ見奉り給はぬを《（上88ウ）》』　（7オ、561）

秋好のおもおも《（〳〵）》しき御さまをい」へり、まことの后がねなる御」ありさまをかけるなるべし、」

130又こなたにても是を御らんする」に心安くもとりいて給はすいと」いたくひめて此御かたにもてわた」らせ給ふをおし　（8ウ、562）

みらうし給ふを」

此こきてんの御心むけのひと(上89オ)』こと、よろづにわたるべし、いとせば」く、おとなしからず、人よりさきに」まいり給へど立后なかりしはかやぅ」のゆへとみゆるありさま也、」

131長恨歌王昭君などやぅのゑは」おもしろくあはれなれとことのいみ」　(9オ、563)

細流云、「唯今事の始なる故に」斟酌ある也、何も不吉なれば也(上89ウ)』かやぅの事いかにも心づかひある」べき事と也、いはふべき折ふし也」、

132よはひたらてつかさ位高くのほり」世にぬけぬる人のなかくはえたもた」ぬわさなりけり」　(23オ、574)

河海云、「後漢書云、『位」高ケレバ身危シ、」財」多ケレバ命」殆《アヤウシ》』云々、みつればかくることはり、人、つ(ゝ)しみ思ふべき所也(上90オ)』「功」成名遂テ而身退クハ者天之道」也」老子経、此いましめ、忘るべからず、」

身退く道はしれともむさしのや」のかれすむへきやましなければ」

133中比なきになりてしつみたりし」うれへにかへて今までもなからふる也」　(23オ、574)

前に、才学、「いたうすす(ゝ)みぬる人の」命、さいはいとならひぬるはいとかた(上90ウ)』き物」といへるにかなへり、「万事に」可思之」と細流にいへり、」

⒅松風巻」

134此わかきみの御おもてふせにかすなら」ぬ身のほとこそあらはれめ」　(2ウ、579)

明石上、受領のむすめなれば、この」遠慮、常にあり、此姫君を後は」紫上にまいらせて養子とせし其(上91オ)』機、すでにここ(ゝ)にあり、」

135御なをしめしいて《(ゝ)》たてまつる」　（15ウ、590）

礼儀を人に教る心ばへなるべし」且又、わか紫の巻にも、「母こそゆへ」あるへけれ」といへり、此大井の古郷、」兼明親王の事とみゆ、しかれば」此宮のむすめに准ずべきよし、弄」花抄に有、其故に愛敬し給へるにや、（上91ウ）』

136御寺にわたり給て月ことの十四五日」つこもりにをこなはるへき」　（16ウ、591）

富貴権威の御身に菩提を忘れ」給はぬさま也、須磨にても御精進」にて、「釈迦牟尼仏弟子」との給へり」、人として仏道にいれば、慈悲深く、歎」あさく、無益の殺生をなさずかし」、かつは現世安穏の祈禱、又は後生（上92オ）』善所の功徳、いとめでたし、国家を」おさめ、民を撫るたよりもとを」からず、むかしより、貞観、寛平の」明君、大職冠、淡海公等の賢臣を」はじめ、武家には鎌倉大将、最」明寺等の名将、みな仏を信じ給へり」、故ある事と知べし、」

⒆薄雲巻（上92ウ）』

137あまきみおもひやりふかき人にて」　（4オ、604）

松風巻にても、光君、御直衣奉り」など、愛敬の御気色有しも、かく」かどある所有てよのつねの女性」にはあらざりしさま也、此明石上への」異見のさま、言々、皆道理あり、ただ《(ゝ)》」ありの、舐犢の愛、姑息の養ひ」にのちせをかへりみぬ女のたぐひに（上93オ）』はあらぬさま也、此姫君を紫上に」まいらせしゆへに、光君の明石上を」憐みおぼす心もまさり、紫上の御」妬みもうすくなりて、後までも」明石上に御心よせことなりし光」君への御恨みもはれて夫婦の御中、和合せり、まして姫君の御ため」にも御袴着、入内、立后のほどま（上93ウ）』でに疵なき玉のごとくなりし」諸方安全の思ひやり深き様なるべし、」

138 女もかか(ゝ)る御心のほとを見しり聞え」て過たりとおほすはかりのことはしい」てす又いたくひけせすなとして御」心をきてにもてたかふ事なく」　(14ウ、613)

光君、をしなべてのやうにはもてな」し給はぬほどを、明石上、見知まいらせ(上94オ)』て、よのつねの女ならば其愛に乗じて過分のふるまひもあるべきに、」さはなかりし有さま、是亦、世の人」に見習せんの心にてかける也、さり」とていたく卑下したらんもかく」もてなし給ふ御心にたがふべし、」よきほどをはからひて光君の御こ(ゝ)」ろをきてにたがはぬさま、これ、(上94ウ)』男女の間のみならず、君臣の上にもお」もふべきをしへにや、」

139 其ころおほきおとと(ゝ)うせ給ふ」　(15オ、613)

微意あり、おくに委記す、」

140 おほやけさまに物のさとししけく」のとかならて〔一字アキ〕　(16オ、614)

光君は冷泉院の」実父にておはしますを、帝、」しろしめさで臣下とし給へるを、(上95オ)』天にとがめて天変しきりに」さとししめすさま也、上一人より、下、」万民まで、親を敬せずはあるべから」ずとの教を書也、みそか事の」父子の間にて聊もしらせ給はで」さへ仏天のとがめあり、いはんや」よのつねの親子の中に敬せ」ず、不孝のわざあらば、いかで天罰(上95ウ)』をまぬかるべき、をそれつつ(ゝ)」しむべきのいましめなるべし、」

141 いよいよ(〱)御かくもんせさせ給ひつつ(ゝ)」　(27オ、623)

朱雀院の御代におほぢおとど(ゝ)、」文才うとくおはせしにかはりて、」当代には常に文学をつとめた」まひしさま也、弥といふに心を付べし、」

142秋のつかさめしに太政大臣に成給ふ(上96オ)』　(27ウ、623)

まへにおほきおとどの(ゝ)うせ給ふこ」とを何となく書いでたるは、ここ(ゝ)」にて光君をたふとみて高官」になし給ふべき事をかくべき微意」なるべし、作物語のかきざま、寄妙［ママ］」にや、是は先、有増にて、実は乙女」巻にて任じ給へり、」

143前栽ともこそのこりなくひもとき(上96ウ)』　(30オ、626)

折節の景気を何となくいひ出給へる」も、つきづき(〳〵)しきのみならず、野宮の」事などいひ出給はん便りも面白く、」ことにはおくに春秋の勝負を」いどませまいらせて秋好むの御」心を見給ふよしを書て、乙女巻に」至りて、六条院に四まちをしめ」て四時の興をつくりなし給ふ事(上97オ)』をかくべき微意なるべし、」

144いつかたにか御心よせ侍るへからん」　(33オ、628)

三光院説云、「此段、こてふの巻と野」分巻とを書出べき序とみえたり」、」

145はかなうきえ給ひにし露のよすか」にも思給へられぬへけれ」　(33ウ、628)

秋好の御母御息所のうせ給へる事」秋なれば心よせあるよし也、大事(上97ウ)』なる返答をかくいひなせる殊勝」也と細流の説也、予案、斎宮女御」徽子のうたに、「袖にたに秋の夕は」しられけりきえし浅茅の露」をかけつつ(ゝ)」新古今といふあり、これ、」村上天皇をおぼしめす心也、此秋好を」斎宮と申せば此詞も比してかき」つらねたりとみゆ、餘情幽玄にや、(上98オ)』

146しのひかたき折折(〳〵)も侍しと聞え給ふ」　(33ウ、628)

光君、実には斎宮ををかしまい」らせんの心はあらぬよし、物がたりに」みゆ、然ども好色の人のくせにて」かくたはぶれごとの給ふさま也、この」次に、「かうあなかちなる事に」むねふたかるくせの猶有けるよ」と、我なからおほししらる、是は(上98ウ)』いとにけなきこと也」などあり、」

⒇朝顔巻」

147宮わつらはしかりしことをおほせは」御返りもうちとけて聞え給はり[ママ]」　(2オ、639)

あさがほの斎院也、一生源氏君」に難面《つれな》きさまにて過し給へり、」人は心ざしを立べきいましめに」て書也、あまたの御かたがた(〳〵)、源氏(上99オ)』にはみだり給へりしに、一人、此斎」院のみ人に似じとおぼしさだ」めしとなり、」

148さすかにしたつきにてうちされんと」は猶おもへり[一字アキ]　(14オ、649)

源内侍、今尼になり」ても猶生得の好色のくせやまぬ」さま也、いとみぐるしき有さまを」興言にかきて、老人の心づかひ、(上99ウ)』いましめとするなるべし、」

149まいてうちあたけ過たる人の年つも」りゆくまま(ゝ)にいかにくやしき事多からん」　(22ウ、656)

若きほど、物の心も深くしらず、世」のあざけり、何かをも顧《カヘリミ》る遠慮す」くなきほどのすさびに、好色の」人の、わがあだし名を流すのみな」らず、人の名をもくだして、年より(上100オ)』て後、まことの智出来て悔しき」ことおほきよしをかきて、人の平」生をたしなむべきいましめを云なる」べし、」

150もらさしとの給ひしかとうき名の」かくれなかりけれははつかしうくるしき」めをみるにつけてもつらくなん」　(24オ、657)

薄雲女院、夢にみえて光君に(上100ウ)』恨み給ふ詞也、もらさじとちかへる」ことも、我しる、汝しる、をのづからよに」隠れなき物なれば、心中になす悪」念も終にはもるる(ゝ)習ひとしりて、」かねて正心誠意の修行をこたる」まじきわさ也との教なるべし、下賤」の人とても、すこし志をたて身を」もたてんと思はん人は後名を恥べき(上101オ)』に、悪念をひるがへして内にかへりみて」やましからぬやうにあらまほし、まし」て高貴の人、自棄して放埒すべ」からず、必、後悔すべし、後悔の期に」至りては千たびくひてもかひなし、」かねて覚悟してつつ(ゝ)しみをそる」べきわざ也、(上101ウ・第一冊了)』

(21)乙女巻」

151此巻はじめに薄雲女院の御」はての事、朝顔斎院、御染服」の事など有て、次に夕霧の」元服のこと、入学のこと等を」かけり、光君、今の御威勢にて」一子の官位、心のまま(ゝ)にあるべき」を、態、六位になして大学の道(中1オ)』にいらしめ給はんとの事をかき」て、万人の教、子を養ふ道の」本意なるべき心ばへをかけり、」柳屯田の勧学の文に、「子を教ふ［ママ］」には、必、教ゆ、教るときはすな」はちかならずをごそか也、をごそ」かなるときは、必、勤む、つとむる」ときは、必、なる、学ぶときは庶人(中1ウ)』の子も公卿となる、まなばざる」ときは公卿の子も庶人となる」といましめいへる心にもかなひて」殊勝なるしわざ也、心をとど(ゝ)め」てみるべき巻なるべし、」

152たかき家のことしてつかさかうふり」心にかなひ世中さかりにをこりな」らひぬれは学問などに身をくるし(中2オ)』めん事はいと遠くなん覚ゆへかめる」　（6オ、668）

つかさは官也、かうぶりは位なり、」官位、心に任せて、よにをごりぬ」れば、学問に身をくるしむること」は迂遠に覚ゆべきと也、榊巻」に、「大宮の御せうとの藤大納言」の子の頭の弁といふか、世にあひ、」花やかなる若人にて思ふ事な(中2ウ)』きなるへし」と有、悪后がたの人々、」世にあひ、思ふ事なきまま(ゝ)に、人の」短をのみうかが(ゝ)ひそしりしあり」さま、道なく、学問などにうとかり」し二条のおとど(ゝ)の一家のふるま」ひとは、雲泥の心ばへなる光君の」詞なるべし、」

153かくもんなとしてすこし物の心(中3オ)』もえ侍らはそのうらみはをのつから」とけ侍りなんと聞え給ふ」　（7ウ、669）

夕霧、いまおさなきほどは官位」浅き恨み有とも、学に入て仁」義忠孝の道をしりまなばざ」るときは公卿の子も庶人となる」ことはりを心得給はば《(ゝ)》、其うらみは」とけんと也、まことに此源氏の(中3ウ)』詞は世中の父子の道の至極の」道理なるべし、大宮の詞は婦人」の仁とて、其子のためにかへりて」悪きわざ也、彼勧学文に、「父母、」其子を養ひて教ざるは、これ、」其子を愛せざる也」といへる心を思べし、」

154かしこにてはえ物習ひ給はしとて」しつかなる所にこめ奉り給へる也けり(中4オ)』　(11オ、672)

大宮の御方にてはあまりに御寵」愛なれば学問えし給はじとて、二条」院の東院に局を作りてこめ置」て、偏に学問をはげましめ給ふと」也、是も勧学文の「教るときは、」必、厳也」といへるにかなへり、」

155いとよくねんしていかてさるへきふみ」ともとくよみはてて《(ゝ)》ましらひもし(中4ウ)』　(11ウ、673)

「厳なるときは必っとむ、勤る時」は必成」といへる心にかなへり、かくて」夕霧の君、終にあめのしたのかた」めとなり給ひて、六条院のいみじき」御あとをもさのみはあらし果ず、」太政大臣にもあがり、有徳の」えらびにもかなひ給ふべき君となり」給へり、(中5オ)』

156はかせ才人ともところえたり」　(13ウ、674)

朱雀院の御時、二条の太政大臣の」世をまつりごち給ひし比、はかせの」いとまあるよし、榊巻にありし」とはかはりたる世のさまなるべし、」

157猶うめつほゐ給ひぬ」　(14ウ、675)

秋好の立后なり、人よりさきにま」いり給ひしこきでんにもさしこえ、(中5ウ)』御母かたにてしたしくおはすべき」王女御にもこえて、此宮の立后」の事、まづは源氏の御心よせ、かつ」また、こきでんは絵合の巻に」御ゐを帝にひめて、心やすくも」御らんぜさせず、なやまし聞え」給ひつる事あり、女御のわざに」はあらず、父、権大納言の御心、わか(中6オ)』わかしかりしゆへながら、此一こと、」よろづの事にわたるべし、王女」御はちち《(ゝ)》、式部卿宮、源氏の君の」すまにおはせし比、悪后かたに」心をよせて御とぶらひもなくて、」紫上もうらめしく思召たる事」など有て、人よりすぐれ給へかしと」も、源氏君、思召さぬ故に、ひとり(中6ウ)』梅つぼの御幸となりしさま也、」

158おとと《(ゝ)》太政大臣にあかり給て」　(14ウ、675)

薄雲巻に、帝の実父なるよし」をしろしめして源氏君を尊敬せ」させ給ふ所に、すでに此官にあ」がり給はんあらまし有し、ここ《(ゝ)》」にてまことに任じたる也、」

159いみしうおもひかはしてけさやかには(中7オ)』今もはち聞え給はす」　(16オ、676)

礼記内則篇に、「七年シテ〔合字〕男女不レ同セ」レ席ヲ、不レ共〔合字〕トモニセ食ヲ」とあり、夕霧、十二歳、」雲ゐ雁、十四歳なるを、寵愛にお」ぼれて、かくひとつ所にて見習ひ」はじめ給ひし故の有さまを書て、」おさなき人を養ふ教をかけり、」

160ちかうつかふまつる大宮の御かたの(中7ウ)』ねひ人ともささ《(ゝ)》めきけり」　(20ウ、680)

人の陰ごと、すまじく、遠慮ある」べきことのいましめにかけり、可付心所也、」

161ささ《(ゝ)》めきことの人々はいとかうはしき」香のうちそよめきいつるはくはさの」君のおはしましつるとこそ思ひつれ」　(21ウ、681)

陰ごとするは遠慮なき故なれば、」又、此かうばしき香のするも、遠慮(中8オ)』すべき事を遠慮もなく、夕霧と」おもひて内府としらざりし、みな、」つつ《(ゝ)》しむ心なく、懈怠の心よりあや」まちたることをかきて、万事に」心づかひを懈怠せざれとの教を書也、」

162 おお（ゝ）しうあさやきたる御心にはしつめ」かたし［一字アキ］　（22オ、682）

是、内府のかど有てな」だらかならぬ心にて、大宮の御（中8ウ）』しわざを恨む御心のしづめがたき」と也、舜は、父、こそうの我をころさ」むとせしをだに、怨むる心、ましまさ」ざりき、此内府も天下を治る器に」おはします身にて、不孝のしわざ、」をろかなる有さまをかきて世人の教」とす、又、前に、「大宮もさや（ゝ）うの気」色は御らんすらん物を、世になく（中9オ）』かなしうし給ふむまこにて、まかせ」てみ給ふらん」とあり、夕霧を大」宮、愛し給はば（ゝ）、内府もともに愛」し給ふべき事也、記［ママ］ノ内則ニ云「曽子曰、」孝子之養レテ老也、楽マシメ二其心一ヲ、不レ違ハ二其志一ニ、是」故ニ父母ノ之所レ愛スル、亦愛レス之ヲ」とこそ侍」れ、夕霧は源氏の一子、葵上のはら」なれば、内府もにくみ給ふべきゆへ（中9ウ）』なし、然どもこきでん、梅つぼに」后をひきこされ給ふ宿意有て、」雲ゐの雁を東宮の御よに出した」て（ゝ）て其残念を晴なんと思給ふことの、夕霧故にたがふべきにて、かく」不礼、不孝をもかへりみず、物ぐるお」しきけしきし給ふ、たとひ夕霧を」今更隔て給ふとも、いかで其けがれ（中10オ）』をすす（ゝ）ぎ給ふべき、是亦、愚なるしわ」ざに不孝、不慈のとがををかし、」遠き慮りおはせぬ有さまなり、」さて、行末に夕霧、昇進し給ひ、」雲ゐの雁も中空なるさまにて」もてあぐみ給ひて、終に藤裏」葉巻にてまけてめあはせ給ひ」つる、まことに一朝の怒、しづめがた（中10ウ）』くて、長き悔みと成し有さま、」前車のくつがへるは後車のいましめ」ぞとみせしらする心ばへなるべし、」

163 おとと（ゝ）御けしきあしくて」　（22ウ、682）

御母に対して怒れるけしき、また、」をろかにあやまれるしわざなり、」孝」子の有さまはかやうにはあらず、」礼記祭義篇曰、「孝子ノ之有ニル深愛一（中11オ）』者ノハ必有ニ和気一、有ニル和気一者ハ必有ニ愉色一」色一、有ニ愉色一者ハ必有ニリ婉容《エンヤウ》一」とこそ侍れ、たとひ大宮の御しわざ、うら」めしき御あやまりとおぼすとも、親」に対する礼儀にたがへり、礼記」内則篇曰、「父母有《アレハ》レ過《アヤマチ》、下レシ気ヲ、怡《ヨロコバシ》レ色ヲ、柔《ヤハラゲ》」レ声ヲ、以テ諫《イサム》、諫メ若シ不レズハ入ラ、起《ヲコシ》レ敬ヲ、起レシテ孝ヲ、説《ヨロコブトキハ》」則復タ諫ム」とこそ侍るなれ、世に親（中11ウ）』もたる人、此内府の不孝のさま、遠」慮なきしわざをもどかしく思はば（ゝ）、」此礼記のおもむき、よく心得て忘る」まじき物なるべし、」

164猶しつめかたく侍てなんとなみたをし」のこひ給ふ」　（23オ、682）

もどかしくおお（ゝ）しからぬ有さま也、」

165さすかにいとおしけれと（中12オ）』　（23オ、682）

いとおしとは思ひながら、私心、しづめ」がたくて、母君に不敬、不孝をなす」こと、此内府にかきらず、世上にまま（ゝ）」あるわざなれば、かくかきてみ習は」せて、心ある人、もどかしとおもはばつ（ゝ）」つしむべしとの心ばへなるべし、」

166思はすなる事の侍れはいとくちおしうなん」　（23ウ、683）

「父母之所愛亦愛之」の心をしり給は（中12ウ）』ぬゆへの御怨み詞、もどかしき有さま也、」

167かくれあるましき事なれと心をやりて」あらぬことをたに（ゝ）いひなされよ」　（25ウ、685）

十目の見る所、十手のゆびさす所、」をごそかなる物を、いかでかやうの事、」あらぬ事といひなすかひの侍らん、」是亦、まどひはなはだしく、をろかな」る御事なり、隠れあるまじき事と（中13オ）』ならば、其上にて思案も遠慮もあ」るべき事なるべし、只、なだらかに」て、夕霧、雲居のおさなきほど」に、かか《(ゝ)》る事ある、聞えよろしからず」は、其心がまへばかり有て、かくけや」けくはあらで、たがひの歎き愁へも」なきやうに大宮にも其心むけ」を申て、ゆくゆく《(〳〵)》は其ほい、たがえず（中13ウ）』とも、今の外聞をつくろふべきさま、」しめしあはせ給はましかば、不孝、不慈」のとがもなく、光君との御中も」うるはしく、万方安全のはかりごと」なるべきを、其遠慮おはせず、あぢ」きなかりし有さまに書出て、みる」人の教とするなるべし、すべて作物語」はかやうに書なさでは、物のあはれも（中14オ）』興もすくなくて、みる人の教にする」故もうすきによりて、態かやうにもど」かしくかけるなるべし、」

168あないみしや大納言とのに」　（26オ、685）

此めのとの詞、すべて遠慮なく軽薄」の有さま也、後にも、「物のはしめの六」位すくせよ」など過言して、藤裏」葉巻にて、「浅みとりわかはの菊（中14ウ）』を露にてもこき紫の色とかけ」きや」と夕霧のの給ひしにはぢ」くるしめる、浅はかなる女の有さま也、」

169大宮をのみうらみ聞え給ふ」　（26ウ、685）

返す返す《(〳〵)》、内府の理に迷ひ給へる心」をいふ也、めづらしからぬ事なれど、」礼記ノ祭義ニ曰、「曽子曰、父母悪《ニクメバ》レ之ヲ懼《ヲソレテ》而」無シレ怨《ルコト［合字］》」、内則曰、「父母怒テ不《［合字］シテ》レ説《ヨロコバ》而撻《ムチウツテ》レ之ヲ流《セドモ［合字］》（中15オ）』レ血ヲ、不ニ敢テ疾怨《ニクミウラミ》一、起《ヲコシ》レ敬ヲ起スレ孝」とこそ侍れ、」親をうらむることはり、何ごとにも」なきとしるべし、」

170御いとまゆるされかたきをうちむつかり」給てうへはしふしふ《(〳〵)》におほしめしたるを」しゐて御むかへし給ふ」　（30オ、689）

内府のわかわか（〳〵）しさの猶改らざる」有さま也、帝、しぶしぶ（〳〵）に思召、御いとま（中15ウ）』ゆるされがたきを、かくしゐてまかで」給ふべきかは、かやうの事にて后を」もひきこされ給ひけんとしらせ」たるかきざま也、是亦、人への示し也、」

171おもひのほかにへたて有ておほしなすも」つらくなん〔一字アキ〕（30ウ、689）

母宮にかやうにおぼし」めされ給ふ事も、かの一旦のいかりの」しづめかたき故也、すべて、人、いかる時は、（中16オ）』善悪邪正も思ひ分ず、我意のふる」まひをなして後悔の事、誰もあ」るべき也、其時、くひては何のかひな」し、かねて其心を忘ずして、いかる心」のあらん時はよろづ立帰り、おもひ」めぐらし、思ひしづむべし、此内府も日」ごろはかくをろかにのみはおはさねど、」弘徽殿を梅壺にこえられ、（中16ウ）』雁を霧にさまたげらるる（ゝ）とはらだち」いかり給ふ心より、不孝、不慈、不忠、君臣」父子の道たえて、よろづ心つきなき」有さまなる事をかきて、此草子、見」る人にしめすものならし、」

172めでたくとも物の始めの六位すくせ」よとつふやく〔一字アキ〕（35オ、693）

後生、をそるべしと」いふ事有て、来者の今にしかざら（中17オ）』むことをしらねば、浅官卑位とて」もみだりにあなどるべきにあら」ねど、浅き女心にかく放言して」後にはぢくるしみし事、見ん人、」をろそかにおもふべからず、」

173きぬのすそをひきならし給ふ」（38ウ、696）

夕霧、まめ人におはしけれど、猶、」好色のふるまひ、雲ゐの雁、此五節（中17ウ）』にかぎらず、落葉の宮の御こと」なども、是亦、光君の御あだけを」みならふ所あればなるべし、父の子」を養ふうへに心あるべきわざならんかし、」

174くはさの君はかうくるしき道ならても」ましらひあそひぬへき物をと」（47ウ、704）
教則必厳なるここ（ヽ）ろばへなり、」
175かへさにわたらせ給ふおとともも（ヽ）ろ（中18オ）』ともにさふらひ給ふ」（49オ、705）
零落の時を見捨させ給はぬさ」ま、哀也、悪后、二条太政大臣のまま（ヽ）」なりし世とはかはれる心なるべし、」
176世をたもち給ふへき御すくせはけたれぬ」物にこそといにしへをくひおほす」（50オ、706）
とがなきを讒し給ひしはての我」身にむくふ有さま、みづからも（中18ウ）』悔給ふ事を書て、誰も此くひあるべ」ければ、人
は正直をもとと（ヽ）して仁」愛をわするべからざる物なるべし、」
177御賀の事たいのうへおほしまうくる」（51オ、707）
須磨の比、つらく振舞給へる父君」なれど、猶、孝行のめでたき紫」上の有さまを書て、彼内府の母宮」をうらむ事
の故に不孝なりしと同（中19オ）』巻」にくらべ書て、善悪のさまをみする也、」
178五月の御あそひ所にて水のほと」りにさうふうへしけらせて」（54オ、709）
ほたるの巻、かくべき微意也、」
179にしのまちは〔一字アキ〕（54オ、710）
明石上、住給ふべき冬」の御方也、只今はいまだ渡給はぬ也、」
180御はこのふたに色々の花紅葉をこ」きませてこなたに奉らせ給へり（中19ウ）』（55ウ、711）
こてふの巻、かくべき微意なるべし、」

181おとと《ゝ》此紅葉の御せうそこいとねたけ」なめり春の花盛に此御いらへは聞え給へ」　（56オ、712）
是、来春の花さかりに此返報は」あるべしと也、是、光君、卅四歳の」九月也、来春、卅五歳の三月にこそ」此御いらへあるべきを、諸抄にあや」まりて卅六歳の春とす、何ゆへに(中20オ)』かくはげまし給ふ御いらへの一年」を隔つべき、湖月抄にはじめて、この」明る年の源氏君、卅五歳の三月な」るよしを一説にしるせり、是、則、正」説と用ゆべし、」

⑵⑵玉鬘巻」

182花鳥餘情云、「此巻は乙女巻に次第」をたては、六条院、卅五歳の三月より(中20ウ)』十二月までの事をいへる也」云々、是、御」誤りなるべし、此巻の源氏の年」齢、卅四歳の九月より十二月まで」の事あり、乙女巻に卅四歳の八月」に六条院移徒《ママ》の沙汰有し、其次の」九月よりなるべし、猶、湖月抄に委」ければ略之、且又、此巻は忠孝を」もとと《ゝ》して君臣の道を教とみゆ、(中21オ)』

183たた《ゝ》此姫君京にゐて奉るへきことを」おもへわか身のけうをはな思ひそ」　（6ウ、722）
是、少弐が末期に豊後介等の子共」に遺言也、此親の心ざしを捨がたく」して、豊後介も妻子を捨て、京に」姫君を具しまいらせし也、忠孝の至也、」

184神仏こそはさるへきかたにも道ひき給へ」　（16ウ、730）
信心、いたづらなるまじき事を書て(中21ウ)』人にしめす也、八幡、初瀬などに」まうで給て其しるし有し事也、」

185またうへにきかせたてまつらて」　（30オ、742）
右近が心づかひ、殊勝也、すまの御うつ」ろひのの《ゝ》ち、紫上に候する身のこの」上をさしをきて、光君にのみ此事」を申上べきことはりなければなり、」

186 右近を御あしまいりにめす（中22オ）』　（30ウ、742）

光君、かねて玉かづらの行衛を尋」よと仰せをかれしに、前に哀なる」人を見いでしよしを聞給て、其事」にやとゆかしくおぼしめすからに、」右近に聞給はんとて御足まいり」にとてめすなり、」

187 右近にかたらひてわらひ給ふ」　（31オ、743）

紫上の愛敬づき、おかしき御有さま（中22ウ）』也、「さるましき心とみねはあやうし」」など、ただ《（ゝ）》にの給はば《（ゝ）》、御たはぶれながら」右近が身にとりては迷惑すべし、かく」右近にいひて笑ひ給ふ故に右近が」心やすかるべし、さきに玉かづらの」御事を光君に取分申たらん」を、紫上、「後に聞給ては」と遠慮」せし右近が心ばへと相かなへ（中23オ）』り、かやうに有てこそ主従の中」は和合してうるはしく侍べけれ、」

188 うへあなわつらはしねふたきに」　（32オ、743）

さきに右近も「今、聞えさせ侍ら」む」とて聞えさし、今、光君も紫上」に隠さまほしき御けしきなるを、」さとく見しり給へるゆへ、態ねぶ」たきにとて御耳ふたぎ給へる也（中23ウ）』、よのつねのさがなき心ある女なら」ば、隠す事はとりわき聞まほし」くすべき物を、是、紫上の巨めきて」うらなき有さま也、かくてこそ」光君のならびなき御覚にて侍らめ、」

189 うへにも今そかの有しむかしの世の」　（35ウ、746）

ここ《（ゝ）》にて終に玉かづらの御事」を紫上に語給ふ也、うらなき妹背（中24オ）』の中のさま也、紫上、おとなしやか」にきかぬやうにし給へばとて語り」出給はずは、隔給ふになるべければ也、」

190北のまちに物する人のなみには」　（36オ、747）

前にも右近が心のうちに、「故君、物」し給はましかは、明石の御方はかりの」覚えにはをとり給はさらまし」と」有しにあひ応じたり、但、ここ《(ゝ)》に(中24ウ)』六条院の北のまちに、明石上、おはす」やうなれども、ここ《(ゝ)》はまだ九月の」ことにて、まづ北の町は明上《[ママ]》のゐ給ふ」べきにて、われはがほなるはは《(ゝ)》そ原」などうへなしまうけ給へる故に、」かくあらましごとに光君の宣ひ」し也、実には此十月に明石上は北の」まちに殿うつりし給ふとしるべし、(中25オ)』

191その人の御子なとはしらせさりけり」　（37オ、748）

六条院に玉かづらを迎へ給ふべ」きなれば、まづ内府の御むすめなど」は人にしらせざると也、」

192此とくちにいるへき人は」　（38ウ、749）

玉かづらのけさう人、源氏のむこ」なるべき人などこそいるべけれの心」也、蛍兵部卿など、「猶うちあら《はイ》ぬ(中25ウ)』人のけしき見あつめん」とおぼしめ」す微意なるべし、」

193ふこのすけの心はへを有かたき物に」　（42オ、752）

まことに身を捨、妻子を捨し」心ばへ、忠節、をろかならぬもの」なれば、其功を顕し給ふべき心ばへ也、」

194人をしたかへことをこふ身となれるは」　（42ウ、752）

孟津抄云、「豊後介、孝心有て遺言(中26オ)』をたかへす、忠貞にて玉かつらを京へ」具し奉しにこたへて、面目をほと」こしけるなるへし」、私按、小君が、光君」にまめならぬ者なれど、したしき家」司には猶かぞへ給へりしとあるは、光」君の人を捨給ぬ仁心をかけり、然」どもさして恩賞はみえず、右近の」ぞうはゆげいになり、豊後介は、(中26ウ)』かく此殿中へは出入すべからぬものの(ゝ)、」家司となり、有司となりしなど、」恩賞にあづかる有さまを書」て、人は忠貞なるべき教をいへり、」 (45ウ、754)

195山吹のうちきの袖口いたくすすけた(ゝ)」るをうつほにてうちかつけ」「貧者、貨財を以礼とせず」の心を」人にしめすなるべし、(中27オ)』

196こたいのうたよみは」 (46ウ、755)
是より末摘花の哥の、一体に」まつはれてはたらきたるかたな」きをあざけり判じ給ふ事を書て、」すべて哥読人の教をかけり、」

㉓初音巻」

197浜［ママ］江入楚に或説云、「玉かづらの巻の」末、十二月にきぬくばりとて有し、(中27ウ)』其明る正月也、二条、六条院、すみ」分て、さらためたる正月也」云々」、此説、花鳥等の諸抄の様にかはり」て、此巻を、源氏君、卅五歳といふに」相かなへり、尤、用ゆべし、猶、湖月抄」に委、」

198みすのうちのをひかせなまめかしく」吹匂はして物よりことにけ高くおほさる(中28オ)』 (7ウ、767)
人のすみ所、うるはしくあらまほしき」教にかけり、六条院の御かたがた(〳〵)、誰」か明石上にをとるべき人おはします、」されど此人一人、風流、心にくき故に、」物よりことにけ高くおぼし、年始」の御枕もここ(ゝ)に定め給へりし由」をかきて、みる人の心づかひのため」なるべし、(中28ウ)』

199さすかにみつからのもてなしはかしこまり」をきて［一字アキ］　（8ウ、768）
しつらひはけ高く思ひあ」がりしさま、光君の思ひ人、姫君の」御母なれば、尤さはあるべくして、さ」すがに光君に対する自身のもて」なしは礼儀ある有さま、又、人の心」づかひの見ならはしにかけり、」

200猶したにはほのすきたるすちの心を（中29オ）』　（18ウ、776）
是は好色の事にもあらず、詩歌」管絃などの風流のかたをいふなり、」

201もてしつめすくよかなるうはへはかり」　（18ウ、776）
細流云、「人は実法ばかりにても叶ぬ」物也、花実を相兼ずしてはと也」、」私案是、夕霧をほめ給ふ詞也、人の教也、」

㉔胡蝶巻」

202此巻は乙女巻にて秋好中宮より（中29ウ）』紫上に紅葉をまいらせ給へりし返」報あり、尤、源氏君、卌五歳、六条院新」造の翌年なるべし、諸抄、あやまり」て、源氏、卌六歳といへり、乙女巻の」紅葉奉給ひし、又明る年といへるは相違也、」

203わか御心にもすくよかにおやかりはつ」ましき御心やそふらん」　（10ウ、787）
玉かづら、顔かたち、すぐれ、心ばせ、らう（中30オ）』あるに、実の御むすめならねば、光」君の好色の心にわが物にもとおぼ」す也、是、うき世の人情也、然ども、夕霧」にも兄弟のよし、の給ひていひかはさ」せ給ひ、花散里の御方にも御子」のよし、の給ひあづけ、世上へも其お」もむきにて、蛍兵部卿、髭黒大将、岩」もる中将などさへ、正しく源氏の御（中30ウ）』むすめとおもひて、をのをの（〳〵）いひ寄」給へれば、今更、引かへて密通あるべき道理なし、其故におりおり（〳〵）」忍びがたくてはたはれなどし」給ひつれど、終にいさぎよく髭」黒大将にゆるして、実父の内府に」もあらはし給ひ、御むすめの数にて」御処分なども有し也、是、たとひ（中31オ）』人しれぬことと《（ゝ）》ても、理にそむき、」世の聞えもかたわならん事は、」忍びがたきをもよく堪忍びて、」すまじき事とのいましめを書なるべし、」

204すへて女の物つつ《（ゝ）》みせす心のまま《（ゝ）》に」ものの《（ゝ）》あはれをもしり顔つくり」おかしき事をもみしらむなん其」つもりあちきなかるへき（中31ウ）』　（13ウ、790）

物つつ《（ゝ）》みは物をつつ《（ゝ）》しむ也、花とりに」つけて懸想するにかろくなびくを」いましめ給ふ詞也、是、なべての女のい」ましめ也、あだにみるべからず、細流に、「ねき」ことをさのみ聞けん社こそはては」なけきの森となるらめ」といふ古」今の哥を引り、心をつけてみるべし、」

205かつはひかひか《（〳〵）》しうけしからぬわか心の（中32オ）』ほども思しられ給けり」　（19オ、795）

是、玉かづらにたひたび《（〳〵）》忍びがたき」心をあらはし給ふといへど、実はいさ」ぎよき心をみせたる詞なるべし、」

206女かやうにもならひ給はさりつるを」いとうたておほゆれとおほとかなるさまにて物し給ふ［一字アキ］　（20ウ、796）

玉かづら、思ひの」外なる御有さまをうたて覚え（中32ウ）』給へど、上臈しくおほどかにて」さまあしからじと思ふ心あるさま」也、又、人のをしへなるべし、」

207なつかしきほとなる御そとものけは」ひはいとようまきらはしすへして」ちかやかにふし給へはいと心うく」　（21ウ、797）

かく忍びあまり給ふ源氏のしわざに」玉かづらの同心のけしきあらば、さき（中33オ）』に源氏のいましめ給ふ、「物の哀を」もしりかほつくり、おかしきことをも」見しらんなん、其つもりあちき」なかるべき」との給へる心にたがひて、」

終には浅まれ給ふべし、女は男に」もまさりて好色なるべきもの」なるに、玉かつら、此のち、たひたび《〳〵》」の源氏のたはぶれにもさまよく(中33ウ)』のがれて、人の思はんことを憚り過し」て心清くおはせし故に、女のほん」にすべしとおとど《ゝ》たち、定め」給ふよし、真木柱巻にあり、」偏に女のいましめにかくなるべし、」

208 うときもしたしきもむけの親さま」に思ひ聞えたるをかうやうのけしき」のもりいてはいみしう人わらはれに(中34オ)』うき名にもあるべきかな」　(24ウ、800)

前に、「いと心うく、人の思はん事も」珍らかにいみしう覚ゆ」とある」首尾なり、よのつねのはかなき女」心は、人の思はんことの憚りをもかへ」りみず、好色のわざは閨中の人」しれぬことなれば、不義のわざ」をもなすべきに、此玉かづらの心ばへ、(中34ウ)』のちまで遠慮ふかか《ゝ》りし事を」書て、女に見習はせんとなるべし、」

㉕蛍巻」

209 いとよくすき給ひぬへき心まとはさ」むとかまへありき給ふなりけり」　(6ウ、808)

光君の此しわざ、まことの友弟」の道にあらず、只、好色のすさみわ」ざなれば、「うたてある御心也けり」(中35オ)』と草子の地に批判して後世の」教とするにや、すべて吾朝に」中古の風俗、世の盛りに栄花」を極めしあまり、かへりて王法」の正しき道、をとろえつつ《ゝ》、上つかた」よりはじめ、只、好色にのみふけり」て、此光君のしわざを万にこのみしゆへ、此物語も其世の風俗に(中35ウ)』さまざま《〳〵》まさなき事のみ有しに、」光君の一人のうへに書なして、所々に」其いましめの詞を書添て、後人の」心づかひとせしとみるべし、」

210 さるはまことにゆかしけなきさまに」はもてなしはてしとおとと《ゝ》はおほしけり」　(8ウ、810)

光君、実に玉かづらをわが物と」せんとは思ひ定め給はざると也、(中36オ)』わがむすめと披露のの《ゝ》ち、ある」まじきしわざなれば、此物語の」所々に、たびたび《〳〵》、光君、此用意、」有けるよしを書て侍り、是亦、」人のかやうの不義のふるまひを」学び、うらやむ事やあらんのここ《ゝ》」ろづかひなるべし、」

211 人の心をやぶりものの《ゝ》あやまちす(中36ウ)』ましき人はかたくこそ有けれ」　(9オ、811)

此詞は人の心をもやぶるまじく」あやまちすまじきはかたきとの心」也、是、前に、「此宮達をさへさし」はなちたる、人伝に聞え給ふま」しき事也かし、御声こそおし」み給ふとも、すこしけちかくたに」こそ」など、いさめ聞え給ひしは、すで(中37オ)』に此宮にゆるし給ふやうなる詞」ながら、実は心見のしわざなりし」事しられたり、是亦、「女のもの」つつ《ゝ》みせす、心のまま《ゝ》に物の哀をも」知かほつくり、おかしきことをもみ」しらんなん、其つもり、あちきなかるへき」といましめ給ひし本意、」たがはぬ物なり、ここ《ゝ》にて玉かづらの(中37ウ)』貞節の心なくば、必、宮の御けしき」になびく有さまなど有て、亦、」光君に浅まれ給ふべき所也、されど」、御みづからはひき入て、はるかに」もてなし給ふよしを書て、玉鬘の」しわざをほめて、後みん人の教とす、」

212 五日はむまはのおとと《ゝ》に」　(9オ、810)

乙女巻に、「五月の御遊ひ所」といひ(中38オ)』たりし首尾なり、」

213 人のうへをなんつけおとしめさま」の事いふ人をはいとおしき物にし給へは」　(13ウ、814)

「いとおしき物に」とは笑止なる事に」おぼす儀也、人をあしざまにいふ」を用意なしときらひ給ふ心也、」是、世上のをしへなるべし、」

214あなむつかし女こそ物うるさかりせす(中38ウ)』人にあさむかれんとうまれたる物なれ」　(15ウ、816)
ゐ物がたりは誠はすくなきに、玉か」づらの心いれ給へるを益なしと」いさめ給ふ詞也、実は彼「おかしき」ことをも見しらんなん、其つもり」あちきなかるへき」といましめ給ひ」しに同意なり、亦、人の教也、」

215すへて何事もむなしからすなりぬや(中39オ)』　(19オ、818)
法華寿量品に、「諸所言説、皆」実不虚」といへる心也、文句の九巻、」湖月抄に委、」

216けにたくひおほからぬことと《(ゝ)》もはこの」みあつめたまへりけんかし」　(20ウ、819)
藤壺、朧月夜、六条御息所、源」内侍などのたぐひ、よにあらゆる、忍」ずといふ事どもなるべし、今、作(中39ウ)』物語に、光君一人の上に書て」人のいましめにせしを、わざとかく」いへる草子地也、」

217姫君の御まへにて此世なれたるもの」かたりなとなよみきかせ給ふそみ」そか心つきたるもののむすめなとは」おかしとにはあらねとかか《(ゝ)》る事世には」有けりと見馴給はんそゆゆ《(ゝ)》しきや(中40オ)』　(20ウ、819)
此をしへ、万人にわたるべし、ひとり」明石の姫君にとのみは思ふべからず、」「非礼勿視」とこそ聖人はいましめ」給へりけれ、よからぬわざはみるに」つけて、をのづから内心うつりて」まさなき物なれば也、此源氏君の」いましめの詞をかけるにつけて、」紫式部、此草子をかきし心ばへ(中40ウ)』、このさまざ《(〳〵)》まの好色のわざを見」習へといふにはあらず、偏に勧善」徴《[ママ]》悪していましむべき本意な」ること推量るべし、しからずはいか」でかか《(ゝ)》ること、世に在けりと」見習ひぬべき、ついゐある事を、」五十四帖、心をつくし筆をふるひ」て書つらね侍らん、まこと(中41オ)』に君臣父子の道、朋友の信、菩提」の縁に至るまで、ことご《(〳〵)》とく此一部」にしめして、わが国の至宝なるよし、」河海、花鳥、細流等にかきしるし」給へりしは故ある事と思ふべし、」

218こよなしとたいの御かた聞給はは《(ゝ)》ここ《(ゝ)》」ろをき給ひつへくなん［一字アキ］ (20ウ、819)

至《玉》蔓也、」前に、「まことのわかひめ君をかくし（中41ウ）』ももてさはき給はし」といへる首尾也、」

219もしさやうの名のりする人あらは」 (24ウ、822)

近江の君をかき出ん微意也、且又、」此おとど《(ゝ)》の心ふかか《(ゝ)》らぬをいはん」とてかけるなるべし、」

⑳常夏巻」

220あそんやさやうの落葉をたに」 (4ウ、830)

此詞、源氏も雲ゐの事を内府に（中42オ）』申給ふに、同心し給はぬをすこしい」きどをりて嘲り給ふ詞也、源氏の口」入給ふ事、物語にはみえねど、行幸」巻に其おもむきはみえたり、」

221かか《(ゝ)》り火こそよけれとて人めして」 (7ウ、833)

次の篝火巻、かくべき心ばへ也、」

222いとけしからぬ御ここ《(ゝ)》ろなりや」 (13ウ、838)

例のいましめの詞なり、光君、此玉（中42ウ）』かづらにかやうの御かまへあるまじ」きことなれば也、世の人としては、」猶、あるまじき事としらしめんと也、」

223まくるやうにてもなひかめ」 (16オ、840)

一旦のいかりに遠慮なく雲ゐの」雁を渡し給へりしかど、ほどへて」おぼししづむれば、聊、悔しき心、出来給へる」さま也、世にかやうのたぐひ、おほかるべし、(中43オ)』かねて思案あるべき事の教なり、」

224 ことなる事なき詞をものとやかに」をしつめていひ出したるはうち聞」みみ《ゝ》ことにおほえおかしからぬ哥語」をするもこはつかひつきつき《〳〵》しくて」　（24オ、846）

何事もいひなしによりてよくなる」物との教へ也、いかに秀逸の哥な」りとも、おそろしきこゑしていへば(中43ウ)』無曲と也、此段、万事にわたる教也、」

(27)篝火巻」

225 ともあれかくもあれ」　（2オ、855）

内府のしわざの遠慮なきを笑止」に思ひ給ふ心なり、湖月抄に委、」

226 御ことを枕にてもろともにそひふし給」　（3オ、856）

前に、「やうやう《〳〵》なつかしううちとけ」聞え給ふ」と有て、ここ《ゝ》にて、「そひふし(中44オ)』給ふ」と有、然ども実事はなし、真」木柱巻に、「殿もいとおしう人々」も思ひうたかひけるすちを心き」よくあらはし給て、我心なからうち」つけにねちけたる事はこのます」かしと、むかしよりの事もおほし出て」とあり、光君のけさうを、玉かづら」もはじめのやうにはおはしまさで、(中44ウ)』源氏の御心のまま《ゝ》にをしたちてな」どももてなし給はねば、心やすく」てうちとけ給ひての事と知べし、」諸抄、其義を用ゆ、猶、おくに、」「うちとけぬさまに物をつつ《ゝ》まし」とおほしたるけしき、いとらうたけ」也」とあり、玉かづらの用意あ」るさま也、光君にひたすらには(中45オ)』同心なかりし事をしるべし、」

(28)野分巻」

227あちきなく見奉る［一字アキ］（4オ、864）
夕霧の紫」上を見給ふ也、野分の物さはがしき」まぎれに、人々も心づかひすべき所」にも心つけざりしさま也、かやうの」騒動の時、一入こ(ゝ)ろすべき教也、」
228おほつかなさになん参りて侍つる(中45ウ)』（6オ、866）
夕霧、学問のしるしに孝ある心也、」
229心くるしきにまかて侍なん」（6オ、866）
六条院はことなる事なく、人も」あまたあれば、大宮の御方の心」苦しさにまかで給はんと也、又、孝心也、」
230三条の宮と六条院とに参りて御」覧せられ給はぬ日なし」（6オ、866）
細流云、「ゆふ霧のつとめたるなり」、(中46オ)』九条殿遺誡、礼記文王世子等、湖」月抄に委、孟津抄云、「数ならぬ」者までも日々に父を見まふべき事也」、」
231中将夜もすからあらき風の音にも」すす(ゝ)ろに物哀や［一字アキ］（7オ、867）
夕霧、紫上を思ふ」心也、必、かやうに思ふべき事なれば、」光君の夕霧を疎くならはし」給ふ、又、いましめ也、桐壺の帝の光君(中46ウ)』を愛のあまりに藤壺にしたしく」せさせ給へる末のまさなきにて、」おもひあはすべし、」
232けちかきかたはらさ［ママ］に立のきさふらひ」（9ウ、869）
人々、おもふべき心づかひなり、」
233人々けさやかにおとろき顔にはあらねと」（11ウ、871）

中宮の御方の物馴てらうらう(〳〵)じき様也、」

234 こうちき引おとしてけちめみせたるいと(中47オ)』いたし［一字アキ］（14ウ、873）
明石上、光君に礼儀あ」るをほめたる也、初音巻に、「みつ」からのもてなしはかしこまりをき」て」と有しと同じ、
平生の用意とみゆ、」

235 いとよくみゆかくたはふれ給ふけしき」のしるきをあやしのわさや」（16オ、874）
源氏、玉かづらへのけさうを人にしら」れじとおほし、又、忍び忍び(〳〵)の御こと(中47ウ)』なれば人はしらじとおぼすらんも、」
たびかさなるにつけては、をのづか」ら夕霧さへ見いで給へるよしを」書て、世に閑居して不善のわざ」をなして、
人はよもしらじと思ふ事」も、終にあらはれずといふ事なき」ぞとの教をかけり、実に「慎独」つつ(ゝ)、」「屋漏にも耻
ず」のみあらまほし、(中48オ)』

236 猶みはてまほしけれとちかか(ゝ)りけり」とみえ奉らしと思ひて立さりぬ」（17ウ、875）
紫上の御方にて、「けはひおそろし」くて立さるにそ」といひ、「け近き」かたはらいたさに立のきてさふら」ひ給ふ」
とある心づかひと同じ、心を」つくべき事どもなるべし、」

(29)行幸巻(中48ウ)』

237 初音巻より此巻まで、源氏の御」年齢、卅五歳とみるべし、扨、此巻」と野分巻との間に九月、十月、十」一月等の事
はこもりて、十二月、大」原野行幸の事より書出て、次」の年、源氏、卅六歳の二月の事ま」で此巻にあり、」

238 おこかましうもやなとおほしかへさふ(中49オ)』（2オ、885）

とにかくに思案し給ひても、思ひの」ま《（ゝ）》に玉かづらをわが物とし給ひが」たき心也、世に一旦の心に任せて遠」慮なくせし事の後悔ある事お」ほし、此思案のやうによくよく《（〳〵）》思ひ」めぐらして、おぼつかなき事は思ひ返し」てすべからずとの教をかけり、万の」事の中に、殊に男女の道は閨中』（中49ウ）の人しれぬ事なれば、私心に任て」あやまちある事、貴賤老少ともに」おほし、忍び難きをよく堪忍て、わが」ため、人のため、よからぬ事はすまじき也、」

239色くろくひけかちにみえていと心つきなし」　（4ウ、887）

美艶の玉かづら、けさうの人々、おほ」かりし中に、ことに心づきなしとこ」こにて見かぎり給へる大将に、終に』（中50オ）とつぎ給へる事、縁にひかるる《（ゝ）》世の」習ひにて、思ふに別、思はぬにそふ浮世のさまをかか《（ゝ）》むとて、かく兼て髭」黒を見おとし給ふ事をいへり、奇[ママ]な」る文意にや、猶、玉かづらの心ばへある」べき故もあるべし、」

240かのことはおほしなひきぬらんかし」　（6オ、888）

玉鬘に宮仕をすす《（ゝ）》め給ふ詞也、』（中50ウ）次にも、「猶、おほしたてなどたえす」すす《（ゝ）》め給ふ」とあり、此かくすす《（ゝ）》め給ふ」も、猶、玉かづらへけさうの絶ぬ故なり、」兵部卿、大将などに嫁しては思ふ心」かなへがたし、宮仕へにては里亭へ」出給はん折も逢見給はんの内意、前」前[ママ]にも有しなり、」

241心のそらなく[一字アキ]　（8ウ、890）

夕霧、祖母の御病気』（中51オ）を見あつかひ給て、心のをき所なくお」ぼす孝心をいふなり、」

242此中将のいとあはれに」　（10オ、891）

前に、「ここ《（ゝ）》ろの空なく」と有し首尾也、」

243 からくちおしきにこりのするゐに」（11ウ、893）
濁悪、世にさばかりすす（ゝ）ぎ給ふほど、」すむべき水は有がたからんとなり、」一たび、夕霧ゆへにけがれ給へる雲（中51ウ）』ゐの雁の名はきよめがたからんと也、」湖月抄には泯［ママ］江入楚の儀を用ゆ、」所好にしたがふべし、」

244 女官［一字アキ］（12オ、893）
にようくはんとよむべし、によ」くはんといふは、女御、更衣より以下の」宮仕の女の惣名也、内侍所等の役」人をいふには、にようくはんと読習也、」

245 あやしのことと（こ）もや（中52オ）』（21オ、901）
内府の御むすめの光君へまぎれ」おはしたるを、あやしの事どもや」と也、其故の御たはぶれぞと、今、」彼野分の朝の事を思合給ふ也、」

246 から衣又から衣から（〳〵）衣」（24オ、904）
かやうにおなじ詞をたびたび（〳〵）よむ」こと、哥読の若はあるべき事なれ」ば心すべしとの教にかくなるべし、（中52ウ）』

247 きけはかれもおとりはらなりと」あふなけにの給ふ」（27ウ、908）
近江の君、いやしくそだち給ひし」故に、万事、遠慮なき有さまを書」て、誰も遠慮なくみだりならば、」亦、近江君ぞと心得のために云なるべし、」

(30)［藤袴巻］［脱文］

248 御袖をひきうこかしけり」（6オ、920）

夕霧のけさうを忍びかねて顕(中53オ)』はし給ふ也、此玉かづらにかく人々の」けさうの事をかくは、世上の人情」にてかくさまざ《(〳〵)》まのむつかしきこと」あらんにも、さすがに人にくからず、又、」わが貞節をもたて《(ゝ)》てあへしらふべ」き教なるべし、此玉かづらのいらへ」どもの、いづれにもにくからでおも」しろくいひのがれ給へるを、女の本と(中53ウ)』此巻に書とど《(ゝ)》めたり、心をつくべし、」

249 かたはらいたけれはかか《(ゝ)》ぬなり」　（7ウ、921）

夕霧の、光君の懸想あるをも」知ながら、此女君にたはぶれにて」もかやうの有さまあるべき事なら」ねば、「かたはらいたけれは」とあざけり」てかか《(ゝ)》ずとの心も亦、いましめにや、」

250 此みやつかへをしふし《(〳〵)》にこそ思給へれ(中54オ)』　（8オ、922）

此光君と夕霧の御有さまを見」るに、「宮のれんし給へる人にて、いと」心ふかき哀をつくし、いひなやまし」給ふに、心やしみ給ふらん」、又、「うへを見」奉り給ては、いとめてたくおはしけり」と思ひ給へり」などの給へる事、今の世」の父子のあいだにていふべき事にあらず」、中古、此時分の風俗、かやうの(中54ウ)』ことに憚りなかりしにや、又、作り」物語にて人のいましめなるべき事」どもをかくによりて、かやうにも書」たるにや、はかりがたし、」

251 年比かくてはくく《(ゝ)》み聞え給ふける御心さ」しをひかさまにこそは人は申なれ」　（9ウ、923）

此夕霧の、源氏の御けしきを見」むと思へるも、亦、此玉かづらに御け(中55オ)』さうの事を人の疑ふなどいふ事」も、皆、父子の間に思ひいふ事ども」にあらず、是亦、其比の風俗にて」憚りなかりしさまにや、又、作物語な」ればかやうに書て、人にしられじと」思ひても、必、よにしられて其か」くれなく沙汰せらるる《(ゝ)》物なれば、」誰もいましむべしとの教に書にや、（中55ウ）』

252さりやかく人のをしはかるあんにおつ」ることもあらましかはいと口おしく」（11オ、924）

あるまじき事はいかにつくろはん」とする事も、首尾、逢がたく、まさな」きわざをみづから思知給ふさま也、」

253おほとのの《ゝ》御おもむけのことなるにこそ」はあなれまことの親の御心たにたか」はすはと此弁のおもとにもせめ給ふ（中56オ）』（15ウ、928）

此詞をみるに、内府の御心は鬚黒」をと思召によりて、終に玉かづらを」大将のえ給ふべき心みえたり、」

254女の御心はへに此君をなんほんにすへ」きとおとと《ゝ》たちさため聞え給ひけり」（17ウ、930）

此けさうの人々にもけにくからぬ」物から、みづからの貞節たがえず、」光君ののがれがたき御有さまに（中56ウ）』も、さすがに心きよくいひのがれ給ふ」さまの、賢く労ありし玉かづらの」ふるまひを世人のかが《ゝ》みといへるは、」誠に人の教にかけるなるべし、」

(31)真木柱巻」

255此巻、源氏君、卅六歳の正月より、」卅七歳の十一月、玉かづらの男子を」うみ給へる事など書て、さて、（中57オ）』其あとに、「秋の夕のたた《ゝ》ならぬに」と」書たるに、一年をくはへて、卅八歳」の秋までの事有と心得べし、」諸抄の義、不用之、」

256ほとふれといささ《ゝ》かうちとけたる」御けしきもなく思はすにうきすくせ」也けりと思ひ入たるさまのたゆみなき」（2オ、935）

是、実父おとど《(ゝ)》など、髭黒にとおも(中57ウ)』むき給ふ故に、弁のおもと、媒して、終」に玉かづらを大将、得給へりければ、玉」鬘の本意ならでうちとけ給はぬ」さまをいへり、実父も光君もゆるし」給へる事を、ただ《(ゝ)》にかくしぶしぶ《(〳〵)》なる」べきいはれなけれども、光君の御心も」猶はなれぬさまなるに、うちつけに」大将にうちとけ給はば《(ゝ)》、光君へもを(中58オ)』のづから憚りあるべく、入内あるべき」御身なるに其恐れもあるべし、又、蛍兵部卿など、懇にの給ひしあた」りにもさすがにおもふ所有て、玉」かづらの心とは大将になびかぬさま」をみせて、媒の弁のおもとをも疎み」給へるけしきなるべし、然ども、世とと《(ゝ)》」もに歎き給へりし光君の懸(中58ウ)』想をのがれて、世上の疑ひを心清く」はなれ給へれば、玉鬘の身にとり」てはさいはゐといふべし、同じ事」の内にも、宮仕し給てもこきでん、」秋好のはば《(ゝ)》かりあり、又猶、源氏のけ」さう、のがれがたく、又、蛍兵部卿など」の風流に美麗なるかたになびき」給ひては、玉かづら、好色にめでて《(ゝ)》(中59オ)』心となびき給ふに似て、光君の御心の」中、恐ありて心よからず、心づきなしと」みおとし給へりし髭黒に逢給て」かくうちとけぬけしきあれば、諸方の」恨みも薄く、光君をいとひがてらに」実父のおもむけにしたがふやうならむ」はば《(ゝ)》かりもなし、とかくにらうあり、い」たりふかき有さまにや、奥の巻に(中59ウ)』も、玉かづらの心とは髭黒にあひ給は」ぬさまにしなし給へるを、源氏もほ」め給ひし事あり、賢女の有さまを面」白く書出たる作物語のさま、奇々妙々、」

257をのかあらんこなたはいと人わらへなるさま」にしたかひなひかても物し給なんとの給ひて」　（9オ、941）

式部卿宮の身の威勢にほこるのみに」て短慮におはしますさま也、女は三(中60オ)』従の礼有て、嫁しては夫にしたがふべ」き物なれば、大将のさり給はぬかぎり」は、御子どもなどもおはする中を、」引きりに取返し給ふまじき御事也、」

ことにものの《(ゝ)》けに煩ひやつれて、たけ」き事もなき北の方なるをや、果して」後悔し給へる事を書て世人の教と
す、」

258此おほ北のかたそさかなものなりける(中60ウ)』　(23ウ、953)

心さがなくあるまじきいましめの詞也、」

259はしたなかりしにことつけかほなる」を宮にはいみしうめさましかり歎き給ふ　(26ウ、956)

はしたなく北の方を迎へとりて、大」将、おはしけるにも出逢給はず、姫」君をもみせまいらせずなどありし恨」に
かこつけて、音信も絶てし給ぬ」を歎き悔み給ふ也、是また、人のしう(中61オ)』と《(ゝ)》として心すべき教なるべし、」

260まめたちてさふらひ給へはえおほすさ」まなるみたれ事もうち出させ給はて」　(31ウ、960)

是亦、玉鬘の貞節あり労ある」さまなるに、帝もえ乱させ給は」ざると也、女の心ただ《(ゝ)》しきに、いかで」みだるる《(ゝ)》た
はれ男あらん、人の不義」をなすは、わがしわざのあだなる故(中61ウ)』ぞと人に教ゆる書ざま也、且又、」玉鬘のふるまひ、
女の本なる有さま也、」

261おしむへかめる人も身をつみて心くるしう」なん［一字アキ］　(33オ、962)

「身をつみて」とは、わが身をつみ」て人の痛きをしる心也、君子の」絜矩の道、上ににくむ所、下に使」ことなか
れ、下ににくむところ、上に」つかふまつる事なかれ、前後左右(中62オ)』みなしかり、これ、天下を平にす」る要道とかや、
大学の章句に」見ゆ、冷泉院を天暦の聖代に」比してかけりといへり、薄雲巻にも」道々の文を御覧の事あり、ここ《(ゝ)》」
に此御心づかひあるよしをかき、光」君を実父としろしめしてより御」位をもゆづらんとおぼしめし、終に(中62ウ)』尊号を

奉り給へる大孝のさま、」大王、王季を追王せし上古の聖人」にもかよひたる書さま、又、寄妙《ママ》にや、」

262 さるものの《(ゝ)》くせなれは色めかしう」 （40ウ、968）

近江君のさま、偏に狂言ながら、」又、人の教也、つつ《(ゝ)》しみ思ふべき所也、」

263 秋の夕のたた《(ゝ)》ならぬに」 （40ウ、969）

此前に、「其年の十一月に」と有て、ここ《(ゝ)》（中63オ）』に「秋の夕」とかける、又、一年を添て、」源氏君、卅八歳までかけると見るべ」し、前ニ註スルコトシ、さて、梅が枝、藤裏葉の」巻を過て、若菜の巻に、光君、四十」歳にて御賀の事などあるに、年」数、たがはざる物也、」

(32)梅がえの巻」

264 かうともはむかしいまのとりならへさせ（中63ウ）』給て御かたかた《(〳〵)》にくはらせ奉給ふ二くさ」つつ《(ゝ)》合せさせ給へと聞えさせ給へり」 （2ウ、975）

明石の姫君、入内あるべき用意に」薫物を合せ給ふべきことを、朝顔の」斎院、紫上、花散里、明石上などへ、二」種づつ《(ゝ)》あつらへ給ふ也、かやうにて其」人々の御心づかひ、其風流など試」給はんとてなり、かく女がたへはたき物、（中64オ）』又、後に、男方へは手本、巻物などあ」つらへ給へり、是も其才覚、有職の」ほどをこころ《(ゝ)》み給ふべきとなるべし、」よき人はおとこもをんなも、其才」覚、風流、常に嗜むべきための教也、」栄耀にほこりて、ただ《(ゝ)》に酒宴、遊興」にのみかか《(ゝ)》づらひ、文筆、藝能をもた」しなまぬをいましめ、心付んためと知べし、（中64ウ）』

265 人のねんころなりしきさみになひきな」ましかはなと人しれすおほしなけきて」 （19オ、989）

光君の愍に口入給ひし時、承引し」給はざりしあやまりを悔み給ふ也、物」のいきをひ、時節、時宜、心すべきいましめ也、」

266かの御をしへこそなかきためしには有けれ」（19ウ、990）

桐壺の帝の賢き御教訓を思出給也、」親のいさめは、たとひをろかなるにても、（中65オ）』子を大切に思ひていふ故に、子の」ため、後まで悪からぬやうにとて」いふべきを、まして賢き親の詞は」一生の規範なるべきを、子の若気」にてしたがはざらんは、愚痴、放埒、」不孝、不義、数々、つみおもきわざ」なるべし、此夕霧への教訓、万人」の子たるものの《ゝ》いましめなるべし、（中65ウ）』よく心をつけてみるべき也、」

267いささ《ゝ》かのことのあやまりもあらは」かろかろ《〳〵》しきそしりをやをはんと」つつ《ゝ》みしたに［一字アキ］（20オ、990）

是らの詞、をろ」そかにみるべからず、随分、つつ《ゝ》し」みてだに、猶、時としてさし出る」私心にひかれて、すきずき《〳〵》しきとがをおふ事あり、ましてつつ《ゝ》（中66オ）』しむ心もなき人をや、是、源氏の」朧月夜故、すまの愁有し事を」の給へども、是をみる人の万事に」わたるべきをしへなり、」

268おとど《ゝ》のくちいれ給ひしにしふねかりきとてひきたかへ給ふなるへし」（21ウ、991）

源氏君、内府に口入給ひしこと、」物語にはみえず、所々に其おもむ（中66ウ）』きは有し、此詞にて慥に口入給ひ」しとみすべきために書出し詞也、」

269いかにせまし猶やすす《ゝ》みいてて《ゝ》気色」をやとらまし［一字アキ］（22オ、992）

此詞、次に藤の」うらばの巻を書て、雁を霧に」あはせ給ふ事をいはん微意也、」

(33)［藤裏葉《［脱文］》巻］

270 なといとこよなくはかうしし給へる」（3ウ、998）

雲ゐの雁を夕霧にゆるし給（中67オ）』はん心をあらはし給ふ詞なり、」

271 おと《（ゝ）》との御まへにてかくなんとて」（5オ、1000）

内府の文を光君に夕霧のみせ」申給ふ也、父君への礼儀なり、」

272 いとかうさくにねひまさる人なり」（6オ、1001）

夕霧を、内府、ほめ給ふ詞也、此巻の」さま、乙女巻などのさまとは雲泥の」けしきなり、はじめに思案あるべき（中67ウ）』ことを、一旦のいかりにし損じ給へる」かろが《（〱）》ろしさを書て、人の教とする」なるべし、此跡に、「おと《（ゝ）》との御掟の、」あまりすくみて、名残《［ママ］》くつおれ給ひ」ぬるを、世人もいひ出る事あらんや」と源氏の給へる詞あり、人々、兼て」おもふべきをしへなり、心をつくべし、」

273 わかかたたけう思ひかほに心をこりし（中68オ）』てすきす《（〱）》きしき心はへなともらし給ふな」（12ウ、1006）

我に理有て人の屈したる時に、」それにほこりて人をなみし、過言」などする事あるまじきことの」いましめなり、万事に渡る教訓なり、」

274 つみものこるましうそまめやかなる」御心さまなとの年比こと心なくてねんし」過し給へるなとを有難うおほしゆるす（中68ウ）』（14オ、1007）

実法におはする夕霧に難面《［つれな］》き」つみをみゆるし給ふと也、人、忠信を」主とすべきよしの教としるべし、」此巻、内府の過を改め給へる故に、」万事、まどかにうるはしく成たり、」「過則勿憚改」との聖言、誠なる哉、」

275 あせちの北方なともか（ゝ）るかたにて」うれしとおもひ聞え給へり（中69オ）』　（14ウ、1007）

乙女巻にて、雲ゐの雁のめのと、」あないみじや、大納言殿にきこし」めさんこともなどいひし、浅はか」なりし女詞の軽薄なりしを」いましめいはんとてかける詞なるべし、」

276 つゐにあるへきことのかく隔たりて」過し給ふをかの人も物しと思ひ歎かる」らん此御心にもやう（〳〵）おほつかなく（中69ウ）』あはれにおほししるらん」　（16ウ、1009）

紫上の此思ひやり、仁愛深く、おい」らかなる心ばせ、誠にあまたの中」にすぐれ給へる所也、他の女心ならば、」おさなきより我こそおふしたてたれ」ば実母にしたしみあらせじと、」殊更にへだて侍らんかし、かくお」となしやかにおはする故に、源氏の（中70オ）』君もよくおぼしよるかなと感じ」給ひ、明石上も思ふ事かなひて自」得し、御中らひ、あらまほしくなど」して、いづかたもいづ（〳〵）かたもまろくふしなく」侍し、世上の女、見習ん為にかけりと」みゆ、」

277 あさみとり若葉の菊を露にても」こきむらさきの色とかけきやから（中70ウ）』かりし折のひと詞こそ忘られぬ［ママ］」　（21ウ、1013）

今、中納言になり給ひて、「六位すくせ」といひし大輔乳母に夕霧の給へ」る哥也、これ、梅が枝巻に、「浅緑、きこえこちし御めのともに、納言に」のほりてみえんの御心ふか（ゝ）るべし」と有し首尾也、」

278 あるしの御座はくたれるをせんし（中71オ）』有てなをさせ給ふほとめてたくみえ」たれと帝は猶限あるいや（〳〵）しさを」尽してみせ奉給ぬ事をなんおほしける」　（24ウ、1016）

冷泉院の孝の御心也、誠や、延喜帝」とやらん、天子に父母なしとの給はせし」御誤りに、地獄におちさせ給ふな」どいふ事あり、上、一人より、下、庶人に至る」まで、孝は徳の本也、「昔者《ムカシ》、明王之以(中71ウ)』レ孝ヲ治ニム天下ヲ一也」云々、孝経にみえたり、」「愛敬、親につかうまつるに尽《ツキ》て、」徳教、百姓にくは(ゝ)り、四海に刑《ノリ》す、」蓋シ天子之孝なり」ともいへるをや、」

(34)若菜巻上」

279あはれなる御ゆつりにこそはあなれ」　(31ウ、1051)

紫上、おとなお(〈)となしき御詞也、すべて」此巻に女三宮、六条院の本台に(中72オ)』入給ふ事をかけるは、紫上の寄特《［ママ］》」をあらはして世上の女わらはの」心づかひの本にすべきためなるべし、」人、富貴自在なるほどは誰もみ」さを(ゝ)たてやすし、貧賤零落」にて貞節うるはしき事は有徳」の人ならでは有がたし、「年寒く」して松柏の凋むに後ること(中72ウ)』を知」といへり、今までの紫上のらうら(〈)う」じさより、女三宮の入おはして後の」有さま、一入、哀を書つくして、終に」光君の御心ざし、女三宮よりまさりて有しより、げに浅からぬ御」中なりし、能々、心を付てみ侍べし、」

280いかてかはかはかりのくまはなからん」　(32ウ、1052)

おとなしやかに、物をねたくおぼす(中73オ)』心はなき紫上といへど、式部卿宮」の北方のうけはしげに、日比、の給ひ」しに、さればこそと思はれんが妬き」など覚給ふほどの心のくまはあらんと也、」

281今はさりともとのみ我身を思ひあ」かり［一字アキ］　(32ウ、1052)

明石上、朝顔斎院などの」疑ひ有しかど、終に事もなくて」過にければ、「今はさりとも」と御心(中73ウ)』おちゐたるにと也、細流云、「紫上《［ママ］》、」いまは本台に《［ママ］》双ふ方なくみえし」に、かやうの事出来ぬるは、是則、」盛者必衰の理あらはれ

侍」云々」、

282 ことのわつらひおほくいかめしき事は」むかしよりこのみ給はぬ御心にて」　（33ウ、1052）

をごりを退け給ふ心也、人の教也、」

283 なまはしたなくおほさるれとつれ(中74オ)』なくのみもてなして」　（40オ、1058）

これより以下の紫上の心ばへ、所々、」皆、世の女の見習ふべく書たる物」也、よくよく(〱)心えてみるべし、」

284 さはかりのほどに成ぬる人はいとかく」はおはせぬ物をとめとまれとみぬ」やうにまきらはしてやま給ひぬ」　（47ウ、1065）

かやうにをくれ給へる所を、尋常(中74ウ)』の女は、態、其さがを見出し、笑む」やうにのみすべきを、おとなし」やかなる有さま、かへりて光君の御」心ざし、添べき也、みる人、心すべし、」

285 さしならひめかれす見奉り給へる」年比よりも台の上の御有さまそ」猶有かたく〔一字アキ〕　（48ウ、1066）

女三宮おはして紫」上に夜離《ガレ》など有て後、弥、光君(中75オ)』の御心ざし、添るさま也、是、にくげ」に妬み恨みたらんより猶まさ」れる夫の心ざし、帚木巻に」「それにつけても憐まさるへし、」おほくは我心もみる人からおさ」まりもすへし」といへるに叶へる者にや、」

286 御返も時々につけて聞えかはし給ふ」　（51オ、1068）

朧月夜の尚侍、貞心なき有さ(中75ウ)』ま、昔よりの本性、改らざる心ば」へを書て、よにみぐるしかるべきこ」とのいましめに書なるべし、朱雀」院、御遁世のの(こ)ちは、かへりていさぎ」よく、かやうの御返事なども絶」てこそあるべきに、女の御有さま」の猶にごれる所有しより、男」君もいひかか（ゝ）づらひ給て、終に逢（中76オ）』みえ給ひし事、又、よのいましめなるべ」し、「もとよりつしやかなる所はお」はせさりし人」といひ、「え心つよくも」もてなし給はす」などかける筆」誅の詞なるべし、」

287なこりおほくのこりぬらん御物語の」とちめにはけに残りあらせまほし」きわさなめるを［一字アキ］（56オ、1072）

尚侍の御ここ（ゝ）（中76ウ）』ろ、猶光君にはなれぬを、中納言」見知たれば、猶あはせまいらせたく」思ふ心也、君、君たらねば、臣、臣（々）たらぬ」有さま、世人の心づけに書たるべし、」

288女君さはかりならんと心え給へれと」おほめかしくもてなしておはす」（57オ、1073）

前にも、「思ひあはせ給ふ事も」あれと、姫君の御ことのの（ゝ）（中77オ）』ちは何事もいと過ぬるかたの様《ヤウ》」にはあらす、すこし隔る心そひ」て見しらぬやうにておはす」と」あり、よのつねならば、かやうの」こと、今更にあるまじき事とも」諫め申給ふべけれど、女三宮、いり」給ひての後は、隔てて（ゝ）見しらぬさ」まし給ふ也、然ども猶光君、心苦（中77ウ）』しくおぼす事を、次の詞に、「中中（〳〵）」うちふすへなどし給へらんよりも」」とかけり、「此とき、声なきもこゑあ」るにまされり」といへるたぐひ、堪能」の藝も賢女のふるまひもおもむ」きは同じかるべし、心を付てみるべし、」

289かくにくけなくさへ聞えかはし給へはこ」となをりてめやすくなん有ける（中78オ）』（62ウ、1079）

紫上の心、おさおさ（〳〵）しきゆへに、万方め」やすく有しと也、又、人の教なるべし、」

290いかめしき事はせちにいさめ申給へは」（63オ、1079）

前に、「いかめしき事は昔よりこのみ」給はぬ御心にて、みなかへさい申給ふ」と有し首尾也、此次にも、「世中」の煩ひならんこと、更にせさせ給ふま」しくなんといなひ申給ふ事、度』(中78ウ)々になりぬれは」と有、」

291 其としの二月のその夜の夢に」　(79ウ、1094)
ここ《(ゝ)》にて明石上を心高く思初し事」の故を云也、若紫、すま、明石等の巻に有」しことなり、物語の書ざま、寄《[ママ]》
也、」

292 おと《(ゝ)》との君のあなたにありと」　(85オ、1099)
明石上の心づかひ、殊勝也、又、みせ」ならはせんの心とするべし、』(中79オ)

293 よこさまにいみしきめをみたた《(ゝ)》よひし」も此人ひとりのためにこそ有けれ」　(92オ、1105)
須磨、明石の両巻より、紫式部、石」山にて書初しといひつたふるも、」此事ひとつの一部の趣向のもと」なりし故
なるべし、只、「今夜は十五夜」也けり」といふばかりにはあらじかし、」

294 これは又具してたてまつるへき物侍り』(中79ウ)　(92オ、1105)
下巻の住吉まうであるべき微意也、」

295 さりやよくこそひけしにけれ」　(95オ、1108)
紫上の明石上をおとしめあなどる」心、露もなく、かへりてはまばゆき」まで数まへあへしらひ給ふに、明石上、」
それにつのる心なく、身のほどを」知てよろづ卑下し給ふ故、紫上と」も中よく、源氏君の御心にもよく』(中80オ)かなひて、
さなをし所なく、たれも」物し給ふめれば、心やすくなんとの給へ」ば、明石上、さりやよくこそ卑下し」にけれと
思ひつづ《(ゝ)》けらるる《(ゝ)》也、紫上」と明石上とのたがひの心むけ、誠に」みならふべきところなり、」

296 おさおさ《〳〵》けさやかに物ふかくはみえす」（96オ、1109）

女三宮の御かたの有さま也、かやう（中80ウ）』の事のゆへに衛門督のあやまち」もいできたるさまなり、」

297 女房などもおとなおとな《〳〵》しきはすくなく」（96オ、1109）

おとなしく物馴たるは物ごとに」よく気を付る故にあやまちすく」なし、わかやかにざればめるは物ふか」きことなきゆへにつつ《ゝ》しむかたも」をろそか也、猫のつなにみすをあげ（中81オ）』しを心づけざりし等のこと、あや」まちあるべき所なれば、人の心得の」ためのをしへなり、」

298 かくことさまになり給へるはいと口おしく」むねいたきここ《ゝ》ちすれは」（98オ、1110）

衛門のかみ、かくあるまじくおほけな」きことを思ひ初て、終に女三宮の」御身をもいたづらになし奉り、我（中81ウ）』もあらはにはかなくなれり、万人」の教にかけり、よくよく《〳〵》心をとどめ《ゝ》」て見侍るべし、悪をみては湯を」さぐるかごとくして、をそれつつ《ゝ》」しむべし、私の心に任て我も悪を」知ずしもあらずながら、しゐて」非をとぐる事あるべからず、」

299 おとと《ゝ》の君もとよりほい有ておほし（中82オ）』をきてたるかたにおもむき給はは《ゝ》」とたゆみなくおもひありきけり」（98オ、1111）

おさなきよりらうたく愍にし」おはしける光君の御ために、かく」うしろぐらき心ざし、まことに身を」ほろぼすべきたねなるべし、かやうの」すぢなき事、一念も思ふべからず、」

300 みすのそはあらはに引あけられた（中82ウ）』るをとみにひきなをす人もなし」（101ウ、1114）

女三宮の女房達、若きはおほく、お」となおとな(〳〵)しきはすくなかりしゆへ、」物ごとに心をつくる事なき有様」也、又、いましめにかくとみるべし、」

301うちきすかたにて立給へる人」　(101ウ、1114)

女三宮也、前に夕霧の、「いとわかく」おほとき給へる一すちにて」、「おさおさ(〳〵)(中83オ)』けさやかに物ふかくはみえす」と思へ」りし首尾なり、貴女のいましめ也、」

302此人のかくのみ忘ぬ物にことと(ゝ)ひ物し」給ふこそわつらはしく侍れ心くるしけなる」有さまも見給へあまる心もや添侍らん」　(107ウ、1119)

女三宮、おもおも(〳〵)しくおく深くおは」しまさば、つかへ人の侍従もかやうには」え申まじく、かつ、此おほけなき文の(中83ウ)』使をもえすまじきに、かろめ奉て、」まさなき使をもし、かやうにも申也、」且又、侍従、まことの忠節の物ならば、」たとひ女三宮は若々しくおはすとも、」をのれたふとみて、かか(ゝ)る使をもす」まじく侍るを、おくふかか(ゝ)らぬ若人」にて物に心もつかぬ者なれば、終に」あぢきなき媒して、わりなき(中84オ)』折の文をも遠慮なくみせ申て、しと」ねの下にさしはさみ給へるはかなき」わざにしなし侍し、高きも賤きも」見給ひあさみて、つつ(ゝ)しみ侍るべし、」

(35)若菜巻下」

303おほかたにてはおしくめてたしと思ひ」聞ゆる院の御ためなまゆかむ心やそ」ひにたらん(中84ウ)』　(2オ、1125)

平生には安全永久と思ひ奉る光」君を、女三宮に物申たき心あるよ」り、とくほいとげて遁世をもし給へ」かしと思ふ悪心もそふと也、若菜上」に、「おとと(ゝ)の君、もとよりほい有て、」おほしをきてたるかたにおもむき」給はは(ゝ)」と思ひし事ある首尾也、」人の性は善なる物ながら、気質の偏（中85オ）』にひかれてかか（ゝ）る悪念おこりやすし、」其悪念のゆくするゑは、人をそこなひ、」国を乱し、終に身をほろぼし、子孫を」も絶し侍るべし、されば、悪念、心に」きざさ（ゝ）んはじめにをそれはば（ゝ）かり」て、必、思ひきり侍るべし、「あやまりて」は改るにはば（ゝ）かる事なかれ」と日」日に思ひ出すべし、もとより道に（中85ウ）』心ざして敬の一字を胸につけて悪」念あらじとおもはんものは、天の道」にかなひて仏神の加護をもかう」ぶり、身を全く、家久しくして誠」のたのしみあるべくこそ、」（3オ、11 26）

304 われさへおもひつきぬるここ（ゝ）ちす」夕霧の朋友に信ある心ばせ、」是亦、学問のゆへなるべし、（中86オ）』

305 これはさるわきまへ心もおさおさ（〳〵）侍らぬ物」なれと［一字アキ］衛門督、女三宮をなびけ」まいらせまほしき心あるに、東宮の此」猫の心のまたなつきがたきと仰」らるる（ゝ）をもうたておもひて、是は」さやうの人をわく心も侍らぬ物と」いへるなるべし、人情をよくうつし出」たる作り物語のさま、寄妙［ママ］にや、（中86ウ）』（5ウ、11 28）

306 心の中にあなかちにおこかましくかつは」おほゆ［一字アキ］おこがましと思ひながらもなを」えやまで、春宮よりめすにもまいら」せず、取こめらるる（ゝ）をろかなるさま」を書て、又、いましめとするなるべし、すべ」て我がおこがましと知ながら、心をあざむ」きてあらためざる故に、終に身をほろ」ぼすにも至るべし、おこがましと思ひ知（中87オ）』はじめにあらためてやまんを智とすべし、」（6オ、11 28）

307 いみしく事ともそきすてて（ゝ）世の煩ひ」あるましくとはふかせ給へと」（15オ、11 36）

自由なるべき御身に猶倹約なる」こと、光君の本性にて、前にも其」心あり、人の教としるべし、」

308さるは尼君をはおなしくはしはのふは」かりに人めかしくて［一字アキ］　（16オ、1137）

老者をばやす（中87ウ）』むじ給ふ心ばせを書て、又、教とする也、」

309ことこと（〱）しきさまならてわたり給ふへく」　（23ウ、1144）

朱雀院の御賀あるべき微意也、」

310いとかく具しぬる人はよに久しからぬ」　（45ウ、1163）

紫上、物のけにわづらひ給ふ事、此末」にあり、さやうの事、かくべきため」にかけることば也、」

311わかつみある心ちしてやみにしなく（中88オ）』さめに中宮をかく」　（49ウ、1166）

かやうの御物がたりのゆへにつき」よりて、故六条の御息所の霊気、」紫上をなやましまいらせ給ふと」見せんためにかきし詞也、」

312しはしこそいとあるましき事にいひ」［アキママ］返しけれ物ふかか（ゝ）らぬわか人は」　（59ウ、1175）

大事とあるべきことは初めより（中88ウ）』取あへまじき也、小侍従、心よはく、取」あへて、終に心ゆるびして、女三宮の」御ため、あぢきなき事、しいでたり、」悪をみては湯をさぐるがごとくす」べし、「非礼勿聴」などいふ事、忘るまじき也、」

313ゆかのしもにいたきおろし奉るに」　（61オ、1177）

衛門督、はじめはかくおほけなき」をしらせ奉らんばかりにと（中89オ）』文などまいらせて、只今も猶わが」心にもいとけしからぬことなれば、」けぢかく中中（〳〵）思ひみだるる（ゝ）事」もまさるべき事までは思ひもよら」ず、いみじきちかごとをさへせしかど、」かく近付まいらせては、其つつ（ゝ）し」みも忘れ、後の自他のためをも」かへりみず、かくおほけなく成果（中89ウ）』たり、是、世のすこし心ある者の」不善をなす事、皆、かくのごとし、」初めつつ（ゝ）しむ心あるも、其所に」至りてはかくあぢきなくなる」わざなれば、かねて思ひきりて」不善をつつ（ゝ）しめとの教なるべし、」

314 さかしくおもひしつむる心もうせて」　（62ウ、1178）

一たび、つつ（ゝ）しみを忘るれば、果々（中90オ）』はかやうにわが身もよにふるさま」ならず、跡たえてなどまで思ふ」心になりゆくは、世の不義をな」す男女のありさま、皆、かくのごと」くなれば、よくよく（〳〵）慎むべしとの心也、」

315 さてもいみしきあやまちしつる身」かなよにあらん事こそまはゆく成」ぬれとおそろしく空はつかしき（中90ウ）』　（65ウ、1181）

悪事をなせる人、みな此後悔あ」るべし、それもやがてあやまちを」あらためば、今より後だに身安く」心のどかなるべきに、はじめも悪事」と我も知ながらつみをかしたる」人なれば、猶改めあへぬうちに」度かさなりて、終に身をほろぼ」すに至る事、必せり、かねて思ふべ（中91オ）』きいましめにかける詞なるべし、」

316 世中しつかならぬくるまのをとなと」をよその事に聞て人やりならぬ」つれつれ（〳〵）にくらしかたくおほゆ」　（67ウ、1183）

賀茂の祭とて都の物見にする」ことも、心にあやまちあれば、興」なく冷しく覚ゆ、是、人のわざ」ならず、わが悪をせし故なれば、人や（中91ウ）』りならずと書也、よに悪をなし」たる人の心のをにに（ゝ）、一生、世をぢ」をそれて、よろづのたのしみなく」なる事、悪事をなせしゆへの大損」也、恐るべくつ（ゝ）しむべし、」

317中宮の御ことにてもいとうれしく」　（71オ、1186）

前に、此みやす所の事を紫上に」語り給へる所に、中宮をかくとり（中92オ）』たてて（ゝ）、人の恨みをもしらず、ここ（ゝ）」ろよせ奉るを、あの世にても見な」をされなんとの給ひしゆへに、いま、」霊のかく申すなるべし、」

318中宮にも此よしをつたえ聞え給へ」　（72オ、1186）

此御息所、生てのよに人を妬み」苦しめ給ひしむくひに悪道に」おちて、修法、読経のたふとかるべ（中92ウ）』きわざも、身のくるしきほのをと」なると也、誠に世の女の疾妬［ママ］悪念、」絶ざる人にいましむる詞なるべし、」

319よにかしこくおはする人もいとかく御」心まとふ事にあたりてはえしつめ給ぬ」　（75オ、1189）

たとひ心のまどはん時もよく心を」しづめて未練なるまじきことと（ゝ）の」いましめなるべし、但、ここ（ゝ）の心は（中93オ）』紫上を大切に思召さまをいふならし、」

320たちぬる月より物きこしめさてい」たくあをみそこなはれ給ふ」　（76ウ、1191）

女三宮、懐妊し給て悪疽の御気色」也、彼柏木の夢に獣を見しもしる」きわざなるべし、男女の中の不」義は人しれぬ事と思へど、かやうの」隠しがたく罪さりがたき事有、（中93ウ）』をそるべきいましめをかくなるべし、」

321かの人もかくわたり給へりときくにおほ」けなく心あやまりしていみしき事と」もをかきつ（ゝ）けてをこせ給へり」　（79ウ、1193）

世の不義をなし、悪事をなす人、」はじめはみづからも不義、悪事と」いふ事を知て、随分に隠し忍ぶと」すれど、つのりて後は其憚をも(中94オ)』忘れて、人めをもしゐてつつ《ゝ》み」あへずのみ成行て、かく光君のお」はする時しもねたく心やましく」さへ成て、さまざ《〳〵》ま書つづ《ゝ》けて文をまいらせしをろかなるわざを、心あや」まりしてといふなるべし、さて顕れ」ての千悔、万悔、何のかひあらん、法に」あらずはする事なかれと戒る心にや、(中94ウ)』

322さしはさみしをわすれにけり」　（83オ、1196）

かやうの大事を忘れ給はんとは侍」従もしらじ、柏木もしり給はじ、なを、」女三宮、みづからもしり給ふまじ、然ども、」忘るる《ゝ》といふ事、人に在て、顕れまじ」きと思ふ事も不意にあらはるる《ゝ》」習ひある事を書て、世人に不義、」不法をなしてあらはれまじきと(中95オ)』思ふ事なかれ、みる事、きくこと、」いふ事、うごく事にも法にあらずは」すまじきと、はじめよりつつ《ゝ》しみをそ」るべしとのをしへにかくなるべし、」

323故院のうへもかく御心にはしろしめして」やしらすかほをつくらせ給ひけん」　（86オ、1199）

薄雲の御ことのむくひにてか」やうの事あるにやと、柏木巻に(中95ウ)』薫の生れ給ふ所に、光君、おぼし知」ける事あり、世界の因果の道」理をかきて悪事をいましめ侍る也、」

324いとあさましくいつのほとにさる事」出来けん［一字アキ］　（87ウ、1201）

よもあらはれじと思ふこ」との、今更悔てかひなき有さまを」書しるして、兼て用心すべきい」ましめとす、かやうの事を柏木の(中96オ)』身の上とみればよその事のやう」なれども、是は作り物語にて世間」のありさまをかける物なれば、面々、」身の上の事と思ひて外の事」とは見るべからず、」

325かの御心よはさもすこしかるく思ひ」なされ給ひけり」　（91オ、1204）

朧月夜も玉かづらにくらべてかろ(中96ウ)』がろしきを見おとし給ふ也、女のか」ろが(〳〵)ろしきをいましめし詞なり、」 (107オ、1218)

326 おとと(ゝ)母北のかたおほしさはきて」

柏木のまさなき心あやまりに、」父母のぅれへにさへなりて、不孝」のつみさへ浅からぬ有さま也、論」語に、「父母はただ(ゝ)其病のみを」ぅれふ」といへり、「父母いますとき(中97オ)』は友にゆるすに死をもてせず」ともあり、身を心にまかせて、」あだなるわざに身をかへりみぬ」やぅの事、君子のせざる所也、」すこし心あらん士子、心すべき所也、」

(36)柏木巻」

327 後の世のをこなひにほいふかくすす(ゝ)み」にしを親たちの御恨みを思ひて(中97ウ)』 (2ウ、1227)

衛門督も父母の孝心にて発心をも」思ひとまるまでの遠慮は有けれど、」誠の心ざしなく、敬を忘ぬまではあ」らぬあやまりに、女三宮をしたふは、」不義、不忠、不信なるとのつつ(ゝ)しみな」かりしゆへ、終に身をかろが(〳〵)ろしく、」あやなき恋路にたはれて、身をわ」づらひ、身をほろぼして、父母の不(中98オ)』孝に至る有さまをかきて、皆人、如此の」事あるべし、慎むべしとの心なるべし、」

328 われより外に誰かはつらき心つから」もてそこなひつるにこそあめれと思ふ」にうらむべき人もなし」 (2ウ、1227)

悪人の悪をなすも、悪とはみづから」もしれど人はしらじと思ひて、心を」あざむきて悪をなして、もし幸に(中98ウ)』まぬかれても安き空なく恐る心」絶せずは、何のまぬかれしかひあらん、」まして、其悪、あらはれて、身をいた」づらになすらん時はいかにくやしく侍る」べき、されば、かりにも悪をなすべからず、」悪をなして其とがをかうぶり、身を」ほろぼすにいたりては、人々、みなこの」柏木衛門のかみにことならずとしら(中99オ)』せんためにかける詞なるべし、ここ(ゝ)」ろづからもてそこなふといふ事、心を」つくべし、一念、ひるがへして、心づから」善をなさば、此恨みなく、悔みなく、一」生、必、身、安楽なるべきものを、」

329 おと(ゝ)となとのおほしたるけしきそ」いみしきやきのふけふすこしよろしか」りつるをなとかいとよはけにはみえ給ふ(中99ウ)』とさはき給ふ」 (9オ、1233)

親として子の病ひをうれふる」はいかに堪がたく悲しかるべきに、」其うれへを親にかけながら、ひ」そかにやをらすべりいでて(ゝ)侍従」とかたらひて病ひを重くして、」又、かくさはがしまいらすること、」不孝のうへの不孝なるべし、他の(中100オ)』ふるまひにも此たぐひの事有と」いへど、わきてかやうのわりなき」恋路に親にしらせず、身をぬす」み出て、我身もくるしめ、親にな」げきをかくる事、あるまじき事也、」

330 さてもあやしやわかよとと(ゝ)もに」おそろしと思ひし事のむくひなめり」 (10オ、1234)

藤壺の御事を、光君、思ひあた(中100ウ)』り給へるさま也、細流にも、「此物語、」一切のむくひをかけり」とあり、」まことに因果の理、まぬかれぬ」ことなれば、悪事をつつ(ゝ)しむべき」也、朧月夜尚侍は兄嫂[ママ]也、その」むくひはすまの愁あり、藤壺の」御事は終に世にしられず、其」難もなかりしかど、又、かか(ゝ)るむ(中101オ)』くひをかきて、光君、みづからお」もひあたり給へるさまを書たる」は、不善、不義のふるまひを世人」にいましむる心としるべし、」

331 久しうわつらひ給ふほとよりはこと」にいたうもそこなはれ給はさりけり」 (23オ、1245)

をもき病者に逢ての愛拶[ママ]」、かくあるべき事なり、行幸巻に(中101ウ)』大宮の御煩ひを光君おはしとぶ」らひ給ふ詞にも此心づかひあり、」

332おやにもつかふまつりさしていま」さらに御心ともをなやまし君に」つかふまつる事もなかはのほとにて」

（24オ、1246）

「今更に」といふ詞、心を付べし、親の」子をおふしたつる事、むつきの内」よりあげまきのほど、いくばくの(中102オ)』苦労にて、成人ののち《(ゝ)》、彼おさなき」ほどの御心づくし、すこし休めぬ」べききざ《(ゝ)》みとなりて、又、今更に病」のうれへをかけ、さきだちて死」なんさかさまの歎きをかくると」の心也、柏木の身をつ《(ゝ)》しまぬ心」一つにて、不孝、不忠のつみふかきこ」とをかきて、人の子、人の臣としては(中102ウ)』身を全くすべきいましめをいふにや、」

（35オ、1256）

333いまはのほとにもの給ひをくこと」侍しかは〔一字アキ〕

前に、柏木の、「一条に物し給ふ」宮、ことにふれてとふらひ給へ」など、」夕霧に遺言せられし事也、」此心にてとぶらひ給ふはまことの朋友」の信なるべし、たびかさなりて」後、女二宮の有さま、ゆかしく思ひ(中103オ)』なり給ひて、まめ人の名をも、終に」はくたし給へり、心あるべきことの」をしへなり、」

（41オ、1261）

334かの一条の宮にもつねにとふらひ」聞え給ふ〔一字アキ〕

女の御あたりには、」道に心ある人は、さるべき故有」ともさのみはちかづくまじき」ことの心づかひのためにかくなるべ(中103ウ)』し、「人非木石皆有情、不如不逢」傾城色」と白楽天の作りしいま」しめ、よく《(〳〵)》おもふべし、かくたび《(〳〵)》」とぶらひ給ひて其ありさまを」み給ふにつけて、「此宮こそは聞し」よりは心のおくみえ給へ」、「かたちそ」いとまほにはえ物し給ふましけ」れと、いと見くるしうかたはらいたき(中104オ)』ほとにたにあらすは」などもおも」ひより給ふ也、心づかひあるべき」（中104ウ・第二冊了）こと也、』

(37)横笛巻」

335やまの帝は二宮もかく人わらはれな」るやうにて詠給ふなり入道の宮」も此よの人めかしきかたはかけはなれ」（3オ、1269）
朱雀院、かくさまざま(〳〵)の御歎き」あるは、悪后の、光君のため、さがなく」おはしけるむくひを書にや、」梅壺の久しき御心ざしのむ(下1オ)』なしかりしなども其心なるべし、」

336あまたつとへ給へる中にも此宮」こそはかたほなる思ひましらす」（7オ、1273）
万事、十分にとと(ゝ)なふ事はなき」世の習ひを思ひあはすべし、易の「亢」龍の悔ある」理り、誠なるにや、」

337さうのことをいとほのかにかきならし」給へるもおくふかき声なかにいと(下1ウ)』と心とまりはてて(ゝ)」（10オ、1275）
夕霧、もとより懸想の心有しに、」此箏の音にいとど(ゝ)心とまり給ふ也、」すべて女はわが夫ならぬ外の男に」対して、情しりがほつくり、風流の」わざなどもていづまじき物なるべし、」此女二宮、柏木ののち(ゝ)に二夫に見」えじの心つよくましまさば、(下2オ)』夕霧に、かく、みやび、かはし給はでこそ」あるべけれ、尤、人の教を書る物也、」

338たた(ゝ)末つかたをいささ(ゝ)か引給ふ」（10ウ、1276）
想夫憐にはことにさしいらへ」あるまじきわざなるを、此次に」光君のやがて夕霧にも御異見」ありしは、此宮にただ(ゝ)ならじと」思ひやり給へる故也、恥かしきさま也、(下2ウ)』

339かの今はのとちめに一念のうらめしき」にももしは哀とも思ふにまつはれ」てこそは長きよのやみにまとふわさなれ[ママ]」（15ウ、1280）

「臨終の一念に生所定るといへ」り」と細流にも註せり、又、人の教也、」

340三宮こそいとさかなくおはすれ常」にこのかみにきをひ申給ふといさめ聞え」（16ウ、1281）

三宮は後に匂兵部卿と申て、（下3オ）』帝、后、とりわきおぼしめしたるみこ也、」をしたちあやにくなる本性に」て、人の煩ひなるべき事をもかへり」み給はず、手習の君に対してわり」なき有さま、薫にうしろめたき」しわざども有ける其御心ばへ」をかねてみせたる物なるべし、」

341女は猶人の心うつるはかりのゆへよし（下3ウ）』をもおほろけにてはもらすましう」こそ有けれとおもひしらるる《ゝ》こと」ともこそおほかれ」（19オ、1283）

光君、好色に練じ給へる御心に」おもひしらるる《ゝ》事有しと也、」まことに人のいましめなるべし、」

342おなしうは心きよくてとかくかか《ゝ》つらひ」ゆかしけなきみたれなからんやたか（下4オ）』ためも心にくく《ゝ》めやすかるべき」（19オ、1284）

夕霧のただ《ゝ》ならじとをしはか」り給ひて、自他の名、ただ《ゝ》ぬやう」にとの御異見のさま也、是亦、万」の人の心づかひを示す詞なるべし、」

343さかし人のうへの御をしへはかり心つ」よけにてかかる《ゝ》すきはいてやと」（19ウ、1284）

光君、色このみにおはして（下4ウ）』夕霧をいさめ給へるゆへ、此心の夕霧」にあるさま也、子を教むとならば」父の身をおさめて庭訓をもな」すべきいましめなるべし、大学曰、」「其所レ令スル反二スレバ其所一レ好シ而民不レ従ハ、是《コノ》故ニ君子ハ有テ二諸己一ニ而」后求ム二諸人一ニ、」無シテ〔合字〕二諸己一ニ而」后ニ非《ソシル》二諸人一ニ、所レ蔵《ヲサムル》二乎身一ニ不シテ〔合字〕レ恕《ヲモンバカラ》而能喩《サトス》二諸人一ヲ者ハ、未ダ二之レ（下5オ）』有一也」

といへり、民をおさむるも、子」を教るも、をのれに善有て人の」善をせめ、をのれに悪なうして」人の悪をも正すべき也、」

344 うちいて聞えてけるをいかにおほ」すにかとつ(ゝ)ましうおほしけるとそ」　（21ウ、1286）

おやに対して、其御心にさはるべき」はば(ゝ)かりあらん事は、かろがろ(〳〵)しく(下5ウ)』いひいづまじきをしへなるべし、」

⑶⑻鈴虫巻」

345 火とりともあまたしてけふたきま」てあふきちらせはさしより給ひて」空にたくはいつくの煙そと思ひわ」かれぬこそよけれ」　（3ウ、1292）

「空焼のやうを教給ふ也」と細」流にも註せり、女三宮の御方(下6オ)』の女房、物ふかから(ゝ)ぬわか人どもなる」ゆへ、よろづのよういを教給ふ由也、」

346 心ならぬ人すこしもましりぬれは」かたへの人くるしうあはあは(〳〵)しき聞え」いてくるわさなりけり」　（7ウ、1296）

女心のあさはかなるが、はじめは」人まねに尼をねがへど堅固に」とをるはまれ也、あまたの中に(下6ウ)』さやうの心定らぬ人、一人もあれ」ば、かたはらの人をもみだして、果」は名をたつる事、出来ると也、」尼にかぎらず、出家のうへ、すべて、」よろづのをしへなるべし、」

⑶⑼夕霧巻」

347 まめ人の名をとりてさかしかり給ふ」大将此一条の宮の御有さまを猶(下7オ)』あらまほしと［一字アキ］　（2オ、1309）

是、此物語の筆」誅の詞也、実法の名を取て柏木」の上などをもどきし人なるを」「さかしかり給ふ」と云也、孟津抄云、「人」若き時はたしなめども、後には」さもなき也、よく嗜めとの教也」、」

348うたてもあるかなと宮はおほせと」ことさらめきてかるらかにあなた(下7ウ)』にはひわたり給はんもさまあしきここ(ゝ)」ちして たた(ゝ)をとせておはしますに」 (9ウ、13 15)

うたて覚えながら、只、音せで」おはしますは油断なるべし、かく」あやうき所はすみやかに立さり」給ふべき教をかく也、すべて女の在所」は心あるべきか、宇治の大君のかべの」中のきりぎり(〳〵)す、もぬけの空蝉など(下8オ)』の心づかひをおもふべし、」

349よそにきくあたりにたにあらす大」とのなどの聞おもひ給はんことよ」 (14ウ、13 19)

女二宮の憚りおぼしめすべき事」どもをかきて、かくいづかたにもよ」からぬ中をあるまじきしわざなれ」ば、女がたにも油断あるべき事なら」ず、夕霧も遠慮あるべきこと(下8ウ)』との心に、此さまざ(〳〵)まのはば(ゝ)かりを女」二宮のおぼしめす心の上にて書也、」

350かく何かしか心をいたしてつかふまつる」御す法にしるしなきやうはあらん」 (19オ、13 23)

律師の高言也、此詞に慢心あり、」終に霊気を降伏せざらんこと」をふくめたる書ざま也、」

351すくすく(〳〵)しき律師にてゆくりもな(下9オ)』くそよやこの大将は」 (19オ、13 23)

「ゆくりもなく」は不意、とかく遠」慮なきさま也、此事をかろがろ(〳〵)し」くいひ出て、終に御息所を驚し」、煩ひをおこして、霊気、其よはめ」にとりよる便りをえたり、すべて」病者のあたりに物いはんに、」病人の心にさはらん事をかろが(〳〵)ろ(下9ウ)』しくいふまじきよしのをしへなるべし、」

352ありしやうをはしめより委う聞ゆ」（21ウ、13 25）
小少将が遠慮なきさま也、是亦、」病者の心にさはらん事は心しつ」べきいましめ也、はたして「何にありの」まま（ゝ）に聞えつらん」と後悔せし有」さま、是も筆誅して戒むる詞也、」

353律師もさはきたち給て（下10オ）』（35ウ、13 38）
はじめの高言、過言、面目なからん」有さま、又、験者のみならず、よろづの」道の人にも兼て可思之戒なるべし、」

354さまさま（〳〵）おほしいつるにやかてたえ入」給ひぬ［一字アキ］（36ウ、13 39）
女二宮、さまざま（〳〵）不幸におは」しますさま也、朱雀院の姫君、二」かたながら、かく色々にさま悪く」おはしますさま、心あるべし、前ニ註ス、（下10ウ）』又、細流云、「此物語、かく験方にも、」成就、不成就をよくかけり、悉皆」、世間のありさま也」、」

355さかしたつ人のをのかうへしらぬやう」におほえ侍れ［一字アキ］（63ウ、13 62）
柏木巻に、「さかし人」の上の御をしへはかり心つよけにて」かか（ゝ）るすき心はいてや」と夕ぎりの」思ひ給ひし首尾なるべし、（下11オ）』

356此なめけさを見しきかしとおほしけ」れはおほとのへかたた（ゝ）かへむとて渡り」給ふ［一字アキ］（73オ、13 70）
是、雲ゐの雁のおもおも（〳〵）しか」らぬしわざ、後悔の基なる事」を書て、世の女のたけだけ（〳〵）しく」男の家を出ありくまじきいましめ」をいふなるべし、」

357 よしかくいひそめつとならは何かはおれ（下11ウ）』てふとしも帰り給ふ」　（76オ、1373）

是亦、致仕のおとど（ヽ）の本性にて、」式部卿宮の物のけの北の方を」迎へ給へるかろがろ（〳〵）しさと事は」かはれども、其あとは同じ事に」成ゆく物なり、よろしくはからひ」こしらへて、早く男のもとへ返し給」べかりし物を、女の男にとつぐに（下12オ）』帰の字をかけり、公羊伝註曰、「婦人」嫁シテ以〔合字〕レ夫ヲ為レ家、故ニ謂テレ嫁ヲ曰フレ帰ト」とあり、」これらの道理にても男のさらぬ」かぎりは男の家を出まじき物也、」

358 おほとのの（ヽ）君は日ころふるまま（ヽ）におほ」しなけくことしけし」　（77ウ、1374）

雲井の雁也、是、案のごとく後」悔し給ふさま也、尤、女のいましめ（下12ウ）』なるべし、男の心、一向にかはりはて」て我をさりはてばせんかたなし、」さもあらぬに、疾妬〔ママ〕を忍びがたき」ばかりに、三従の礼義をそこな」ひて、みづからおとこのもとを出」帰るは大なるひが事也、心を付侍べし、」

(40) 御法巻」

359 紫の上いたうわつらひ給ひし御心ち（下13オ）』のの（ヽ）ちいとあつしくなり給て」　（2オ、1381）

若菜の下巻にて御ものの（ヽ）のけに」わづらひ給てのの（ヽ）ちも、此巻にて」うせ給ふ事をかか（ヽ）んとて也、世の盛者」必衰、会者定離の断〔ママ〕を示す也、」

360 法花経千部いそきて供養し給ふ」　（3ウ、1382）

「急きて」といふ詞、哀也、うせ給はんの」心がまへに急ぎ給ふ也、出家の御い（下13ウ）』とまをゆるされぬを、我身の罪障」ふかき故にやとおもひとり給ふ」ゆへに、此法事をいそぎ給ふなり、」

361心ほそきすちは後の聞えも心をく」れたるわさにや」　（5ウ、1384）
明石上、例のかどある遠慮也、」病者などへ贈答せん心づかひ、」尤、かくあるべきをしへ也、哥も「此（下14オ）』よにねかふ法そはるけき」とは、紫」上の菩提のためにし給ふを、明」石上は祈禱の心に取なして読る也、」

362やかて此つゐてにふたんの読経せん」ほうなどたゆみなくたふとき」ことと（こ）もをせさせ給ふ」　（7ウ、1385）
紫上、菩提を忘れ給はぬ心づか」ひなり、人々、たれもかくあるべし（下14ウ）』との教にかく也、尋常の女は愚」痴にて、かへりていまいま（〳〵）しと思て、」仏事など、かねてはせざる物なれば也、」

363かきりもなくらうたけにおかしけ」なる御さまにていとかりそめに世」をおもひ給へるけしきにる物なく」　（11オ、1388）
紫上を此物語の中の第一にかける」に、容儀、心ばせ、相具して、今、臨終（下15オ）』の折にも、やつれ給へるかたちながら、有し」よりけに似る物なしといへり、其上、此世」の栄花にほこり、万事、心にたらひ給ふ」身には命も一入おしかるべきに、生」者必滅の理をよく弁へて聊も輪」廻なき有さま、なべてかくあるべき」教にかくなるべし、」

364いふかひなくなりにけるほとと（こ）いひ（下15ウ）』なからいとなめけに侍りやとて」御几帳ひきよせてふし給へる」　（12ウ、1389）
紫上、終焉に、猶、礼儀を忘れ給は」で、中宮に敬有て、御几帳隔てて（こ）」ふし給へる、いけるかぎり、貞節有、」礼儀あり、男女老少、かくあらま」ほしき有さま、彼曽子の席を」かへつるためしも思ひよそふべし（下16オ）』、

365御色はいと白くひかるやうにて」　（15ウ、1392）
紫上、生てのかたちはさら也、臨終」死後までをつくせる書ざま也、」大論云、「臨終之時色黒者堕」地獄、赤白端

正者行天上」等有、」

366しにいる玉しゐのやかてこの御からに」とまらなんと」（16オ、1393）
前に夕霧のしゐてしぼりあけて（下16ウ）』見奉る所に、「まことに心まとひ」もしぬへし」とありし首尾也、」

367世中にさいはいありめてたき人もあい」なうおほかたのよにそねまれ」（20ウ、1396）
わが寵愛せらるる《(ゝ)》にほこりて人を」ないがしろにするゆへ、人には妬まるる《(ゝ)》」に、紫上、さやうにはあらざりし
也、」是は人に対して御心よかりしさま也、（下17オ）』

368よきにつけても心のかきりをこ」りて［一字アキ］（20ウ、1397）
わが富貴にほこりて物の」ついえをかへりみず、人の煩ひをも」いとはぬゆへ、人のくるしみとなるを、紫」上はさ
もなかりし也、是は家事に」つつ《(ゝ)》しみ有し心ばへをほむる詞也、女」も男も、尤、見習ふべき有さま也、」

⑷幻巻（下17ウ）』

369紫上、生前死後、善つくし、美つくし」たるを、光君の恋慕給ふ有さま」をかける巻也、歳始より除夜に」至るまで、
四の時々に付て哀悼の」御心ばへをさまざま《(〳〵)》かけり、夕顔上、」葵上、薄雲女院等の御愁傷に」文法をかへて一入の哀
を尽せり、」

370大将の君はやかて御とのゐに侍ひ給（下18オ）』（18ウ、1418）
夕霧の孝あるさま也、高官、高位」の人は身のおもおも《(〳〵)》しきにつきて、」かやうの愁傷の折節の孝養の」上も大やう
なる事おほし、今、大」将、学問のしるし有て、御おば大宮」の御事をはじめ、父君につかう」まつり給ふさまも人

にことなる由」を書て、世人のいましめなるべし、(下18ウ)』　（23オ、1422）

371 ゆくするゑなかきことをこひねかふ」
仏名は歳末なれば、罪障さんげの」うへに、導師、千秋万歳の祈念を」なす也、然ども、ことし、明なば、入道、」遁世の御心ざし有ければ、此世の」祈念を仏の聞給はん事、片腹」いたしとおぼす也、此次の雲隠の」巻は名ばかりにて其詞はなけ(下19オ)』れど、嵯峨院に遁世の御事、末」にみゆ、其下心をここ《(ヽ)》にいへるにや、」

372 其日そいてたまへる御かたちむかし」のひかりにも又おほくそひて」　（24オ、1423）
年始にも御心ちなやましきさま」にもてなして、みすのうちにのみ」おはしまし、御弟兵部卿宮ばかりに」御対面あり、其外は対面し給ふこ(下19ウ)』とおさおさ《(〳〵)》なき由、前に有、然ども、」ことし、暮て、春、明なば遁世の御」心に、是をかぎりの御形をみえ給は」むとにや、仏名の結願の日、出まみ」え給ふさま也、一入、哀ふかきにや、」

373 物思ふと過る月日もしらぬまに年」も我世もけふやつきぬる」　（24ウ、1423）
是、としあけば、世をのがれ、入道(下20オ)』し給はん心有て、「わかよもけふやつ」きぬる」とよみ給ふさま也、世上の無」常変改の有さま、盛者必衰」の有さまをくり返し示す物也、」

⑷2雲隠巻」

374 此巻、名ばかりにて其巻はなし、」紫式部、文法の奇妙、此巻をかか《(ヽ)》」ざるにあり、其よし、諸抄に在て、(下20ウ)』湖月抄ニ委、然るに、後人、此巻を補ひ」て、桜人、巣守、八橋、刺櫛、さがのの《(ヽ)》」上下などいふ巻々、かける由ながら、」をそらくは狼藉寄《[ママ]》怪なる物な」るべし、一向、取用ゆべからず、」

⒀匂宮巻一名薫大将」

375 此巻より薫の歳をもて年紀」をたつるに、幻巻にては五歳な（下21オ）』りし、雲隠巻のほどに九年こも」りて、此巻にて十四歳、元腹（服）のこ」とあり、六歳より十三歳の事は」雲隠の中に在と知べし、さて、十四」歳より廿歳の春までの事、この」匂宮のまきにみゆ、」

376 ひかりかくれ給ひにしのち」（2オ、14 29）

花鳥餘情云、「光君、さがの院に（下21ウ）』隠居し給ひて、二、三年のの(ゝ)ち、終に」昇遐し給ひしことをいへり」、私案」此発端より以下此巻の有さま、」雲隠巻といふ巻はあるべくも」あらず、只、此巻より書出たる物と」みえたり、心をつけて吟味すべし、」

377 なを心安き故郷に住よくし給ふ也けり」（2ウ、14 29）

此詞、のちに二条院に中君ををき（下22オ）』給ふ事をかくべき微意なるべし、」

378 わか御心よりをこらさらんことなどは」すさましくもおほしぬへき御けしきな」めり［一字アキ］（3ウ、14 30）

是亦、中君のことなど、かくべ」き微意とみゆ、」

379 たた(ゝ)ひとりの御末のためなりけりと」みえて明石の御かたはあまたの宮」達の御うしろみをしつつ(ゝ)あつかひ（下22ウ）』（4ウ、14 31）

源氏の御身のすま、あかしにおはし」などせしも、みな入道の祈願にて」住吉に宿願の故のよし、前にみえ」たり、其首尾の詞なるべし、仏神」の信心、利益深きことはりを云也、」

380ほの聞給ひしことの折々いふかしう」　（7オ、1433）
薫の実父は柏木なるよし、内々、人」の申きかせしことあるなるべし、（下23オ）』かほるの宇治にて弁にあひて、」とはずがたり、聞給ふ事を書べき微意」也、且又、薫に一生、道心有しも此故」としらせんかきざま也、」

381すこしなよひやはらき過てすきたる」かたにひかれ給へり」　（11ウ、1436）
匂宮の本性をかき出たり、始中終、」好色の人におはしけり、（下23ウ）』

382中将は世中をふかくあちきなき物」におもひすましたる心なれは」　（12ウ、1437）
薫の本性をかけり、柏木の後世」をすくはん心有て、道心有しさま也、」

⑷紅梅巻」

383此巻と次の竹川は、匂宮、薫などの、」光君の御のちにはよにめでられ」給ふ事をかけり、（下24オ）』

384をのを（〳〵）の御かたの人なとはうるはしうも」あらぬ心はへうちましりなまくねくね（〳〵）」しき事もいてくる時々あれと北方」いとはれはれ（〳〵）しう今めきたる人にて」つみなくとりなしわか御かたさまに」くるしかるへきことをもなたらかに」聞なし思ひなをし給へはめやすかり」けり　［二字アキ］　（2ウ、1447）
継子、種かはりの姉妹（下24ウ）』の御中なれば、御めのと女房な」どのくねくね（〳〵）しく心よからぬ事など」あれど、まま（ゝ）母の北方、をとなしき」人にて、なだらかにことなくし」なし給ふと也、細流にも此所を」ひとの教をかけるよしあり、世」の継母のさがなきにいましめたる」詞なるべし、女中にかぎらず、男（下25オ）』の中にも、此「わかかたさまに苦し」かるへき事をもなたらかにきき（ゝ）」なし、思ひなをし給」ふといふ所を」心をつけて見ならひ侍るべし、」

385八のみやの姫君にも御心さし浅からて」
宇治の中のきみの事也、宇治十」帖をかか《(ゝ)》む微意なるべし、ここ《(ゝ)》もと」は椎がもとの巻にあたれり、(下25ウ)』 (15ウ、1458)

(45)竹河巻」

386故とのの《(ゝ)》情すこしをくれむらむら《(〳〵)》しさ」過給へりける御本性にて心をかれ」給ふ事も有けるゆかりにや誰に」もえなつかしう聞えかよひ給はす」 (3オ、1463)
わが世に陰徳をつみをけば、」子孫にいたりて陽報ある習ひ」をしらしむる詞也、千金万巻を子(下26オ)』孫にのこさんも、陰徳を冥々」の中につまんにはしかざるよし、司馬」温公の家訓にあり、彼于公が門」を高くし、魏顆のために草を」結びし老人のためしを思ふべし、」かりにも人に情なくあたる事」あらんは、子孫のため、あしきたぐ」ひ、よにおほきいましめなるべし、(下26ウ)』

387みつからのいと口おしきすくせにて思ひ」の外に心つきなしとおほされにしかは」 (4オ、1465)
玉かづらのわかか《(ゝ)》りしよに、冷泉院」の御位の時、宮仕へし給ふべかりしを、」ひげぐろにすくせ有て本意たがへ」給ひし残念、忘れがたくし給ふ心也、」終に此心にて此姫君を蔵人少将に」あはせずして、院参せしめまいら(下27オ)』せて、さまざま《(〳〵)》後悔の事などあり、」「今、終に事ひきいて給ひてん」など、世のあざけりに逢給ひし」也、わが私をさしをきて、よによろしき」ほどをはからふべきをしへを書り、」

388はは《(ゝ)》北方の御文もしはしは《(〳〵)》奉り給ふいと」かろひたるほとに侍れとおほしゆるす」かたもやとなんおとと《(ゝ)》も聞え (5オ、1465)
給けり(下27ウ)』

蔵人少将の母北方は致仕のおとど（ゝ）の」御むすめ、雲ゐの雁、玉かづらの実の」御いもうと也、おとど（ゝ）とは夕霧也、」いづれものがれぬ方にて、かく詞を」くはへ給ふにはゆるし給ふべき事」にや、又、少将、官位こそ浅からめ、其」人がらもめやすく行さき頼もし」き人なるをや、されど、冷泉院へ心（下28オ）』ざし有て、終（ママ）ゆるし給はざりしが末」よろしからざる由を書て教とす、」

389 そもそも（〳〵）女一宮の女御はゆるし給ふや」　（8ウ、1468）

夕霧の此詞、少将に此姫君をゆ」るし給はぬは物しとおぼしながら、」其色をみせ申給ふべきならねば、」只、おとなしやかに大筋目ばかりを」の給ひて、猶、はば（ゝ）かりあるべきよし（下28ウ）』をほのめかし給ふ有さま也、院の御」事をの給ふにも「さかり過たる心ち」すれと」と（ゝ）いひ、「よろしう生いつる」女子侍らましかはと思給へよりなから、」はつかしけなる御中にましらふ」物の侍らてなん」などの給ふも、この」「はつかしけなる御中」とは、秋好中宮、」こきでんの女御等のおはします事（下29オ）』也、是も玉かづらの姫君を、今、はかば」かしき御後見もなき御有さまに」ては無用なるべき心をこめての給ふ」さま也、わが御子の少将にゆるされ」ぬゆへ、妨げざまにはの給ひにくけ」れば、大やうにふくめての給ふ心也、」

390 いさやはしめよりやむことなき人の」かたはらもなきやうにて（下29ウ）』　（17ウ、1476）

玉かづらの御まま（ゝ）子、左近中将、」右中弁なども御むすめを院へまい」らせ給ふをあやしき事に思ひ」の給へど、玉かづら、同心し給はぬ有さ」ま也、やむごとなき人のかたはら」もなきを憚り給はば（ゝ）、秋好やこき」でんをも其遠慮あるべきを、」それには其心しらひもなくて（下30オ）』かくの給ふは偏に下心あれば也、」

391 世にかたくなしきやみのまよひになん」　（20ウ、1479）
此詞、聞過しがたき所なれども、」とかく院に心よせ有て玉かづらの」同心なき也、後に悔み給ふ事をかか（ゝ）」むために、かやうにさまざま（〳〵）わりなき事」をかけり、」

392 位なともあさえたるほとをなと覚す（下30ウ）』　（21オ、1480）
是も蔵人少将、のちに昇進して、」玉かづらのまま（ゝ）子の君達、うらや」むさまなる事をかか（ゝ）むとて也、」

393 右の大殿御車御せんの人々数多奉れ」　（25オ、1483）
玉鬘のしわざは無曲けれども」よそにみがたくておとなしやかに」し給へるさま也、雲ゐの雁も同じ心」也、世にある事の有さま、文意、奇也、（下31オ）』

394 おほしとるかたことにてかうおほし」たちにしかはともかくも聞えかたく」て侍るに　（29ウ、1487）
母上のしわざのあやしかりしが」案の如なれば、あはめ申さるる（ゝ）詞也、」

395 誰も誰（〳〵）もひんなからんことは有のまま（ゝ）」にもいさめ給はて今ひきかへし」　（30オ、1488）
玉かづら、女気のし損じを悔みなが（下31ウ）』ら、つれなしがほにの給ふ詞也、女は」三従とて、夫、死ては子にしたがふべ」き道なるを、はじめ中将弁などの」いさめにしたがはで、しゐて女心に」任せ給ひし事のよからぬを、後人」の心すべきいましめにかけるなるべし、」

396 右のおとと（ゝ）もひかひか（〳〵）しきやうに」おもむけての給ふなれはくるしうなん（下32オ）』　（30オ、1488）
夕霧もわが御子の望みかなはね」ば、態、さまたげざまにこその給はね、」あるまじき院参なるべきよしは」ほのめかし給ひしを、玉かづらも」心得給へど、私の心ひくかたにて姫」君をまいらせ給ひて、其末、かくよ」からねば、有のままに（ゝ）はいさめ給はで」との給ふ也、大やうにて下には院（下32ウ）』参を無用のよし、夕霧、の給ひし」事を玉かづらも聞知給へる故、」かくほのめかさで有のままに（ゝ）は」の給てと也、」

397 はやおほしたつへきになん」　（36ウ、1494）

是も蔵人少将にいもうと君にて」なぐさめんと玉かづらのの給ひし事、」たがひぬれど、又、夕霧、おとなしやか（下33オ）』にすぢめの上にて返答の詞也、」

398 かきりなきさいはいなくてみやつかへの」すちは思ひよるましきわさ也けりと」おほうへはなけき給ふ」　（39ウ、1496）

玉かづらの後悔し給ふさま、偏に」世人のいましめ也、身に応ぜぬ事は」すべて身の苦しみなるべき理也、」

399 聞えし人々のめやすくなりのほり（下33ウ）』つつ（ゝ）さてもおはせましにかたわなら」ぬそあまたあるや」　（39ウ、1496）

あなづり給ひし蔵人少将を初め、」いづれも高官に成のぼりて、婿」にとり給ひてよろしきがあまた」有と也、師説云、「はじめ玉かづらの」彼少将にゆるし給はで、一念のた」がひによりて、したしかるべき夕霧（下34オ）』雲ゐの雁、こきでん等の兄弟にも」恨みをむすび、今上の御けしき悪く」て、中将弁などの愁をのこし、今は」みづから後悔し給へり、世上に交る人」は、おとこも女も、ほどよくはからふ」べしとのをしへなるべし」、

400 院のうへはうらみ給ふ御心たえぬそ」かし今つゐに事引出給ひてんと思ふ（下34ウ）』　（41ウ、1497）

院も、猶、昔を忘させ給はず、玉か」づらもむかしを思給ふ心有て」姫君をもまいらし給へば、終に」いさぎよくは

おはせじと草子地也、」是、兄弟姉妹の中にも心づよくて、」少将をいとひてひめぎみを」院に奉り給ひしも、昔を忘ぬ」ゆかりなりし事をいふべきとて也、(下35オ)』此私心にて終に理を背給へば、」をのづから、後悔、出来し心の諫也、」

401 いまはかか《ゝ》ることあやまりにおさ」なうおほけなかりけるみつからの心を」 (42ウ、1498)

はじめ御息所、院参のあらましの」時、こきでんの女御、懇にの給ひしを」頼み、秋好中宮も源氏の御ゆかり」におぼしゆるさんと頼み給ひて、(下35ウ)』女御、后も下には物ねたみの心、」などかなからんの遠慮なく、こと」にはかば《〱》かしき後見もなくて」院参せしめ給ひし事のみづから」悔きとの歎き也、玉かづらの君、」六条院におはせし時は、実父の」おとど《ゝ》、光君など、御在世にて、」よろづつつ《ゝ》しみ深く、いづかたにも(下36オ)』さまあしからじと心づかひし給ひ」し故、女の本とだに定られ給」に、今は髭黒だにうせ給ひて、」誰にはば《ゝ》かり給ふかたなきままに《ゝ》、」只、我意に任せてのみし給ひ」しわざの、人のもどきをおひ給」やうになりて、みづからも歎給也、」若くても老ののち《ゝ》も、万につつ《ゝ》(下36ウ)』しみぶかく、さまあしからぬやうに後の」有さままで《ゝ》遠慮すべき教也、」

402 宇治のひめ君の心とまりておほゆるも」 (43ウ、1499)

八宮の御むすめ、大君の事也、ここ《ゝ》」もと、椎が本巻の中ほどに当れり、」是も宇治十帖、かくべき有増也、」

(46)橋姫巻宇治十帖第一也」

403 はかなき御あそひに心をいれておひ(下37オ)』いて給へれは［一字アキ］ (8ウ、1512)

此宮の御伝へにて、御」むすめ、大君、中君も、箏、琵琶、」すぐれ給へる事をいはんとてなり、」

404 かか《ゝ》るほとにすみ給ふ宮やけにけり」 (9オ、1513)

はじめに、北方、うせ給ふ事を書て、」又、かやうの不幸をかく、此宮の発」心のもと也、次の詞に、「ここ《（ゝ）》にはさ」へきにや、只、いとひはなれよと殊（下37ウ）』更に仏なとのすす《（ゝ）》めおもむけ」給ふやうなる有さまにて」と有、」仏の方便には、かくうきめをみせ」て、菩提におもむけ給ふ事ある」ことはりをかけるなるべし、」

405そくなからひしりになり給ふ心をきて」〔一字アキ〕（11ウ、1515）

薫、もとより道心あれど、出家、」成がたき身なれば、俗ながら聖に（下38オ）』八宮のなり給ふ御心掟を習はま」ほしとみ《（ゝ）》とど《（ゝ）》め給ふ也、宇治に」ゆきかよひ給ふ事のもとい也、」

406ひめきみの御かたに聞えてあは」れとの給はせはなんなくさむへき」（19オ、1521）

薫、俗ひじりの心ばへを願ひておはしながら、姫君にゆかしき心を懸」そめて、終に好色の思ひに沈み（下38ウ）』はて給ひし此うぢ十帖の趣向」のもと也、世に若き人など、すこし」仏道の心ざし有て物まうでなど」する人の、道のゆくてに美色を」見て、もとよりなまうかびなる」道心のかへりて好色の媒となる」たぐひおほし、まことに道心に」心ざさ《（ゝ）》ば、一向にあからめせで、女人（下39オ）』はぢごくの使ひ、よく仏の種子を」たつ心をしりをそれ侍るべし、」

407さらによそに思ひやりしには似す」いとあはれになつかしうおかし」（21オ、1523）

帚木品定に、「いかてはたかか《（ゝ）》りけん」とおもふより、たかへる事なんあや」しく心とまるわさ也」と有したぐ」ひ也、伊勢物語に、「おもほえず、古郷（下39ウ）』にいとはしたなくて有ければ、ここ《（ゝ）》」ちまどひにけり」といへるも同じ、」

408おこしつる老人のいてきたるに」ゆつり給ふ〔一字アキ〕（24オ、1526）

弁のおもと也、柏木の」めのとのむすめなれば、薫にとはず」がたりせまほしき内意ありければ、」さし過てあいさつをも申也、」

409君はひめ君の御返事いとめやすく（下40オ）』こめかしきを［一字アキ］（32オ、15 32）

はじめ、「雲のゐるみ」ねのかけちを」と返哥し給へる所」に、「浅からす哀なり」と薫のおぼし」次に、「さしかへるうちの川おさ」と読」給ふ所に、「まほにめやすく物し給ひ」けりと心とまりぬれと」と（と）あり、」みるにつけ、聞にしたがひて、心ざし」まさり、けはひのゆかしさ添たる心也、（下40ウ）』

410なからんのちもなとひとことうちほの」めかしてかは［一字アキ］（32ウ、15 32）

草子の上には、いつ、此」事、の給ひしとはみえねど、此後に」も此おもむきを宮の薫にの給ひ」し事あれば、度度（〳〵）参り給ひし」中に、姫君の御事を、かく、一こと、ほ」のめかし給ひし事あるなるべし、」

411聞えはけまして御心さはかし奉らん（下41オ）』（33オ、15 33）

是、匂宮を宇治へいざなひ申、中君」にあはせまいらせ、後にはくひの八千」たびにて、手習の君をさへいたづらになし、さまざ（〳〵）まのおもひをし給ふ事の」はじめ也、すべて人の言葉は、「吉凶、栄」辱、これ、其まねく所也」とのいまし」め、よくおもふべき物なるべし、」

412そのつゐてにも〈句〉かくあやしう（下41ウ）』（37オ、15 36）

此にもといふ詞、前に姫君達の事」を宮の薫にの給ひし事有し」と知べし、此次手にも又の給ひ出し心也、」

413又人きかぬ心やすき所にて聞えん」（41オ、15 40）

柏木の事、御母宮のうへなれば、こと」人に委聞すまじき心にてかくの給ふ也、」

(47)椎本巻」

414ひめ君はかやうのことたはふれにも(下42オ)』もてはなれ給へる御心ふかさなり」　(8オ、1552)

大君也、八宮も、薫の心ざしあらば」ゆるし給はん御心にて、薫にも、其」おもむき、の給ひけれど、宮、隠させ」給て後、大君、終に薫に難面《［つれなく］》」はて給ひしは、もとより此心なりし」故としらせたる詞なるべし、」

415すす《(ゝ)》しき道にもおもむき給ひぬへき(下42ウ)』をたた《(ゝ)》此御ことと《(ゝ)》ものいといと《(〳〵)》おしく」　(9オ、1552)

此姫君達をおぼしめす心、宮の臨終にもさはり給ひしと也、総角巻」に、ひじりの夢にも此輪廻により」てえうかび給はぬよしあり、其微」意をここ《(ゝ)》にかけり、後世を思はん」人のいましめに書なるべし、」

416なからんのち此君達をさるへき物の(下43オ)』たよりにもとふらひ思ひ捨ぬ物に」かすまへ給へなとおもむけつつ《(ゝ)》」　(10ウ、1554)

此宮の詞、薫の心ざしあらば姫君」をゆるし給はん心ありての給ひ」しなり、其故に奥に、「さはかり御」心もてゆるひ給ふ事のさしもいそ」かれぬよ」と薫の思ひ給へる事を」かけり、此さしも急がれぬ心、薫の(下43ウ)』くせにて、終に大君を得給はざりし」草子の有さま也、」

417りやうしたる心ちしけり」　(14オ、1556)

宮、御ゆるしの御おもむけをも」薫の聞置給へば、偏に大君を薫」は我物に領じたる心ちし給ふと也、」されど大君に其心ばへの宮の」遺言もなく、ただ《(ゝ)》かろがろ《(〳〵)》しき心、(下44オ)』つかひ給ふなとの御詞ばかり聞置」給へば、終に大君は薫に難面《［つれなく］》」はて給ひし、此あやにくなるところ」ろ、物語のふしなるべし、「男女の情」も偏に逢みるをのみいふ物かは、」あはでやみにしうさをおもひ」など、兼好法しが筆跡あるにや、」

［一行アキ］（下44ウ）』

418 過にし御おもてふせにかるかる《（〳〵）》しき」心ともつかひ給ふなおほろけのよす」かならて人のことにうちなひき此」山さとをあくかれ給ふな」（15オ、1557）

此宮の詞は、かろがろ《（〳〵）》しき事に」なびき給ふなとのいましめにて、」薫にも難面《［つれな］》くし給へとにはあら」ざらめども、大君は其下心を知（下45オ）』給はねば、只、一人住にておはせとの」事と聞給ひしおもむきなるべし、」あげまきの巻にも、宮の薫へ」との御おもむけもなかりしよしを」の給ふ事あるは、ここ《（ゝ）》の御遺言の故」なるべし、此巻のおくにも、「思はす」なる事のまきれ、露にてもあ」らは、うしろめたけにのみおほし（下45ウ）』をくめりし、なき御たまにさへ」きすやつけ奉らん」と姫君たち」のつつ《（ゝ）》ましうおぼしける事有、」

419 かやうにはもてない給はてむかしの」御心むけにしたかひ聞え給はんさま」ならんこそ［一字アキ］（25ウ、1566）

此薫の詞は宮の御」おもむけ、大君をかほるにゆるす」御けしきなりしによりての給ふ也、（下46オ）』此たがひめにて二人の御さま、文悪《［あやにく］》也、」

(48)総角巻」

420 此の給ふめるすちはいにしへもさらに」かけてとあらはかか《（ゝ）》らはなと行末の」あらましことにとりませての給ひ」をくこともなかりし」（4ウ、1589）

大君の同心なき故を有のままに《（ゝ）》」かたり給ふ也、八の宮、薫にはの給ひ（下46ウ）』をく事有しかど、大君には、ただ《（ゝ）》、」かろが(〻)ろしく人になびき給ふなと」ばかりの給ひしかば也、たとひ宮の」御心には薫にはまいらせんとおぼ」すとも、大君にはの給ふべくもあ」らねば、大君の心、終焉までもこの」通りにて薫に逢給はざりし也、」

421こよなうもてなしかたふて対面し』(下47オ)給ふ［一字アキ］(10オ、1593)

よのつねの人の上ならば、かく」一向に逢まじきと思ふ人には対」面もすまじき也、只、人伝にのみさし」いらへもあるべけれど、さやうにて」は何の情も哀もなく、物語の」ふしもなければ、かくのごとし、かやう」にあやにくなる二人の御中、あ」りさまなれば、さまざ(〻)まの情も』(下47ウ)風流もある也、」

422かくはあらてをのつから心ゆるひし」給ふおりも有なんとおもひわたる」(12オ、1595)

是、薫の本性なり、此心にて大君」にも終に本意をとげず、もど」かしき有さまなりし此作物語」の一ふしなり、かくて心のまま(ゝ)にあ」らんは、更にあやにくなる風情』(下48オ)も哀もあるまじければ也、兼好法師」が、「男女の情もひとへに逢みるを」のみいふ物かは、あはでやみにしうさ」を思ひ」などかけるも、此物語の哀を」うつせる物なるべし、」

423この老人のをのかしし(ゝ)かたらひてけ」せうにささ(ゝ)めきなとすさはいへとふか」からぬけにや［一字アキ］(23オ、1604)

前にも、例の御』(下48ウ)ぞに、「奉りかへよなと、そそ(ゝ)のかし」聞えつつ(ゝ)」とあり、大君、深き心ばへ」有て同心なきを、弁など、大かたの」あらまほしく、かつはめでたき御」事なれば、もどかしく見奉り、さい」まぐるさま也、姫君達のうしろみに」て物馴たる弁ながら、猶、深き心」ばせをくれたるか、又、老てひがめ』(下49オ)るにやと草子の地にいふ也、たとへ」ば、大君、薫の北方に成て京に出」給ふとても、誰、うしろみまいらす」る人もなければ、物の折ごとには」人わろき事もあるべし、さすがに」宮の御むすめにて、そぞ(ゝ)ろなる」妾風情のやうに薫の御心む」けばかりをたのみては、かひなきわ（下49ウ）』ざならんとおもへる大君の深き心」ばへあれば、同心し給はぬは理り也、」中君、匂宮に向へられ給ひしも、」薫の浅からずうしろみ給ふ事の」故にてこそみぐるしからずおはしけれ、それだに六君おはしては」中君も宮の御遺言を思ひ出て」宇治にや帰らんともおぼし、（下50オ）』大君の心ふかか《（ゝ）》りしを感じ給ひし悔」みども有し也、まして女二宮の御事は帝の御心むけなれば、薫も」辞し申がたくてうけひき給ひ」なんには、大君の有さま、必、中君」の後悔より猶まさりてこそ歎き」給はめ、されば遠きおもむばかり」有て、ちかきうれへをとり給はぬ（下50ウ）』かた、まさりたる心ふかさなるべし、」「前にほまれあらんよりは、しりへに」そしりなからんにはいづれ」といへる」心ばへ、誰も思ふべきことはりにや、」弁などの只今のめでたき事ばかり」を思ひて、後の変を思ひやる心」づかひのなきをろかさをいへる草」子地の詞なるべし、（下51オ）』

424まつゆつり聞えて［一字アキ］　（34ウ、16 14）

薫の心也、」中君を匂宮にまづゆづりまい」らせてと也、此あやまりにて、終に」中君をも大君をも薫のとりは」づし給ひて後悔たひたび《（〳〵）》なりし、」其上、浮舟の君の事にはかなき歎」きし給ひしも、皆、此しわざ一つ」より出来たり、是、柏木のあや（下51ウ）』まちの薫にも猶むくひて、」中君、浮舟の君、ともに匂宮に」依てあやしき悔をも歎きを」もし給ふ有さまを書て、不義の」ふるまひをいましめたる心なるべし、」

425弁もまいりてみちひきき《（ゝ）》こゆ」　（37オ、16 16）

弁が深からぬ故の有さまなり、」薫のおはして大君に、物、の給ひし（下52オ）』に、匂宮のまぎれ給ふには気を」付べき所也、かつ心をつけん人、いかで」見損じてみちびきし侍らん、」

426われもやうやう(〱)さかり過ぬる身そ」かしかか(ゝ)みをみれはやせやせ(〱)に」　（49ウ、1628）

此わたりの詞、おくに薫に対面」し給ひて、「わかおも影にはつる比」なれは」との給へることをいはん微(下52ウ)』意にや、」

427つねよりもわかおもかけにはつる比」　（56オ、1633）

彼「かか(ゝ)みをみれはやせやせ(〱)になり」もてゆく」とありし詞の首尾也、」「宇治十帖、第一の詞なるべし」と」細流にいへり、」

428いかてなくなりなんとおほししつむ」　（65オ、1641）

此大君、かやうにおもひよはり給へ(下53オ)』るよはめに、此宮の御座敷に悪霊」有て見入たるなるべし、手習の」巻にて手習君の霊の顕し時、」ひとりをば取つるよし、いへる、此女君の」ことなるべし、」

429おまへに人おほくもさふらはす」　（67オ、1643）

女宮の御前に人のさぶらはぬは」あるまじき事とのいましめ也(下53ウ)』、

430若草のねみんものとはおもはねと」むすほほ(ゝ)れたる心ちこそすれ」　（68ウ、1645）

匂兵部卿宮、そぞ(ゝ)ろに物ぐるはしき」まで色におはしますことをかけり、」いもうと宮に、けさうの哥、よみ給ふ」は、人倫のあるべき事にあらず、」かくすず(ゝ)ろはしき御心ゆへに、まめ」やかなりし薫の隠しすへ給ひし(下54オ)』手習の君をもかやうの不義の」こと有しとの心にかけるなるべし、」此宮は、帝、きさき、御寵愛あさ」からで春宮にもとおぼしけるに、」終に立坊のことをかか(ゝ)ず、是、かく」道理に背きたる御心からのわ」ざといましむる心なるべし、」

431うらなく物をといひたるひめ君も（下54ウ）』　（68ウ、1645）

伊勢物語にては、業平のいもう」とにけさうにはあらず、憐憫〔愍歎〕」の心なり、女の返哥も懸想までの」心にはあらぬを、態、けさうの心にて、」「うらなく物をといひたる姫君も」されてにくく《ゝ》おほさる」といへり、」兵部卿宮などやうの好色の御心」にては、いせ物語の業平の妹をめ（下55オ）』ぐみてよめるをも好色に見な」し給ひて、此女一宮の御あへしら」ひもなく貞節なるに感じて、」にくく《ゝ》おもひ給へる心也、」

432此君の御供なる人のいつしかとここ《ゝ》」なるわかき人をかたらひよりたる」有けりをのかしし《ゝ》の物かたりにかの」宮の御忍ひありき制〔ママ〕られ給て（下55ウ）』　（71ウ、1647）

大君の御病ひ、おもり給はんと」て、さまざま《〳〵》の事、さしつどひて、弥、」心をまどはし給ふさま也、前に、匂宮、」宇治へおはしながら、立より給はん」よしなきやうになりて、帰り給へる」をはじめにて、此六の君の御事」も、宮の忍びありき、制せられ」給ふ事も、みな大君の御胸（下56オ）』ふたがる事のたね也、此後に」も中君の夢に八宮の物おぼしたるけしきにてみえ給ひし事、」あざりが夢に、「聊、うち思ひし事に」乱てなん、ただし《ゝ》はし願ひの所を」へたた《ゝ》れる」よしを見たる、聞給ひ」しなど、さまざま《〳〵》、大君の歎きの事、」さしつどひて、終に本復なかりし（下56ウ）』有さま、是、皆、よに悪くなるべきこ」との時節には、さまざま《〳〵》の事、さしつ」どふ有さまをかけり、哀を尽せし」筆力なり、」

433これのみなんうらめしきふしにてとま」りぬへくおほえける」　（85ウ、1660）

大きみ、末期まで、猶、恨晴給はで、」薫にとけずして果給へるさま也、（下57オ）』

434 みるまま《（ゝ）》に物のかれゆくやうにて」きえはて給ぬるはいみじきわざかな」　（86オ、1661）
愛別離苦の人間の世の有さま」を人にしめす書ざま也、」

435 み奉り給ふにかくし給ふかほも只」ね給へるやうにて」　（86ウ、1661）
前に、「物覚えす成にたるさま」なれと、顔をはいとよく隠し給へ（下57ウ）』り」と有て、又、「かほかくし給ふ御袖」をすこしひきなをして」と書て、」うせ給ひてのちも、さながら、顔、」かくし給ひし事をかけり、最後ま」でも薫になびかでへだて給へる」事をかき、かつ大君の心ふかき御」用意を見せたるなるべし、」

(49)早蕨巻（下58オ）』

436 なかむれは山よりいてて《（ゝ）》ゆくつきも」よにすみわひてやまにこそいれ」　（16オ、1690）
月は山を出ても世にすみ侘ては」山にいるに、宇治山を出てゆく我も」思惟すべきことぞと也、宿木巻、」六君を匂兵部卿宮のいれ奉り」給へる所に、宇治に帰りいらんと、」中君、あらまし給ひて、薫へ、其由、（下58ウ）』申給ひし事あるも、中君、此哥の」心ばへ、始終おはする故の有さま、筆力、」寄［ママ］也、妙也、」

(50)宿木巻」

437 其比藤つほと聞ゆるは」　（2オ、1701）
藤壺女御は今上女二宮の御母也、」女二宮は薫の北方にまいらせ給、」其事をかか《（ゝ）》むとて書出たり、（下59オ）』扨、女二宮の御事をかくは、かく帝の」御むすめをえても、猶、大君の忘」がたきは慰まず、浅からぬ心ざし」をいはんとての心としるべし、」

438まつけふは此花一枝ゆるすとの給はすれは」　(6オ、1705)

姫宮をつかはさんとおぼせど、薫」の心ざしをも御らんじ知ず、」かつ急々なればとの心にて、先、けふ(下59ウ)』は此花一枝をつかはさるる(ゝ)との」御心也、「先」といふ詞、心をつくべし、」

439やうやう(〳〵)おぼしよはりにたるなるへし」　(8ウ、1707)

匂宮の好色にて、中君をわりなく」してえ給ひて、御心ざしも浅から」ざれども、又、六君にも御心離ぬ」ゆへ、おぼしよはりたるなるべしと」書て、其まま(ゝ)、「あたなる御心な(下60オ)』れは」と書つづ(ゝ)けたり、おぼしよはる」に、はやあだなる御心あれば也、」

440返す返す(〳〵)も故宮のの給ひをきしこ」とにたかひて草のもとをかれにける」　(10ウ、1708)

匂宮に逢初給ひしは中君のわざ」にもあらざりしかども、兼てにも此」思案あり、逢給ひて後も此あやぶ」みあれば、「返す返す(〳〵)も」といへり、又、大(下60ウ)』君の心のおもさをいはんとて也、すべて」身に応ぜぬさいはいをねがふは愚か」なる物のわざなるべし、たとひよ」きになりても、此中君のあや」ぶみのごとく、やすからぬ思ひ絶ず」としらしめんとての事ならんかし、」

441猶此御けはひ有さまを聞給ふたひ」ことになとてむかしの人の(下61オ)』　(23オ、1719)

中君を匂宮にまいらせし後悔也、」さるべき故有とも、兄弟親子の」むつまじき人ならでは、女中に」心やすくちかづくまじきいましめ」也、必、此心あるべければ也、薫のごと」きまめ人だにしかり、ましてこと人」は仲人などまでせしむつまじさ」をも心ゆるすまじきことなるべし、(下61ウ)』其いましめの心、則、おくにあり、且」又、心ざしをたてて（ゝ）すこし道の心も」あらん人は、人のゆるして近づくる」とも、男女の中は道ある事なれば」遠慮してちかづくまじき事也、」

442みつからとさへの給へるかめつらしく」　（40オ、1735）

薫、中君にまよひ給ひて、かくこ（ゝ）ろあさき人に似たるをこがましさの』（下62オ）ある事をかきて後人のいましめと」するなるべし、次の詞に「さは年比」のしるしもやうや（〱）うあらはれ侍る」にや」との給へる、片腹痛きわざ也、」

443かつはいひうとめ」　（42オ、1737）

中君にまよひ給ふゆへ、初め匂宮」に大切の媒のさまとはかはりてをこ」がましき有さまを書て、世人、必、かか（ゝ）』（下62ウ）る心ざしを持まじきいましめとする也、」

444御袖をひかへつ」　（43ウ、1738）

此段、師説、湖月抄にあれば略之、」

445さはかり心ふかけにさかしかり給へと」おとことといふ物の心うかりける事よ」　（47ウ、1742）

是、男にも女にも遠慮あるべき」いましめの詞也、」

446何ことにかといふまま（ゝ）に几帳の下より』（下63オ）　（61ウ、1754）

中君は浮舟君の事を語出給はん」とての給ふ事を、中君にまよひ給」薫の心より我になびく御心かとお」もひ給へるふるまひ也、偏にいましめ也、」

447ふたりして栗なとやうの物にやほ」ろほろ（〱）とくふも［一字アキ］　（95ウ、1784）

女などの、しらぬ所」にて誰かみるらんもしらで、さも」しく物くふまじきいましめ也、(下63ウ)』

⑸東屋巻」

448いと人きき《(ゝ)》かろかろ《(〳〵)》しうかたはらいたか」るへきほとなれはおほしはは《(ゝ)》かりて」 (2オ、1793)
高貴の人の其ほどに似合ざる」ふるまひは、世の聞え、人のおも」はくもよろしからねば、すまじき」ことのいましめに、薫の此遠慮」あることをかけるなるべし、(下64オ)』

449こたひの頭はうたかひなくみかと」の御口つからこて給へるなり」 (12オ、1802)
仲人の空言、世上、なべての習ひ」なれば、かれがいふまま《(ゝ)》には聞とる」まじく思ひはからふべき教にかけ」るなるべし、すべて其ほどならず」、過分の事を人のいふにはあやし」と心をつけてかんがへはからふべし、(下64ウ)』あやしと心の付事を今一たび」思案せざれば失をとる事おほ」きものなり、」

450屛風のつまよりのそき給ふ」 (36ウ、1824)
師説、湖月抄にくはし、」

451物つつ《(ゝ)》みせすはやりかにをそき人にて」 (38オ、1825)
此乳母の事を、浮舟巻にても、匂宮」思ひいで給ひし、ここ《(ゝ)》の事なるべし(下65オ)』

452「○―かたはらいたきことと《(ゝ)》思給へてかまの」さうをいたして [一字アキ] (41オ、1828)
前に、「物つつ《(ゝ)》みせ」す、はやりかにをそき人にて」と《ヒ」》と有し首尾也、」

453「○大宮此夕より御むねなやませ給ふを」 (39ウ、1827)

前に、「きさいのみや、例のなやま」しくし給へは」と有し首尾也、」文法妙也、（下65ウ）』

454 なこりおかしかりし御ぅつりかも」　（54オ、1839）
浮舟巻にて宮に心つよかる」まじき心ばへ、かねてみえたるさま也、」

455 心ゆく道にいとむつかしき事」そひたるここ（こ）ちす」　（63ウ、1848）
世に物を気に懸るといふ事也、」浮舟君、宇治へおはする始めに」かやうの事あるは行末よかるまじ（下66オ）』き前表との心也、前に浮舟の事を」かたしろとの給ひしことを、後に」も不吉の事に薫の思合せ給へ」る事あり、此次にも、「楚王の台の」上、夜の琴の声」と吟じて、「さるは」扇の色も心をきつへき閨の古を」は」とあり、かたが（〳）た末よろしかるまじ」きしるしあるやぅの書ざま也、（下66ウ）』

(52)浮舟巻」

456 例のいとのとけさ過たる心からなるへし」　（4オ、1860）
のどけき心は温和なればよき也、」「過たるは猶及ばざるがごとし」、」此薫のくせの失あるにて人に」いましめたる詞也、」

457 あやしきまて心をあはせつつ（こ）ゐて」ありきし人のためぅしろめたきわさにも（下67オ）』　（12オ、1868）
湖月抄云、「好色にまよへる人の、不」仁、不義におちいる事をしるして」いましむる〔ママ〕也」云々、匂宮の頼もしげ」なき御心ばへ、民の父母なるま」じきありさまをいひて、後人の」心をはげましむる詞なるべし、」

458 おもひもよらすかいはなつ」　（17オ、1872）

女どち、すむ所にては、よろづ心を(下67ウ)』つけて、かやうのあやまちする事な」かれとのいましめにかけるなるべし、」此物語は作りごとながら、河海に」ひく所の、義孝少将の通ひける」所に兵部卿致平親王まかりて、」少将の君おはしたるといはせし事」は実事也、されば世にある事な」れば返す返す《(〳〵)》心すべき事なるべ(下68オ)』し、

459君《[ママ]》はあらぬ人なりけりと思ふに浅ま」しういみしけれと」（18オ、1873）

浮舟君、貞節の人ならば、あらぬ」人とみるより、いかにものがるる《(ゝ)》やう」はあるべけれど、薫も此巻の奥」に、「色めきたるかたはそひたる人」そかし」と思ひ知給ふ事有、且又、」東屋巻にも、「あやにくたち給(下68ウ)』へりし人の御けはひもさすかに」思出られて何事にか有けん、いと」おほく哀けにの給ひしかな、名残」おかしかりし御うつりかもまたのこ」りたる心ちして」などあり、匂宮に」ひかるる《(ゝ)》心もそひたる人の有さま」なれば、此ときもはかばか《(〳〵)》しからで、」終に身のため、あぢきなき事(下69オ)』になりにたり、「貞女、二夫をかへず」といふ」事は、偏に万人のいましめと知べし、」

460心もなかりける夜のあやまちを」思ふに心ちもまとひぬへきを」（19オ、1874）

実に留守など、女どちある人の用」心を教ゆる也、」

461いまはよろつにおほほ《(ゝ)》れさはくとも」かひあらし物からなめけなり(下69ウ)』（19オ、1874）

此右近、かのめのとの降魔の相を」いたせしごとく、真実に主」君、浮舟をおもふ心ある正しき物」ならば、ここ《(ゝ)》にてだにはかばか《(〳〵)》し」く宮をいさめて返しまいらす」べし、わが頼む薫に、不忠、不義を」忘れ、浮舟君にため悪き事を忘」て、只、宮に無礼也など思ひて心を(下70オ)』あはせ、偽のはかりごとをなしつつ《(ゝ)》、」終に浮舟君をいたづらになしは

て」たるは、はかなき有さまを書て」後人のいましめとす、」

462此人よにしらす哀におほさるる(ゝ)」まま(ゝ)にはよろつのそしりをも忘給ぬへし」　（19ウ、1875）

前にも、「京にはもとめさはかるとも、」けふはかりはかくてあらん」と有し(下70ウ)』首尾也、此段、師説、湖月抄に委、」

463けちかきさまにいらへ聞えなとして」なひきたるを」　（22オ、1877）

まへに、「心さしふかしとはかかる(ゝ)をいふ」にやあらんと思ひしらるる(ゝ)」など」有、たとひ心ざしふかくとも、わが」もとつ人をを(ゝ)きて、」たがまことを頼むべきとかたく思ひひ[ママ]とりてこそ、(下71オ)』二夫をかへぬ節婦の名はとどむ(ゝ)」べけれ、はかなくをろかなる心なる」べし、今の世にても、貞操を忘」てあだなる密夫にまよふ女は、」みな此浮舟の君のごとく、身の」はてはかなからん事を書て、人を」貞女の道にみちびくなるべし、」

464大とのの(ゝ)君のさかりに匂ひ給へるあたり(下71ウ)』にては[一字アキ]」　（23オ、1878）

此段の師説、湖月抄ニ委、」

465こまやかに匂ひきよらなる事」　（23ウ、1878）

此段の師説も湖月抄に有、」

466かねてかうおはしますへしと承り[ママ]まし」にもいと忝れはたはかり聞えさせ」　（25オ、1880）

右近が有さま、彼乳母とは雲泥」の心あり、主君をいたづらになし」まいらせしもむべなるさまを書て、(下72オ)』後人の女の後見などせん心ばへ」を教ゆるなり、」

467何ことも人よりはこよなうまさり」給へる御さまにてすす(ゝ)ろなる事」おほしいらるる(ゝ)のみなん罪ふかか(ゝ)りける」

例の筆誅也、世俗にも「万能一心」とかやいへり、敬の字を忘べからず、」（34オ、1889）

468御ともの人もなきぬはかりおそろ（下72ウ）』しうわつらはしきことをさへおもふ」（35ウ、1890）
かか《ゝ》る道の空に、もし不慮の狼」藉もあらばとおそろしく、且又、」かく大切の宮を此難所の雪道ニ」御供申せし聞えあらば、各のとが」なるべき事を煩らはしく思ふ也、匂」宮、一人、好色のつつ《ゝ》しみましまさぬ故に、」あまたの人をなやまし給ふあぢき（下73オ）』なさを書て、主君なるべき人は下」下の上までおもひやりて、よく独を」つつ《ゝ》しみ給ふべき教を書なるべし、」

469右近いかになりはて給ふへき御有さま」にかとかつはくるしけれとこよひはつつ《ゝ》」ましさも忘ぬへし［一字アキ］（36オ、1890）
先度、一夜は是」非なし、今夜も、亦、宮に逢給はば《ゝ》」たびかさなりて、若、聞えなどあら（下73ウ）』むにいかに成果給ふべきとくるしな」がらと也、此右近、はかばか《〳〵》しき心あ」らば、ここ《ゝ》にてきといさめ申べし、いか」に成果給はんとだに思ふ事を心よ」はくあやまりかさねたり、果然とし」て浮舟をしづめ申せし也、あや」まりは早く改て悪事を可謹教也、」

470恨給ひしさまの給ひし事とも面影に（下74オ）』つと添て聊まとろめは夢にみえ給つつ《ゝ》」（42オ、1896）
世の密夫を思ふ女のさま、なべてかく」こそあらめ、はては身をうしなふに」至る、悲しむべし、」

471いつしかと思ひまとふ親にも思はすに」心つきなしとこそはもて煩らはれめ」（43オ、1897）

身をたて道ををこなひて、親の」名をもあぐるこそ、孝行のはじめ〔ママ〕（下74ウ）』と聖人もの給ひつれ、かくさまざま（〳〵）」心をつくす親にもてわづらはれ」物を思はする事、只、一念の不義よ」りをこるわざぞとしらせて、親の」孝を思はん人は、不義、悪行をつつ（ゝ）」しむべしとのをしへのためと知べし、」

472 雨ふりし日来あひたりし御使とも」そけふもきたりける（下75オ）』　（52オ、1906）

是、たびかさなればあらはるる（ゝ）道理」を書て、改過の心なき人のあぢきなさを人に示す也、人、しらじと思ふ」事も、思はずにあらはるる（ゝ）さま、皆、」かくのごとし、されば、おぼしずして〔ママ・え歟〕」なしたるわざも、不義なりといふ」事をしらば、即時に改めて、其後」をだにつつ（ゝ）しむべし、もとよりなさ（下75ウ）』ざるさきに不義をしらば、湯をさぐ」るがごとくおぢをそれて、手をだに」ふれず、やみ侍るべし、若、知つつ（ゝ）も、」不義、悪行をなさん人は、親に不孝、」君に不忠、仏神にも疎まれ果侍べし、」

473 あゆみ出給ふままに（ゝ）何事そと問給ふ此」人のきかんもつつ（ゝ）ましと思ひてかしこまりて」をる殿もしか見知給て出給ひぬ（下76オ）』　（53オ、1907）

此随身、「かとかとしき（〳〵）物にて」と有し首」尾也、次第の心づかひ、皆、かどあるさ」まを書て、人の従者の心づかひを」教ゆる也、薫も其けしきを見取」給ひて、しゐてここ（ゝ）にて問給はざ」りし、臣臣たれば君々たり、是また、」人に見習はしむるわざなるべし、」

474 人のため後のいとおしさをもことにたと（下76ウ）』り給ふまし〔一字アキ〕　（56ウ、1910）

匂宮の本性のくせを」思給ふ也、只今の御心にかなふやうば」かりにて、後に人の煩ひなるべき遠」慮おはせぬ宮也、浮舟をわりなく」盗み出ん、必、心を合せ給へと押立て」の給ふも、浮舟の身のため、害なる」べき遠慮もおはせぬさま也、浮舟も」しゐてかやうにし給はば（ゝ）、人聞はぢ（下77オ）』がましきこと出来なんと、はたばり」なき女心に歎きあまりて、終に身」をなげん心、いできたる有さま也、」

475すす（ゝ）ろならんものの（ゝ）はしり出来たらん」もいかさまにかと［一字アキ］　（68オ、1921）

まことにあやう」き御有さまあるまじき事を書て、」恋地［ママ］にまどふ人、遠慮あるべきい」ましめにかけるなるべし、是、皆、作（下77ウ）』物語ながら、兵部卿宮の本性にては、」必、かやうにあるべき物のいきをひを」よく書いでられて、まことに現在」ありし事のやうにみえ侍り、又、寄妙［ママ］也、」

(53)蜻蛉巻」

476なとかさしもめつらしけなくはあらんと」心つよくねたきさまなるをまめ人はす」こし人よりことなりとおほすになん有ける（下78オ）』　（36オ、1963）

なべて匂宮になびかぬ女はなきに、小宰」相はなどかさしも珍しげなく人なみに」はなびきまいらせんと貞節なるを、薫」は寵異し給ふと也、浮舟のあだなりし」に対してかくおぼす有さまなるべし」、千万人のなびく人にも、わが心だに貞」節ならば、誰か数寄事をもすべき、」只、其女の心一つのわざと教ゆる心（下78ウ）』なるべし、奥に、「見し人よりも是は」心にくきけそひてもあるかな」とあり、是亦、浮舟に対してかけり、」

477めたうのかたのさうしのほそくあき」たるより［一字アキ］　（38オ、1964）

女一宮の御方は、紫上の」そだてまいらせ給て、明石中宮の」御掟もくはは（ゝ）れば、かくそさうの」事はあるまじきわざなるに、下（下79オ）』臈女房のとみの事にて、あけながら」おりにける也、下らふの心づかひ」のしどけなく物なれぬ有さまを」書て、例の、又、いましめにかくなるべし、」

478心つよくわりて手ことにもたりかしら」にうちをきむねにさしあてなと」　（39オ、1965）

是、次ざまの人のさまあしきさま也、」中中（〳〵）、物あつかひにいとくるしげなり、（下79ウ）』「たた（ゝ）、さなからみ給へかし」とて笑ひ」たる小宰相がさまの、しづまりて」人よりことに用意あるをいはんとて書る也、」

479かか（ゝ）るすちに御身をもてそこなひ人」にも心つきなき物に思はれ給ふへき」　（46ウ、1972）

匂宮を春宮にもとおぼせど、その」器におはしますまじきにやと歎き」給ふ詞なり、心をつくべし、（下80オ）』

480君にもいひ伝へすさかしたちて」　（58ウ、1982）

宮仕へ人の心づかひの教にかけ」り、薫などやうの貴人にはうち」つけにかくいらへすべきにあらず、」無礼のわざなり、宮の君にいひつ」たへて其口うつしをこそ申べきわざ」なれ、されば、次の詞に、「なみなみ（〳〵）の人」めきて心ちなのさまや」とかほるの（下80ウ）』おぼしたるよしあり、」

481松もむかしのとのみなかめらるる（ゝ）にも」　（59オ、1983）

是、宮の君のみづから直に薫に」申給ふ答へ也、これ亦、さしも式部卿」宮の御むすめにてはかろがろ（〳〵）しき」わざ也、此女房してこそ答へさせ給ふ」べけれ、されば、次の詞に、「只なへての」かか（ゝ）る栖の人と思はは（ゝ）いとおかしかる（下81オ）』へきを、只今はいかてかはかり人に」声きかすべき物とならひ給ひけん」となまうしろめたし」と有、さて、こ」こに此ことをかくかける心は、前に女」一宮の御かたの事をいふに、「猶此御」あたりはいとことなりけるこそ」あやしけれ、明石の浦は心にくか」りける所かな」とほめて、其対に（下81ウ）』此宮の君、さしも式部卿のいつき」むすめにて有しだにかくかろがろ《（〱）》」しき所ある事をいひて、明石上の掟」のおもおも《（〱）》しく、よし有ける事を」いよいよ《（〱）》いひ、此次に、宇治の宮の御」むすめたち、大君、中君、かたほならざりしをいはんとて、決前生後の心」ばへにかけるなるべし、（下82オ）』

(54)手習巻」

482されと観音とさまかうさまにはくく《（ゝ）》み」給けれは〔一字アキ〕（15オ、2000）

はぐく《（ゝ）》むは鳥の子を」母鳥の羽につつ《（ゝ）》みいたはる心よりい」へる詞也、此浮舟君の立願に、母の」毎年に初瀬に詣させし帰さに」宇治にて薫見初給ふ事、宿木巻」に有、又、東屋巻に二条院にて乳母（下82ウ）』の詞に、されど観音おはしませば」と頼みをかけし事あり、浮舟巻に」も、右近、観音を事なくあらせ給へ」と浮舟君のために祈りし事、又」ことなく暮させ給へと、初瀬、石山に」願かけしといひし事も有、此巻にも」初瀬にて、尼君、霊夢有て、帰さ」に宇治にて此君を拾ひて、「観音（下83オ）』の給へる人也」といへりし事あり、ここ《（ゝ）》」にてすでに物のけのとりまいらせん」とするに、とかくはぐく《（ゝ）》み給ひてと」いへり、大悲の力頼もしき験をいふにや、」

483あたしのの《（ゝ）》風になひくなをみなへし」（29オ、2012）

中将、心おこりして、匆論なびくべき」人と思ひて、「我、しめゆはん」など、押」たちて、やすげによめるさま也、（下83ウ）』

484あま君はやうはいまめきたる人にそ有」けるなこりなるへし〔一字アキ〕（31オ、2014）

此有さま、世を」捨たる老尼に似合ざれば也、手」習君、すでに五戒をたもち、額ば」かりなれども出家のしるししたる」人に、まことの比丘尼ならば、態、菩」提をもすす(ゝ)むべき物を、堕落」をすす(ゝ)むる事、尤、むすめのかはり（下84オ）』と養ひて、中将をしたふ心に」ひか事ゝ［ママ・る歟］といへど、かの僧都の堅」固に女のすぢにつけてまだそ」しりをとらずとの給ひ、又、何がし、」此しるべに付て、必、を［ママ］つみをえ侍らん」などいへりし心にはたがひたれば也、」此次の詞にも、「さすかにかか(ゝ)るこたい」の心ともには有つかす、今めき」など有、（下84ウ）』

485　わかやくけしきともはいとうしろめたう」　（32オ、2015）

此尼君をしたる媒もせんかと心」もとなくおぼすと也、此うしろめた」う覚ゆといふ詞、二所に有、奥なる」は、少将、尼をうたがふ心也、心は替る也、」

486　是のみそいける仏はしるし有て」おほえ給ける［一字アキ］　（49オ、2030）

浮舟君、初瀬にまうで」給へりしかど、此世のための祈（下85オ）』はかひもなく不幸なりしに、入道の」ほいとげて菩提におもむき給ふ」ばかりはしるし有て覚え給ふと也、」尼君、初瀬にまいらずは、必、此本意」とげさせ申まじきに、初瀬の留守」にしも此本意のかなひしは、是も」仏の方便なるべければ也、前に浮舟の君、「あまになし給てよ、さて（下85ウ）』なんいくやう［ママ］もあるへき」と尼君」の給ひしに、「いとおしけなる」御さまを、いかてかさはなし奉らん」と」有しをおもひあはすべし、」

487　かやうなる事をおほし急くにつけ」てこそほのかにあはれなれ」　（65ウ、2045）

此詞、おもてのうちぎき(ゝ)は、此よのつ」ねの色なる衣裳を急ぎいとなむ（下86オ）』につけて、わが昔の事、少思ひ出ると」大やうにいひ給へると聞えて、若、な」くならん跡にても、浮舟君なりしと、」尼君、聞合む時は、かやうのわがため」の追善のいとなみをみるにつけて、」わが身、即それなれば、ほのかに哀」に思ひ出るとの給ふ事の心になる」詞也、さて、隠さ（こ）ざりし由をいふ詞也、(下86ウ)』

488 ましてこと人はいかてかと聞えさす」 （68オ、2047）

小宰相が心づかひ、神妙也、中宮のつ（こ）つ」ませ給ふらん事を、宰相、申さいまぐ」らん事、君に憚りある儀也、宮仕」人の心づかひのをしへにかけり、」

489 かの事またさなんと聞つけ給へらは」 （70ウ、2049）

此詞、今、手習の君を匂宮の物に」しをかせ給ひけんといふにおとしつ(下87オ)』けての給ふ也、かくの給ひては、たとひ」匂宮の物にておはすにてもとが」なし、ましてさもなければ、大宮の御」返答の有さまにて匂宮のしらせ」給はぬ事としらる（こ）るなれば、心見に」かくの給ふ詞也、面白き心ばへ也、」

490 聞えんかたなかりける御心のほとかな」 （70ウ、2049）

此詞、大宮の匂宮のまさなきしわ(下87ウ)』ざを薫に謝し申給ふ心あり、」

491 か（こ）かるすちにつけていとかろくうき物」にのみ世にしられ給ひぬめれは心うく」 （70ウ、2049）

匂宮の有さまの世の聞え、東宮」にとの御本意のやうには有難げな」るを歎かせ給ふさま也、好色にふける人」の、終に身のため、あぢきなきいましめ也、」

(55) 夢浮橋巻(下88オ)』

492 此巻の名の事、湖月抄に委、」　(20ウ、2070)

493 おとしをき給へりしならひにとそ」

細流云、「かやうにして行末をかか(ゝ)ざる」は［ママ］見はてぬ夢のさま、甚深微妙の」趣向とみえたり」　私案かく見果ぬ」夢の残おほかる書ざま、餘情限なし、」手習君、生て世に在ながら、かく様々」の哀深き薫の行末もしらでおはす(下88ウ)』べきも本意なかるべきに、かくばかり」聞出尋給ひては、既に今一度、逢見」給はん斗也、逢み給はんに付ては、」かく世を捨、形をかへ給ひし人の御事、」薫も仏道には心深き人の何の昔」に帰る情もあらん、且又、匂宮のうき」事を薫も慥に聞出給へり、手習」君も薫に、其事、きかれ給て、何の(下89オ)』面目有て、二たび対面のかひある」情をみえ給はん、たがひの心にもあ」はでやみ給へる由の書ざまこそ、」哀深く、巫山の神女が雨となり、」雲となりけん幽玄の面影して、実に」深甚微妙には覚え侍れ、是、誠の夢」の浮橋には侍るならし、然るに、此巻」のかく残多くてやみにしをほいなく(下89ウ)』思へる後人のわざにて、山路の露と」かや、一巻、書添て、此比、よにみえ侍し」是、式部の筆の絶妙の所を知ざる」のみにあらず、後学のみる目をおほ」ひくらます事はなはだし、彼束晳」が、南陔、白華、華黍、由庚、崇丘、由儀」の補亡の詩を文選にのせられたる」だに、朱子の詩の集註にはとらず、(下90オ)』須渓劉氏も、南陔の六詩はもとより」ただ(ゝ)声のみ有て其調はなきを、」束晳が補亡いはれなしとて、笑ひ」たりけるたぐひなるべし、」

［二行アキ］」

元禄七年八月十五日、向南月下染筆、」而同年十月廿五日、北野影前終功畢、」

法眼季吟(下90ウ)』

元禄八年六月三日、重而清書之、」

［一行アキ］」

（附1）源氏物語日本紀准拠物語中以日本紀之古事書所多而、委註諸抄、今略之」

問、河海抄［ママ］云、「此物語を、始め、一条院、御覧」有て、『不可説之物也、式部は日本紀を」よくこそみたりけれ』と仰らる時に、左」衛門内侍、此綸言を妬て、日本紀の御局」と号せり」云々、紫日記に此事を戴［ママ］たり（下91オ）』、此事、源氏物語のいかなる所の日本」紀に似たる事有や、

答、是、此物語の」大体、桐壺帝より初て、帝王四代の年」紀、七十餘年の興廃を書る所、すべて」日本紀の有さまに似たり、又、しゐて其」准拠をいはば（ゝ）、まづ、桐壺帝、更衣、光君」をうみ給ふは、陰神、陽神の日神をう」みしに准ずべし、其故に光君といふ名（下91ウ）』あり、日本書紀云、「於是《コヽニ》共《トモニ》生《ウミマツリマス》二日ノ神《カミ》一、号《マウス》二大日《オホヒル》」孁貴《メノムチト》一、此子《コノミコ》、光華《ヒカリウルハシクシテ》［合字］明彩照《テリ》二徹《トヲル》於六合《クニノ》之内《ウチニ》一」云々、又、光君の御弟、冷泉院を月神」に比せり、日本書紀ニ、「次《ツギニ》生《ウミマツリマス》二月ノ神一ヲ、其《ソノ》光彩《ヒカリウルハシキコト》［合字］、亜《ツゲリ》［濁点ママ］」レ日ニ、可《ベシ》二以テ配《ナラベテ》レ日ニ而治《シラス》一」云々、そのゆへに紅葉賀」巻に光君と冷泉院の御事をいふに、」「けにいかさまにつくりかえてかは、をとら」ぬ御有さまは世にいて物し給ふへき［ママ］、（下92オ）』月日のひかりの空にかよひたるやうにそ、」世の人、おもへる」云々、又、光君、すまの巻に、この」かみの朱雀院の御宇に須磨の浦に」おはしまし、住吉の神の道びき給ふままに（ゝ）、」明石巻にて、あかしのうらにおはし、前播磨」守、新発意、いつきいれ奉りて、其むすめ、」あかしの上に逢せ申て、みこ、出来たる事は、」日本紀に、彦火々出見尊《ヒコホ（ゝ）ホデミノミコト》、このかみの火闌降命《ホノスソリノミコト》（下92ウ）』の其もとの

鉤《チ》を責《ハタ》ることの」故にて海の畔《ハタ》に吟行《サマヨヒ》給ふに、塩土老《シオツツヲノ》」翁《ヲヂ》のはかりごとにまかせて海の宮に」至り給ふに、海神は重畳をしきてい」れ奉り、其むすめの豊玉姫にあはせ申」て、みとせにおはすほどに、うがやふきあはせずの」みこと、はらまれ給へるに比す、又、明石の姫君、」いまだ生れ給はぬほどに、光君、帰京し給ひ（下93オ）』て後、彼浦にて生れ給へりしも、うがや」ふきあはせずの尊も、ひこほほ《（ゝ）》でみのみこ」と、帰り給へる跡に海浜の産屋にて生れ」給へるさまに似たり、彼明石巻に、光君」の御さまを明石上の思へる詞に、「さうしみは《［ママ］》」をしなへての人たにめやすきはみえぬ世界に、」よにはかか《（ゝ）》る人もおはしけりと見奉り」しにつけて、身のほどしられて、（下93ウ）』いとはるかにそ思ひ聞えける」云々、日本紀」に、豊玉姫、彦火々出見尊をみていへ」る詞に、「骨法《カタチ》非常《タダヒトナラズ》、若従天降者《モシアメヨリクダレラバ》、当《マサニ》レ有《ベシ》二ル天垢《アメノカホ》一、従《ヨリ》レ地来《ツチノボレラ》者《バ》、当二レ有二地垢《ツチノカホ》一、実《マコトニ》是《コレ》、妙《マグ》美《ハシ》之虚空《ソラツ》彦者歟《ヒコトイフモノカ》」云々、此明石上を都に」むかへ上せ給ひて、紫上の妬みを憚りて、」しばし大井の川辺にをきて、時時《（〱）》、通ひ」給ひしこと、松風、薄雲等の巻に（下94オ）』あるは、允恭《インキヤウ》天皇、衣通姫《ソトヲリ》をむかへとり給」ても、皇后、忍坂大中姫命《ヲシサカヲホナカツヒメノミコト》の妬を憚りて、」河内国、茅渟《チヌ》の宮にはなれすへて、時々、」行幸し給ふ面影あり、此允恭天皇の」太子、木梨軽皇子《キナシカルノミコ》、「容姿《カホ》佳麗《キラキラシ》、みるもの、」をのづからめでぬ、同母妹《ハラカラノイモト》、大娘皇女《オホイラツヒメ》、亦《マタ》、」艶妙、太子、常に逢見んことをおもふ、」つみあることををそれて黙《モダ》せりと」（下94ウ）』云々、匂宮、かたちめでたくおはして、はら」からの女一宮の御有さまをいみじと」めでて《（ゝ）》、業平の、妹にねよげにみゆる」とよめりし絵をみせまいらして、うち」とけて、「ねみん物とは思はねとむすほほ《（ゝ）》れ」たる心ちこそすれ」との給へるに似たり、」此匂宮、薫大将の、思ひ人、浮舟君を宇治」に隠し置給ひし所へ、大将のおはしたる（下95オ）』まねして、終に密通の事も、日本紀十二」に、履中天皇、羽田矢代宿祢がむすめ、」黒媛を妃とし給はんとて、納采、既に」をはりて、住吉仲皇子、履中天皇の御」名をかりて、忍びて黒媛ををかしつ、」黒媛は、只、履中のおはしつると思ひて」逢初たるにかよふべし、此浮舟君を、」はじめ、薫、宇治にてのぞきみ給ふに、(下95ウ)』故大君によく似たりしを哀に覚えて、世の」中に大君おはしけりといひなぐさめまほ」しとある事、日本紀に、天稚彦《アメワカヒコ》、うせて、」味稚高彦根《アヂスキタカヒコネ》〔ママ・耜歟〕の神喪を弔ひに天に」のぼり給へりしに、此神の形、天稚彦」に似たるを、天稚彦の親属、皆、吾君、」猶、おはしけりといひて、帯をよぢひきて、」且、喜び、且、いためるにかよへり、是らの類、(下96オ)』猶、多けれど、悉には難註、かやうの事ども」にてや、日本紀をよくみたりとの綸言に」預けん、」

(附2) 源氏物語止観説」

一部始終、みなつくり物語なれば、空、」光源氏は、西宮左大臣、一世の源氏なるに」准じ、桐壺の帝を延喜聖代に准じ、」其外、其かける事、をのをの(〳〵)古来の例(下96ウ)』ある事を准じてかけるは、偏になきこ」とにあらずとみるは、假、されば、空にも」あらず、假にもあらざるは、中道実相、」是、一心三観、空假中の三諦、此物語の」ありさまなりとしるを、此草子の止観」の説といへり、亦、湖月抄に、源氏物語」一部のすがたを、有門、空門、非有非空門、」亦有亦空門の理にあつる説あり(下97オ)』といひしも、尤、一部の有さま、正しく」ある事と見ゆるは有門の理也、然ども、」桐壺の帝、更衣をはじめ、光源氏君、」其外も、皆、作り物語なれば、ことごと(〳〵)」くなきことと(ゝ)みれば空門の理なり、」又、作物がたり、古例ある事ども也、且又、」人々、今日の身の上に皆ある事也、さ」れば、あるにもあらず、なきにもあらずとみるは非有非空門の理也、然ば、又」なく、又ありとみんは亦有亦空〔ママ〕の理也、」猶、此物語のうへのみならず、世間、森羅」万象、みなかくのごとし、三世、皆、此理の外」なし、されば、此物がたり、人のこのむ所の婬」風をもて書つらねて、善道にみちびく」媒として、中庸の道にいれ、中道」実相のさとりにいるべき方便の権教(下98オ)』のよし、諸抄にいへる物なるべし、」

(附3)　読覆醤集遊石山寺詩　七松子」
半日幽閑入学廬　窓前数帙払衣魚」
紫藤言葉国朝宝　那箇人称浮艶書」
［一行アキ］」

(附4)　てにをは少々」
「やは」「かは」といふ詞也、すべて「歟」といふ詞は」下にをく也、「や」といふ詞は上に置也、」たとへば、「春やむかしの春ならぬ」(下98ウ)』といへるは、春は昔の春ならぬかといふ」心也、「花や雪」といふは、花は雪かと云儀」也、其ごとく、下に「かは」といふべきを、上」にて「やは」といひしてにをは也、」
「桜花春くはは(こ)れるとしに［ママ］たにも」ひとのここ(こ)ろにあかれやはせぬ」
是も人の心にあかれぬかは、あか」れよといふべきを、上にて「やは」といへる也、(下99オ)』
「しなのなる浅まのたけにたつ煙」をちこち人のみやはとかめぬ」

遠近人の見とがめぬかは、見とが」むべき事をとの心也、又、下に「やは」」とよむ事もあり、「まさしやむく」ひなかりけりやは」、是もむくひの」なかりけるかは、報ひはあるはと也、」又、「かは」といふ詞をも上にをく事有、(下99ウ)』「たれかは春をうらみはてたる」等のたぐひ、あまたあり、畢竟、「や」は」と「かは」とはおなじ心の詞にて、」「やは」と下にをくには、「べしやは」、「」ありやは」、「けりやは」などいふ也、「かは」」とゝむるには、「べきかは」、「あるかは」、「けるかは」」といふ也、他流には、色々、「やは」といふ」詞を釈したれど、此方には(下100オ)』不用之、されど、心は何も通ずべし、」

「源氏」を「ぐえんじ」、「げんぞく」を「ぐえん」ぞく」といふたぐひ、「さすが」を「しかす」が」、「さるは」、「しかるは」等の事、是、」五音のひびき《（ゝ）》にていふ詞也、「ぐえ」の」二字を文字を返すやうに返せば」「げ」になる也、「しか」といふ詞も五音にて」返せば「さ」になる也、「しやう」といふ(下100ウ)』べきを「さう」といひ「しやうぞく」「さうぞく」」、「しやうの」こと」を「さうのこと」、「笙のふえ」を「さう」の笛」の類もおなじ、又、「しよ《所》ぶん《分》」を」「そぶん」といひ、「けんじよ」を「けんぞ」」といふも同義也、「物にぞ有ける」を」「物にざりける」といふも、「ぞあ」」といふを五音のひびき《（ゝ）》にて「ざ」といは」るる也《（ゝ）》、「けらし」といふ詞も「けり」(下101オ)』といふべきを、「らし」といふ詞、五音にて」かへせば、「り」となれば也、「かくろへ」」は「隠れ」也、「ろへ」といふ詞、「れ」になれば也、」「いひけらく」は「いひける」也、「おもへらく」」は「思へる」也、此たぐひ、あげていひがた」し、他はこれに准じてしるべし、」

「いかにせん」、「いかんせん」、おなじ詞也、「いかん」」とはぬる詞、うたには「いかに」といへるなり、(下101ウ)』すべてはぬる詞は、「に」とつかふ事、連綿」也、「丹波路」を「たにはぢ」、「牽牛子」を「け」にごし」の類也、又、「いかが(ゝ)せん」ともいへり、」「いかんかせん」といふべきを、はぬる詞を」略して、「いかが(ゝ)」といへる也、たとへば、「喜撰」を」「きせ」、「越前」を「えちぜ」、「左衛門」を「さゑ」も」、「左近」を「さこ」といふたぐひなり、」はぬる詞を略し、あるは「に」とつかふ詞、(下102オ)』あげていひがたし、又、はぬる詞を「み」」とつかふ事もあり、「をんな」を「を」みな」、「ふん」を「ふみ」、「せん」を「せみ」、「かん」を」「かみ」のたぐひ、あげていふべからず、又、「み」」といふ詞をはぬる事もあり、或は「う」」とつかふるもあり、「かみのきみ」を「かんの君」」、「左衛門のかみ」を「さゑものかう」などの」たぐひなり、(下102ウ)』

「かよはき」、「かぐろき」、「かまけて」、「かぼそき」の類、「か」の字は発語也、猶、古き詞に「い」の字を発」語にせしもおほし、「いゆきはば(ゝ)かり」」、「いそばへ」、「いたた(ゝ)せる」、「いかくるる(ゝ)」、「いつもる」」、皆、万葉集の詞にて、「行はば(ゝ)かり」、「そばへ戯」、「たた(ゝ)せる立也」、「隠るる(ゝ)」、「積る」」等の詞に「い」の字を添し也、此類もおほし、」

「見つつ(ゝ)をらん」、「見てをまいれ」、「わが子(下103オ)』にてをあれよ」、「ぬれてをゆかん」、「なみ」だとをしれ」、「恨みとをしれ」の類も」おほし、又、「うれしも」、「悲しも」、「霧立」らしも」等の「も」の字も助語也、(下103ウ)』

元禄乙亥林鐘初六、染筆於近水亭、而欲」伝児孫、不可有外見者也、」

[一行アキ]」

同十一日、挍合畢、　七松子」

〔以下季吟自筆〕雖私家伝不出窓外、依御執学」不浅、奉免御書写者也、」

元禄十五年小春吉祥日　季吟法印（陰刻方印「向南」）」

河越少将殿（下104オ）』

〔白〕（下104ウ・』第三冊了）

日本大学図書館蔵『古今集并歌書品々御伝受之書』奥書一覧

凡　例

・底本は日本大学図書館蔵『古今集并歌書品々御伝受之書』（十九冊。請求記号：九一一・一〇四—Ｋｉ・六八。登録書名：古今集并歌書伝授書）である。
・書誌は本書第四章第一節に記した。
・同書の奥書を一覧し、適宜、書写者を補記する。
・季吟自筆の奥書については、一覧の末に影印を掲載する。

『教端抄』第一冊末
第一巻奥書」
元禄六年正月廿二日、始述作之、三月六日、書畢、湖春(140オ)』
第二巻奥」
元禄六年四月二日、書畢、　湖春」
元禄十年九月五日、染筆、而霜月十五日、終此一巻、季吟」
元禄十四年辛巳二月社日、書向南亭梅花下、再昌院法印［以上、書写者筆］(140ウ)』

『教端抄』第八冊　仮名序末
元禄十四辛巳年十二月廿七日、寒梅映雪閑窓下書之、墨付七十一枚、［以上、書写者筆］(141オ)』

『教端抄』第八冊末
［二字擡頭］元禄十五年壬午正月上元日、終書写之功、今日故湖春忌月也、」
再昌院法印季吟七十九歳朱印有［以上、書写者筆］(175オ)』
古今教端抄者雖家伝之奥秘而子孫」之外堅固不免他見、今也川越少将殿此」道之数奇深切以懇望不浅、不堪其厚」志
之感而終応其需者也、仍加奥書畢、」

元禄十五年十一月十八日　再昌院法印（陽刻丸印「七松」）［以上、季吟筆］（175ウ）』

『十如是和歌集』末

元禄元年十月五日、依冷泉中将為綱朝臣御所望、」抄出于新玉津嶋菊籬下畢、仙洞御月次」和歌冷泉中将出題即此千首之題也、依之」令考之、去三日被仰渡於今出河之亭者（24オ）』也、彼本陸奥紙小本、北村季吟」

［平行アキ］

元禄二年正月十五日、依清水谷黄門実業卿」御所望之旨、重馳禿筆於新玉津嶋之梅花」下、聊有前後損益者也、此本蝋地鳥子八半之小本、」

同年閏正月六日　七松処士［以上、書写者筆］

［平行アキ］

依河越少将殿御懇望奉免書写矣、」

元禄十五年十一月十八日　再昌院法印（陽刻丸印「七松」）［以上、季吟筆］（24ウ）』

『八代集口訣』新古今和歌集口訣の後、新古今集口訣追加の前

右八色抄之内註口訣之処々、為後学好事者」筆之畢、不可有外見耳、」

元禄十年閏二月時正日　北村法眼季吟［以上、書写者筆］（30ウ）』

『八代集口訣』末

　雖私家之深秘、依懇情不浅」而不堪感心奉免御書写矣、」

元禄十五年陽月十四日法印季吟（陽刻丸印「七松」）」

河越少将殿［以上、季吟筆］(40ウ)』

『新勅撰和歌集口実』第四冊末

新勅撰集者京極中納言之和歌骨髄、実」二条家之正風体、而此道之学者不可有不」知、不可有常不握翫者也、

因茲不顧浅才」之不堪老眼之不明、以妄加註解染禿毫而」遺子孫之教矣、今也奉感御執学不斜」以免御書写而已、」

元禄十五年陽月十四日　再昌院法印七十八歳（陰刻方印「向南」）」

河越少将殿［以上、季吟筆］(127ウ)』

『万葉集口訣』秘訣の後、「定家卿玄旨……［桐火桶に関する言及］」の前

右二十一ヶ条万葉拾穂抄之秘訣也、為伝執学」之人別所令抄出也、此内久米之若子、弱女之惑、玉」勝間者可

為此抄三箇之大事而已、」

貞享四年正月十三日、書新玉津島月下　季吟［以上、書写者筆］(20オ)』

『万葉集口訣』末

右、彼玄旨にかき出させ給へる哥、拾穂抄に」沙汰せし所也、俊成卿古来風躰は世におほく見え(23ウ)』侍ればしるすに及び侍らず、此玄旨は宗匠家」代々秘本にて世にまれなれば此秘訣の奥に」かき添侍し、偏、執学の人のためとし侍る所ならし、」

［一行アキ］」

貞享四卯年上元日　　新玉津島寓居士［以上、書写者筆］」

［一行アキ］」

不堪厚志奉感不浅而不残深秘者也、」

元禄十五年十月十四日　再昌院法印（陰刻方印「向南」）」

川越少将殿［以上、季吟筆］(23ウ)』

『詠歌大概拾穂抄』末

右詠哥大概拾穂抄以相伝之師説所註也、」不軽有漏脱歟、」

貞享二年臘月六日、染筆於新玉津嶋菴下」

季吟［以上、書写者筆］」

〔一行アキ〕

不残師伝之秘説奉授与河越少将殿畢、」

法印季吟（陽刻丸印「七松」）〔以上、季吟筆〕（144ウ）』

『源氏物語微意』第三冊（下）夢浮橋の後、「源氏物語日本紀准拠」の前

元禄七年八月十五日、向南月下染筆、」而同年十月廿五日北野影前終功畢、」

法眼季吟（90ウ）』

元禄八年六月三日、重而清書之、〔以上、書写者筆〕（91オ）』

『源氏物語微意』第三冊末

元禄乙亥林鐘初六、染筆於近水亭、而欲」伝児孫、不可有外見者也、」

〔一行アキ〕

同十一日、校合畢　七松子〔以上、書写者筆〕

雖私家伝不出窓外、依御執学」不浅、奉免御書写者也、」

元禄十五年小春吉祥日　季吟法印（陰刻方印「向南」）」

河越少将殿〔以上、季吟筆〕（104オ）』

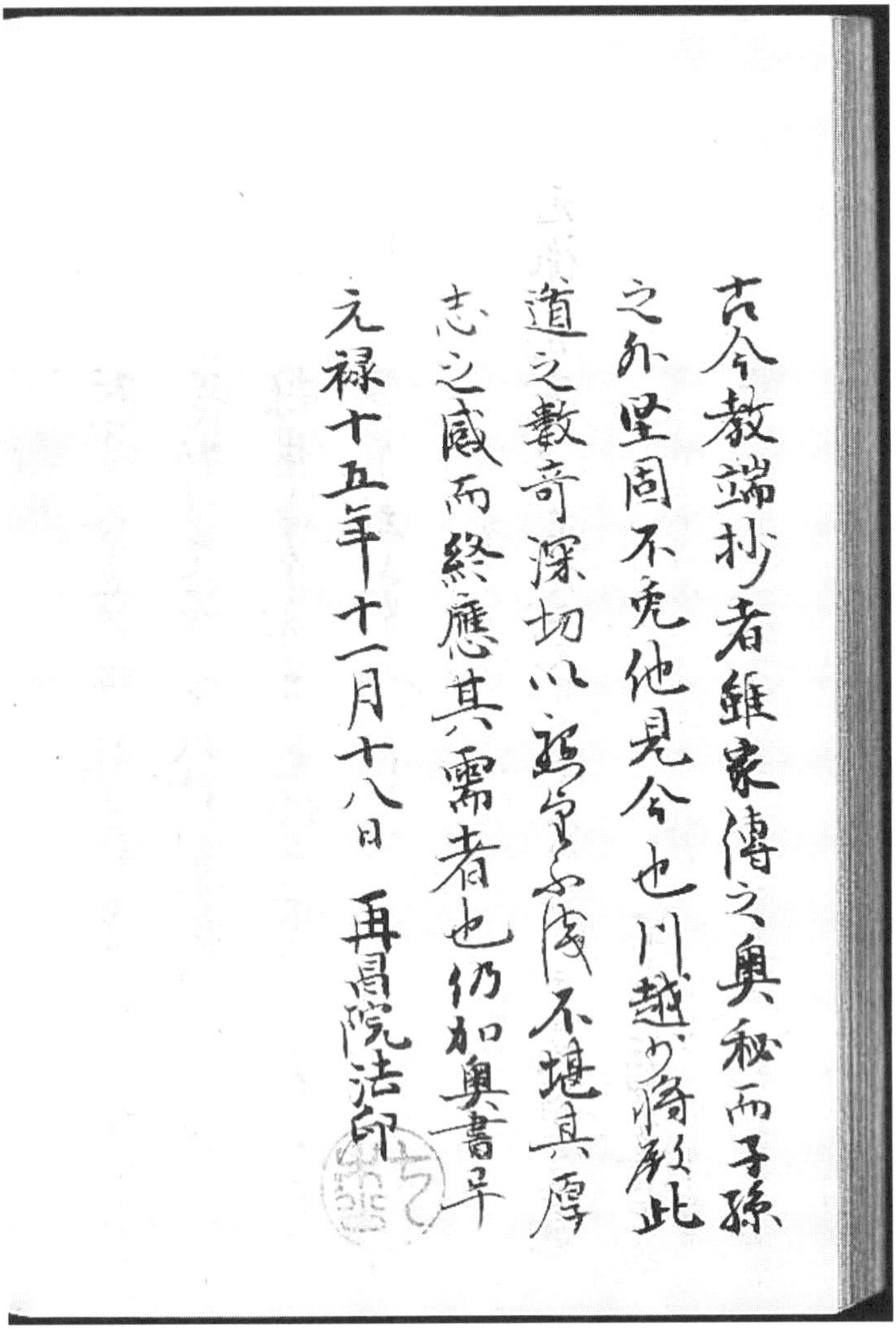
古今教端抄者雖家傳之奥秘而子孫之外堅固不免他見今也川越少將殿此道之數奇深切以懇望不浅不堪其厚志之感而終應其需者也仍加奥書畢
元禄十五年十二月十八日　再昌院法印

『教端抄』第八冊末（175丁裏）

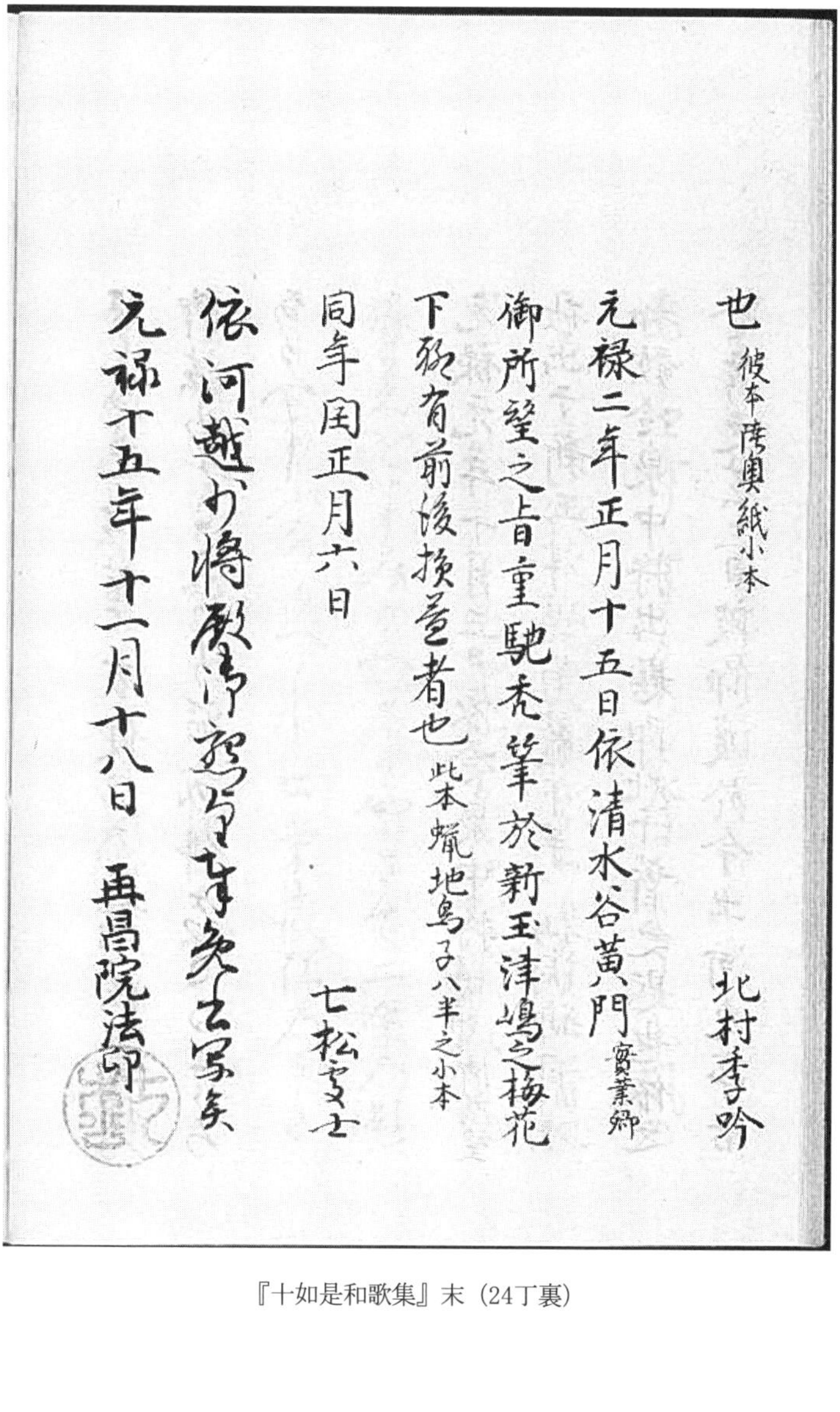
世　彼本陸奥紙小本　北村季吟
元禄二年正月十五日依清水谷黄門 實業卿
御所望之旨重馳禿筆於新玉津嶋之梅花
下殆有前後換置者也 此本蠟地鳥子八半之小本
同年閏正月六日　七松叟士
依河越少将殿御懇望之旨令書写矣
元禄十五年十一月十八日　再昌院法印

『十如是和歌集』末（24丁裏）

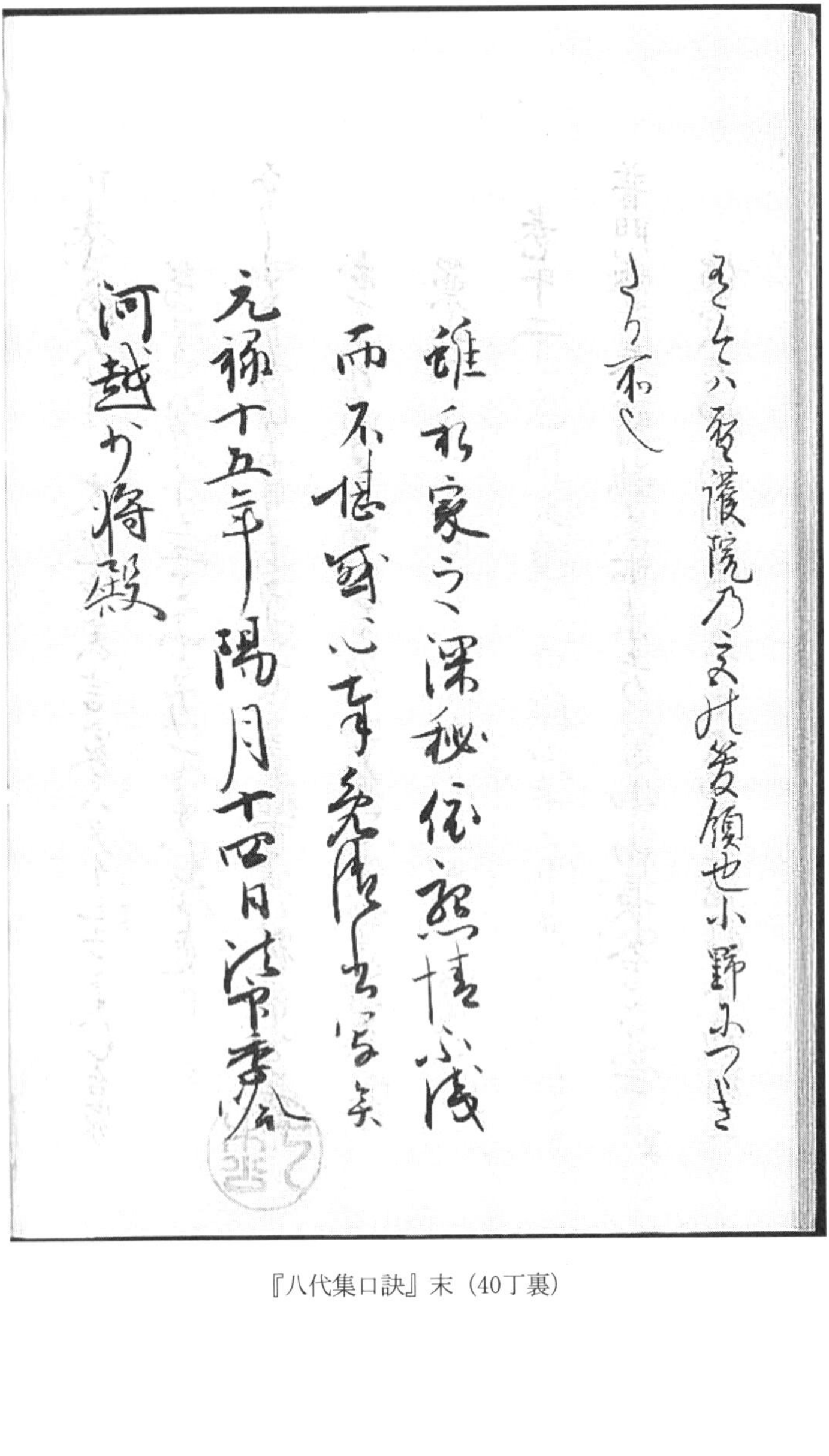
まくハ聖護院乃文也發願也小野ニつき
よろ不し
雖為家之深秘依懇情不浅
而不堪感心聊免許写之矣
元禄十五年陽月十四日　清実業
河越少将殿

『八代集口訣』末（40丁裏）

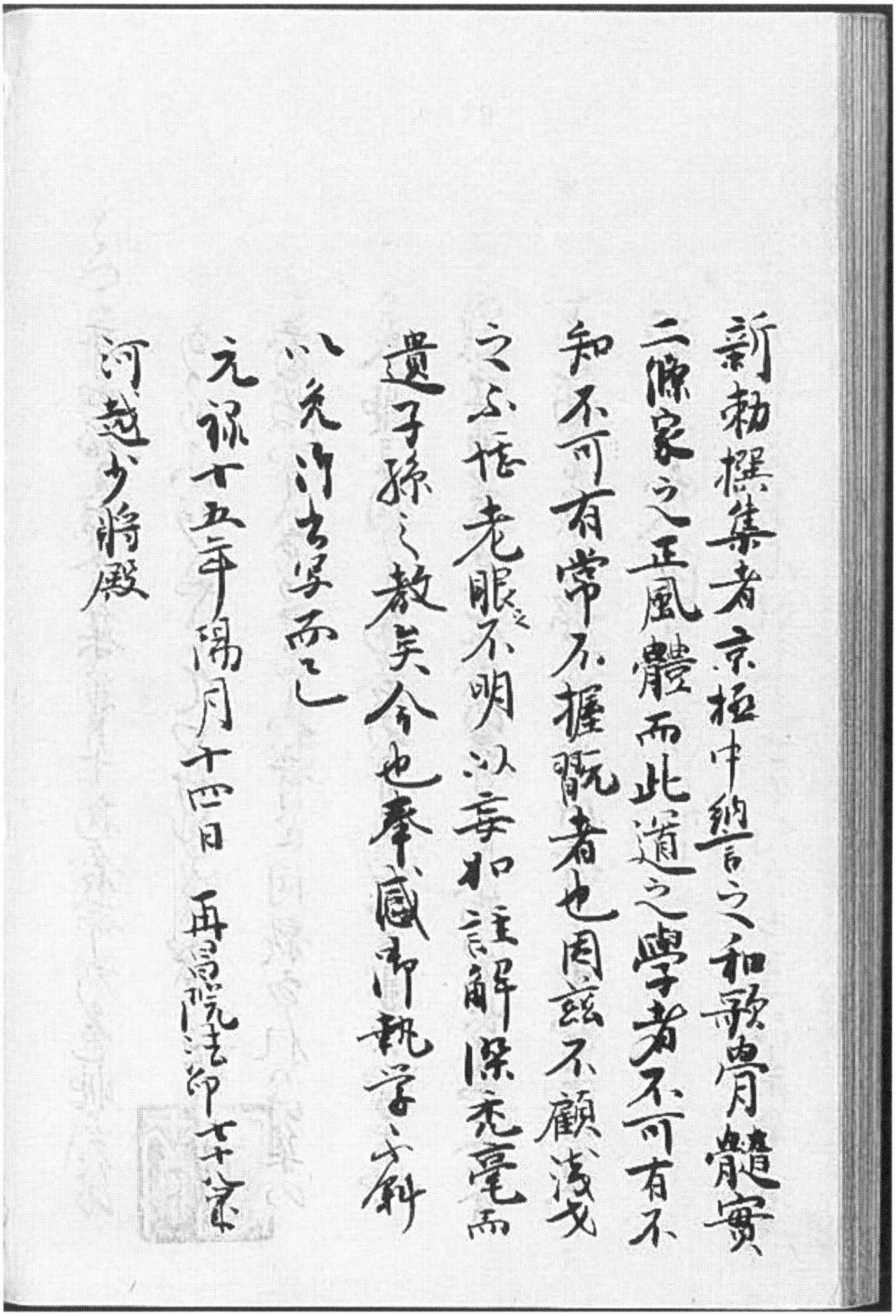
新勅撰集者京極中納言之和歌骨髄實ゝ
二條家之正風體而此道之學者不可有不
知不可有常不握翫者也因玆不顧淺才
之不悟老眼之不明以妄加註解深恥毫而
遺子孫ゝ教矣今也奉感御執学之餘
以免許書写而已
元禄十五年陽月十四日　再昌院法印七十九歳
河越少将殿

『新勅撰和歌集口実』第四冊末（127丁裏）

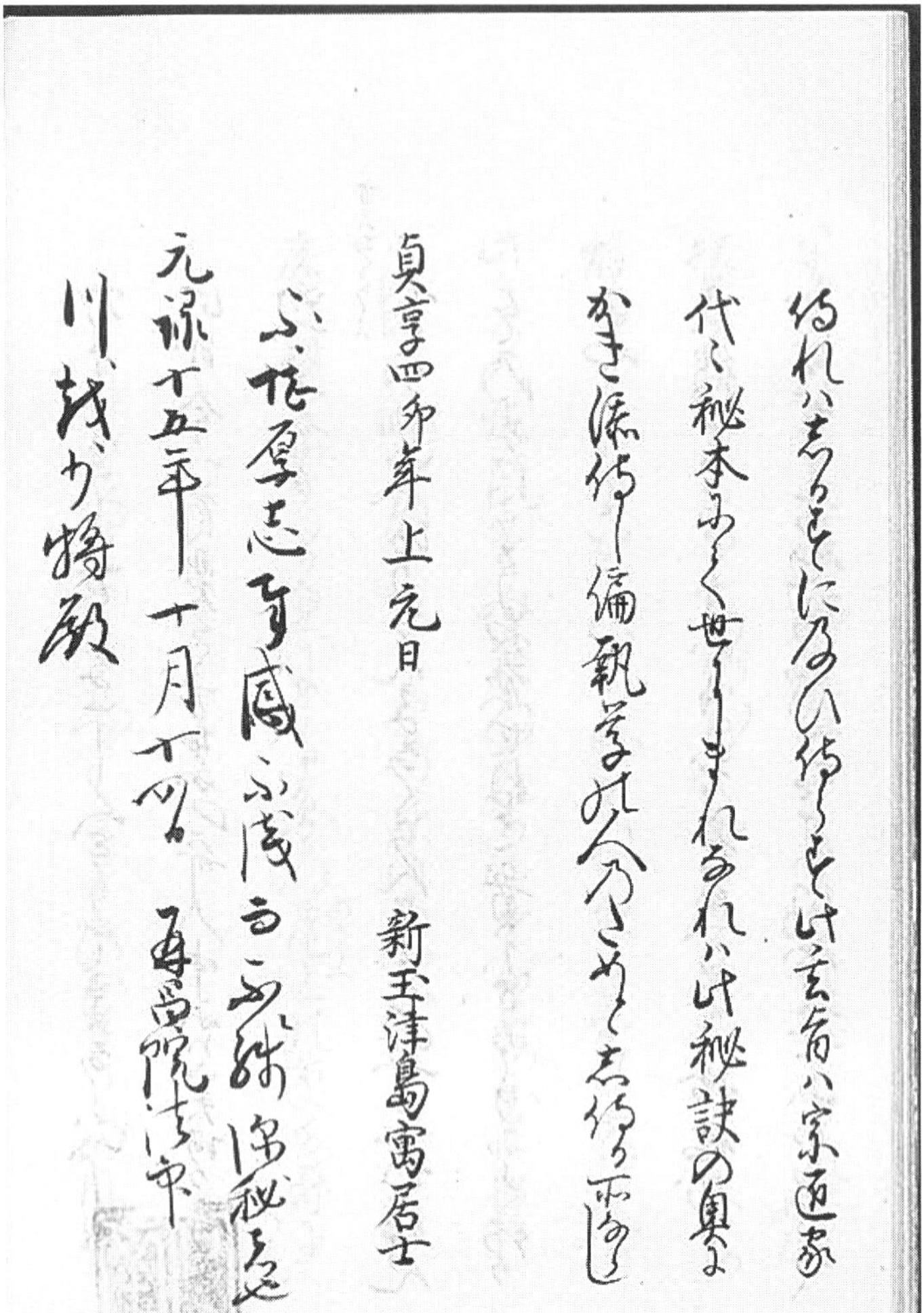
貞享四丁卯年上元日　新玉津島窩居士
元禄十五年十一月十四日
川越少將殿

『万葉集口訣』末（23丁裏）

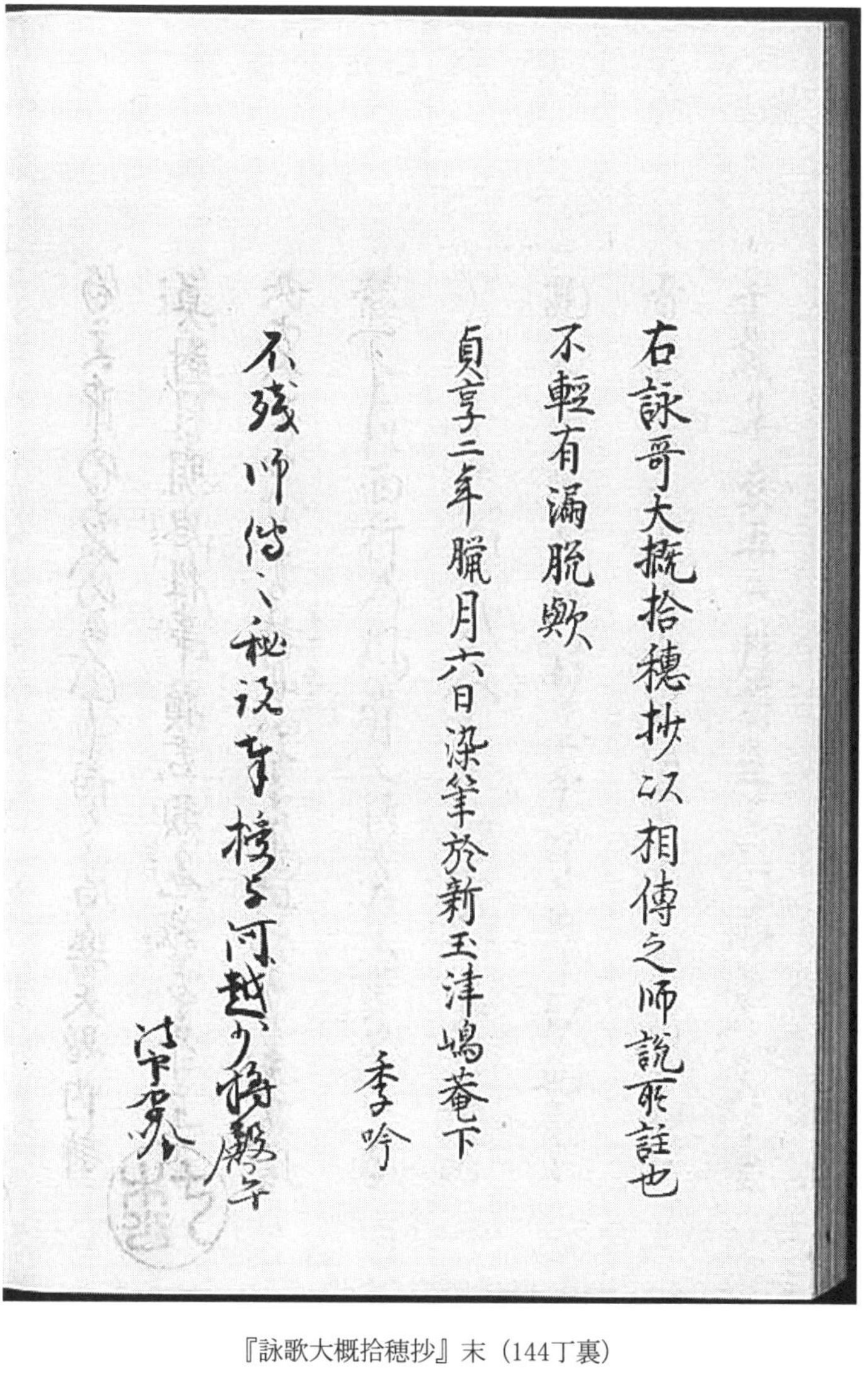

右詠哥大概拾穂抄以相傳之師説所註也
不輕有漏脱歟
貞享二年臘月六日染筆於新玉津嶋菴下
季吟
不残師傳之秘説書授之河越少将殿乎
法印季吟

『詠歌大概拾穂抄』末（144丁裏）

『古今集并歌書品々御伝受之書』納箱・蓋

『古今集并歌書品々御伝受之書』納箱・身

第五章　『源氏物語打聞』と北村家の学問

はじめに

『源氏物語』注釈書である天理図書館蔵『源氏物語打聞』（以下、『打聞』と称する）は、従来、北村季吟が師の箕形如庵の講釈を記したものであり、『湖月鈔』（延宝元年《一六七三》跋刊）以前に成立し、『湖月鈔』に影響を与えた季吟自筆草稿とされてきた。

本章では、『打聞』が季吟の影響下で『湖月鈔』に対して施注されたものであり、『湖月鈔』以後の成立であることを示し、季吟の孫・季任の筆と推定されることを述べる。

併せて、『打聞』が季吟とその後裔の古典学の様相を窺う上で重要であることを指摘し、季吟の後裔である湖春や正立、湖元、季任の奥書などを有する諸資料を参看することにより、北村家における学問の実態を明らかにすることを目的とする。

一　天理図書館蔵『打聞』の書誌

まず、『打聞』の書誌を以下に示す。参考のため、章末に図版（図①）を掲げた。

天理図書館蔵。請求記号：九一三・三六―イ四五。三冊。二五・九糎×一六・七糎。裏打ち補修されており、もとの大きさは二二・〇糎×一五・五糎ほどと推定される。袋綴。縹色無地表紙（改装）、書題簽左肩「源氏物語打

聞　帚木」[1]、打付書右肩「北村季吟草稿」（第一・三冊）。原表紙は本文共紙、原外題は打付書左肩「さうしうち聞帚木　二」[2]等。一面十八〜二十行。第一冊の原外題に「帚木　二」とあることにより、桐壺巻を含む一が存在したことが推定される。現存の各冊の内訳は以下の通りである。二（第一冊）、帚木。三（第二冊）、空蝉・夕顔。四（第三冊）、若紫・末摘花。なお、空蝉部には破損箇所が多い。五（紅葉賀巻）以降が存在したか否かは未詳である。押紙、見せ消ち、なぞり書きによる修正や、「前」「後」などの配列変更の指示がしばしば見られる。印記、「月明荘」（陽刻方印。第一・三冊同印、二・〇糎×二・二糎。第二冊、一・五糎×一・五糎）、「矢野蔵書」（第二冊のみ別印「矢野蔵書」）、「天理図書館蔵」。第二冊の巻末に「昭和11年1月28日受入」の青インクの押印あり。天理図書館の登録印に記される登録日が、第二冊は昭和二十七年二月五日、第一・三冊は昭和三十年一月二十日であり、後掲の『弘文荘待賈古書目』に第二冊のみが掲出されるため、別々に収蔵されたらしいと知られる。箱書「源氏物語打聞草稿　北村季吟自筆」。箱裏に矢野利雄氏[3]による解説を記した紙が貼付される[4]。用紙は一部に反故が用いられている。紙背の内訳とその所在は以下の通りであり、すべて手写である。（２）（３）（４）の詳細については、後述する。

（１）『打聞』[5]　第一冊12丁・第二冊19丁・22丁
（２）季吟『徒然草拾穂抄』　第一冊1・2・3・4・5・6・7・8丁
（３）『伊勢物語』注釈　第一冊23・24・25・26丁
（４）百首歌[6]　第三冊19丁
（５）一条兼良『源氏物語不審条々』　第二冊5・13・17・18丁

（6）度会延佳『神宮秘伝問答』　第三冊16丁
（7）香道書（「十炷香之記」）　第三冊26・27丁
（8）和歌[7]（未詳）　第三冊13・15丁
（9）不明（雑記）　第二冊6・20・21丁

二　先行研究

『打聞』についてのまとまった言及としては、『弘文荘待賈古書目』[8]の以下の記述が挙げられる。

㉝源氏物語打聞　北村季吟自筆草稿　二巻一冊　金七十五円　空蝉、夕顔
外題は　さうしうちきゝ（巻名）とあり。全部季吟の自筆にかゝる。ところ〳〵墨にて消し、又押紙して改めたる所あり。題して「聞書」に云へば何人かの講尺をきゝてしるしたるものなるべけれど、講者の名は明記してはなし。されど、季吟が侍して源氏の講義を聞きしは箕形如庵と松永貞徳との二人のみにて、しかも後者からは桐壺の巻だけしか授からぬ事は、「湖月抄」の序文中に自ら記す所によつて明かなれば、此の聞書が箕形如庵の説なるべきは推察に難からず。内容は湖月抄よりは簡略に、河海・花鳥・弄花・細流・明星・孟津等の諸抄を引く事は稀れにして、単に源氏物語本文中の難解の字句を摘出してその解釈を施せるものなり。その大部分は如庵の説なる事勿論なるが、季吟自身の説には　季吟云　として述べたる個所も間々見ゆ、語釈は「湖月抄」と一致する点多く、それに及ぼせる影響の尠少ならざるを察せしむるものあり。

此の草稿は半紙本、袋綴り。自筆の詠草・草稿等の反古の裏に書きたり。一頁十七八行より廿五行に細字草体にて書き流したり。空蝉、夕顔の二巻を合冊して紙数三十一葉、その内空蝉の巻中の五葉は大半破損して判読し難きを惜むべし。他は略々完全なり。

本書は我が国文学史上の最大の註釈家の一人なる北村季吟の自筆草稿として尊ぶべきのみならず、従来全く知られざりし一資料として、箕形如庵の源氏説及びそれと「湖月抄」との関係を窺ふべき殆んど唯一の貴重なる文献なり。

図版第三十三号は内容の一部を示せり。

『打聞』箱裏の矢野利雄氏の解説や、大津有一「注釈書解題」（池田亀鑑編『源氏物語事典』）にも、ほぼ同様の記述がなされている。なお、伊井春樹編『源氏物語注釈書・享受史事典』（東京堂出版、平13・9）には立項がない。また、野村貴次氏や榎坂浩尚氏の言及も備わらない。[9]

先行研究において『打聞』は、

一、季吟自筆の草稿である

二、箕形如庵の説の聞書である

三、『湖月鈔』に先行して成立した

四、語釈は『湖月鈔』と一致するものが多いとされ、先行研究間での説の対立はない。しかし、論者の検討によると、以上の四点には疑いがある。まずは、次節において、『打聞』と『湖月鈔』との注記の比較を行い、その先後関係を明らかにする。

三　『湖月鈔』との注記比較

本節では注記の比較により、『打聞』が『湖月鈔』に遅れて成立したことを示す。

両書の成立の先後関係については、『打聞』に注目すべき注記がある。

あらましごとに

此事のなきさきにおもふ事を云也。」一説《不用》、あらましごとゝは、一段と思たる人のあると云を聞て、年月をへだてゝ云そめて」より心ぐるしくあらば、心ぐるしく思《ヲモフ》のみならず、人の心もいかにとおもひ、我心もあしからん」とまで頭中ノ思ふ也。末つむをいまだ見もせで琴の方のうるはしきばかりに」おくふかく思ひ給ふ也。湖月抄の説をみるべし。」

（『打聞』末摘花巻、第三冊24丁裏）

傍線部のごとく『湖月鈔』の説を参照させる指示があることにより、『打聞』の成立が『湖月鈔』に遅れる蓋然性は極めて高い。なお、傍線部は注記の最末部にあたるが、当該注記はすべて一筆であり、墨附きからも追記とは認めがたい。ここで、『湖月鈔』の当該記事を確認すると、

あらましことに

師頭中此末」摘心にかゝりて床しく思ふ」から、またみぬ先より、かね」てもしさやうの人をみそめて」心にいりて
あらは世にもて騒《サハガル》」るほどにもやみだれんと頭』中のわが心ながら思へるとなり(10)」

（『湖月鈔』末摘花巻頭注、9丁裏〜10丁表）

と対応する注記があり、「師説」を参照させる指示であったことが明らかである。もっとも、この一箇所の指摘のみでは、この注記のみが後に成立した可能性を排除できないため、さらに注記を比較して、成立の先後関係を確実にしておきたい。

『打聞』には以下のごとく、「頭書」などとして始まる注記がしばしば見られる。

ずりやう〔濁点ママ〕

頭書、一任四ヶ年とは、一度国のかみにて」下レバ、四年づゝつとめて、又、外の国へうつる也。それを」七ヶ
国つとむれば宰相ニ昇進するよし、職原抄ニ委。」

（『打聞』帚木巻、第一冊8丁表）

『湖月鈔』の対応箇所には、『打聞』の記述「頭書」が示すとおり、頭注に、

ずりやうといひて
孟受領《ジユリヤウ》」とは諸国の守をいふ国衙《コクエ》〔ママ〕庄《シヤウ》」園《エン》の事をとり行ふ物なり』

「細国の守は一任四ヶ年つゝにてかはる也。さて人の国の事に」とはいふ也。吏務《リム》をつかさどる人」なるへし。国の守にて参議の」兼国といふは権ノ守也」

（『湖月鈔』帚木巻頭注、6丁裏〜7丁表）

とあり、『湖月鈔』で「細」と肩付して引用したなかの「一任四ヶ年」について、『打聞』でその詳説をしていることが明らかである。これらの注記は『湖月鈔』で師説や季吟説を示す箇所にも附されている。師説の例を示そう。

頭金櫃経

十二将トハ十二神也。薬師のわきだち［濁点ママ］ニ、子、丑、寅などの将あり。」

（『打聞』帚木巻、第一冊23丁表）

こよひなか神うちよりはふたかり」

細［中略］祇［中略］

師説金櫃《キンキ》経ニ云、天一立二テ中央《ワウ》一ニ為《ナス》三十二将《シヤウ》定二ムル［合字］コトヲ吉凶一ヲ云々［後略］

（『湖月鈔』帚木巻頭注、33丁裏〜34丁表）

ここでも、『湖月鈔』頭注内の語句「十二将」について、『打聞』で説明を加えている。この他、『打聞』には『湖月鈔』傍注についての注記も存在する。『源氏物語』本文のみならず、頭注・傍注などにおける師説や季吟説などの『湖月鈔』特有の注記についても施注が行われていることから、『打聞』は『湖月鈔』を参看して作成されたものと考えられる。

さらに、たとえば『打聞』の帚木巻は「中将」「中川」「天台四門」「序文までも入たゝず」「夢の浮橋にておさまる」

「名のみことぐ〱しう」の順で注記が始められており、これは『湖月鈔』端書から本文における語句の出現順と一致する。その他の箇所でも原則として『打聞』の注記の配列と『湖月鈔』の語句の出現順とは一致している。(11)

以上のことにより、『打聞』の成立が『湖月鈔』に遅れることは確実視される。

四　『打聞』の注記の性格

続いて、『打聞』の注記の性格について、『湖月鈔』との比較により検討を行う。『湖月鈔』頭注内の語句についての解説をする注記が『打聞』に存在することは先に示した。ついで、『源氏物語』本文に対しての注記について検討する。『源氏物語』若紫巻冒頭の「わらはやみ」について、『湖月鈔』では頭注に、

わらはやみ
細俗にいふおこり」也河瘧病《ワラハヤミ》　疟《ワラハヤミ》」　（『湖月鈔』若紫巻頭注、２丁表）

とあるのに対して、『打聞』では、

わらはやみ
小児の口中に瘡《カサ》など出来て煩もあり。故ニわらはやみと云。」　（『打聞』若紫巻、第三冊１丁表）

とある。『湖月鈔』では語の俗称や対応する漢語を記すのに対し、『打聞』では語源説を記している。なお、『湖月鈔』の該当箇所に傍注はない。

また、『源氏物語』帚木巻冒頭の「とがおほかなるに」について、『湖月鈔』頭注では、

いひけたれ給ふとがおほかなるに」

祇云世に其名高く道の誉《ホマ》れあ」る人をも世上にいひけつならひ也。」細人をそしる方よりいへは、いかな」る名人もいひけたるゝもの也。是世」間のありさま也」

（『湖月鈔』帚木巻頭注、２丁表）

とあるのに対して、『打聞』では、

とがおほかなるに

とが〔濁点ママ〕とは、人の云けす所の科《トガ》〔濁点ママ〕也。おほかゝなる」とは、おほくあるなるとの詞也。」

（『打聞』帚木巻、第一冊１丁裏）

とある。一見、見出しは一致するようであるが、『湖月鈔』は「いひけつ」に施注するのに対して、『打聞』では「とがおほかなるに」に施注しており、施注の対象が異なる。なお、『湖月鈔』の該当箇所に傍注はない。これらの例のように、原則として、『湖月鈔』と『打聞』とで見出しが一致していても、注記内容が重複することはない。

先述の、『打聞』の注記に『湖月鈔』の名が見えること、『打聞』に『湖月鈔』頭注内の語句についての注記がある

こと、『打聞』の注記の配列と『湖月鈔』の語句の出現順が一致することを併せ考えると、『打聞』は『湖月鈔』の成立以降に、『湖月鈔』読解の助けとすべく著されたものと考えられる。

先行研究では『打聞』は箕形如庵の説を季吟が直接聞き書きしたものであるとされてきた。しかし、箕形如庵は『証類本草序例』や『徒然草寿命院抄』を出版した如庵宗乾と同一人物と推定され、(12)『証類本草序例』刊行時の文禄五（一五九六）年に若く見積もって仮に二十歳としても、『湖月鈔』跋文の延宝元年（一六七三）には九十七歳となり、存命の可能性は低い。したがって、先行研究の、『打聞』は箕形如庵の説を季吟が直接聞き書きしたものであるとの説の妥当性は低いこととなる。なお、松永貞徳の没年は承応二年（一六五三）であり、『湖月鈔』刊行の約二十年前には既に没している。

五　『打聞』の書写者について

続いて、先行研究で季吟とされている、『打聞』の書写者について検討する。併せて書写の時期についても考察を加える。

『打聞』の書写者および書写の時期については、先述の紙背文書の（2）季吟『徒然草拾穂抄』が一つの手掛かりとなる。『徒然草拾穂抄』は、板本『徒然草文段抄』に対して、出典が省略され、文章が敬体となり、献上本としての性質を有する写本である。伝本は岡村守之助氏蔵七冊本、慶應義塾図書館蔵佐伯梅友氏旧蔵七冊本、天理図書館蔵野村貴次氏旧蔵一冊本（零本）および断簡が知られる。(13)特に岡村守之助氏蔵本（北村季吟古註釈集成所収本）は徳川綱吉への献上本としてよく知られている。佐伯本は岡村本の手控本であり、全巻一筆である。

岡村本『徒然草拾穂抄』(14)は、各巻の奥書によれば、元禄十六年（一七〇三）十月四日から同年十一月五日にかけて季吟（当時八十歳）が巻一を書写し、孫の湖元[15]（二十五歳）や季任[16]（二十歳）にも書写を手伝わせ[17]、同年十二月二十五日に全巻の書写を終えている。さらに、元禄十七年（一七〇四）二月十三日に校合を終え、同年同月二十五日から同年三月六日にかけて再校合を行っている。よって、書物としての岡村本『徒然草拾穂抄』の成立の下限は元禄十七年となる。

【参考】北村家略系図

- 季吟《きぎん》（一六二四—一七〇五）
  - 湖春《こしゅん》（一六五二※—一六九七）※一六四八生とする説もある
    - 湖元《こげん》（一六七六—一七四九）
  - 正立《まさたつ》（一六五六—一七〇二）
    - 季任《すえとう》（一六八四—一七〇九）

岡村本『徒然草拾穂抄』は、季吟・湖元・季任の三人による分担書写で、季吟が巻一（初段〜二十段）・巻五（百三十七段〜百七十四段）・巻七（二百十五段〜終）、湖元が巻二（二十一段〜五十一段）・巻六（百七十五段〜二百十四段）、季任が巻三（五十二段〜九十一段）・巻四（九十二段〜百三十六段）を担当している。

ここで注目すべきは、『打聞』紙背に見える『徒然草拾穂抄』の段数である。紙背の内訳は、六十六・八十二・八十九・百六・百七段であり、これらは、すべて季任が筆写を担当した箇所である。また、これらの紙背は、岡村本の該当箇所と同筆と認められる。すなわち、『打聞』紙背の『徒然草拾穂抄』は季任筆と推定されるのである。両者の比較については、章末に掲げた図版（図②・③）を参照されたい。なお、総ての例で、図版同様、改行位置は異なるものの、書き出しが一致すること（掲出例では「浄」）を指摘しておきたい。字詰が異なるにもかかわらず、書き出しが一致するということは極めて密接な関係が想定される。なお、一例のみ、岡村本『徒然草拾穂抄』で丁の裏に相当する箇所から紙背が書き始められているが、単純な錯誤とみるべきであろう。

『打聞』紙背の『徒然草拾穂抄』が季任筆であれば、『打聞』そのものも季任筆ではないかを検討する必要があろう。『打聞』の紙背に『打聞』そのものの反故が用いられており、かつまた『徒然草拾穂抄』の反故も用いられていることにより、『打聞』と岡村本『徒然草拾穂抄』は書写の時期が近いものと推測されるため、岡村本『徒然草拾穂抄』を基準に筆跡を判断することとする。また、岡村本『徒然草拾穂抄』を見て知られるように、季吟と季任の筆跡は類似しているため、両者に顕著な差が生じる文字の比較によって、筆跡の同定を行うこととする。

次の表には、季吟、『打聞』、季任の筆跡を集字して、それぞれ崩しの程度が近いものを掲出した。季吟、季任の筆跡は、それぞれ岡村本『徒然草拾穂抄』の担当箇所から採用した。なお、湖元については、明確に筆跡が異なるため、省略した。「名」は、季吟と季任との間で顕著に差異が現れる文字である。季吟が三画目と四画目を続けるのに対して、季任は三画目の点をはっきりと打ち、一度筆を離して四画目以降を書く。また、季任は二画目を直線的に記す傾向がある。「能」を字母とする仮名「の」は、頻出する文字の中で比較的差異が現れる文字である。線が交わる際に、季吟は直角に近いのに対して、季任は角度が付く傾向にある。季吟は終筆をしっかり曲げるのに対して、季任は払うことが多い。また、「との」と続ける際に、仮名「と」の一・二画目を季吟は続け、季任は離して書く。「梅」や「海」のつくりである「毎」では、季吟は一画目から二画目、二画目から三画目に移る際に、しっかりと曲げるため、角が鋭角になっている。対して、季任はなだらかに続けている。なお、『打聞』紙背の（4）「百首歌」にも「梅」が見えるため、参考のために掲出した。[18] これらの文字について比較するに、『打聞』の筆跡はいずれも季任に近い。余人の筆である可能性は否定し得ないが、『打聞』紙背の『徒然草拾穂抄』が季任担当箇所に限られることからも、季任筆である蓋然性は高いといえよう。

従来、『打聞』は季吟自筆草稿とされてきた。しかし、筆跡の比較により、『打聞』の書写者は季任であると推定さ

【表】季吟・『打聞』・季任筆跡比較

文字	季吟	『打聞』	季任
名	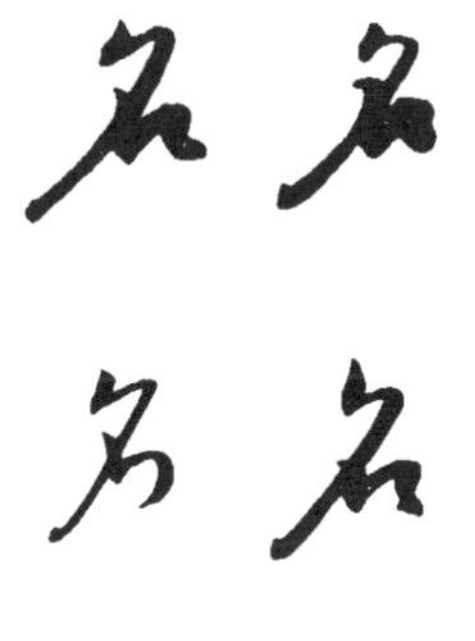	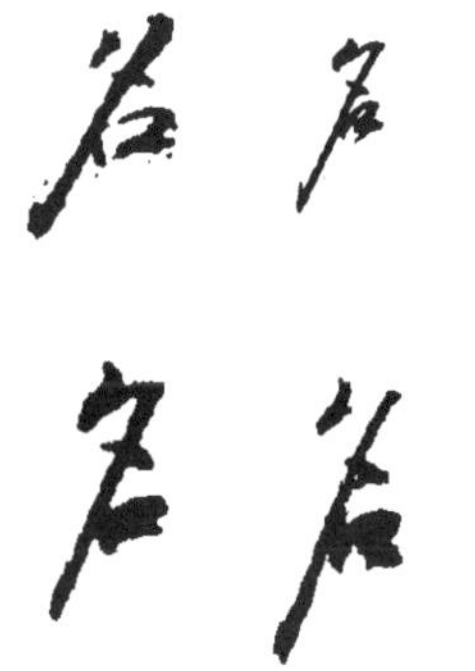	
の（能）（との）			
毎（梅・海）		 ［紙背］	

れる。『打聞』が季任筆であり、『湖月鈔』の成立以降に、『湖月鈔』読解の助けとすべく著されたものであるとなると、『打聞』が箕形如庵の説を季吟が聞書したものであるとの見解の前提は崩れる。もっとも、『打聞』が草稿的性格を有するとはいえ、書写と成立の時期は乖離している可能性もあり、書写者と著者が異なることもあり得る。しかし、先述の通り、『打聞』と『湖月鈔』とでは、見出しが一致していても、注記内容が重複することはない。かつ、『打聞』の注記の性質は『湖月鈔』注記内の語句の解説など、『湖月鈔』を読む助けとなるものを含んでいる。したがって、『打聞』は季吟が師説を聞書したものである蓋然性は低いと考えられる。そこで、改めて『打聞』が誰の説を記したものであるのか、どのような過程を経て成立し、いかなる性格を有するのかについて考察していきたい。

六　『打聞』の成立過程について

前掲の『弘文荘待賈古書目』なども指摘するように、『打聞』には以下のごとく、「季吟云」とする注記がある。

さるかたに
けさう心にてはなくて、いとけなきを源氏いとおしみ給ふ也。」季吟云、あながちけさうにあらず。[濁点ママ]子分ニし
てかやうに懐に入など」したしくし給ふ故、そのかたにらうたきと也。」
（『打聞』若紫巻、第三冊20丁裏）

『湖月鈔』の対応箇所には、頭注に「さるかたに」の見出しで「寵愛しもてあそひ」給ふかたにと也」（若紫巻頭注、52丁裏）と記されるのみであり、『打聞』の「季吟云」とする注記は、季任や後人が『湖月鈔』を参照して書き入れ

た注記ではない。なお、「季吟云」と記す注記はこの例のみである。(19)

一方で、『打聞』における季吟説は、「季吟云」とする箇所にとどまらないことが、以下の例によって明らかとなる。

　所せく
所せばき〔濁点ママ〕心也。貴人のうへの事也。貴人は何事にも」それ〴〵の格式ありて、其身の自由ニなされがたき所は」所せばきやうなれば也。』傍付ニ、此一句青表紙になし云々。他本にあればすてがた」く書侍る也。」
（『打聞』帚木巻、第一冊11丁表裏）

『湖月鈔』の対応箇所は以下の通りである。

ましていかばかりの人かはたぐひ給はむ。所せく思ふ給へぬだに。〔青表紙に此一句なし〕
（『湖月鈔』帚木巻、10丁表。傍注一部省略）

傍線を付した『湖月鈔』の傍注は、『源氏物語』の青表紙本（系統）には「所せく思ふ給へぬだに」という本文がなく、他本によって補ったということを述べている。

ここで『打聞』の傍線部のように、『湖月鈔』の本文の選定について、「すてがたく書侍る」と述べうるのは、『湖月鈔』の著者である季吟のみであろう。すなわち、『打聞』では「季吟云」とない箇所においても、季吟説が含まれていると考えられるのである。

他にも、『打聞』の成立過程を窺わせる以下の事例がある。『打聞』中には注記の上に「聞書ナシ」と記す箇所が一箇所（若紫巻、8丁表）あり、また「聞書ニ」などと始まる注記がある。このことからは、『打聞』作成時の参考本として「聞書」という書物があったことが想定される。しかし、現存の「聞書」と名のつく源氏注釈書において、注記が一致するものを論者は確認できていない。[20]ただ、これらの注記も『湖月鈔』への施注であることを考えると、『湖月鈔』に先行する諸注釈書からの引用の可能性は低いと考えられる。

「季吟云」としない箇所でも季吟説が入っていることを踏まえ、あえて仮説を述べれば、季吟の子息の湖春や正立、あるいは季吟の高弟などによる、季吟述「聞書」が既に成立しており、それを用いながら季任が増補していったものが『打聞』であるとも想定される。その場合、「季吟云」とある注記は、季吟述「聞書」の記述でなお不明な箇所を、改めて季吟に尋ねて増補したものとも考えられる。

一方で、季任が季吟の代筆を行っていたことも確実視される。『打聞』紙背の（4）「百首歌」は和歌に修正が散見され、草稿的性格を有している。冒頭の二首が国立国会図書館蔵『向南家集』に季吟詠として収載されていることか[21]ら、『打聞』紙背文書「百首歌」は季吟詠と認められる。注目すべきはこの『打聞』紙背文書「百首歌」が季任筆であることである。和歌を手直しした跡が散見されることからは、草稿段階において、季吟が季任に筆写を命じ、その場で手直しをも行ったと推定されるのである。このことを踏まえると、『打聞』もまた、季吟が季任に筆写を命じ、その場で修正を加えていた草稿であるとも解しうる。ただし、「季吟云」とある箇所を除くと、『打聞』の内部徴証からは季吟説と他説とは峻別し得ないことは強調しておきたい。

確実なのは、晩年の季吟周辺において『湖月鈔』への施注が行われていたということである。そして、これが『湖月鈔』にとどまらなかったことを、『打聞』紙背の（3）『伊勢物語』注釈の存在が示している。以下に、その一葉を掲出する。

伊勢物語」
塗籠　土蔵などの物を納め置所を申。」
温子　昭宣公の御女也。此御かたに、伊勢、みやづかへせしなり。」
表を奉りて　表とは、姓を乞申さるゝ趣意を書、」天子へ上らるゝ文章を申。」
閑麗翁　業平の容貌みやびやかにうるはしきを以」て名づけたり。」
三条坊門南高倉西　今の間の町八幡丁上ル処歟。」
ちまき柱　ちまきの形せしものなるべし。」
為子」
神仙伝　仙人の事を書たるもの也。」
月をめで　月をめて花を詠めし古のやさしき人は』こゝにありはら」
伊勢守継蔭　諸抄に伊勢守なる事を云ず。三代実録」に出たり。父、伊勢守なるゆへに女伊勢と申。」
知顕抄　三帖あり。大納言経信作と申事也。玄旨」御抄云、「経信卿の名をかりて擬作せるにや。まことに」彼卿の
筆作ならば、定家卿、見たまはぬ事は有まじきを、」物語の名を始として一事も用なる〔ママ〕所見えず」云々」。
二条家の絶たる和哥の道を　二条家の古今伝受」絶たるを■■東野州常縁ノ御かたに伝りしを、宗祇」法師を便にて、
　逍遥院殿、つぎ給ひしなり。」
舟橋三位　玄旨母方の祖父なり。」
牡丹花　堺に住す。」

愚見抄　逍遥院も此禅閣〔ママ〕より伊勢物語伝受し給ひし。
後中書王　醍醐院（中務の唐名なり。）、皇子に兼明といふあり。これを前中書王」と申。これにたいして具平（村上皇子）を申奉る也。』
（『打聞』第一冊25丁紙背。墨消や表面の文字が重なるなどで読み取れない文字を■で示した）

これらの見出しの掲出順は、季吟の著作である刊本『伊勢物語拾穂抄』の季吟序における出現順と一致する。このことにより、刊本『伊勢物語拾穂抄』に対する注釈であることが確実である。この紙背の注釈も『打聞』と同筆、すなわち季任筆とみられる。この注釈が季吟説か、季任説かは判然としない。また、『打聞』紙背文書には序と初段の部分しか記されておらず、『伊勢物語』全編にわたるものであったのか、途中で作りやめたものかも不明である。しかし、季吟の周辺で、刊本となった季吟注への注釈が、『打聞』以外にも作成されていたということは確かに認められるのである。

おわりに

これまで、季吟の後裔の古典学の有り様については、関連資料に乏しく、実態が不明瞭であった。その中で、湖春については、資料の存在が比較的知られている。『古今和歌集』注釈書である『教端抄』（『古今拾穂抄』）は、『古今集』巻八第三百八十五番歌の詞書の注記の途中までを湖春が著しており、湖春の逝去により、残りを季吟が引き継ぎ、完成させている。また、東海大学付属図書館蔵『源語秘訣』(22)を季吟から相伝し、内海直重に伝えており、『源氏物語』梗概書である『源氏物語忍草』も湖春の著作とされている。

その他の子や孫について述べれば、正立は、正立宛季吟書翰[23]によると、『源氏物語』注釈書である伝授書『源氏物語微意[24]』の草稿本を季吟から送られており、門人の指導に用いたものと推定される。また、佐々木孝浩氏蔵『十如是和歌集[25]』を季吟から相伝し、勝尹[26]に伝えている。さらに、新玉津嶋神社蔵『古今和歌集』真名序の季吟附点本を、[27]森川章尹[28]が取得することに関与したと思しい。湖元は、季吟没後、季吟書入板本『大和物語抄[29]』を柳沢吉里に伝えている。湖春以外は新たに稿を起こした形跡がなく、ほぼ資料の相伝が知られるに過ぎなかった[30]。

この様な状況の中で、『打聞』が存在する意義は大きい。そして、季任は『打聞』のほか、『北村季任聞書[31]』に切紙類をまとめている。その切紙の写しのうち、古今伝受の血脈と伊勢物語秘訣には、それぞれ伝受に際しての聞書と思しい「季任聞書」が附される。『打聞』と併せて、季吟からの聞書の具体例として貴重である。

『打聞』は、従来、箕形如庵の説を聞書した季吟自筆草稿であり、『湖月鈔』に先行するものとされてきた。しかし、本章で指摘したように、『打聞』は季任の書写にかかり、季吟の影響下で『湖月鈔』に施注したものと推定される。

季吟にとって公刊しうる範囲での達成であった季吟注の刊本は、季吟の在世中、季吟周辺において既に施注対象となっていた。これは季吟らによる講釈の場において、季吟注の刊本がテキストとして、いわば教科書のように用いられていたことを示していよう。季吟の伝授書にしばしば季吟注の刊本を参照する指示が見えることもこれを裏付ける。

ここで、季任筆である『打聞』の施注対象が刊本『湖月鈔』であったことと、『打聞』紙背の『伊勢物語』注釈の施注対象が刊本『伊勢物語拾穂抄』であったことは、季吟の跡を継ぎ、歌学方となった湖元が季吟書入刊本『大和物語之抄』を保管し、柳沢吉里に伝えていたことと併せて示唆的である。彼らの注釈活動の対象が既に古典そのものではなく、季吟注へと移っていたことが推測され、これは季吟の注釈活動や、湖春が『教端抄』において注釈の対象としたものが『古今集』そのものであったことと好対照をなす。孫たちにとっては、季吟注がもはや典範と化しつつあったのである。

このように、季吟とその後裔の古典学の有り様の一端を窺いうる格好の資料として、『打聞』および『打聞』紙背の『伊勢物語』注釈は改めて位置づけられるべきものといえる。

注

（1）第二冊「源氏物語打聞 北村季吟自筆草稿 空蝉夕顔の巻」、第三冊「源氏物語打聞 若紫 末摘花」。

（2）第二冊「さうし［引用者注：以下破損］三」、第三冊「さう紙うちきゝ 若紫 末摘花 四」。

（3）反町茂雄『一古書肆の思い出5』（平凡社、平11・1）によれば、矢野利雄氏は九州大分市付近の方とのことである。「弘文荘の仕入地盤」では「第一類　客筋」「地方」「戦前からの顧客」に分類される。

（4）『打聞』の箱裏の紙片には以下の記述がある。

空蟬．夕顔．一冊（奥ニ「墨付廿四枚」トアリ）　北村季吟自筆稿本

矢野利雄氏解説

本書は国文学研究史上に燦然たる光輝を放ち、研究に指を染めて可ならざることなき北村季吟の自筆本にして、題に「さうしうち聞」とあることより察するに、何人かの源語の講義を聞きて書き誌したるものなること明かなるも、講釈者の名明記なし。されど源氏物語湖月抄に発端の凡例に曰く、「予先年箕形如庵八条院に奉仕に此物語の講釈を聞、十五ヶの秘訣三ヶの口伝等を講得［ママ］たり。又先師逍遥軒貞徳に桐壺一巻の講釈を聞て此物語の口伝再聞し侍し云々」とありて、季吟の源語の講義を聞きしことは箕形如庵と松永貞徳との二人にして、而も貞徳には桐壺の巻のみ聞きしこと明かなれば、本書は如庵の講義の聞書なることは推定し得べし。

本書の内容を検討するに、源語本文中の難解の句を摘出し、以て之に註したるものゝ註は簡単にして稀に古註を引用したるも、如庵の説が大部分にして時には季吟云として自説を述べし点あり。語釈は湖月抄と比較するに一致せる

点多く、本書の湖月抄に及ぼせる点甚大なるを知るべし。

　本書は半紙本袋綴にして自筆の和歌又は草稿の反故にしたる紙の裏に記し、以て用紙を節約したり。僅かに帚木、若紫、末摘花、空蝉、夕顔の五帖にして、而も空蝉は大破して判読し難きも本書の価値は単に季吟の自筆本として貴重なるのみならず、箕形如庵の源語研究及び湖月抄成立史上の研究資料として、唯一無二の文献にして尊重すべきものなり。

（5）紙背文書の『打聞』の反故は、表の『打聞』と同筆と認められる。それぞれ、第一冊12丁、第二冊1丁、第一冊22丁の反故である。ここで、同じ丁の反故を用いていることや、第一冊の反故を第二冊で使用していることにより、紙背文書と『打聞』との書写年代は近接しているものと推定される。

（6）「詠百首和哥／春二十首」と記され、「立春・子日・霞・鶯・若菜・残雪・梅・柳」の堀河百首題で詠まれている。

（7）それぞれ「詠鶯知春」和歌／いかてしるものとも」知らぬ身の春を我」にをしへる宿のうくひす」「詠竹間鶯」和歌／窓ちかき竹《たけ》の葉」風も春めきて千世」と和歌懐紙の書様で記されている。詠者は未詳である。

（8）『弘文荘待賈古書目』6（昭10・12）。

（9）東京堂、昭35・6。「注釈書解題」は大津有一氏の担当。

（10）『湖月鈔』の引用に際しては、『源氏物語湖月鈔一（～十二）』（新典社、昭52・7～53・7、北村季吟古註釈集成7～17）を用いた。同書の底本は早印本ではあるが、一部に野村氏の操作が加わるため、引用の際には他の伝本も適宜参照し、異同のないことを確認している。以下、同様である。

（11）『打聞』には、『湖月鈔』と語句の出現順が一致しない箇所にしばしば「前」「後」などと記して注記の順序を入れ替える指示がある。押紙による修正がまま見られることと併せて、『打聞』の草稿的性格を示すものである。

（12）詳しくは本書第三章参照。

（13）『徒然草拾穂抄』の伝本については、野村貴次「第二章　仕事　第三節　『徒然草拾穂抄』」（『北村季吟の人と仕事』新典社、昭52・11、新典社研究叢書1）に詳しい。ただし、「補注」以外は岡村本未見の状態で記されたものである。また、各書の現蔵については、本書第二章参照。

（14）岡村本『徒然草拾穂抄』の引用および集字に際しては、『徒然草拾穂抄』（新典社、昭52・4～6、北村季吟古註釈集成20～22）を用いた。

（15）湖春の子。延宝四年《一六七六》生、寛延二年《一七四九》没。季吟の跡を継ぎ、二代目歌学方となる。

（16）正立の養子。季吟の娘たまの実子。貞享元年《一六八四》生、宝永六年《一七〇九》没。

（17）なお、この頃、季吟の息の湖春（元禄十年《一六九七》没）、正立（元禄十五年《一七〇二》没）は既に没している。

（18）『打聞』紙背文書の影印については、表面からの撮影画像を左右反転し、二値化（モノクロ化）の閾値を調整した上で掲出した。

（19）他に以下の通り、「季云」と記す注記が一例あるが、季任筆と推定されることを考えると季吟説とは断定し得ない。

　　むかしものがたりにも

　季云、むかしものがたりにもかやうのためしありしとばかり可レ見、さのみ古物語不レ引共か、

（『打聞』末摘花巻、第三冊23丁表）

（20）『湖月鈔』「発端」には、「累年諸抄を勘へ合せて予が聞書に加るの説はなべて誰の説、又或抄、或は抄とばかりしるし侍し」とあり、『湖月鈔』の基礎として「聞書」という書物が成立していたとも読める。しかし、「加る」とあることにより、ここでの「聞書」が仮に書物であったとしても『湖月鈔』に包含されているものと考えられる。『打聞』に見られる「聞書」は『湖月鈔』の注記と一致しないため、これと別物であると判断される。

（21）国立国会図書館蔵『向南家集』（請求記号：一二七―三二）には、「立春　季吟／音羽川氷も解て落滝津春立けらし水のみなかみ／子日／けふ引る子日の小松もろ共に君かちとせをかそへはしめん」とあり」／「中略」以上九首御草稿のまゝにてそこゝ御引なをし」あれとしはらく写し置ぬ」（7丁裏～8丁裏）とある。

（22）　東海大学付属図書館蔵。桃園文庫、整理番号：桃九―八一。湖春自筆。元禄七年七月二十五日湖春奥書を有する。詳しくは本書第三章参照。

（23）　早稲田大学図書館蔵「北村季吟書簡：北村正立宛」、請求記号：チ06 03890 0029 0002。注（13）野村貴次『北村季吟の人と仕事』（456頁）に言及がある。本書第四章でも言及する。

（24）　詳しくは本書第四章参照。

（25）　詳しくは本書第四章参照。

（26）　未詳。

（27）　神社番号：第21号9。奥書に「此一帖師家再昌院法印北村季吟点、先年東武江正立随身下向之節、板行之書点候、畢于時重而」改写畢。于時正徳四年十月五日新玉津嶋社森川右兵衛」藤原昭忠」（打消線は墨消を示す）とある。現在、新玉津嶋神社資料は野洲市歴史民俗博物館に寄託されている。

（28）　寛文十年（一六七〇）生、宝暦十二年（一七六二）没。「昭忠」とも記す。季吟の後に新玉津嶋神社社司を務める。本居宣長を指導したことが知られている。

（29）　神宮文庫蔵。図書番号：和三門一七〇四。刊本。三冊。袋綴。奥書には手写で「此書、借北村湖元所秘再昌院法印再校考本、以写之者也、享保二丁酉年秋七月中旬　拾遺源朝臣（花押）」とあり、花押は柳沢文庫蔵「無辺流印可写」（所蔵番号：二―五四）などに見える柳沢吉里のものと一致する。柳沢吉里は柳沢吉保の息男であり、吉保は季吟から古今伝受を相伝している。なお、「拾遺」は侍従の唐名である。

（30）　岡村本『徒然草拾穂抄』の季吟・湖元・季任による分担筆写や、宮内庁書陵部本『続後撰和歌集口実』（函架番号：二六六・三一二）の本奥書「癸未年九月下旬、以烏丸亜相光広卿筆之本、使湖元季任校合、件本」川越少将殿所持也、両本相違之所々、以朱書之、或書光以為印、／七松子」、架蔵の『続後撰和歌集口実』の本奥書、

本書〔ママ〕元禄十六年九月七日、使門人元淡再写之、／再昌院法印八十歳」

本書〔ママ〕同九月下旬、以烏丸亜相光広卿筆之本、使湖元季任校』合畢、件本者川越少将殿所持也、両本相違之所々、以」朱書或

称光本以為印矣、」
宝永丑年七月、再々写之、　元淡」
同年、遂一校合畢、　湖元」
（三行を隔て一格を低し、書写奥書「寛政二年九月下旬、籬菊盛香風吹入窓中」書写之畢、信茂」あり）

などがある。これらは、両息を失った晩年、湖元・季任の両孫に書写の労を執らせていたことを示している。

（31）無窮会蔵。平沼文庫、請求記号：二二〇五九。季任筆。横本一冊。一〇・〇糎×一九・五糎。綴葉装。墨付丁数一二丁。遊紙前一丁。前遊紙から第7丁まで各丁表の左肩に「一」～「八」の丁付あり。伝受切紙などを写し、冊子にしたもの。冒頭の「古今和歌集伝受制法」は従高筆と伝える『古今和歌集伝受制法』（無窮会蔵。平沼文庫、請求記号：一〇七五四。「二華堂切臨伝受切紙、連々依所望授之畢、／寛文第二天壬寅雪月初八烏　従高（花押）」との奥書を有する東山御文庫勅封「切紙口傳條々」（一通。函号：六三―二―一―四）とは筆跡が異なる）と従高の奥書に至るまで同内容である。また、湖春の「誓戒文」（本書第一章末に影印あり）とも一致する。以降の切紙類の写しは季吟が柳沢吉保に伝えた『古今集并歌書品々御伝受御書付』（柳沢文庫蔵。所蔵番号：〇一―一四。宮川葉子『柳澤家の古典学（下）――文芸の諸相と環境――』（青簡舎、平24・2）に翻刻を収め詳述する）の一部と内容が一致する。血脈には小異あり、独自のものを含む。血脈および伊勢物語秘訣末にそれぞれ「季任聞書」を附す。ただし、伊勢物語秘訣の「季任聞書」は後欠と見られる。本章に翻刻を附載する。

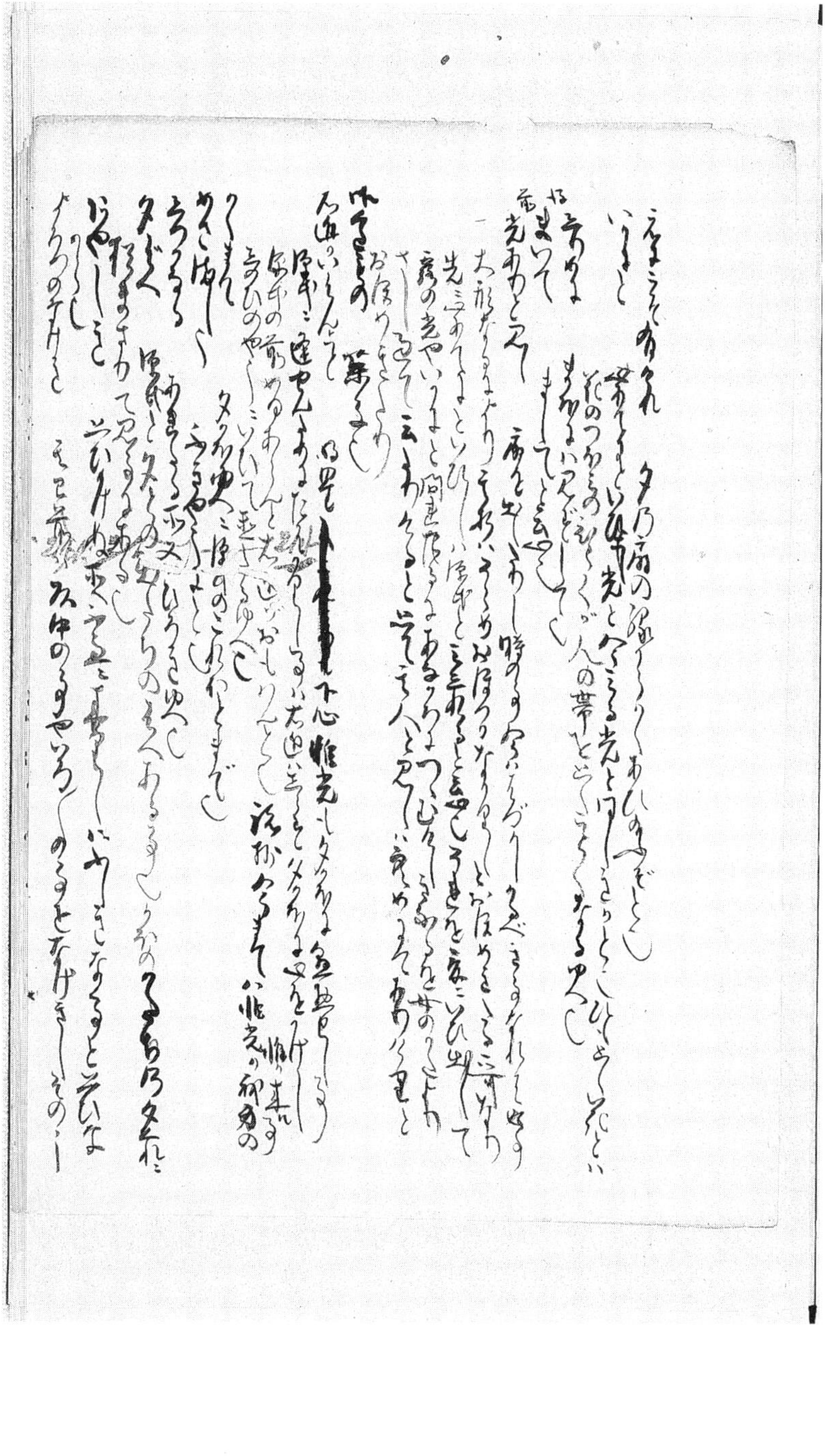

図①　『打聞』夕顔巻、第二冊20丁表

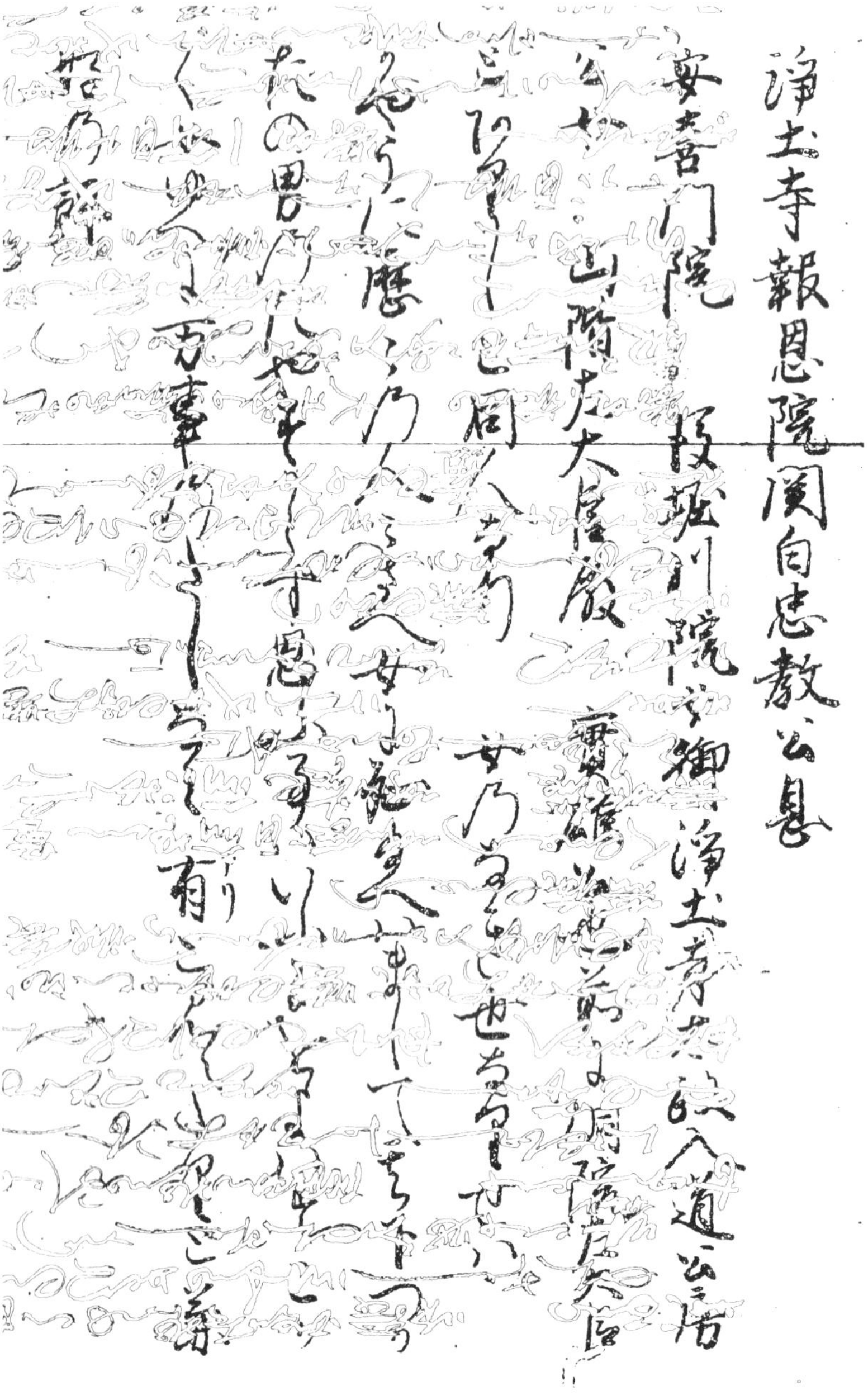

図② 『打聞』第一冊8丁紙背

※表面からの撮影画像を左右反転し、九十度回転し、二値化（モノクロ化）の閾値を調整した。

図③　岡村本『徒然草拾穂抄』巻四31丁裏（季任担当箇所）

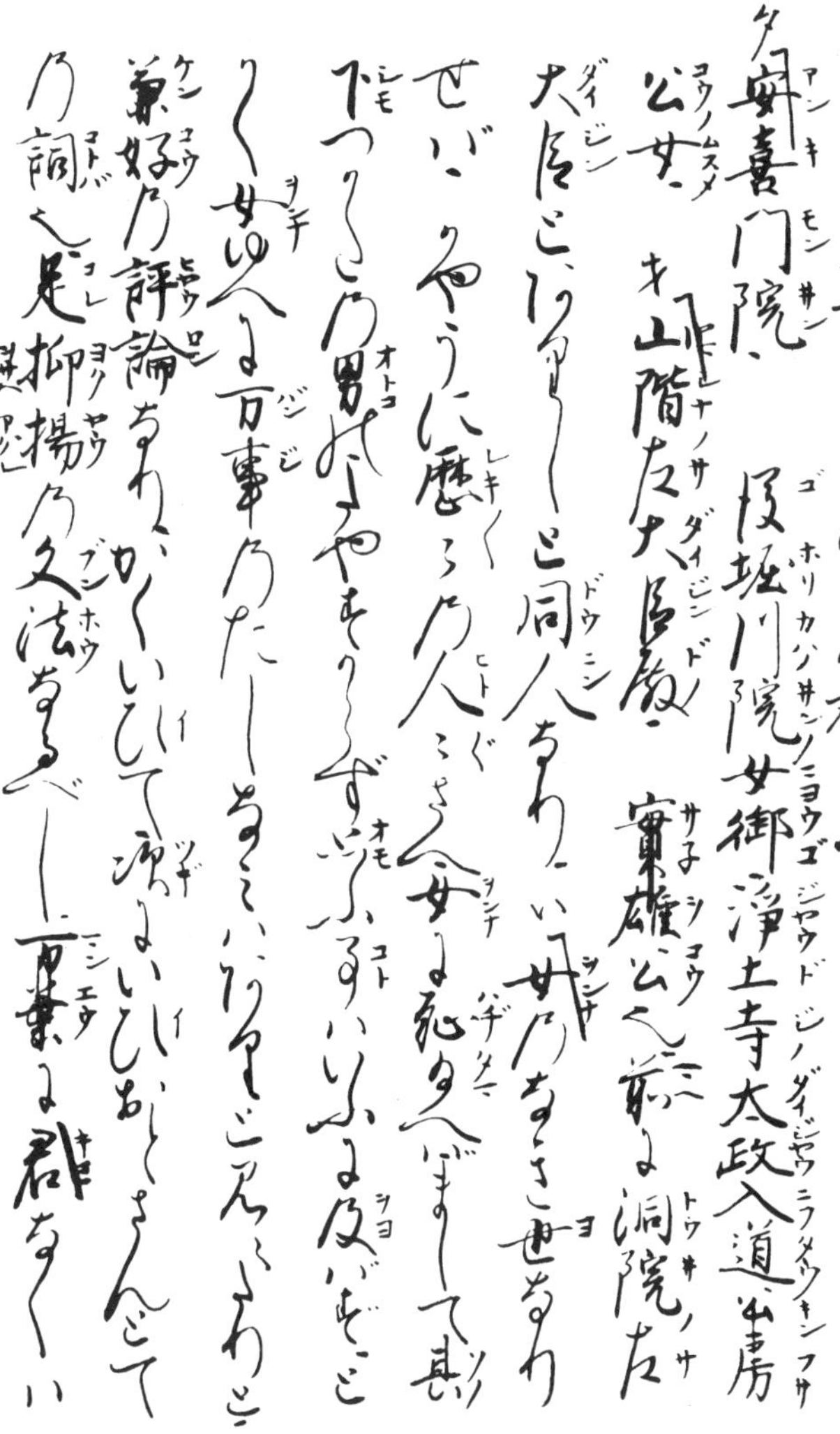

240

無窮会蔵『北村季任聞書』翻刻

凡　例

・底本は無窮会蔵『北村季任聞書』（平沼文庫、請求記号：二一〇五九）である。
・書誌は本書第五章注（31）に記した。
・原本の低格や空格は極力反映する。
・余白部に記される注は、関連する注記の末に、低二格にて記す。
・抹消痕に上書する文字の右傍に点線を附す。
・踊り字は開き、原本の表記を（　）にて傍に附す。
・合字は開き、[合字]と傍記する。
・引用文は「　」にて示す。

古今和歌集伝受制法」

一、大凡、師をとる事、貴賤上下を撰ばず、」道を伝たるを師とす、家の人の子孫たり」とも学得ざる人は益なし、直人なりとも」学びうる人は師たるべし、さして其人を敬」するにあらず、其ある所の道を信ずるのみ」也、凡俗に道を知人をも、をのれより齢わか」し、貧賤なりなど、いひおとし、道を知事、いたら」ねども、或は老年、或は富貴にして、しかも、」官爵ある人を師とする事、甚、非也、さて又、」師たる人、門弟子の、他の師に問きくをきらふ」も、亦、非也、我師よりまさる師あらば、いくたり」も師とし、学べき事、」

一、師資相承のむねを守て、私を立べからず」、心、邪なる人に伝ふれば、かへりて正理をそ」しりなどして、たちまち神明の罰、あたるべし、」されば、和哥に達せる人なりとも、生つきの心、」道にかなふまじき人には伝べからず、」

一、当家の流をくむ人にあらずは説べからず、」其故は、口にいふ人はあれども行ふ人はかたし、(1オ)』身にをこなはねば天神地祇と同位にあそぶ事な」し、此二を発明せざれば、此集を釈する事、」叶がたし、ふかくおもふべき事、」

一、其道をしらぬ人の、物を書写しぬれば、焉烏」の違あり、一字のちがひは小なれども、理を背の」誤は大也、故に、当家には、一篇、口受の後に、相伝」の抄物を写さしめ、再三、挍合をする也、此旨を」詮守べ［ママ］し、」

一、其器にあらざる人に、利欲にかか《(ゝ)》はり、伝る事」なかれ、道を伝ふべき仁にして、深く志を致し、」信あるに相伝する也、さて、師に礼物を捧る」事、恩徳報謝の敬を天にいたし、信を道に」致す心の切なる所をあらはす也、末の世に身」に応ぜぬ礼式をいひて道すたれるを思はず、」只、分際にしたがひて力をつくすは古の法也、」

一、相伝の書籍ども、努々(〳〵)みだりにすべからず、」非説に心をそめしは、必、久して変ぜずの理有」て、我しれる説にたがへりと思ふのみを旨として、」心にはあぢはは(ゝ)ずして、徒に弁舌をもて本義」をそしる也、但、他流の人も、我をたてず、心を空く(1ウ)』して当流に帰する人には伝て難なし、悪をあ」らたむる事、すみやかにして、善にいたる事を」道とすれば也、よくよく(〳〵)思ふべき事、」

一、惣じて、はじめの老にいたらざれば、定心にして」是非を安全しがたし、和哥の達人にして、老」て後に道を相伝するは、本理をしるにただ(ゝ)し」からんため也、又、若背[ママ]にも、道にかなひ、生得の心」なをくなるべきには、伝へて難なかるべし、それも敬」心ふかく、心、実法ならざるには、伝べきの理なし」、たとひ、又、器用にして老たるにも、天然と伝べ」からざる本性の人あり、智の過たるは愚人に」もをとり、必、邪路、邪見也、」

一、此集、堪能の先哲、家々(〳〵)の抄、まちまち(〳〵)の義」多しといへども、今、此正説[統イ]相伝の義理を守るべし」、すこしも心をよそにつけては邪なるべし、又、「藍」より出て藍よりも青し」なれば、後学の義理」によろしき了簡ある事有べし、さりとて、其」一、二を以て、相伝の先達をそしるべきこと、非道」の最たり、よくよく(〳〵)慎べし、」

一、ひろく家々(〳〵)の抄をうかが(ゝ)ひみて、相伝の説を(2オ)』たすくる義理あらば、挙もちゆべし、理に叶は」ぬ、古語、古哥など、ひきぬれば、事のおほきに」かか(ゝ)はり、正義を次になす事あり、又、事をめづ」らしくせんために、或説などを曲節ありと」おもひてひき出すべからざる事、」

一、此集を伝るに二の大綱あり、一には、歌をす」ぐれてよむ人にあらざれば、哥の姿と心との」至れる所をしらず、哥の深意の所は五味の」ごとく、たとへいふべきやうなし、心をもて心につ」たへしるものなり、二には、此書は道を本とす、道」は身にをこなふ人にあらざればよくしらず、道と」は、天地の間、万物にある理也、ただ（ゞ）に口に伝へ」て、自身の後に授すべき人なくば、其師へ」帰附すべし、もしそれも叶ざる義あらば、」切紙の巻々（く）は焼すつべし、此むね、かたく」なしく、寛仁大度の心ならざるに似たれ」ども、此中に道にかなひたる理ある事を」おもふべし、」

古今和歌集伝受一十の式目令違背」者、左之誓文の罰、歴前に可罷蒙者也』（2ウ）、

敬白　誓戒文」

梵天、帝釈、四大天王、惣而日本国中六」十餘州大小神祇、別而住吉、玉津嶋、両所」大明神、天満天神等、神罰、冥罰深」厚、可罷蒙者也、」

　年号　月　如意珠日吉辰　弟子某甲在判」

古今講尺は、子の月に吉日を撰びて読」そめ、次年の春かけて成就する也、十一月は、天」地のうち、陽気、はじめてきざして、時、万物を調」れば也、此集、巻頭の哥の心も是におなじ、扨、」巻の一よりよみおはりて、其次に仮名序、真」名序、奥書とよむなり、巻成て序を作り、」序成て奥書をする次第也、儒、釈、道の三」教の談義も此次第也、是、古来の法也、又、」師説云、昼夜十二時を十二月とおなじ事」とす、然れば、よみそむる日に、子の月、こも」れり、又、序は門、書は家の義有、家、成て○後、」門を作るといへども、門にあらざれば、其家」にいる事なし、又、序は其集の大概を」載也、故に仮名序よりはじめて、巻々、次第』（3オ）をたがへずよむ事、

難なし、さて、奥書を」読也、」

[一行アキ」

文明十三辛丑八月十八日自種玉庵宗祇」禅師受之訖　夢庵判」

[一行アキ」

霊瑞院」

大僧都法印従高」

右一冊[朱書]（3ウ）』

家伝切紙」

[一行アキ」

三鳥之口伝ウハ紙ノ書付[朱書]」

[一行アキ」

一、よぶ子鳥」

をちこちのたつきもしらぬ山中におほつかなくも」[下寄]よふこ鳥哉」

文字、呼子鳥と書り、此哥は元初の一念をよめる」也、その一念といふは忽然《コツネン》トシテ[合字]而起ルヲ名ケテ為《ス》ル二無明《ムミョウ》ト一」の義也、無明とは煩悩の事也、はからざるに」起る一念なり、「よふ子鳥」とは此一念に呼出さ」る(と)所をよぶこ鳥とはいへる也、「山中」とは深く高き」義也、はかられぬ堺を「たつきもしらぬ山中」とは」いへり、「たつき」とはたより也、「おほつかなき」とは、はか」らざる一念を呼出す所は、更に思慮せられ」ぬ堺也、「たつきもしらぬ」とは遠近の便もなき」心也、是、元初の一念の端的也、猶、口伝あり、」

一、いなおふせ鳥」

わかに門にいなおふせ鳥の鳴なへに今朝吹風に」雁［下寄］は来にけり」

文字、嫆［ママ］名負鳥と書り、よぶ子鳥は一念起る」始をいへり、其後、嫆［ママ］をわたして、十月をへて、生」れ出る所を門といへり、「鳴なへに」とは端的の心也、（4オ）』「今朝」は即時也、「雁は来にけり」とは世界の色、」声の、目に見え、耳に聞所をいへり、」

一、もも《（こ）》千鳥」

百千鳥さへつる春は物毎にあらたまれとも」我［下寄］そふりゆく」

此もも《（こ）》千鳥も、色、声のたとへなり、「物ことにあ」らたまる」とは、春来ては、一切、改て、本のごとく」なるもの也、是、境界の常住の心也、「我そ」ふりゆく」とは、世界は不変なれども、我身、一は、ふり」はて《（こ）》、二度かへらぬ心也、消てはいづちゆくぞなれ」は、元初の自性にかへる心也、此三鳥、まことに」面白哉、」

右三首、おもての註」

遠近のたつきもしらぬ山中に」

意は、深山幽谷に入て遠近の便もわかぬ折節、」霞の中より此鳥のそこはかとなく鳴わたるが」おぼつかなきよし也、大かたの鳥のこゑもさこそ」侍らめど、殊によぶといふに、猶、おぼつかなき心」あるべし、春深き比、旅人の山路の心なり、」

我門にいなおふせ鳥の啼なへに」

意は、時の景気、秋風涼しく成ゆく比、庭た(4ウ)』たきの馴来て、おとろへゆく秋草の中に下居」て、色も声もめづらしき比、初、雁金の空に聞ゆ」る、当時ある事なれば、人の門庭などに馴来」ぬ鳥を求め出、さて、目のまへに見ゆる事に」つくべしと思ふ給ふ也、此註は、定家卿、此鳥を人」びとの色々にいふを心得ずとおぼしてつけ給」へる註也、」

もも(ゝ)千鳥さへつる春は物毎に」

意は、「春は物ことに」といふ中に、万の事、こもるなる」べし、改まるは常住の心也、何事も年かはれば」あらたまりて元のやうになれど、我身の老はわか」く二度ならぬをなげく義也、」

一、神道の要文に」

神道波混沌乃境於出天混沌乃初於知」

この心をよめる哥に」

我か道はなしつなさるる(ゝ)境よりなしもなされぬ始を」[下寄]そしる」

此心、誠に人々の本元也、神道の奥義也、」

種玉庵宗祇（花押摸写）」

古今和歌集秘伝、連々任景暴[ママ]帰附焉者也、」

従高朱印（5オ）』

右以師伝之趣授与正立生者也、明十日、東行」之節、依無寸隙而使正立生書写、以加奥書」而已、」

元禄二年十二月九日　　　　　北村季吟朱印」

右一紙［朱書］

［一行アキ］」

三鳥大事［ウハ紙ノカキツケ朱書］」

三鳥之大事

一、喚子鳥の事、一説、猿、一説、はこ鳥、此鳥、はや」こはやこと云やうに啼ゆへに云といへり、又」、人をも云といへり、春の山野に出て、若菜」わらび、風情、とりあつめて、帰るさに友を」よぶゆへにかくいふといへり、又、つつ（こ）鳥といふあり」、是を家の口伝とす、」

一、いなおほせ鳥の事、家々種々の説あれど」も、庭たた（こ）きをいふ也、」

一、百ちどりの事、鶯といふ歟、家の口伝、鶯」一にはかぎらず、種々の鳥、春はおなじ心に」さへづるを百千鳥といふ也、」

右、従高公之相伝之旨也、　　季吟朱印」

右一紙［朱書］（5ウ）』

三ヶ大事一［ウハカミ書付朱書］」

［一行アキ］」

をがたま〔濁点ママ〕の木」

をがたまの木の事、家々の義、まちまち（ゝ）也、或、いはく」、帝、御即位の時、三笠山の松の枝をとりて、」長三寸、まはり五寸にけづりて、おほん守を上」に書て以朱書之、かけさせまいらする、御即位、過て、」かの御守を種々の宝にそへて、帝の生気」の方の土にうづむ也、此木を御賀玉の木と」いふと云々、当家には然らず、をがたまの木」と申は、片野の御狩に鳥を付てたてまつ」る鳥柴といふ木也、是、口伝也、更に記する」事をゆるすべからず、」

右、従高公之相伝之旨也、　季吟朱印」

右一紙〔朱書〕」

三ヶ大事ニウハカミ〔朱書〕書付」

［一行アキ］」

めど〔濁点ママ〕のけづり〔濁点ママ〕花の事」

めどは妻戸の事也、種々の花をけづりて、つ」ま戸にかざしさす也、口伝なり、」

又、いはく、蓍といふ草也、（6オ）』

又、云、右近の馬場のひをりの日、真弓の手」つがひのかざしにさす花ともいへり、」

右、従高公之相伝之旨也、　季吟朱印」

右一紙〔朱書〕」

三ケ大事三ウハカミノ書付［朱書］

［一行アキ］」

かはな草」

是はあまたの説あり、或は菱《ヒシ》［朱書］といふ草、ある」ひは川みどり、或は川蓼《タデ》［朱書］［濁点ママ］、或、おもだかと云々」、河骨《カウホネ》［朱書］と申草也、

口伝也、記する事をゆる」すべからず、」

右、従高公之相伝之旨也、　　季吟朱印」

右一紙［朱書］」

口伝之一通ウハカミカキツケ［朱書］」

［一行アキ］」

吉野の山の桜事」

此集にさる哥、見えず、撰者をしてはいふべか」らず、其上、対して書龍田川の哥はあり、」旁以不審あるべき事

也、当家之口伝、四十二代」文武天皇、芳野山に御遊覧の時、御伴に」ありて、人丸、」

白雲の色の千種に見えつるはこのもかのも(6ウ)』のさくらなりけり云々、又説、」

ちるは雪ちらぬは雲と見ゆる哉吉野の山」の花のよそめは云々、相構相構(々々)可秘蔵也、」

右従高公之相伝之旨也　　季吟朱印」

右一紙［朱書］」

一首之大事〔朱書〕ウハカミ書付」

［一行アキ］」

ほのほの（〳〵）との哥の事」

此哥に様々の義、家々に口伝する所也、」しかれども、貫之、旅の部に入たり、更に此外に」不及沙汰事也、しゐて、今、義をたつ、四十代天武」天皇、第一の皇子に高市皇子、十九歳にし」て世を早し給ふをよめる哥となん、ほのほの（〳〵）と云」に四の義あり、明《ほの》、若《ほの》、寿《ほの》、夙《ほの》なり、万葉に」つかふ所也、明といふは夜などのあくるをいふ、左伝」に明旦と書てほのほの（〳〵）とよめり、若をほのほの（〳〵）と」いふは春の草木の萌出る躰也、典義抄曰、」「深草未レ出、春ノ色若《ホノホノ（〳〵）》たり」といへり、寿、夙とは」常に遣ふ字也、文選云、「寿伝ヘテ二三公ノ政ヲ一得ル二之レカ」道ヲ一」といへり、文集云「夙《ホノカニ》聞《キク》」といへり、此四のうち」には、今の哥、寿の義也、皇子の崩にあつる』(7オ)也、浦とは此界をへだて行によそへたり、霧、又、」物を隔る習ひ也、一説、霧をやまひにあつる」由、申、「嶋かくれ行」とは去行也、又、生老病死の」四魔にあつるよし、申す、此四にかくされ給ふ、」「舟をしそおもふ」とは船を王にたとへたり、王」子は帝にたがふべからず、しかれば、船といふ也、」貞観政要曰、「君如船、臣如水」といへり、種々、」義どもあれども不及筆端者也、」

右従高公之相伝之旨也、　季吟〔朱印〕」

右〔朱書〕一紙

［一行アキ］」

血脈

〔以下濁点ママ・小書改行ママ・系線朱書〕

定家
　為家　定家卿息
　　為世　為氏子　雖為家孫直伝也
　　　頓阿《トンア》

経賢《キヤウケン》　頓阿子　法印
　尭尋《ギヤウジン》　経賢子　権大僧都
　　尭孝《カウ》　尭尋子……〔「和哥」ヲ抹消〕　和哥所法印
　　　常縁《ヨリ》

常和《カズ》
　正吉　木戸大膳大夫　範実
　　賢哲《テツ》　木戸伊豆守　忠朝
　　　休波《キウ》　木戸号元斎

宗祇
　尚通《ヒサ》　近衛
　西三条実隆《タカ》　内大臣公保公息　号逍遥院
　　公条　実隆子　号称名院
　　　実澄《ズミ》　公条息　号三光院
　宗長《ソウ》　号柴屋軒　連哥師
　牡丹花
　　真存《ソン》　永正三年冬伝受
　　　道徹《テツ》　天文三年三月十八日　麦生田兵庫允入道

玄旨　細川兵部大夫藤孝入道　号幽斎　法印
　貞徳　松永氏本ハ入江氏　号逍遊軒　貞徳ハ非直伝　箱伝受也

（7ウ）

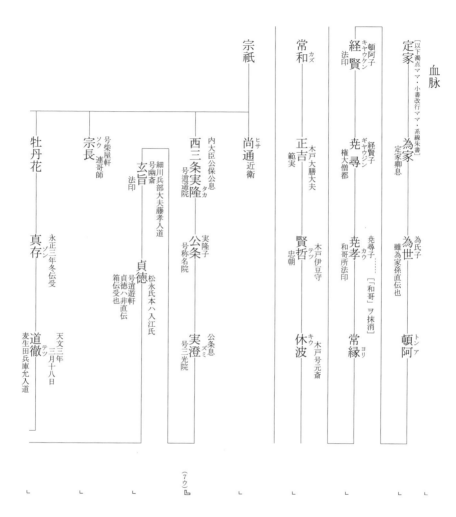

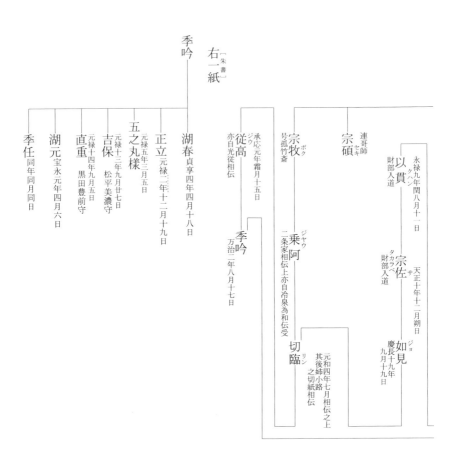

以貫《クハン》 永禄九年閏八月十一日 財部入道

宗佐《サ》 天正十年十二月朔日 財部《タカラベ》入道

如《ジョ》見 慶長十九年九月十九日

宗碩《セキ》 連哥師

宗牧《ボク》 号孤竹斎

乗《ジャウ》阿 二条家相伝上亦自冷泉為和伝受

切臨《リン》 元和四年七月相伝之上其後姉小路之切紙相伝

従《ジウ》高 承応元年霜月十五日 亦自光従相伝

季吟 万治二年八月十七日

右一紙〔朱書〕

季吟

湖春 貞享四年四月十八日

正立 元禄二年十二月十九日

五之丸様 元禄五年三月五日

吉保 元禄十三年九月廿七日 松平美濃守

直重 元禄十四年九月五日 黒田豊前守

湖元 宝永元年四月六日

季任 同年同月同日

（8オ）

〔「自光従之血脈」歟ヲ抹消〕

女説口伝〔朱書〕
・左金吾 基俊 ― 五条三品 俊成 ― 京極《キヤウゴク》黄門《クハウモン》 定家 ―

中院《チウヰン》 為家 ― 二条 為氏 私義有之 ― 御《ミ》子《コ》左《ヒダリ》 為世 ―

頓阿《トンア》 ― 経賢 ― 尭尋 ―

尭孝 ― 常縁 ― 宗祇 ―

肖柏《セウハク》 牡丹花 ― 宗伯《ハク》 泉州堺住人 ― 等恵《トウヱ》 同 ―

宗柳《リウ》 同 ― 祐心《ユウ》 同玄光寺 ― 光従《ジウ》 ―

従高〔以上濁点ママ・小書改行ママ・系線朱書〕 ― 季吟

右一紙〔朱書〕

以上切紙九通也〔朱書〕

（8ウ）

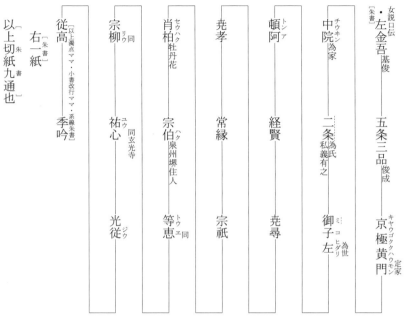

季任聞書」

一、つつ《(ゝ)》鳥之事［二字アキ］
かつぽう《俗ニカンコドリと云》［濁点ママ］鳥也、三、四月」のころ、専、鳴也、閑寂なる所に鳴もの也、」

一、庭たた《(ゝ)》き之事［二字アキ］
尾をうごかす鳥也、是」をいなおふせどりと云事は、いね《寝》る事を」おしゆるとの義也、尾を動かす躰、男女」会交の旨を教ゆる心也、」

一、初の血脉切臨よりの一通也、」
古今集は、貞応本、嘉禄本を定め給ひ、」殊に三鳥三ヶ大事もみな定家卿を」もとと《(ゝ)》して証すれば、定家卿より血脉」をつり侍るなるべし、」
「実澄公曰、年、四十にあらねば、古今伝受」なしといへども、定家卿は十六歳にて伝受」なり」と一華抄ニ見えたり、」
為世卿は為家卿の孫たりといへども直伝」なり、為家卿の息、為氏は父に不孝」なりしかば、哥は道を知ておこなはん」ための教戒にそむくとて、父子の中、」隔絶し、為氏卿は古今伝受なかり（9オ）』けるよし也一花抄ニ見ゆ、」
為世卿は、祖父、為家より伝受は二十七歳」より前と見えたり、二十八歳の時、為家」卿、七十九歳にて薨一華抄、」
頓阿系図　小野宮大納言能実卿」、六代の孫也、仁誉の真弟、俗名、泰《ヤス》」尋《ヒロ》《タカ》といへり、又、法名、威空、」

常縁　平氏千葉、東下野守、右[ママ]」近大夫、号、東野州、法名、素伝、武家」系図云、「東氏数子」云々」、
[前項の頭注]一説云、」東下野守」、益」之ヵ子云々」、
常和　武家系図曰、[朱書]常縁――頼数――[朱書]元胤――[朱書]常和」
宗祇　（終焉記ニアリ、）宗祇伝云、「文明三年、辛」卯、庵主、四十一歳（五イ）、春、於豆州三嶋、」伝古今和歌集秘説於平右[ママ]近大夫
東」常縁」云々、古今伝受の中興、是也、」
[前項の頭注]姓、」三善、」氏、飯尾、」紀州伊」都郡、」粉河の」城主の」子也、」
牡丹花　久我の庶流、肖柏の号也、」伝云、「大納言通方《マサ》公、花冑也」云々、摂州、」池田に住て、号、夢庵、
後に泉州の」堺に住、」
真存　薩摩国、鹿児嶋郡の人、後、」いづみの堺に住、（9ウ）』
如見《ケン》」
乗阿　七条道場、一華堂、」
切臨　一華堂後住、古今一華抄」を作る、」
一、後の血脈光従よりの一通也」
左金吾左衛門督唐名也基俊、ならの南円」堂の観音に哥道を祈られしに、大津、」古瀬《フルセ》にて習へと告を受、行て尋
ねしに、山法師の娘にあねば[濁点ママ]と申者、貫」之が道を受継しに伝受せり、女説口」伝、是也、」
五条ノ三品五条室町ニ住給ふ、仍てかくいへり　俊成卿は左金吾」より相承し給ひて、定家卿に伝へ給ひ」しより、二条家の流、末代、

伝はる道統、」如此也、」

京極黄門京極の二条に家あり、仍て称ス」

〔前項の頭注〕黄門は」中納言」の唐名、」

中院　為家卿の称号也、小倉山の麓ニ住給ひて、そこを中院と号、」

二条私義有之とは初の血脈に委ク注ス」

御子《ミコ》左《ヒダリ》　二条家の称号也、是は」為世卿を申也、(10オ)』

光従は　東本願寺、号、東泰院、大僧正、」法名、宣如、　大僧正光寿息也、」

従高　光従の三男、母は九条大閤〔ママ〕幸」家公女也、江州長浜大通寺、号、」霊瑞院、　権大僧都法印、　又名、

宣恵、」　法名、琢〔ママ〕和、」

従高より季吟へ伝受の時、」

竟宴のはいかい　従高」

水の月に見よ見よ(〵)和哥のうら表(10ウ)』

伊勢物語秘訣七ヶ大事二ヶ極秘」

〔一行アキ〕」

七箇大事」

一、おもひあらば〔濁点ママ〕」

一、あくた河゛［濁点ママ］」
一、みやこどり［濁点ママ］しぎのおほひさ」
一、わが［濁点ママ］人をやるべきにしあらねば」
一、かたいおきな」
一、世の中にたえて桜の哥」
一、むかしのうたに」
　　最極秘」
一、ねひとつより［濁点ママ］うしみつ」
一、住吉の御神゛［濁点ママ］けぎやう」

夜中　子の時」
八　丑」
七　寅」

日は陽のたましゐ　昼也、」月は陰のたましゐ　夜也、(11オ)』

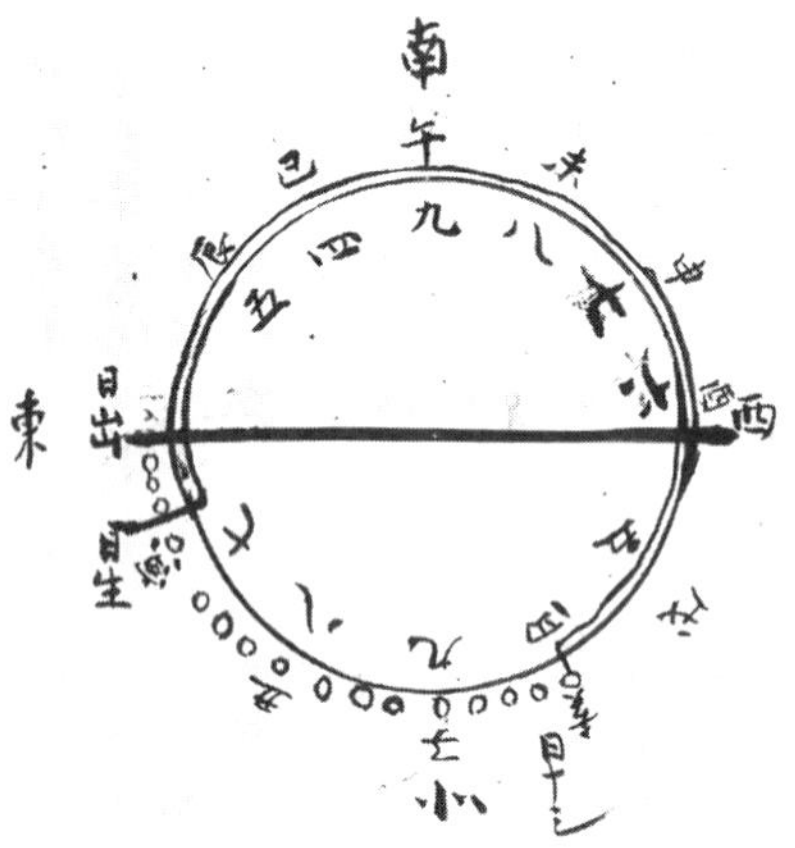

子ひとつよりうしみつ迄は、日神、此世界」にましまさず、故、斎宮、密通の」の〔ママ〕御事にとがめなかりしと也、其子」細、図のごとし、

御《ン》が〔濁点ママ〕みけぎ〔濁点ママ〕やう」

和哥三十一字の姿、即、神の現」形也、わが心、すなはち神也、其心に」思ふ事をいひ出すは神のかたち」をあらはす也、深秘也、（11ウ）』

季任聞書

おもひあらば〔二字アキ〕

思ひあらば、玉のうてなに」すみてもかひなければ、むぐらの宿にも」ねんと心をふくめたる也、彼万葉の」哥に、

「何せんに玉のうてなも八重葎」しける宿にふたりこそねめ」、「玉し」ける家も何せん八重葎しけれる宿に」いもとしすまは」、二首の心をかけて、上の句」をつくりし也、万葉のうたにつきて」よめる五文字と心うればよくきこゆる」を、さまざ（〳〵）ま、是に義理をつけて、［以下二行半行幅］お」もひなき身にあらばといひ、おもふ人とあ」らばなど（ゝ）といふは本意にあらざるべし、」

［前項の頭注］［「或説、」おもふ人だに」あらば［以下不明］」ノ抹消痕アリ］

あくた河［二字アキ］

津の国に其名あれど」も、ここ（ゝ）は都にての事なれば堀川など」なるべし、堀川の異名をあくた川と」いふ也、此川には十二異名あり、一、堀河、」二、埋川、三、芥田河、四、思染河、五、白川、」六、面《西イ》河、七、鐘川、九、［ママ］君河、九、内河、十、タ」カモ川、十一、流川、十二、面影《ヲモ》河口伝也、」古註の説云、色々、義あれども、只、あく」た川にて置べし、」

［前三行間補入］玄旨抄云、「作ものがたりなれば、禁中のあくたながす川など云義も」あれど、それにもおよばず、ただ（ゝ）、あくた川にてをくべし」云々、」

みやこどりしぎのおほいさ［一字アキ］

今の世に都鳥［12オ］』といふ物は鴎《カモメ》のたぐひ也、鴎のあしとはし」とあかきものと見えたり、しかれば、鴫《シギ》よ［濁点ママ］［ママ］」よりはおほきなる鳥也、しかれども、ひろ」き川のをもてにてみれば、ただ（ゝ）、しぎの」おほきさほどに見えたるゆへに、当」意をかく書たるなるべし、しぎのお」ほきさといふを鴫のやうにておほ《大》」きなる鳥といふ説は如何とぞ、」一条禅閤〔ママ〕御説、都鳥は鷗の事也、下学」集亦云、「鷗ハ日本ニ所ノレ謂二都鳥一ト者歟」云々、」

わが人をやるべきにしあらねば」

此詞、斎宮より業平に御心ざしありて」あはせ給へりといふ事、しられ侍、是ら」の詞にて、さきの「あはじともおもへら」ず」との心、了簡すべき事也、さすがに」斎宮などの御事を、かのかたよりの御」心なくば、いかでか業平もわれてあ」はんとはいひより給ふべき、其段、人々」の思慮あるべき事□〔欠損〕るべし、かく」斎宮だに御心ありてあひ給へる事、」実になりひらの好色の名誉なる」にや、」問云、世にあふ事かたき女になん（12ウ・了）』

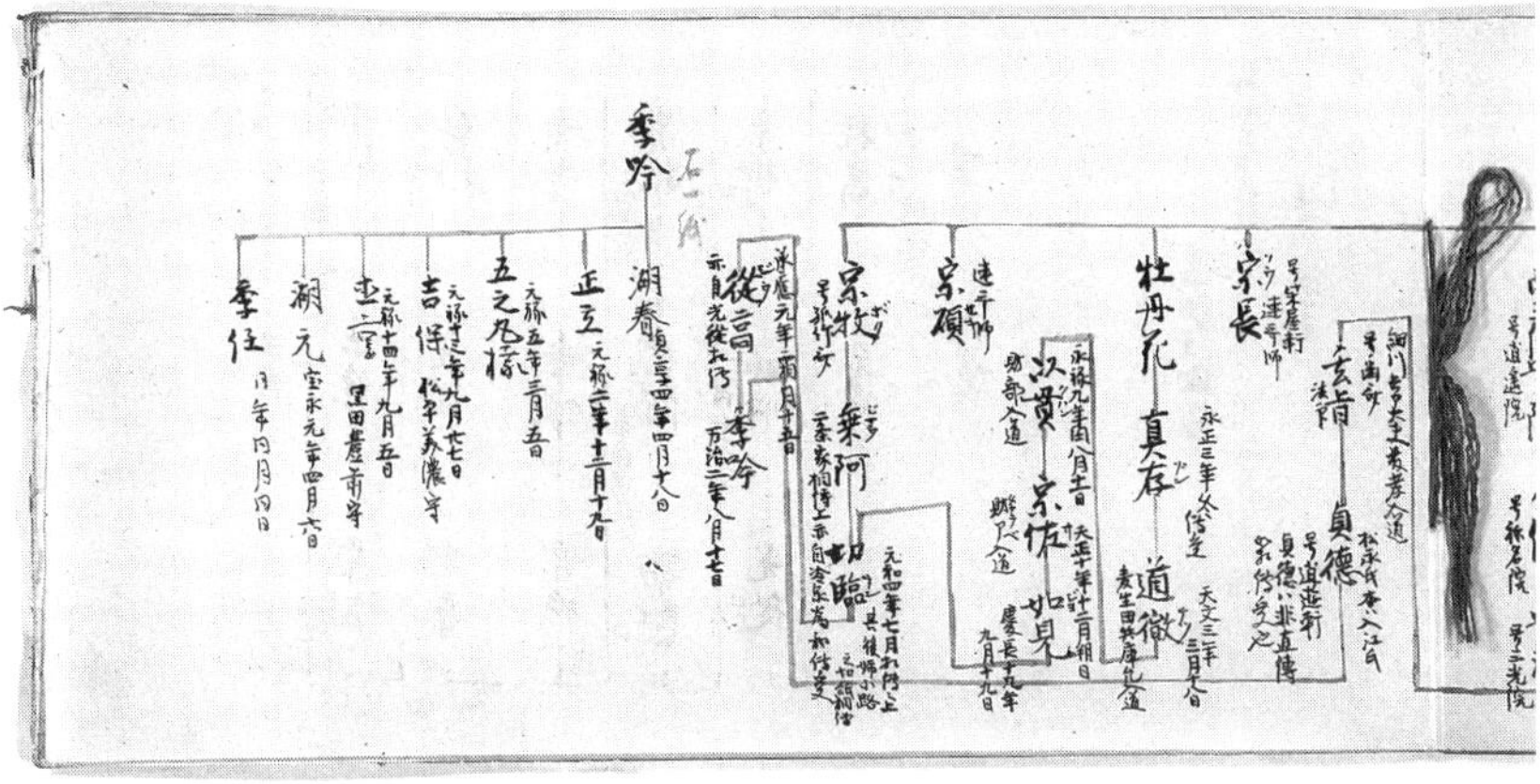

『北村季任聞書』8丁表

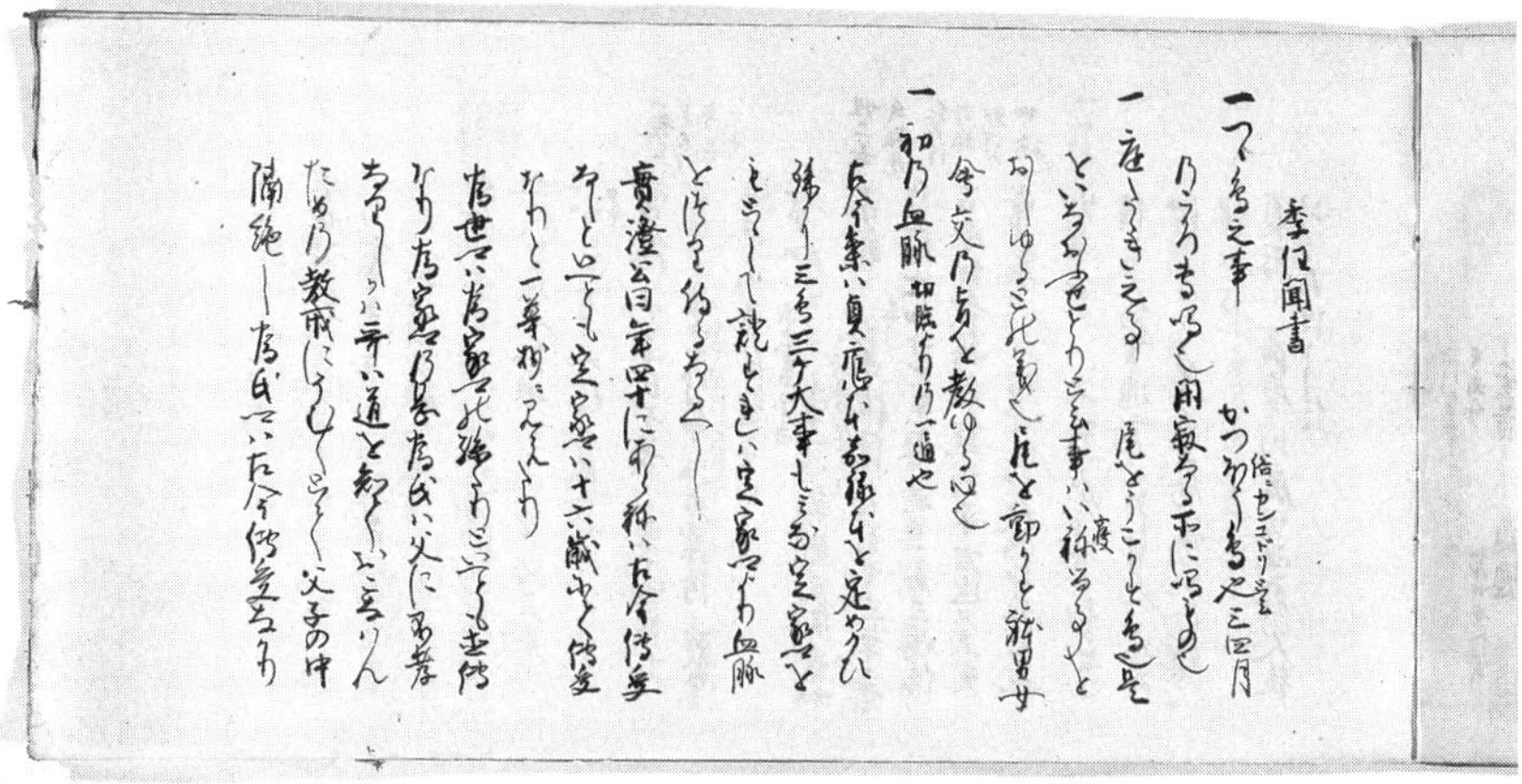

『北村季任聞書』9丁表

結　語

第一章では、季吟の花押の更改が湖春の独立に伴う季吟の役割や環境の変化と連動したものであることを述べた。第二章では、臼井定清との関わりについて述べ、臼井本『徒然草拾穂抄』が『徒然草文段抄』のごく初期の草稿としての性格を有することを指摘した。

第三章では、『源語秘訣』の季吟奥書から、季吟の源氏学の師・箕形如庵が「宗乾」の名を有することを見出し、智仁親王に近侍していたことを明らかにした。また、箕形如庵が、古活字版開版者「如庵宗乾」と同一人物であろうことを指摘し、季吟とその父祖の交流圏について述べた。

第四章では、『源氏物語微意』を中心に、季吟の源氏学に関して包括的に検討した。

第五章では、『源氏物語打聞』が、季吟の影響下で『湖月抄』に対して施注されたものであり、『湖月抄』以後の成立であることを示し、季吟の孫・季任の筆と推定されることを述べた。併せて、季吟の後裔である湖春や正立、湖元、季任の奥書などを有する諸資料を参看することにより、北村家における古典学の実態について言及した。

各章とも、これまで詳細な検討のなされなかった書写資料を用い、少なからぬ事実を明らかにし得た。

写本は写本と、刊本は刊本と比較するのが適当との認識のもと、まずは写本や伝受資料を博捜し、季吟の学問の実態を明らかにすることが本書の目的であった。これらの論究によって、保守的な貞門誹諧師で要領の良い旧注の集成者とする見方とは異なる、季吟の一面を提示し得たのではないだろうか。

これまでの研究において、季吟の人生における複数の劃期が提案されてきた。正章（貞室）・貞徳への入門、承応二年（一六五三）の貞徳の死没、明暦二年（一六五六）頃の誹諧宗匠としての独立、天和三年（一六八三）の新玉津嶋神社への隠棲、元禄二年（一六八九）の歌学方への就任と江戸移住などである。本書第一章にて、さらに寛文八～九（一六六八～九）年の花押の更改を加え得た。

そして、なお一点、言及すべき劃期があるように感ぜられる。あるいは自明の故か、これまで言及されることの少なかった、万治二年（一六五九）の古今伝受相伝である。古今伝受がこの上ない栄誉であり、季吟が強い思いを抱いていたことは、本書第四章にも引用した日大本『教端抄』跋文にも明らかであり、その他の諸書からも窺える。それを踏まえて季吟の行跡を閲するに、『北村季任聞書』にも所載の『古今和歌集伝受制法』にある「和哥に達せる人なりとも、生つきの心、道にかなふまじき人には伝べからず」、「道を伝ふべき仁にして、深く志を致し、信あるに相伝する也」、「敬心ふかく、心、実法ならざるには、伝べきの理なし」のごとき条文が、人倫への言及や古典注釈への志向の強化など、季吟の生を方向付けた可能性を見出せるのではないか。誹諧を和歌の一体とし、その淵源を『古今和歌集』誹諧歌に求め、『誹諧用意風躰』に「予随分に哥書を註して、一家の門人にしめさんがため、よろづをさしをきて源氏枕双紙など板行せしめ侍し」と述べる季吟を理解するためには、欠くべからざる視点のように思われる。

季吟の古今伝受は貞徳の死没や誹諧宗匠としての独立と時期が近く、また、当然に思想は複合要因からなるものであるため、このことを証明するには数多の手続きが必要である。本書はその里程標をも志向していたが、研究は緒に就いたに過ぎず、季吟の全人的な把握を目指し、なお考究を継続しなければならない。

初出一覧

第一章　「北村季吟の花押更改」『雅俗』第20号、4～15頁、令3・7。

第二章　「臼井本『徒然草拾穂抄』について――北村季吟と臼井定清――」天理図書館編『ビブリア』第156号、天理大学出版部、29～48頁、令3・10。

第三章　「伝北村季吟筆『源語秘訣』と箕形如庵宗乾」『語文』第104輯、大阪大学国語国文学会、31～44頁、平27・6。

第四章　「北村季吟の源氏学（一）――附・日本大学総合学術情報センター蔵『源氏物語微意 上』翻刻――」『詞林』第57号、大阪大学古代中世文学研究会、36～91頁、平27・4。「北村季吟の源氏学（二）――附・日本大学総合学術情報センター蔵『源氏物語微意 中』翻刻――」『詞林』第58号、同、37～84頁、平27・10。「北村季吟の源氏学（三）――附・日本大学図書館蔵『源氏物語微意 下』翻刻――」『詞林』第60号、同、19～81頁、平28・10。

第五章　「天理図書館蔵『源氏物語打聞』の再検討――北村季吟とその後裔の古典学をめぐって――」『近世文藝』第104号、日本近世文学会、71～86頁、平28・7。

いずれも加筆修正の上、再編した。

なお、本研究はＪＳＰＳ科研費　ＪＰ一三Ｊ〇一四二二一、ＪＰ一七Ｈ〇六八二二五、ＪＰ一八Ｊ〇〇六〇七、ＪＰ一九Ｋ一三〇六〇、ＪＰ二三Ｋ一二〇九八の助成を受けたものであり、本刊行物はＪＳＰＳ科研費　ＪＰ二四ＨＰ五〇二八の助成を受けたものである。

あとがき

本書がなったのは、現代まで資料を繋いだ数多の人々のおかげであり、調査・掲載をお許しくださった各所蔵者・所蔵機関の皆様のご理解あってのことです。末筆ではありますが、厚く御礼を申し上げます。

熊本大学において、学部一年の頃から、恩師、小川幸三先生の研究室に毎日お邪魔して丁稚奉公しつつ、時おり個人講義を受けられたのは何よりの向学の資でありました。学問に志す契機を与えられ、薦められた題材である枕草子研究を始発として季吟研究に展開することとなりました。学部三年の冬に病を得られたため、卒論指導は受けられませんでしたが、その後の進展をいまなお見守っていただいています。

大阪大学大学院では、枕草子の享受史から春曙抄を経て、季吟研究に移る中で、書誌学に興味をもち、二万丁超に及ぶ整版本の匡郭を延々計測し、仏書の板木を整理・調査するなど、博士論文提出を控えた身としてはしばしば奔放な展開を見せたにもかかわらず、恩師、故加藤洋介先生はあたたかく見守ってくださりました。序文をお寄せいただいた佐々木孝浩先生とのご縁も繋いでいただき、斯道文庫に寄寓する契機ともなりました。

本書の題字は熊本大学時代にご縁をいただいた神野大光（雄二）先生の揮毫によるものです。本書の上梓にあたり、刊行を慫慂いただき、編集の労をかたじけなくした新典社のみなさまにも御礼を申し上げます。枚挙に遑がないほどの方々に、今なお支えられて本書をなしえました。深甚の謝意を捧げ、向後も学問の発展に微力を尽くす所存です。

季吟生誕の節に南に向て

宮川　真弥（みやがわ　しんや）
昭和61年10月25日　熊本県熊本市に生まれる
平成21年3月　熊本大学教育学部中学校教員養成課程国語科卒業
平成29年3月　大阪大学大学院文学研究科博士後期課程修了
専　攻　日本近世文学，書誌学
学　位　博士（文学）
現　職　天理大学附属天理図書館 司書研究員
主要論文
「伝北村季吟筆『源語秘訣』と箕形如庵宗乾」（『語文』（大阪大学国語国文学会）第104輯，平成27年6月）
「天理図書館蔵『源氏物語打聞』の再検討――北村季吟とその後裔の古典学をめぐって――」（『近世文藝』第104号，平成28年7月）
「覆刻版における版面拡縮現象の具体相――匡郭間距離比較による版種弁別法確立のために――」（『斯道文庫論集』第53輯，平成31年2月）

新典社研究叢書379

北《きた》村《むら》季《き》吟《ぎん》の書《しょ》と学《がく》問《もん》

令和7年2月12日　初版発行

著　者　宮川真弥
発行者　岡元学実
印刷所　惠友印刷㈱
製本所　牧製本印刷㈱
検印省略・不許複製

発行所　株式会社　新典社
東京都台東区元浅草二―一〇―一一―四F
TEL＝〇三（五二四六）四二四四番
FAX＝〇三（五二四六）四二四五番
振　替　〇〇一七〇―〇―二六九三二番
郵便番号一一一―〇〇四一番

ISBN978-4-7879-4379-8 C3395
https://shintensha.co.jp/　E-Mail:info@shintensha.co.jp